An alle Rockherzchen
dort draußen –
vertraut auf euch!

Burnside Close

I hear the silence of my heart and see the light that calls me home for all the times we are apart, we no longer set out on our own.

Chapter 1

Fear us, as we are devils from the birth and cheer us, as we live forever on this earth

(Infernality Rises, »Departure To Hell«)

War es möglich, etwas zu hassen, das man eigentlich liebte? Es war möglich! Dieser Abend brachte mich an den Rand meiner Belastbarkeit.

»Halt, stopp!«, schrie ich und gab der Band ein Zeichen, dass sie aufhören sollten zu spielen. Der Aufnahmetechniker regelte die Musik herunter und ich seufzte. »So funktioniert das nicht! Chuck gibt den Rhythmus vor und die Bass-Gitarre beginnt erst auf drei. Wie oft habe ich euch das schon gesagt?«

Die Jungs starrten mich durch die Glasscheibe des Aufnahmestudios an. Es waren keine freundlichen Blicke, doch ich ließ mich davon nicht ins Bockshorn jagen.

»Weiter, noch einmal von vorn!«, trieb ich die Band an und sah auf die Uhr. Es war bereits weit nach Mitternacht. Ich seufzte. Es war der erste Tag im Aufnahmestudio und wir kamen nicht voran. Das machte mich nervös. Ich hatte zugesagt, bis Ende der Woche eine brauchbare Demoversion einiger Songs vorzulegen. Doch die fünf Jungs von *Infernality Rises* legten keine große Disziplin an den Tag.

Norman, der Leadsänger mit dem blonden Surfer-Look, war an diesem Tag völlig verkatert zu den Aufnahmen erschienen. Chuck, der muskelbepackte Drummer, wartete offenbar meinen Anruf ab, bevor er sich überhaupt erst aus dem Bett bewegte, denn er hatte ihn offensichtlich geweckt. Mit einer Stunde Verspätung stieß er schließlich zu uns. Raven und Meatpie, die beiden Brüder mit den Langhaarmähnen, deren richtige Namen niemand kannte, verpatzten jeden einzelnen ihrer Gitarren-Einsätze, und Rob, der Keyboarder, wirkte so unnahbar wie eh und je. Ich begann, an der großen Karriere zu zweifeln, die man der Band vorhersagte.

Erneut gab ich das Zeichen zum Aufnahmestart und Chuck legte mit dem eingängigen Trommel-Intro los.

»Und jetzt«, flüsterte ich und war froh, dass Raven seinen Bass dieses Mal im richtigen Moment zündete. Meatpie fiel mit der Leadgitarre ein. Ich war erleichtert. Doch dann spürte ich Robs Augen auf mir. Irgendwie hatte ich das Gefühl, als wollte er mich provozieren, und prompt rieb er sich die Hände, anstatt in die Tasten zu hauen.

»Aus!« Ich stürmte in den Aufnahmeraum. »Was soll denn das, verdammt noch mal?«

»Ich hab keinen Bock mehr«, brummte Rob und sah die anderen an. »Machen wir Schluss für heute?«

Alle nickten, und ich stemmte die Hände in die Hüften. »Ihr wisst ganz genau, dass wir bis Freitag abliefern müssen. Was soll ich Simon und der Plattenfirma sagen?«

»Überleg dir was.« Rob ging an mir vorbei und seine Schulter stieß absichtlich gegen meine. Da er groß und muskulös war, stolperte ich zur Seite. Am liebsten hätte ich ihn an seiner Lederjacke gepackt, aber ich traute mich nicht. In der gedimmten Beleuchtung wirkte er mit seinen hohlen Wangen wie ein Untoter und ich fürchtete, er könnte mir vor Wut die Zähne in den Hals rammen.

»Fein«, murrte ich. »Macht nur weiter so. Wenn euer erstrebter Erfolg genauso groß ist wie eure Arbeitsmoral, dann sage ich euch eine ziemlich schwarze Zukunft voraus!«

»Die Verkaufszahlen für unsere Gigs nächsten Monat sprechen da eine andere Sprache, Süße.« Rob war stehen geblieben und warf mir einen Blick über die Schulter zu. »Kümmere dich doch um das, was du kannst, und lass uns Musik machen.«

Wütend ging ich auf ihn zu. »Wenn ihr wenigstens Musik machen würdet! Doch das hier ist einfach Scheiße! Ihr schafft es ja nicht einmal, eine studioreife Version eines eurer Lieder hinzubekommen. Und ich rede nur von der Akustik-Fassung. Den Gesang von Norman müssen wir separat aufnehmen, aber wir haben das Studio nur für drei Tage gemietet. Wie sollen wir das bitte bis Ende der Woche schaffen, wenn du schon wieder ins Bettchen willst, Rob?«

In meinem Rücken hörte ich Gekicher, das augenblicklich verstummte, als Rob die Augenbrauen hob. In diesem Moment kam er meiner Vorstellung von einem Untoten noch ein wenig näher. Seine Augen wirkten plötzlich tiefschwarz und ich unterdrückte den Impuls, vor ihm zurückzuweichen.

»Ins Bettchen hüpfe ich prinzipiell nur in Begleitung von mindestens zwei Frauen, Mandel-Maus, und dann auch nicht, um zu schlafen. Aber das ist nicht der Punkt. Ich bin fertig für heute und deshalb gehe ich jetzt. Und auf dein hysterisches Gelaber habe ich gerade gar keine Lust. Ich frage mich ohnehin, was Simon an dir findet. Du hast meiner Meinung nach nämlich nicht die geringste Ahnung von Rockmusik!«

Ich mochte es nicht, wenn der Typ mich *Mandel-Maus* nannte, nur weil mein Name Almond lautete, der englische Begriff für Mandel. Trotzig schob ich mein Kinn vor. Wenn ich von etwas ganz sicher eine Ahnung hatte, dann war es Rockmusik!

»Jetzt hör mir mal zu, du eingebildeter Freak«, entgegnete ich und bemühte mich, meine Stimme beherrscht klingen zu lassen. »Im Gegensatz zu dir bin ich in den Umkleideräumen von Rockbands aufgewachsen. Und ich weiß, wann man sich Hochmut erlauben darf und wann besser nicht. Wenn ein Steven Tyler nach einem Konzert Orgien mit seinen Groupies feiert, tausende von Dollar verkokst und am nächsten Tag Termine platzen lässt, dann sage ich, okay, der holt das schon wieder rein. Aerosmith haben ja seit 1973 auch erst läppische fünfzehn Studio- und sechs Live-Alben veröffentlicht. Die haben 64-mal Platinauszeichnungen eingefahren und Millionen mit ihrer Musik verdient. Und was habt ihr vorzuweisen? Ach ja, hab ich ganz vergessen zu erwähnen: gar nichts! Ihr seid eine No-Name-Band aus einem Kaff in Kalifornien. Außer Hochnäsigkeit habt ihr absolut nichts auf eurem Konto und eure Fans vom Land machen euch noch längst nicht zu einer erfolgreichen Rockband, sondern lediglich zu einer High-School-Band, die beim Frühlingsball performen darf. Tolle Sache, Rob! Wenn du das weiterhin machen willst, nur zu, aber wundere dich nicht, wenn die Plattenfirma euch nächste Woche den Mittelfinger zeigt.«

Totenstille legte sich über den Raum, während Rob und ich uns anstarrten wie zwei aggressive Kampfhunde.

»Du gehst mir so dermaßen auf die Nerven«, knurrte Rob, bevor er sich umdrehte und zur Tür hinausging.

»Und du mir erst«, murmelte ich und sah die anderen an. Keiner wagte es, mir in die Augen zu sehen.

»Hören wir auf für heute«, rief ich resigniert. »Morgen um zehn Uhr treffen wir uns hier wieder. Seid pünktlich!«

»Warum muss ich denn eigentlich die ganze Zeit hier rumhängen?«, maulte Norman. »Mein Gesang wird doch erst später eingespielt.«

»Weil du Bestandteil der verdammten Band bist, oder etwa nicht?«, fuhr ich ihn an.

»Ist ja schon gut!« Er hob abwehrend die Hände und folgte den anderen.

Der Aufnahmetechniker grinste mich mitfühlend an. »Kein leichter Job, was?«

»Nicht wirklich.« Ich bedankte mich bei ihm, schnappte mir meine Jacke und verließ ebenfalls den Raum.

Draußen angekommen, lehnte ich mich an die Wand des Gebäudes und atmete tief durch. Auf dem Parkplatz sah ich die Bandmitglieder im Schein der Straßenlaternen stehen und miteinander lachen. Rob saß lässig auf seinem Motorrad und ich war mir sicher, dass er über mich lästerte. Es tat weh, auch wenn ich wusste, dass ich es mir nicht so zu Herzen nehmen sollte. Ich hatte diesen Job gewollt. Es war meine Berufung. Das war bereits so, seit ich denken konnte.

Mein Vater war Manager von Rockbands gewesen und als Kind hatte ich es genossen, ihn zu begleiten. Trotzdem hatte es eine Weile gedauert, bis ich mich überwunden hatte, denselben Weg einzuschlagen wie er. Das lag zum einen an meiner Mutter, die mich nach der Scheidung meiner Eltern allein großgezogen hatte, als auch am plötzlichen Tod meines Vaters, der mein Leben von einem Tag auf den anderen völlig auf den Kopf gestellt hatte. Ich war umhergezogen wie ein streunender Hund, bis ich endlich nach vielen Höhen und Tiefen den Mut fand, meine Begabung zu meinem Beruf zu machen. Daran war mein Freund nicht ganz unschuldig, Morris Kyle, der Leadsänger von *Burnside Close*. Jener Band, die mein Vater bis zu seinem Tod managte, und die zu meiner Familie geworden war. In diesem Augenblick vermisste ich sie ganz besonders.

Eigentlich arbeitete ich nach wie vor auch für *Burnside Close*, doch Simon Grey, der Mann, der nach dem Tod meines Dads die Aufgabe des Managers übernommen hatte, war der Meinung, dass ich noch viel zu lernen hatte. Natürlich war mir bewusst, dass er damit recht hatte, aber an diesem Abend hasste ich meinen Job. Ich wollte nach Hause. Ich wollte zu Morris. Ich war es leid, meine Zeit in Los Angeles mit diesen Rockerrüpeln von *Infernality Rises* zu verbringen, während mein Freund in Miami an seinem eigenen Album arbeitete und neue Songs für *Burnside Close* komponierte. Ich sehnte mich so sehr nach ihm, dass ich hätte heulen können.

Doch dann fing ich Robs Blick auf. Selbstgefällig lächelte er mir zu, bevor er sich den Motorradhelm überstülpte und seine Maschine startete. Er fuhr eine Suzuki Hayabusa, eines der schnellsten Serienmotorräder der Welt, was definitiv bewies, dass sich Rob gern auf der Überholspur sah. Meine Wut kehrte zurück und verdrängte die aufsteigenden Tränen.

»Fahr zur Hölle«, flüsterte ich in das Aufheulen des Motors hinein, während Rob aggressiv den Hahn aufriss und vom Parkplatz raste.

Alles hatte so vielversprechend begonnen, als ich vor anderthalb Jahren das erste Mal mit der Band zusammengekommen war. Simon hielt *Infernality Rises* für die Newcomer des Jahres, die nur ein wenig Führung benötigten, um sich auf dem Markt zu positionieren. Doch je mehr Investment wir in die Band steckten, desto aufsässiger und überheblicher wurden die Jungs. Kaum hatten sie ihre ersten Auftritte hinter sich, hielten sie sich für Stars und weigerten sich in einem Anflug von Größenwahn, mit mir zu kooperieren. Ich vermisste bei ihnen die Professionalität, die ich von *Burnside Close* kannte. Jene Liebe zur Musik, die darin mündete, dass man Zeit und Raum vergaß, wenn man miteinander an einem Song arbeitete. Und die Energie, die einem diesen Kick gab, nach dem man süchtig wurde.

Doch für Norman, Chuck, Raven, Meatpie und Rob war anscheinend nur eines wichtig, und zwar, sich im Glanz ihres Rockstarlebens zu sonnen und sich unwiderstehlich zu fühlen. Das war es nicht, was ich einst von Dad gelernt hatte, und ich fragte mich nicht zum ersten Mal, was er über die Jungs gesagt hätte. Hätte er sie fallen gelassen oder ihnen eine Chance gegeben?

Erneut spürte ich einen Kloß im Hals, dieses Mal, weil ich an Dad dachte. Er war mehr mein bester Freund gewesen als mein Vater, und sein Tod setzte mir in Momenten, in denen ich mich schwach fühlte, immer noch zu. Ich wünschte mir, mit ihm reden zu können und ihn nach seiner Meinung zu fragen, aber mit jedem Jahr, das verging, verblasste sein Gesicht vor meinem inneren Auge. Das war eine schreckliche Erfahrung.

Aus diesem Grund zog ich mein Portemonnaie aus der Tasche und kramte eines der Fotos von ihm hervor, das ich immer mit mir herumtrug. Es tat gut, ihn anzusehen. Er lachte mir entgegen, und es war, als wäre er nie fortgegangen. Ich hörte seine Stimme, sah ihn seinen geliebten Chevi Camaro fahren und nach nächtelangen Proben mit Augenrändern auf einem der Konzerte seiner Bands stehen. Dad war etwas Besonderes gewesen, und das lag nicht nur daran, dass indianisches Blut in seinen Adern geflossen war. Er kam mir manchmal vor, als trügen ihn die Schwingen der Musik durchs Leben. Ohne sie war Dad wie ein Fisch ohne Wasser. Das hatte er an mich weitergegeben. Wie auch sein Aussehen. Obwohl meine Mutter blond war, hatte ich Dads lange, dunkle Haare geerbt, die mandelförmigen Augen und die drahtige Figur. Außerdem hatte er mir nach seinem Tod seine Flügel hinterlassen, die mich seitdem durch die Welt der Rockmusik trugen.

Ich atmete tief durch und steckte Dads Foto zurück in mein Portemonnaie. Jetzt wusste ich wieder, warum ich tat, was ich tat, auch wenn meine Wut noch immer nicht verraucht war. Ein Blick auf meine Armbanduhr sagte mir, dass es bereits kurz nach eins war. Entschlossen griff ich nach meinem Smartphone und rief Morris an. Obwohl es bei ihm in Miami schon viel später war, vermutete ich, dass er noch nicht schlief. Tatsächlich nahm er nach dem zweiten Läuten ab.

»Al?«

»Hey, hab ich dich geweckt?«

»Nein, ich sitze noch mit den Jungs zusammen.«

Im Hintergrund hörte ich sie grölen und musste lächeln.

»Um vier Uhr früh? Was macht ihr?«

»Du kennst uns doch. Nachts sind wir besonders kreativ. Wir arbeiten gerade an einem Song.«

»Wie heißt er?«

»*Distance.* Wir vermissen dich, weißt du.« Er wurde von dem anhaltenden Gejohle übertönt.

»Ich vermisse euch auch!«, schrie ich in den Hörer, bevor ich meine Stimme senkte. »Aber vor allem vermisse ich dich.«

Ich hörte, wie sich Morris von dem Geräuschpegel entfernte. Dann klang es, als ob er eine Tür hinter sich schloss.

»Jedes Mal, wenn du anrufst, bricht hier Chaos aus.« Er lachte leise. »Du fehlst mir, Al. Wie kommst du voran?«

»Gar nicht, um ehrlich zu sein. Die Typen von *Infernality Rises* sind schrecklich.«

»Wann kommt Simon, um dich zu erlösen? Ich halte es langsam nicht mehr ohne dich aus.«

»Das geht mir ebenso.« Ich war gerührt von seiner Ehrlichkeit. Morris und ich hatten einen langen Weg hinter uns, der mehr als einmal steinig und voller Missverständnisse gewesen war. Umso schöner war es nun, dass wir uns gefunden hatten und es seit anderthalb Jahren so perfekt zwischen uns lief.

»Du klingst müde, ist alles okay?«

»Nein, heute war der schlimmste Tag seit Langem. Nichts hat funktioniert. Ich weiß gar nicht, wie ich Simon diese Neuigkeiten beibringen soll. Seit zwei Wochen treten wir auf der Stelle, und das nur, weil dieser Rob beschlossen hat, mir das Leben zur Hölle zu machen.«

»Ihr habt kein einziges Lied für das Demoband fertig?«

»Kein einziges«, bestätigte ich niedergeschlagen. »Ich verstehe das nicht. Es scheint, als hätte die Band gar kein Interesse daran, an sich zu arbeiten. Die sind jetzt schon so dermaßen neben der Spur, dass ich mich frage, wie das erst werden soll, wenn sie wirklich mal berühmt werden.«

»Die verdienen dich nicht«, sagte Morris und meine Sehnsucht wurde übermächtig.

»Am liebsten würde ich alles hinschmeißen, mich in ein Flugzeug setzen und zu dir kommen«, murmelte ich und hörte Morris lachen.

»Das wäre nicht das erste Mal, dass du so was machst, Al.«

»Ich weiß, und ich tue es auch auf gar keinen Fall. Dieses Mal gebe ich nicht auf, versprochen, aber es nervt mich gerade mächtig.«

»Du solltest mit Simon reden.«

»Der wird mich lynchen, und zwar sofort, nachdem er von der Plattenfirma gelyncht wurde.«

»Vermutlich, aber du kennst ihn. Im einen Moment lyncht er dich, im anderen verarztet er deine Wunden. Du leistest tolle Arbeit, Al, das wissen wir alle.«

»Ja.« Ich seufzte. »Doch das bringt mich momentan auch nicht weiter.«

»Vielleicht tröstet es dich, zu erfahren, dass ich endlich unsere Deckenleuchten montiert habe.«

»Im Ernst?« Ich jubelte. Nach dem Ende der letzten Europa-Tournee von *Burnside Close* waren Morris und ich zusammengezogen. Es erschien uns richtig. Obwohl wir erst seit kurzer Zeit ein Paar waren, kannten wir uns doch schon eine ganze Weile und wussten, worauf wir uns einließen.

Wie es der Zufall wollte, stand Dads Appartement in Miami noch leer und Granny, meine Großmutter, hatte mich gefragt, ob ich es nicht mieten wolle. So war eins zum anderen gekommen, und seitdem lebten Morris und ich dort auf unseren Umzugskisten. Wir waren so viel unterwegs, dass wir es in dem einen Jahr nicht geschafft hatten, uns einzurichten, aber wir liebten unser Nest. Hier trafen wir uns, wenn wir von unseren Reisen zurückkehrten. Es war unser Ruhepol. Hier gab es nur uns beide. Ein fantastisches Gefühl.

Morris riss mich aus meinen Gedanken: »Wenn du nächstes Mal da bist, gehen wir gemeinsam Farbe für unser Wohnzimmer aussuchen. Wir müssen es dringend streichen!«

»Hm.« Ich schmunzelte. Es war lustig, den Mann, den ich als Rockstar und Vollblutmusiker kannte, über Wandfarbe und Deckenleuchten reden zu hören.

»Außerdem brauchen wir abschließbare Schränke. Ich kann meine Gitarren unmöglich einfach so rumstehen lassen.«

»Das klingt, als hätten wir viel zu tun, wenn wir uns sehen.«

»Nicht nur in dieser Hinsicht.« Ich hörte ihn auf diese besondere Art lachen, und mir wurde heiß. Vermutlich lag es daran, dass wir uns nicht so oft sahen, aber ich war noch immer verrückt nach Morris.

Ein Grund, warum wir zu nichts kamen, wenn wir uns gemeinsam in der Wohnung aufhielten, war unter anderem der, dass wir unser Bett nur selten verließen. Selbst wenn wir uns nicht liebten, war es einfach schön, mal faul zu sein und miteinander zu reden. Meine Mutter hätte diesen Lebensstil nicht für gut befunden, das war mir sehr wohl bewusst. Deshalb verschwieg ich ihr auch, dass unser Appartement noch immer aussah, als wären wir gerade erst eingezogen.

»Ich will dich«, hörte ich Morris flüstern und all mein Blut sammelte sich in meinem Unterleib. »Ich hänge nur hier mit den anderen rum, weil du nicht da bist und ich mich in unserer Wohnung allein fühle ohne dich.«

Ich bemühte mich, meine leidenschaftlichen Gefühle unter Kontrolle zu bekommen. »Morgen früh rufe ich Simon an und sage ihm, was hier abgeht. Wenn er übernimmt, setze ich mich sofort in den Flieger und komme zu dir.«

»Ohne Umwege?«

Ich kicherte. »Ohne Umwege«, versprach ich und wusste, dass er auf unsere turbulente Vergangenheit anspielte.

»Dann gehe ich jetzt zurück zu den drei Irren. Vielleicht können wir heute noch den Refrain fertigstellen. Das Lied klingt cool, es wird dir gefallen, Al.«

»Davon bin ich überzeugt. Sag den anderen liebe Grüße. Ich kann es kaum erwarten, euch wiederzusehen.«

»Du bist bei mir.«

»Und du bei mir.« Es war eine Zeile aus *Here With You,* einem Song, den Morris für mich geschrieben hatte und dessen Noten ich mir auf die Innenseite meines linken Oberarms hatte stechen lassen. Ganz nah an meinem Herzen.

Nun besaß ich bereits zwei Tattoos von Liedern, die mir im wahrsten Sinne des Wortes unter die Haut gingen. Der andere Song, dessen Noten auf meinem rechten Unterarm prangten, hieß *Open Your Eyes.* Er hatte mein Leben vor etwa zwei Jahren endlich in die richtigen Bahnen gelenkt. Ich lächelte in Erinnerung an diesen Moment.

»Schlaf gut, Al. Ich liebe dich.«

»Ich liebe dich auch.«

Als er auflegte, war mir ganz warm ums Herz und meine Sorgen über *Infernality Rises* waren vergessen. Ich schlüpfte in meine Jacke, ging zu meinem Mietwagen und fuhr vom Parkplatz.

»Du musst mit Rob reden.« Es war dieser Satz, der mich am nächsten Morgen mit voller Wucht wieder in mein ganzes Schlamassel zurückkatapultierte.

»Ganz sicher nicht!«, widersprach ich Simon, während ich aufgebracht in meinem Hotelzimmer auf und ab lief. »Der Typ ist ein kompletter Idiot!«

»Er hat die Band gegründet, Al. Ohne ihn wirst du bei den anderen Jungs niemals einen Fuß in die Tür bekommen!«

»Aber ich habe ihm nichts getan! Ich bin nicht schuld an seiner Selbstherrlichkeit und seinem nicht vorhandenen IQ.«

Simon lachte, was mich noch ein wenig wütender machte. »Nicht jede Band ist wie *Burnside Close*«, versuchte er, mich zu beschwichtigen. »Ich habe dich gewarnt, Al. Das Rockmusik-Business ist ein knallhartes Geschäft.«

»Du hast nicht gesagt, dass das an den Musikern liegt. Natürlich weiß ich, was Berühmtheit aus einer Band machen kann, aber im Ernst, Simon, diese Jungs von *Infernality Rises* sind komplette Idioten! Die haben keine Ahnung, was es heißt, hart für den Erfolg zu arbeiten.«

»Dann ist es deine Aufgabe, sie daran zu erinnern. Sei nicht nur ihre Managerin, Al, sondern ihre Freundin. Nur so kommt ihr voran.«

Ich stöhnte und rieb mir die Stirn. Es war leicht gewesen, sich mit *Burnside Close* anzufreunden. Morris, Matt, Brad und Sean waren offen, lustig und trotz ihres Erfolgs nicht abgehoben. Aber dieser Rob schaffte es, dass ich meine Arbeit nicht mehr mochte und das verübelte ich ihm. Ich konnte mir beim besten Willen nicht vorstellen, dass er eine angenehme Seite hatte. Lieber hätte ich mich mit einer Tarantel angefreundet.

»Komm nach L.A., Simon, bitte!«, bettelte ich, obwohl ich bereits wusste, dass es nichts nutzte.

»Mein Terminkalender bringt mich um, Al. Ich habe so viele Dinge mit dem Plattenlabel zu klären, da kann ich beim besten Willen nicht zu euch fliegen, um die erhitzten Gemüter zu beruhigen. Genau dafür habe ich dich eingestellt. Krieg das auf die Reihe!«

»Ich weiß, ich weiß …«, murmelte ich resigniert. Aus irgendeinem Grund hatte ich mir diesen Job, in meiner zugegeben manchmal etwas naiven Art, einfacher vorgestellt. Außerdem war ich enttäuscht, weil mein Wiedersehen mit Morris wieder einmal verschoben wurde.

»Bekommt ihr wenigstens einen der Songs bis Freitag hin?«, erkundigte sich Simon.

»Vielleicht«, murmelte ich, obwohl ich kaum Hoffnungen hegte. Seit gestern Abend hatte ich überhaupt keine Lust mehr, mit der Band zu arbeiten.

»Gibst du auf, Al?« Der eigentümliche Klang seiner Stimme ließ mich zusammenzucken.

»Nein«, beteuerte ich rasch. Simons Misstrauen rührte daher, dass er schon seine Erfahrungen mit mir gemacht hatte.

Nach dem Tod meines Dads war Simon so etwas wie mein väterlicher Freund. Er war Mentor, Seelsorger und Boss in einer Person, und es fiel sowohl ihm als auch mir bisweilen schwer, das alles zu trennen. Er kannte mich zu gut. Vor allem meine Zweifel, die mich des Öfteren Gefahr laufen ließen, meinen Job einfach hinzuschmeißen.

»Du hast doch bisher alles perfekt gemeistert«, sagte Simon nun. »Wir haben den Jungs ein neues Image verpasst, ihren Songs eine Richtung gegeben, ihnen Auftritte vermittelt, um ihren Bekanntheitsgrad zu steigern, und sind kurz davor, ihnen einen Plattenvertrag zu verschaffen. Es läuft prima!«

»Sogar so prima, dass mich nun alle hassen«, murmelte ich.

»Die sind nur sauer, weil du kaum älter bist als sie selbst und ihnen Vorschriften machen willst. Lass dich davon nicht ins Bockshorn jagen!«

»Vielleicht hast du recht«, wich ich aus, weil ich nicht länger mit Simon diskutieren wollte. Er hatte seinen Standpunkt klargemacht. Mir blieb nichts anderes übrig, als mich mit Rob auseinanderzusetzen, auch wenn mich der Gedanke störte.

»Ich lasse mir was einfallen und rede mit der Plattenfirma«, fuhr Simon fort. »Sobald ich mehr weiß, melde ich mich. Richte den Jungs aus, dass ich ziemlich enttäuscht bin, weil sie nicht termingerecht abliefern und dass wir ihren Vertrag neu verhandeln müssen, falls das in der Form weiterläuft. Ich bin zu Beginn ihrer Konzerte auf jeden Fall vor Ort.«

»Was? Das ist erst nächsten Monat!« Mein Magen verkrampfte sich vor Enttäuschung, denn das bedeutete, dass ich Morris noch weitere zwei Wochen nicht sehen würde.

»Es tut mir leid, Al, aber dir war von vorneherein klar, worauf du dich einlässt.«

War mir das tatsächlich klar gewesen? Ich schüttelte den Kopf und wusste nicht, was ich sagen sollte. Einerseits wollte ich Simon beweisen, dass er sein Vertrauen zu Recht in mich gesetzt hatte, andererseits wünschte ich mir nichts mehr, als eine richtige Beziehung mit Morris zu führen. Aber wie sollte das möglich sein, wenn wir uns nie sahen? Ich war mit einem Mal geknickt.

»Ist alles in Ordnung?«, hakte Simon nach.

»Ja, alles gut«, log ich und starrte auf den palmengesäumten Garten vor meinem Fenster. Im Hotelpool zogen die ersten Gäste ihre Bahnen. In diesem Moment wollte ich eine Arschbombe in das azurblaue Wasser machen, um ihnen den Tag ebenso gründlich zu vermiesen, wie Simon das gerade bei mir getan hatte.

»Du redest mit mir, wenn du Probleme hast, nicht wahr, Al?«

»Klar.«

»Schönen Tag.«

»Dir auch, Simon.« Ich legte auf und warf das Handy auf mein Bett. Am liebsten hätte ich geschrien und getobt, aber das wäre natürlich kindisch gewesen. Deshalb trat ich vor Wut gegen die Minibar. Die Flaschen und Gläser klirrten und ich fühlte mich nicht weniger kindisch.

»Autsch!« Ich hielt mir den Zeh, plumpste zu Boden und blieb ernüchtert sitzen.

Ich wusste, dass Simon es nicht gern hörte, wenn ich zu emotional wurde. Aus diesem Grund hatte ich ihm auch nicht anvertraut, was mir wirklich zusetzte. Ich wollte nicht wie ein liebeshungriger Teenager klingen, der es nicht eine Sekunde ohne seinen Freund aushielt. Doch die Wahrheit war, dass ich Morris meistens nur alle vier Wochen sah. Und dann lediglich für ein Wochenende. Das war mir zu wenig.

Nach einem Blick auf die Uhr erhob ich mich und begab mich ins Bad. Ich duschte eine Ewigkeit, weil ich keine Lust hatte, ins Aufnahmestudio zu fahren und die gleichgültigen Gesichter von *Infernality Rises* zu betrachten. Besonders nicht das von Rob.

Dann zog ich mich an, föhnte mir die Haare und schaltete den Fernseher ein. Auf einem der Musikkanäle lief das Video zu *Seven Nation Army* von den *White Stripes.* Ich drehte die Lautstärke auf und bewegte mich im Rhythmus der prägenden Gitarrenriffs durchs Zimmer. Sicherlich sah ich dabei aus wie ein abrockender Roboter, aber es war mir egal. Alles, was zur Besserung meiner Stimmung beitragen konnte, war erlaubt. Nachdem der Song zu Ende war, schaltete ich den Fernseher wieder aus, schnappte mir meine Autoschlüssel und fuhr ins Studio, das sich in North Hollywood befand.

Es war sonnig, die Menschen in ihren teuren Autos perfekt gestylt, nur in meinem Kopf herrschte Nebel. Ich fragte mich, wie ich am besten ein Gespräch mit Rob beginnen sollte. Auf der einen Seite musste ich die Demoaufnahmen voranbringen, auf der anderen Seite wollte ich nicht klein beigeben. Es war kompliziert.

Auf dem Parkplatz des Studios angekommen, war Robs Motorrad nirgends zu sehen. Ich ging hinein, sprach mich mit den Toningenieuren ab und hörte mir an, was am Tag zuvor aufgenommen worden war. Nach und nach trudelten auch die Bandmitglieder ein. Doch anstatt sich gleich an ihre Instrumente zu begeben, lümmelten sie verschlafen auf den Sofas herum und warfen mir fragende Blicke zu. Ich spürte, wie meine Stimmung auf den Nullpunkt sank.

»Wo ist Rob?«, wollte ich um Viertel nach zehn wissen und erntete nur ratloses Schulterzucken.

»Okay«, ich klatschte in die Hände, »dann machen wir eine Planänderung. Norman, du schnappst dir die Kopfhörer und singst deinen Part von *Bleaching Dry* ein.«

»Aber der Song ist doch noch gar nicht fertig aufgenommen«, protestierte dieser.

»Na und? Es ist euer Song! Du müsstest ihn auswendig können, selbst ohne Melodie.« Ich wandte mich an den Toningenieur. »Spiel ihm die Version von gestern Vormittag ein, die ist halbwegs passabel.«

Norman murrte, doch er stand auf und schlenderte in den Aufnahmeraum, während die anderen gelangweilt an die Decke starrten. Ich schüttelte genervt den Kopf.

»Ich rufe Rob an«, erklärte ich und ging nach draußen, obwohl mich ohnehin niemand beachtete.

In flottem Tempo eilte ich über den Flur, vorbei an den anderen Aufnahmestudios und zückte mein Handy, kaum dass ich vor dem Gebäude angekommen war. In diesem Moment hörte ich das Brummen eines sich nähernden Motorrads. Ich kniff die Augen zusammen und sah Rob auf mich zuheizen. Er schlängelte sich gekonnt durch die parkenden Autos und brachte die Maschine zum Stehen. Als er mich bemerkte, ließ er den Motor dreimal aufheulen, bevor er ihn endgültig ausmachte.

»Was ist, Mandel-Maus, hast du Sehnsucht nach mir?«, rief er mir über die Entfernung zu, nachdem er den Helm abgenommen hatte.

Ich knirschte mit den Zähnen und verkniff mir einen bösartigen Kommentar. Angespannt beobachtete ich, wie Rob bewusst langsam abstieg, die Maschine auf dem Seitenständer abstellte und sich mit den Fingern durch die Haare fuhr. Anschließend schlenderte er auf mich zu.

»Du bist spät dran«, sagte ich statt einer Begrüßung.

»Und du noch genauso zickig wie gestern«, war seine rüde Antwort.

Ich atmete tief durch und rief mir Simons Worte ins Bewusstsein. »Wir müssen reden«, erwiderte ich und Rob runzelte die Stirn.

»Wann kommt Simon?«, wollte er wissen.

»Zu Beginn eurer Club-Tournee nächsten Monat.«

»Dann sag ihm, dass wir ihn jetzt sehen wollen!«

»Simon ist nicht euer Sklave, er ist euer Manager. Er kommt, wenn er es für richtig hält.«

»Wenn das so ist ...« Rob wandte sich ab und ging davon.

»Was soll das?« Ich eilte ihm hinterher und hielt ihn am Arm fest.

Er drehte sich zu mir um und ich tippte ihm mit dem Zeigefinger gegen die Brust. »Du kannst jetzt nicht abhauen, Rob! Hast du eine Ahnung, was es kostet, dieses Studio für drei Tage zu mieten? Wir investieren in euch, das solltest du langsam verstehen. Das hier ist kein Spiel, das du bestimmst. Simon verschafft euch die Möglichkeit zu einem Plattenvertrag. Das ist eure Chance! Warum wirfst du das einfach weg?«

Rob starrte mürrisch in die Ferne, und ich bemühte mich um Ruhe.

»Weshalb hast du die Band gegründet?«, fragte ich ihn.

»Was?« Er sah mich erstaunt an.

»Du hast mich schon richtig verstanden. Was hat dich dazu bewogen, *Infernality Rises* zu gründen?«

»Keine Ahnung.« Er hob die Schultern. »Langeweile?«

»Das ist alles? Langeweile?« Ich lachte auf. »Verdammt, Rob, dann ist unsere Arbeit hier beendet!«

Enttäuscht ging ich an ihm vorbei und steuerte auf mein Auto zu.

»Was ist denn jetzt los?«, hörte ich ihn in meinem Rücken rufen, aber ich reagierte nicht. Meine Gedanken kreisten. Wenn diese Jungs einzig aus Langeweile Musik machten, dann war jeder Cent, den man in sie investierte, verlorenes Geld. Meine Arbeit und die von Simon waren komplett umsonst gewesen. *Infernality Rises* würden es niemals zu etwas bringen, weil sie nicht bereit waren, zu kämpfen. So machte man keine große Rockmusik, das hatte ich längst gelernt.

Energisch drückte ich auf den Funkschlüssel meines Mietwagens und hörte das akustische Signal, als das Schloss die Tür freigab. Ich öffnete sie, doch bevor ich einsteigen konnte, versperrte mir Rob den Weg.

»Gehst du jetzt etwa?« Zum ersten Mal wirkte er verunsichert.

»Ganz recht.« Ich sah ihm in die Augen. »Jede weitere Minute, die ich mit euch verbringe, hält mich davon ab, mich Musikern zu widmen, die es mehr verdient haben als ihr.«

»Dann viel Glück!« Das überhebliche Grinsen kehrte in sein Gesicht zurück.

Ich zog eine Grimasse, stieg in mein Auto und startete den Motor. Geräuschvoll schlug Rob die Fahrertür zu. Ich ignorierte ihn, legte den Rückwärtsgang ein und fuhr rasant aus der Parklücke.

Anschließend schoss ich mit quietschenden Reifen vom Parkplatz. Mein Herz klopfte wild. Diese Aktion hatte ich nicht mit Simon abgesprochen, und ich wagte zu bezweifeln, dass er mein Verhalten gebilligt hätte. Aber ich sah keine andere Möglichkeit. Die Bandmitglieder von *Infernality Rises* folgten Rob, und solange der keinen Einsatz zeigte, befand ich mich auf verlorenem Posten.

Nervös sah ich in den Rückspiegel. Mein Plan war insgeheim gewesen, Rob derart aus der Reserve zu locken, dass er mir folgte. Aber ich sah kein Motorrad, das mir hinterherraste. Kurzzeitig nahm ich den Fuß vom Gas, bevor meine Wut wieder übermächtig wurde. Sollten sie ruhig etwas schmoren, diese dämlichen Rockerproleten!

Mit Schwung bog ich rechts ab und folgte der Beschilderung zu den Universal Studios. Dann fuhr ich über den Barham Boulevard bis zum Canyon Lake Drive. Dort hielt ich an der Kurve des Aussichtspunkts zum Lake Hollywood an, schaltete den Motor ab und stieg aus. Vor mir lag der Hollywood-Schriftzug in seiner ganzen Pracht. Touristen liefen aufgeregt über die Straße, schossen Bilder und Selfies und redeten durcheinander. Ich atmete tief durch und ließ das Szenario auf mich wirken. Dann setzte ich mich auf die Motorhaube meines Wagens und grübelte. Mein Abgang war nicht geplant gewesen und wirkte unprofessionell. Ich war mir unsicher, was ich nun tun sollte.

Noch während ich nachdachte, hörte ich das vertraute Motorengeräusch der Hayabusa. Rob! Ich spürte einen Anflug von Erleichterung, doch den Gefallen, mich zu ihm umzudrehen, tat ich ihm nicht.

Erst, als er sich neben mich setzte, beobachtete ich ihn. Sein Blick war starr auf den Hollywood-Schriftzug gerichtet.

»Hier sitze ich oft nachts, um zu komponieren«, sagte er.

»Du meinst, wenn dir die Frauen in deinem Bett zu langweilig werden.«

Er grinste. »So in etwa.«

Wir schwiegen eine Weile. Mir war nicht daran gelegen, Rob weiter Vorwürfe zu machen. Er kannte meinen Standpunkt. Es lag nun an ihm, den ersten Schritt zu machen.

»Der Tod meines Vaters«, murmelte er schließlich.

»Was?« Überrascht sah ich auf.

»Deshalb habe ich die Band gegründet.«

»Das wusste ich nicht. Tut mir leid.«

»Er starb bei einem Autounfall. Ich war am Boden zerstört, wollte mir das Leben nehmen. Die Musik half mir dabei, wieder ich selbst zu sein.«

Ich war verunsichert. Es passte nicht zu Rob, auf einmal derart emotional zu reagieren. Andererseits war sein Gesichtsausdruck zum ersten Mal, seit ich ihn kannte, nicht abweisend. Im Gegenteil, er wirkte ein wenig verletzlich. Mein Widerstand schmolz.

»Mein Vater starb ebenfalls. Allerdings nicht bei einem Autounfall. Er hatte eine Herzmuskelentzündung. Ich weiß, wie man sich nach einem solchen Verlust fühlt.«

»Vermisst du ihn?« Robs dunkle Augen trafen meinen wunden Punkt.

Ich nickte. »Jeden verdammten Tag. Er war mein bester Freund.«

»Das war mein Dad auch für mich.«

Wir schwiegen erneut, bevor Rob flüsterte: »Ich will dieses Album machen, Al. Und ich will einen Plattenvertrag für *Infernality Rises*. Aber ich will es auf meine Art machen.«

»Was soll das heißen?«

»Die Lieder bedeuten mir sehr viel. Ich will sie so rüberbringen, wie ich mir das vorstelle. *Bleaching Dry* ist nicht unser bester Song. Er ist zu weichgespült, nicht das, was wir eigentlich machen. Ich will, dass das Label *Departure To Hell* zu hören bekommt.«

»Ich fürchte, das passt nicht in ihr Konzept.«

»Aber das sind wir!«

»Das verstehe ich.« Ich zögerte. »Und wie kann ich dir helfen?«

»Halt dich aus den Studioaufnahmen raus.«

»Was?«

»Im Ernst, Al, ich möchte einfach die pure Energie meiner Band einfangen. Das ist es, was ich der Plattenfirma liefern will.«

Zweifelnd schüttelte ich den Kopf. »Ich kann dir nicht komplett freie Hand lassen. Simon und ich haben bereits abgesprochen, welche eurer Songs auf das Demoband kommen. DiscDog Records sind derzeit das angesagteste Label auf dem Markt, und sie haben uns sehr genau gesagt, was sie sich vorstellen. Außerdem habt ihr keine Erfahrung.«

»Ich weiß, dass wir es können«, unterbrach er mich und seine Augen schimmerten begierig. Zum ersten Mal sah ich in ihm so etwas wie Ehrgeiz.

»Okay«, lenkte ich ein. »Versuchen wir's.« Ich streckte ihm meine Hand entgegen, und er ergriff sie. »Enttäusch mich nicht.«

»Niemals.« Er grinste. »Es ist wie in unserem Song, weißt du. *Departure To Hell.*«

»Wir fahren also zur Hölle?« Ich unterdrückte das mulmige Gefühl, das mich mit einem Mal beschlich.

»Du sagst es, Mandel-Maus, und es wird ein Heidenspaß!«

Chapter 2

In a world of chaos I long for you, but it's the missing trust why I won't follow you

(Infernality Rises, »The Abyss In Your Eyes«)

Was zum Henker hast du dir dabei gedacht, Al? *Fear us, as we are devils from the birth and cheer us, as we live forever on this earth.* Ist das dein Ernst?« Ich hielt mein Smartphone ein Stückchen vom Ohr weg, um durch Simons Geschrei nicht taub zu werden. »Wir hatten die Songs abgesprochen! *Departure To Hell* ist ein No-Go!«

»Das weiß ich«, versuchte ich, mich zu verteidigen, doch ich kam gar nicht zu Wort.

»Ich stehe da wie ein Idiot! Die ganze Zeit habe ich den Leuten vom Plattenlabel vorgeschwärmt, was sie von *Infernality Rises* erwarten können, und jetzt das! Was bitte soll das sein?«

»Das ist die Band, wie Rob sie sich vorstellt.«

»Was redest du da für einen Bullshit? Die Band, die sich Rob vorstellt, muss sich erst einmal am Markt behaupten. Dafür müssen wir die Mainstream-Hörer erreichen. Aber das wird uns mit den Songs, die ihr abgeliefert habt, kaum gelingen!«

»Hat uns die Plattenfirma abgelehnt?«

»Nein, doch begeistert waren sie auch nicht. Verdammt, Al, ich habe eine Stange Geld zum Fenster rausgeschmissen! Ich kann dir gar nicht sagen, wie stinksauer ich bin.«

»Es tut mir leid, Simon, aber ich hatte das Gefühl, die Jungs sind erst dann zum Leben erwacht, als sie endlich die Songs spielen durften, die ihnen am Herzen liegen.«

»Ihnen sollten die Songs am Herzen liegen, die den verfluchten Rubel rollen lassen! Und es ist deine Aufgabe, ihnen das zu verklickern. Haben wir uns verstanden? Ich komme morgen früh nach L.A. Diese Stümperei kann so nicht weitergehen.«

Ich ließ den Kopf hängen. Die letzten zwei Tage waren gut gelaufen. Endlich war die Band bei der Sache gewesen und hatte ihre Songs diszipliniert eingespielt – auch wenn es nicht die gewesen waren, die auf Simons Liste standen. Trotzdem hatte ich mit einem Mal die Energie gespürt, die ich die ganze Zeit über vermisst hatte.

»Wenn du die Jungs erst siehst …«, begann ich, wurde jedoch sofort abgewürgt.

»Ich brauche die kleinen Mistkerle nicht zu sehen, um zu wissen, dass sie dir auf der Nase herumtanzen! Die hatten nur keinen Bock, nach deinen Regeln zu spielen, Al. Und ich werde nun sehr schnell dafür sorgen, dass sich das wieder ändert, bevor ich noch mehr Geld in den Sand setze.«

»Okay, dann bis morgen, Simon.«

Wortlos legte er auf und ich rieb mir die Augen. Es waren zwei arbeitsintensive Tage gewesen, die mir wie eine ganze Woche vorkamen. Entsprechend müde und ausgelaugt fühlte ich mich nun.

»Was hat er gesagt?« Rob sah mich an. Sein Blick war undurchdringlich.

»Kannst du es dir nicht denken?«

»Er mag es nicht.«

»Er ist nur sauer, weil wir es vorher nicht mit ihm abgesprochen haben.«

»Und die Plattenfirma?«

»Die überlegt noch.«

Rob stützte die Hände in die Hüften. »Kommt Simon morgen?«

Ich nickte und bemerkte, dass Rob ein Lächeln übers Gesicht huschte. Mein Misstrauen wuchs. Ich wurde einfach nicht schlau aus ihm. Wenn er sich nicht gerade unnahbar gab, konnte er ganz nett sein, aber dann gab es wieder Momente wie diese, in denen ich das Gefühl bekam, dass er mich verarschte.

Ich sah zu den anderen hinüber und sagte: »Ihr habt den Rest des Tages frei. Simon will euch morgen sehen. Wir treffen uns so gegen Mittag hier im Studio. Ich gebe euch noch Bescheid.«

Es schien, als wenn sich alle einen Jubelschrei verkniffen, bevor sie sich ihre Instrumente schnappten und sich trollten. Erschöpft sank ich auf eines der Sofas und starrte auf das riesige Mischpult. Ich war den

Weg gegangen, den ich für richtig gehalten hatte, aber mein Verständnis über das Rockgeschäft schien noch nicht weit zu reichen. Natürlich war es lukrativer, Songs zu machen, die die breite Masse erreichten, doch war das am Ende erstrebenswert?

Mein Dad war in seinem Leben immer seinem Gefühl gefolgt und dafür hatte ich ihn stets bewundert. Ich wollte meinen Job mit derselben Leidenschaft ausüben, die auch er an den Tag gelegt hatte, und bisher war mir das gelungen. Aber in diesem Moment bekam ich zum ersten Mal einen Dämpfer und wusste nicht, wie ich damit umgehen sollte.

»Bleibst du noch?«

Ich fuhr herum, weil ich gar nicht bemerkt hatte, dass Rob da war.

»Nein, ich bin quasi weg.« Ich stand auf und griff nach meiner Jacke. »Ich muss am Empfang fragen, ob für morgen überhaupt ein Raum zur Verfügung steht.«

»Vermutlich fliegst du dann anschließend gleich nach Hause, oder?«

»Das würde dir so passen«, murmelte ich und schüttelte den Kopf, weil Rob sich aus der Tür drängte, ohne mir den Vortritt zu lassen.

»Ich werde mit Simon reden. Er wird verstehen, dass wir uns nicht verbiegen können«, sagte Rob, während wir nebeneinander den Flur hinuntergingen.

»Hm.« Ich wusste, was den Jungs morgen bevorstand und hatte keine Lust, Rob zu warnen. Was immer er für ein Spiel spielte, ich wollte ihm keine Breitseite für seinen Angriff liefern.

Am Empfang angekommen, klärte ich die weiteren Formalitäten, bevor ich mich von Rob verabschiedete und in mein Hotel fuhr.

Dort ging ich eine Runde schwimmen, um den Kopf freizubekommen und wollte mich anschließend eigentlich hinlegen, um den Schlaf nachzuholen, der mir fehlte. Aber ich fand keine Ruhe. Irgendwann sah ich auf die Uhr. Es war früher Nachmittag in Los Angeles, was bedeutete, dass es bei meiner besten Freundin Barbara bereits neun Uhr morgens am nächsten Tag war. Sie lebte mit ihrem Mann und ihren beiden Kindern in Sydney. Ich seufzte und langte nach meinem Handy.

»Zeit für eine Lebensberatung?«, schrieb ich ihr.

Schon einige Minuten später kam die Antwort: »Das kannst du dir doch gar nicht leisten!«

Ich grinste und drückte die Schnellwahltaste.

»G'Day, lieber Anrufer!«, meldete sich Barbara fröhlich. »Sie erreichen mich heute im sonnigen Manly, wo wir herrlichen blauen Himmel und milde 25 Grad haben!«

»Halt die Klappe, damit kannst du mich schon lange nicht mehr neidisch machen! Ich bin gerade in Los Angeles.« Ich freute mich wie ein Keks, sie zu hören. »Wie geht es dir, du verrücktes Huhn?«

»Bestens, Süße! Was machst du denn in Los Angeles? Bist du wieder bei dieser Band?«

»Ja, ich bin wieder bei *dieser* Band und versuche, ihre Managerin zu sein. Gelingt mir nicht besonders gut in letzter Zeit.«

»Oje, ist es so schlimm?«

»Schlimmer! Ich bin kurz davor, alles hinzuschmeißen.«

Barbara kicherte. »Du hast dich nicht verändert, Al. Erzähl, wie geht es dir wirklich?«

»Die Wahrheit ist, dass ich feststecke. Ich glaube, dass die Band großes Potential hat, aber ich bin nicht einer Meinung mit Simon. Er will den sicheren Weg gehen, ich den ehrlichen. Keine Ahnung, ob das Sinn macht, was ich gerade sage.«

»Natürlich tut es das! Verlass dich auf dein Gefühl«, erwiderte Barbara. »Damit bist du doch bisher gut gefahren. Zumindest, nachdem du es endlich zugelassen hast.«

»Ja, aber ich weiß nicht, ob ich der Band vertrauen kann. Die sind wirklich nicht mit *Burnside Close* zu vergleichen.«

»Wer ist das schon?«, neckte mich Barbara. »Apropos, wie geht es Morris?«

»Es geht ihm prima. Er darf komponieren und das macht ihn glücklich, wie du weißt. Ich vermisse ihn. Wir hatten uns vorgenommen, nicht ständig voneinander getrennt zu sein, aber das lässt sich nicht so einfach umsetzen, wie ich gehofft hatte. Dabei würde ich so gerne mehr Zeit in unserer Wohnung verbringen!«

»Warum fliegst du nicht öfter nach Hause?«

»Ich kann nicht. Irgendwie hatte ich geglaubt, dass Simon sich mehr um *Infernality Rises* kümmert, doch er ist nur noch mit dem Plattenlabel und seinen anderen Bands beschäftigt, während ich hier vor Ort sein muss, um seine Anweisungen durchzusetzen. Es ist anders, als ich mir das vorgestellt habe.«

»Und Morris versteht das?«

»Ich denke schon. Er ist ja selbst Vollblutmusiker. Aber Telefonate ersetzen eben keine normale Beziehung. Ich nehme gar nicht mehr an seinem Leben teil, ebenso wenig wie er an dem meinen.«

»Da liegt also das Problem. Du hast Angst, ihn zu verlieren!«

Hatte ich das? Ich ignorierte das bange Pochen meines Herzens. »Nein, ich vertraue ihm«, sagte ich rasch und Barbara schnalzte mit der Zunge.

»Ich glaube dir kein Wort! Du sitzt frustriert auf deinem Hotelzimmer und denkst nach. Und je mehr du nachdenkst, desto mehr Zweifel kommen in dir hoch. Du zweifelst an deiner Arbeit und an deiner Beziehung zu Morris. Hör damit auf, Al, und schalte deinen Kopf aus. Morris liebt dich. Davon konnte ich mich eindeutig überzeugen, als ihr uns in Sydney besucht habt.«

»Du hast ja recht«, murmelte ich und dachte wehmütig an unsere drei Wochen in Australien zurück, die Morris und ich völlig unbeschwert genossen hatten. Es schien eine Ewigkeit her zu sein und nicht erst anderthalb Jahre. Seitdem hatten wir keine einzige Woche mehr am selben Ort verbracht.

»Kann es sein, dass du deinen Frust, Morris so selten zu sehen, irgendwie auf diese Band in L.A. projizierst? Klappt es deswegen so schlecht mit denen?«

»Keine Ahnung.« Darüber hatte ich noch gar nicht nachgedacht.

Plötzlich war ich froh, Barbara angerufen zu haben. Sie war nicht nur meine beste Freundin, Seelenverwandte und Schwester im Herzen, sondern vor allem meine innere Stimme. Ich hatte sie während meiner Weltreise kennengelernt, die ich nach Dads Tod unternommen hatte, um mir über einige Dinge klar zu werden. Seitdem begleitete mich Barbara durch sämtliche Höhen und Tiefen meines Lebens. Man hätte meinen können, dass unsere Freundschaft die Distanz, die zwischen uns lag, nicht überdauerte, doch genau das Gegenteil war der Fall.

»Mit Morris und dir ist es wie mit uns beiden«, sagte Barbara nun. »Die Entfernung trennt zwar die Menschen, aber nicht ihre Herzen.«

»Mein Gott, deine Kalenderweisheiten werden auch immer abgedroschener«, neckte ich sie, war jedoch froh über ihren aufmunternden Spruch.

»Ja, nun bin ich eben Mutter.« Es klang resigniert.

»Höre ich da etwa Frust heraus?«, hakte ich sofort nach.

»Ein wenig. Cooper ist furchtbar anstrengend zurzeit und Olivia will einfach nicht schlafen. Sie schreit und schreit und schreit. Ich werde noch wahnsinnig! Mein Leben besteht einzig aus Windelnwechseln und Kleinkindgebrabbel. Deswegen bin ich so froh, dass du angerufen hast.«

»Was ist mit Riley? Hilft er dir nicht?«

»Natürlich tut er das. Aber tagsüber ist er arbeiten, und abends dreht sich dann alles um die Kinder. Es ist Ewigkeiten her, dass wir mal allein ausgegangen oder nicht vor Erschöpfung vor dem Fernseher eingeschlafen sind. Es mag ja sein, dass es allen frischgebackenen Eltern so geht, doch manchmal komme ich mir wie ein Roboter vor, der tagsüber eine ellenlange Liste abarbeitet, bevor er abends in den Standby-Modus schaltet. Von Romantik keine Spur.«

»Oje, und wieder einmal habe ich gedacht, ich hätte Probleme!«

»Es sind einfach andere Probleme. Ich schäme mich, das zu sagen, aber zurzeit wünsche ich mir nichts mehr, als morgens aus dem Haus gehen zu dürfen, um andere Menschen zu treffen. Einen Job zu haben, irgendeine sinnvolle Aufgabe. Nicht, dass ich meine Kinder nicht liebe. O Gott, nein, das tue ich wirklich von ganzem Herzen, doch ich will mal wieder in Ruhe duschen, mich schön anziehen, einfach mal eine normale Konversation mit jemandem führen, ohne dass eines meiner Kinder mich dabei stört.« Barbara stockte. »Ich klinge wie eine frustrierte Hausfrau. Dafür hasse ich mich selbst!«

Wir scherzten über ihre Probleme, doch schnell wurde Barbara wieder ernst. Im Hintergrund setzte Babygeschrei ein.

»Hörst du, was ich meine?«, murmelte sie. »Hätte mir das vorher jemand gesagt, hätte ich es mir gut überlegt, ob ich noch ein zweites Kind will. Ein drittes ist nicht drin, das garantiere ich dir!«

»Du hast wunderbare Kinder und einen wunderbaren Mann«, versuchte ich, sie aufzuheitern.

»Na klar, und wenn du hier in der Nähe leben würdest, dann würde ich dir dieses wunderbare Dreigespann für einen Abend anvertrauen. Glaub mir, dieses Erlebnis wäre lebensverändernd. Du wärst für alle Zeit vom Kinderwunsch befreit.«

Ich lachte zwar, war aber gleichzeitig verunsichert. Barbara klang ehrlich frustriert und das setzte mir zu. Wir waren einst gemeinsam um die Welt gereist, um uns darüber klar zu werden, ob unsere großen Lieben eine Zukunft hatten. Am Ende gab es für uns beide ein Happy-End, doch nun begann ein neues Kapitel in unseren Leben, das sich Alltag nannte, und ich fragte mich, ob das ebenso glücklich enden würde.

Das Babygeschrei nahm an Lautstärke zu. »Tut mir leid, Al«, entschuldigte sich Barbara. »Ich muss mich um Olivia kümmern. Wir hören uns.«

»Okay, mach's gut«, sagte ich, bekam jedoch nur noch das Besetztzeichen als Antwort. Barbara hatte aufgelegt.

Ich seufzte und legte mein Smartphone zur Seite. Das gute Gefühl, auf das ich nach dem Telefonat mit meiner besten Freundin gehofft hatte, wollte sich nicht einstellen. Im Gegenteil, ich fühlte mich ruheloser als zuvor.

Am nächsten Tag kam ich völlig übermüdet im Studio an. Ich hatte die halbe Nacht nicht geschlafen und mich mit endlosen Grübeleien wach gehalten. Das Ergebnis war, dass ich aussah wie ein Mops: aufgedunsen und faltig mit blutunterlaufenen Augen. Gegen mich wirkte Simon wie das blühende Leben. Wer ihn kannte, wusste, dass das nicht so einfach war, denn seine Arbeit als Rockmanager hatte bei ihm durchaus Spuren hinterlassen. Meistens mutete er wie ein furchteinflößender Hell's Angel an, der innerlich jedoch das Gemüt eines Teddybären besaß. Manchmal auch das eines Grizzlys. An diesem Tag zeigte er sich zunächst noch auf Kuschelkurs.

»Al, schön, dich zu sehen!«

»Meinst du das ernst?« Ich grinste schief.

»Natürlich meine ich das ernst!« Er boxte mich kameradschaftlich gegen die Schulter. »Wo sind die Jungs?«

»Die sind nicht gerade die pünktlichsten, sie ...« In diesem Moment öffnete sich in meinem Rücken die Tür und Rob trat vor allen anderen Bandmitgliedern in den Raum.

»Simon, hey Mann! Gut, dich zu sehen!« Er klatschte Simon ab und warf mir einen bedeutungsvollen Blick zu.

Ich zog die Stirn kraus. »Hey, Rob.« *Was für ein Spielchen spielst du hier?*, fügte ich in Gedanken hinzu, während Simon den Rest der Band begrüßte.

Die Jungs alberten herum, gaben sich aufmerksam und derart aufgedreht, wie ich sie bisher noch nie zu Gesicht bekommen hatte.

»Was sagt die Plattenfirma?«, erkundigte sich Rob in den Tumult hinein.

»Darüber wollte ich mit euch sprechen.« Simon ließ sich auf einen der Stühle fallen und bedeutete dem Rest, sich ebenfalls zu setzen.

Ich nahm etwas abseits Platz, um alle beobachten zu können. Rob stützte die Ellbogen erwartungsvoll auf den Oberschenkeln ab und sah Simon an. »Al meinte, die Plattenfirma überlegt noch«, sagte er und es klang, als glaubte er mir nicht.

Simon räusperte sich. »Nachdenken ist sehr höflich formuliert, möchte ich meinen. Genaugenommen wird sie euch mit dem abgelieferten Material nicht unter Vertrag nehmen.«

Stille legte sich über den Raum und Rob schien zu erstarren. »Aber weshalb nicht?«, brach es plötzlich aus ihm heraus. »Du hast selbst gesagt, dass wir Potential haben. Weshalb sehen die das denn nicht?«

Simon hob beruhigend die Hände. »Ihr habt zweifelsfrei Potential, doch ihr solltet die Musikwelt verstehen, in der ihr euch bewegt. Ein Plattenlabel verkauft Illusionen. Das habe ich euch bereits ganz am Anfang gesagt. Eure Geschichte ist folgende: Von der High-School-Band zur aufstrebenden Rocklegende. Diesen Weg wird das Label mit euch gehen. Dazu gehört die Geschichte vom angeblichen Tod deines Vaters …«

»Was?«, unterbrach ich Simon, und er warf mir einen erbosten Blick zu.

»Darf ich weiterreden, Al?«

Ich nickte benommen und nahm Rob ins Visier. Was meinte Simon mit dem *angeblichen* Tod seines Vaters? Dass die Geschichte gar nicht stimmte?

»Ihr wart schon als Kinder Freunde«, fuhr Simon fort. »Habt ständig zusammen rumgehangen und euch gegenseitig Halt gegeben, wenn es in euren Familien mal nicht so gut lief. Das ist eure verdammte Geschichte, habt ihr das verstanden? Und dazu gehört, dass ihr die entsprechenden Songs abliefert. Diese Mischung aus Grunge und Gothic eignet sich hervorragend, um eine miese Kindheit zu verarbeiten. Das bietet einen großartigen Rahmen für eure Promotion und die habt ihr als unbekannte Band dringend nötig. Also haltet euch gefälligst daran!«

Die Jungs starrten betreten zu Boden und Rob ballte die Hände zu Fäusten. »Ich habe gedacht, dass wir das Label mit unserem wahren Gesicht überzeugen können.«

»Für euer wahres Gesicht ist später noch Zeit, wenn niemand mehr danach fragt«, entgegnete Simon barsch.

Ich konnte nicht länger schweigen. »Soll das heißen, diese ganze Geschichte mit deinem toten Vater war komplett erfunden?«

Rob verzog das Gesicht. »Frag Simon«, murmelte er.

Dieser grinste. »Was ist daran so verwunderlich, Al? Du kennst das Business. Und es wird jedes Jahr härter. Überall gibt es Casting-Shows, die Leute tummeln sich im Web, laden Videos ihrer Songs hoch und werden millionenfach gefeiert. Es ist nicht mehr viel Platz für eine Band, die nichts zu erzählen hat. Bei all der Sensationsgeilheit der Fans ist ein toter Vater eine sehr pressefreundliche Geschichte, die Aufmerksamkeit bringt. All die Groupies werden Rob trösten wollen und sich nachts bei seinen Liedern in den Schlaf heulen. Das ist es, was wir brauchen.«

»Auch wenn es Lug und Trug ist?«

»Das Fernsehen und die Medien sind voll von Lug und Trug. Keiner ist an der langweiligen Wahrheit interessiert, Al.«

Ich runzelte die Stirn. Wann war aus Simon so ein frustrierter, sarkastischer Mensch geworden, dem es einzig um seinen persönlichen Gewinn ging?

»Was ist, wenn jemand herausfindet, dass Robs Vater noch lebt?«

»Er hat die Familie vor Jahren verlassen. Niemand weiß, wo er steckt. Und wenn er plötzlich wieder aufersteht, umso besser. Das lässt sich hervorragend ausschlachten.«

»Also, ich weiß nicht«, murmelte ich und bemerkte, dass Rob mich dabei ansah.

Simon seufzte. »Leute, muss ich das jetzt wirklich mit euch diskutieren? Ich habe euch nicht gebeten, ein Atom zu spalten, sondern nur, eure Geschichte in die Welt zu tragen und euer erstes Album mit herzzerreißenden Songs über eure Vergangenheit zu füllen. Wenn das Album abgeht, dann machen wir ein Re-Release und packen zwei Bonus-Tracks drauf, an denen euer Herz hängt. Und anschließend sehen wir weiter. Wenn die Medien euch lieben und ihr euch verkauft, dürft ihr beim nächsten Album gern etwas experimentieren. Bis dahin habt ihr die Wahl: Beugt euch dem Willen des Plattenlabels oder geht zurück in euer Kaff und lebt euer langweiliges Leben weiter.«

Ich konnte nicht glauben, was ich hörte. Das war nicht die Art, wie ich arbeiten wollte.

»Hast du die Idee vom toten Vater von mir?«, fragte ich mürrisch und bemerkte, dass Simon eine Augenbraue hochzog. Er duldete es nicht, wenn ich ihm vor versammelter Mannschaft in den Rücken fiel. Aber ich konnte nicht still sein. »Müssen wir uns wirklich dem Willen der Plattenfirma beugen? Es gibt noch tausend andere Wege. Wenn wir vielleicht …«

Weiter kam ich nicht, denn Simon unterbrach mich: »Ich will diese verträumten Ansichten jetzt nicht hören, Al! Dieses Label ist bereit, für Aufnahme, Mischung, Mastering, Marketing und Promotion eine Stange Geld in die Hand zu nehmen. Mehr als jedes andere Label. Wenn wir abspringen, hinterlasse ich verbrannte Erde und verliere meine Investition. Das könnte meinen Namen in der Branche ruinieren.« Er deutete auf die Jungs, die in ihren Stühlen immer kleiner wurden. »Diese Band hier hat mir vor einem Jahr ihr Wort gegeben. Sie haben bei mir einen Vertrag unterschrieben und dieser Vertrag bezahlt auch dein Gehalt, Al. Ich würde mir also jeden Satz genau überlegen. Denn wenn du rauswillst, dann spare ich mir einiges. Du musst es nur sagen.«

Diese Situation kannte ich bereits. Simon war nicht zum ersten Mal kurz davor, mich zu feuern. Zum ersten Mal allerdings wollte ich wirklich gehen.

»Wir machen das nicht ohne Al«, sagte Rob in diesem Moment.

Ich hielt inne und traute meinen Ohren kaum. Selbst Simon verengte überrascht die Augen.

»Woher kommt denn der plötzliche Sinneswandel, Rob?«, erkundigte er sich spöttisch.

»Wir vertrauen ihr«, erwiderte Rob und die anderen Bandmitglieder nickten, wenn auch zögerlich.

»Wenn ihr meint, ihr habt es mit Al leichter als mit mir, dann habt ihr euch geschnitten.« Simon sah mich an. »Was ist mit dir? Gehst du oder bleibst du?«

Zu bleiben bedeutete, dass ich mich Simon und seiner neuen Art zu denken unterordnen musste. Alles in mir sträubte sich dagegen. Doch die bittenden Blicke, die mir die Jungs nun zuwarfen, konnte ich nicht ignorieren.

»Ich bleibe«, entschied ich spontan, und Simon atmete kaum merklich aus, als hätte er die Luft angehalten.

»Ihr werdet in den nächsten Tagen die Songs einspielen, die wir abgesprochen haben, ist das klar? Bis Mitte nächster Woche erwarte ich das entsprechende Demotape. Wenn ich noch einmal hier aufschlagen muss, um euch die vereinbarte Strategie in die Köpfe zu prügeln, dann seid ihr raus. Ihr alle. Verstanden?«

Ich sah die Band nicken und hielt Simons Blick stand. »Hast du das auch verstanden, Al? Keine Alleingänge mehr!«

»Keine Alleingänge«, bestätigte ich.

»Abgemacht!« Er stand auf. »Kann ich dich noch kurz allein sprechen, Al?«

Ich stand ebenfalls auf und folgte Simon hinaus auf den Flur.

Dort angekommen sah er mich an. »Ist alles klar zwischen uns?«, wollte er wissen.

Ich zuckte mit den Achseln. »Weshalb hast du mir diese ganze Geschichte verheimlicht, die du dir für die Band ausgedacht hast?«

»Das war nicht ich, sondern die Plattenfirma. Aber ich muss dabei mitspielen und weil ich dich kenne, habe ich dir diesen Teil des Deals verschwiegen. Du hättest das niemals unterstützt.«

»Aber ich muss dir vertrauen, Simon! Was ist nur los mit dir? So kenne ich dich gar nicht. Ich meine, du managst *Burnside Close* seit einigen Jahren, doch Worte wie gerade eben habe ich noch nie aus deinem Mund gehört.«

Simon stemmte die Hände in die Hüften. »Ich werde alt, Al.« Seine Augen bohrten sich in die meinen. »Du verstehst das vielleicht nicht, aber dieses Geschäft frisst dich auf. Es raubt dir deinen Idealismus. Ich werde das nicht mehr lange durchhalten können, und deshalb will ich, dass meine Rente gesichert ist, begreifst du das? Das bin ich meiner

Frau und meinen Kindern schuldig. Und mir selbst. Ich brauche das Geld, um mir meinen Lebensabend zu finanzieren und dafür muss ich Erfolg haben. *Burnside Close* machen ihr Ding, die verbiegen sich für niemanden, aber diese Jungs dort drinnen …« Er deutete auf die verschlossene Tür. »… die wollen nichts außer Ruhm. Die wollen sich verbiegen, nur um ihre Gesichter in der Zeitung zu sehen, glaub mir. Und das Label braucht genau solche Leute. *Infernality Rises* wird ein Knaller auf dem Markt, das garantiere ich dir.«

Ich biss mir auf die Unterlippe, weil ich nicht wusste, was ich sagen sollte. Einerseits verstand ich Simon, andererseits hatte ich das Gefühl, dass wir gerade dabei waren, eine Herde Lämmer an die Löwen zu verfüttern.

»Das Musik-Business ist nicht immer eitel Sonnenschein«, hörte ich Simon sagen und sah auf. Er blickte mich beinahe flehend an. »Dieses Label ist riesig. Es ist eines der größten am Markt und wir haben die Chance, bei diesem Deal richtig abzusahnen. Bist du dabei, Al? Kann ich auf dich zählen?«

Ich zögerte. War es das, was ich wirklich wollte?

»Ich brauche deine Unterstützung, Al, ohne dich schaffe ich das nicht.«

»Okay!« Ich schlug ein und dachte daran, dass Simon mir in der Vergangenheit mehr als eine Chance gegeben hatte. Er bedeutete mir viel, und weil mir nicht wohl bei dem Gedanken war, dass Simon sich gerade selbst verkaufte, wollte ich ihn nicht im Stich lassen.

»Danke!« Er umarmte mich und ließ mich nicht mehr los.

»Wir kriegen das hin«, hörte ich mich sagen und war mir bewusst, dass ich mir damit selbst Mut zusprach.

»Alles klar.« Simon drückte mir einen Kuss auf die Stirn. »Ich muss los. Wir hören uns!«

»Ja, bis dann.« Ich sah ihm hinterher und fühlte mich noch unwohler als vor unserem Treffen.

Am darauffolgenden Sonntag saß ich um Mitternacht im Studio, den Kopf in den Armen vergraben. Simon war bereits einige Stunden nach unserem Gespräch wieder abgeflogen und hatte mich und die Band zurückgelassen. Seitdem hatten wir das Studio quasi nicht mehr verlassen. Ich fühlte mich ausgelaugt. Um mich herum herrschte Ruhe, nur meine Ohren summten und in meinem Kopf hörte ich das Echo des Songs, den wir den Tag über aufgenommen hatten. *The Abyss In Your Eyes* sollte die erste Singelauskopplung werden. Rob hatte recht, das Lied war Durchschnitt. Liebliche Synthie-Sphären und abgedämpfte Powerchords ließen keine Spannung entstehen. Es war farblos, tot und marktkonform. Eben das, was DiscDog Records haben wollten.

Die Jungs waren bereits gegangen, und ich war froh, allein zu sein. Es machte mich fertig, in ihre emotionslosen Gesichter zu blicken, wenn sie ohne jegliche Motivation ihre Lieder auf die vorgegebene Art und Weise zum Besten gaben. Ich konnte mir nicht vorstellen, dass jemand solche Art von Musik hören wollte. Für mich besaß sie keine Seele. Es waren Songs für die breite Masse, für das Radio oder einen TV-Spot, aber nichts, was einen bewegte, einem eine Gänsehaut bescherte oder einen derart inspirierte, dass plötzlich ein ganzer Film im Kopf ablief. Ich holte tief Luft. Das war nicht das, was ich von Dad gelernt hatte.

»Hey!«

Ich fuhr herum. Rob stand hinter mir, ein Sixpack Bier unter seinem Arm.

»Was tust du denn hier?«, fragte ich und unterdrückte ein Gähnen.

»Wir hatten seit Simons Abreise gar keine Zeit zum Quatschen.« Er stellte das Bier auf einen Hocker und sah mich unschlüssig an.

»Ich habe auch nicht gedacht, dass du quatschen willst.«

»Na ja, es lief nicht alles nach Plan.«

»Du wolltest mich ausbooten, um mit Simon dein Ding durchzuziehen. Außerdem hast du mich angelogen. Redest du davon?«

»Ja.« Rob fuhr sich durch die Haare. »Und es tut mir leid. Das war nicht richtig von mir.«

Ich kniff die Augen zusammen. »Warum sollte ich dir das glauben, Rob? Ich werde das Gefühl nicht los, dass du immer versuchst, das Beste für dich rauszuholen. Erst war es Simon, nun bin ich es.«

»Hier!« Rob warf mir eine Bierdose zu. Ich fing sie auf, öffnete sie und nahm einen großen Schluck. Dabei beobachtete ich ihn.

»Ich wollte dich ausbooten«, gab er unumwunden zu. »Weil ich es satthatte, dass du uns in dieses Schema presst.«

»Wie du gehört hast, war das nicht meine Idee. Ihr kanntet die ganze Geschichte. Ich nicht.«

»Das weiß ich ja, aber ich dachte, wenn ich es schaffe, dass Simon unsere Songs hört und nicht diesen weichgespülten Scheiß, dann erinnert er sich wieder daran, warum er uns unter Vertrag genommen hat. Ich hatte gehofft, dass er die Plattenfirma vielleicht überzeugen kann. Egal, es hat nicht funktioniert.«

»Hm.« Ich starrte auf das Mischpult. »Und was ist nun eure wahre Geschichte?«

»Du meinst die, die Simon für zu langweilig hält?« Rob grinste schief. »Die ist schnell erzählt. Ich wollte schon als Kind Rockstar werden. Andere liefen mit Schwertern herum oder spielten Cowboy und Indianer, aber ich habe auf meinem Keyboard rumgehauen, habe mir Gel in die Haare geschmiert und die Lederjacken meines Vaters angezogen. Ich wollte berühmt werden, bejubelt und umschwärmt. Weil ich nicht gerade ein begnadeter Sänger bin, habe ich irgendwann angefangen, mir Jungs zu suchen, die ebenfalls berühmt werden wollten. Wir gründeten eine Band und das war's auch schon. Im Grunde kennen wir uns alle gar nicht wirklich.«

Ich musste lachen. Das war in der Tat keine herzzerreißende Geschichte. »Aber ihr habt es geschafft, Simons Aufmerksamkeit zu erregen. Egal, was einst die Beweggründe waren, diese Band zu gründen, ihr habt einen sehr eigenen Stil, der den Leuten gefällt.«

»Den wir mehr und mehr aufgeben.« Rob leerte seine Bierdose und griff nach einer weiteren.

»Dafür habt ihr die Chance, berühmt zu werden. Das ist es doch, was du willst, oder?«

Rob sah mich an. »Ich mache mir keine Gedanken darüber, was andere von mir denken. Ehrlich gesagt war es mir am Anfang scheißegal, was Simon von uns verlangt hat. Ich wollte mit der Band nur in die Charts aufsteigen. Aber dann habe ich dir die Geschichte von meinem angeblich toten Vater erzählt und es fühlte sich falsch an. Genauso wie die Musik, die wir gerade machen. Wir alle wollen nach oben, doch ich denke, heute ist mir klar geworden, dass ich keine Marionette sein will.«

»Verstehe.« Ich nippte an meinem Bier. »Und jetzt?«

»Keine Ahnung! Ich will den verdammten Vertrag. Ich will auf der Bühne stehen und eine Show abziehen, aber gleichzeitig vermisse ich die Zeit, in der wir in meiner Garage geprobt haben. Mein Vater mag nicht tot sein, doch er ist abgehauen und die Band hat mir dabei geholfen, wieder an etwas zu glauben. Es hat gut getan, als wir einfach nur wir selbst waren. Ohne die übergestülpte Hülle einer Illusion. Das ist alles. Vielleicht gewöhne ich mich mit der Zeit daran. Was denkst du?«

Ich verzog den Mund. »Darin habe ich keine Erfahrung. Ich bin noch nicht lange genug im Geschäft, um das wirklich beantworten zu können. Aber eines weiß ich: Mein Dad hätte sich niemals auf so einen Deal eingelassen. Er war immer davon überzeugt, dass Musik von Herzen kommen muss. Deshalb muss ich mich auch erst an diese Art des Managements gewöhnen.«

»Man sagt, dein Dad sei eine Legende. Was hätte er uns wohl geraten?«

»Er hätte dafür gesorgt, dass ihr auf dem Boden bleibt. Er hielt Ruhm für gefährlich, hat immer gesagt, er würde einem den gesunden Menschenverstand vernebeln und einen an den Abgrund führen. Deshalb hätte er wohl auch nicht zugelassen, dass ihr allzu schnell die Charts stürmt. Aber das ist etwas, was man sich heute nicht mehr leisten kann.«

Wir schwiegen eine Weile, bevor Rob wieder das Wort ergriff: »Ich kann dir nicht versprechen, dass mit uns immer alles glatt läuft, Al. Du bist manchmal wirklich extrem anstrengend.« Er lachte leise. »Doch nach all dem, was vorgefallen ist und was jetzt noch auf uns als Band zukommen wird, bin ich froh, dass du da bist. Ich will nicht unbedingt auf dem Boden bleiben, aber ich will auch den Gedanken nicht aufgeben, dass wir nur bezahlte Affen eines Plattenlabels sind.«

Ich runzelte die Stirn. »Das wird ein ziemlicher Spagat werden, das garantiere ich dir.«

»Dann lass uns darauf trinken, dass wir nicht abstürzen!« Er hielt mir seine Bierdose entgegen und ich stieß mit ihm an.

»Auf *Infernality Rises* und die Versuchungen des Ruhms«, sagte Rob, und ich hatte keinen Zweifel mehr daran, dass die nächsten Wochen und Monate auch mich an den Rand des Abgrunds bringen konnten.

Chapter 3

We see the distance in your eyes and hope for a sign of true advice. Is this a game, are we all playing in disguise?

(Burnside Close, »Distance«)

Die Boeing der American Airlines dockte am Gate an und ich wurde zappelig. Miami. Ich war wieder zu Hause! Endlich. Draußen kündete ein wolkenloser Himmel von einem wundervollen Tag, und ich konnte es kaum erwarten, das Flugzeug zu verlassen.

Morris wollte mich abholen und ich musste mich beherrschen, nicht sämtliche Passagiere zur Seite zu schubsen, um als Erste in der Schlange zu stehen. Es schien eine Ewigkeit zu dauern, bis die Stewardess die Flugzeugtür öffnete und sich die Karawane der bereits wartenden Menschen in Bewegung setzte. Ungeduldig folgte ich dem Strom zur Gepäckausgabe. Dort angekommen, schielte ich zu den Glastüren am Ausgang, um Morris zu entdecken.

Und wirklich, da stand er! Ich erblickte seine große Gestalt, die Sonnenbrille, die seine dunklen Augen verbarg, und die dunkelblonden Haare, die er nun deutlich kürzer trug, als zum Zeitpunkt unseres Kennenlernens vor sieben Jahren. Vor Nervosität bekam ich ganz feuchte Hände. Wir hatten uns vier Wochen nicht mehr gesehen, und ich verging beinahe vor Sehnsucht nach ihm. Hastig riss ich meinen Koffer vom Band und rannte mehr, als dass ich ging, auf die großen Schiebetüren zu.

Er stand direkt hinter der Absperrung und ich warf mich mit einem glücklichen Quietschen in seine Arme.

»Al«, murmelte er in meine Haare. »Du erdrückst mich!«

Ich lachte und küsste ihn. Dabei hielt er meinen Kopf mit beiden Händen fest. Erst, als einige Leute neben uns anfingen, dumme Bemerkungen zu machen, lösten wir uns voneinander, und er setzte die Sonnenbrille ab.

Sein Gesicht war so vertraut, seine Augen so warm, und sein Lächeln entließ einen kribbelnden Wasserfall in meinem Inneren, der sich über meinen Rücken bis hinunter zu meinen Füßen zog.

»Ich habe dich vermisst«, flüsterte ich.

»Und ich dich erst!« Er küsste mich erneut, bevor er seinen Arm um mich legte und wir eng umschlungen durch die Empfangshalle gingen.

»Mein Koffer!« Ich schlug mir gegen die Stirn. Vor lauter Wiedersehensfreude hatte ich den völlig vergessen.

Rasch lief ich zurück, um ihn zu holen. Morris strahlte über das ganze Gesicht, als ich zu ihm zurückkehrte.

»Was ist?« Ich konnte nicht aufhören, ihn anzusehen.

»Ich liebe dich, Al. Du bist mir so viel wichtiger als meine Gitarren«, sagte er.

»O mein Gott!« Ich gab mich gespielt verzückt. »Das ist das Schönste, was du mir je gesagt hast. Sperrst du mich dann auch demnächst in einen Schrank, damit ich nicht einstaube oder mich jemand klaut?«

»Das sollte ich tun!« Er zog mich erneut in seine Arme und hob mich hoch, sodass mein Gesicht über dem seinen schwebte. »Ich halte dieses Getrenntsein von dir nicht länger aus. Ich werde mit Simon sprechen. Du musst wieder mehr für *Burnside Close* arbeiten!«

»Ja.« Ich küsste seine Unterlippe und saugte mich kurz daran fest. »Darüber müssen wir reden. Es gibt da einiges, was ich dir noch nicht erzählt habe.«

Morris setzte mich ab und sah mich mit gekrauster Stirn an. »Was ist los?«

»Nicht jetzt«, wiegelte ich ab. »Ich bin so froh, wieder bei dir zu sein, und das möchte ich nicht mit Themen über unsere Arbeit zerstören. Lass uns nach Hause fahren.«

Es tat gut, es auszusprechen. Unser Zuhause. Das Wort zerging mir förmlich auf der Zunge. Nur Morris und ich. Für drei Tage. Anschließend musste ich zurück nach Los Angeles. Aber das konnte und wollte ich Morris noch nicht erzählen.

»Okay.« Er nahm mir den Koffer ab. Das Lächeln wich nicht aus seinem Gesicht.

»Du hast doch was«, bohrte ich neugierig nach.

»Ja, aber es hat mit der Arbeit zu tun und darüber wolltest du nicht reden.«

»Jetzt sag schon!« Ich knuffte ihn die Seite.

»Das Loudwire Magazine hat mich zum Sänger des Jahres gewählt. Kannst du das glauben?«

»Im Ernst?« Ich fiel ihm um den Hals. »Das ist ja Wahnsinn! Ich gratuliere dir. Mann, bin ich stolz auf dich!«

»Ja, ich habe es erst gestern erfahren. Und außerdem werden wir im April auf dem Coachella Festival auftreten. Ich meine, hey, dort feiern *Guns N' Roses* dieses Jahr ihre Wiedervereinigung. Und wir werden dort ebenfalls auf der Bühne stehen! Ich kann es noch gar nicht glauben.«

»Da muss ich dabei sein, das ist ja der Hammer! Was sagen die Jungs dazu?«

»Du wirst sie heute Abend treffen. Sie haben uns den Tag freigegeben, aber sie meinten, die Nacht gehöre ihnen.«

»O nein!« Ich stöhnte gequält auf. »Ich bin so müde! Ich dachte, ich könnte hier etwas schlafen.«

»Tut mir leid, Baby.« Morris biss zärtlich in mein Ohrläppchen. »Schlafen lassen werde ich dich mit Sicherheit nicht.«

Ich kicherte und folgte ihm hinaus auf den Parkplatz. Kurze Zeit später standen wir vor Dads schwarzem 67er Chevi Camaro SS. Er hatte ihn mir nach seinem Tod vererbt, aber weil ich eine Weile nicht wusste, wo ich leben und was ich in Zukunft tun wollte, hatte ich ihn den Mitgliedern von *Burnside Close* überlassen. Inzwischen fuhren ihn jedoch Morris oder ich. Der vertraute Geruch des Autos, als ich in den Beifahrersitz sank, gab mir ein zusätzliches Gefühl von Heimat. Im Inneren dieses Wagens hatte ich mir jede Sommerferien Dads Schwärmereien über eine seiner Bands angehört. Doch dass es mich eines Tages wie ein Blitz treffen würde, das hatte ich nicht geahnt. Jener Sommer, in dem ich Morris und die Jungs von *Burnside Close* traf, veränderte mein Leben.

Gedankenversunken nahm ich Morris' Hand und lauschte mit geschlossenen Augen, wie er den V8-Motor startete. Durch die geöffneten Fenster wehte warme Luft herein. Ich atmete tief durch und verdrängte die störenden Gedanken an meine Zeit in Los Angeles. Für drei Tage gab es nur Morris und mich und *Burnside Close*.

»Al!« Kaum trat ich am späten Abend durch die Tür der Bar, in der wir uns verabredet hatten, sprangen die Jungs von ihren Stühlen.

Ich spürte, dass Morris mich vor sich herschob, und es gelang mir nicht, in Deckung zu gehen, bevor Matt, Sean und Brad mich wie Abwehrspieler beim Football zu Boden warfen.

»Ihr seid völlig irre«, keuchte ich unter ihrem Gewicht, ehe ich hochgezogen und in die Luft geworfen wurde. So war das immer. Ich war der Glücksbringer der Band, auch wenn sie mich manchmal wie ein ausgestopftes Maskottchen behandelten.

»Long time no see«, hörte ich Matt sagen, der mir die Haare zerzauste. Ich schlug um mich und traf Sean versehentlich im Gesicht. Mit gespielter Dramatik sackte er in sich zusammen.

»Rache!« Brad umarmte mich von hinten und schnürte mir dabei beinahe die Luft ab.

»Lasst mich los, ihr Wahnsinnigen!«, protestierte ich lachend.

»Das kommt davon, wenn du uns so lange alleine lässt!« Matt küsste mich auf die Stirn und Brad tat es ihm gleich.

Sean hing derweil ächzend an meinem Arm und redete unverständliches Zeug. »Wir können nicht ohne dich leben«, nuschelte er. »Wenn du nicht bei uns bist, dann wollen wir sterben.«

Morris grinste und bot seinem Kumpel die Hand, um ihn auf die Beine zu ziehen. »Ihr habt es ihr nun klar und deutlich gesagt«, murmelte er und sein Blick fand den meinen. »Wir vermissen dich.«

»Oh, Jungs, kommt her!«, rief ich gerührt und zog alle in meine Arme. Innerhalb kürzester Zeit führte das zu einer erneuten Balgerei. So sentimental die vier sein konnten, umso alberner versuchten sie anschließend, die Situation wieder zu neutralisieren.

»Setz dich!« Matt deutete auf den Tisch, an dem sie gesessen hatten, bevor Morris und ich in die Bar gekommen waren. Die meisten Gäste sahen belustigt zu uns herüber. Bei so viel Tumult fragten sie sich vermutlich, wer ich eigentlich war.

»Hey, noch eine Runde Bier!« Sean winkte dem Kellner und sank auf den Stuhl neben mir. »Was gibt's, Al? Warum warst du so lange in L.A.?«

»Komplizierte Geschichte«, wich ich aus. »Lasst mich doch erst mal hören, was es bei euch Neues gibt! Wie kommt ihr mit den Songs voran?«

Mehr musste ich gar nicht sagen, denn schon redeten alle durcheinander. Lächelnd versuchte ich, ihren Ausführungen zu folgen.

»Wir wissen noch nicht, in welche Richtung es geht. Es kann einfach alles werden, Al!« Brads Augen leuchteten.

»Wir haben tonnenweise Ideen. Beim letzten Album war es ein Geistesblitz nach dem anderen, aber dieses Mal werden wir förmlich überflutet mit den ganzen Erfahrungen, die wir bei unseren ersten beiden Alben sammeln konnten«, erklärte Matt.

»Wir wollen Metal, Hardrock und Alternative perfekt miteinander verbinden. Fette Riff-Salven und wuchtige Rhythmen. Unsere Fans sollen von Anfang an den Sturm fühlen, der in uns tobt.« Sean zeigte mir mit Zeige- und kleinem Finger die *Metal Fork.*

»Wir werden drei bis vier Monate brauchen, um alles auszuleben und zu entscheiden, wie das neue Album aussehen wird. Bis dahin musst du dich unbedingt mit unseren Fanartikeln beschäftigen, Al. Wir wollen mehr Erlebnisse für unsere Fans. ›Meet & Greet‹-Aktionen, signierte Instrumente, die wir bei den Aufnahmen verwenden, handgeschriebene Songtexte, all so was. Am besten, wir versteigern einige der Dinge im Vorfeld, um zusätzlich Geld für die Tonaufnahmen zu bekommen. Das Label wird nicht alles finanzieren.« Matt lehnte sich zu mir herüber. »Wir brauchen dich jetzt mehr denn je in der Band. Ich hoffe, du weißt das.«

Mir wurde flau im Magen. Ich hatte Simon und Rob ein Versprechen gegeben, auch wenn ich nicht wusste, ob ich mir damit selbst einen Gefallen tat.

»Alles okay?«, fragte Sean, der meinen starren Blick bemerkte.

»Ihr solltet über lebenslange VIP-Pässe nachdenken«, schlug ich vor, um von meinem Zögern abzulenken. »Ich weiß, dass es Fans gibt, die bereit wären, einiges dafür zu bezahlen. Wir sollten dann nur definieren, was ein derartiger Pass beinhaltet.«

»Genau solche Ideen brauchen wir!« Matt hob seine Hand und ich schlug ein.

Der Kellner brachte das Bier und fragte, ob wir etwas zu Essen bestellen wollten. Nach einem kurzen Blick in die Karte entschied ich mich für einen Cheeseburger. Das Gespräch der Jungs drehte sich derweil um ihre Instrumente und ich lehnte mich zurück, um sie zu beobachten. Es war lange her, dass ich sie bewusst angesehen hatte.

Da gab es Matt Tormani, er war der Gitarrist der Band und einfach ein toller Kumpel. Ich liebte ihn. Selbstverständlich nicht so, wie ich Morris liebte, aber er war mir unglaublich wichtig. Das ging mir allerdings nicht allein so. Mit seinen dunklen Haaren, den braunen Augen und dem durchtrainierten, tätowierten Körper hatte er vermutlich die meisten Fans. Regelmäßig erreichten uns tonnenweise Liebesbriefe für ihn, Fanart oder Schlüpfer in jeglicher Form. Es war unglaublich, was Leute alles in Briefumschläge stopften, um es an jemanden zu senden, den sie eigentlich gar nicht kannten.

Dann gab es Brad Mayfield, den Bassisten. Er war ein ewig gut gelauntes Gummibärchen, das für die Bühne geboren worden war. Und für die Frauen. Seinem Charme konnte keine widerstehen, und das wusste er. Momentan trug er seine hellbraunen Haare schulterlang, aber das konnte sich jederzeit ändern, denn er wechselte seine Frisuren so schnell wie seine Freundinnen. Ich vergötterte Brad, er war Ecstasy fürs Gemüt.

Der Dritte im Bunde hieß Sean Pitt. Er war der Drummer von *Burnside Close* und ein kleines Sensibelchen. Mit seinen pummligen Backen und den rotblonden Locken sah er auf den ersten Blick nicht wie ein Rocker aus. In Gesellschaft war er eher wortkarg, auf der Bühne ging er dagegen ab wie eine Rakete. Dass seine Drumsticks keine Funken sprühten, wenn er sie durch die Luft peitschte, war ein Wunder. Es hatte ein Weilchen gedauert, bis ich mich mit ihm angefreundet hatte, aber mittlerweile wollte ich ihn nicht mehr missen. Er war der Ruhepol von *Burnside Close* und definitiv der Vernünftigste von uns allen.

Seit dem Tod meines Vaters war die Band meine Familie. Ich liebte ihre Musik, ihre verrückte Art, und ich wünschte mir nichts mehr, als ein Teil von ihnen zu sein. Ich glaubte an ihren Erfolg, hatte es immer getan, aber ich nahm auch meinen Job für *Infernality Rises* ernst, obwohl mir nicht gefiel, in welche Richtung er sich gerade entwickelte. Was sollte ich also tun?

»Du bist so still, Al. Was ist los?« Matt runzelte die Stirn, und mir wurde bewusst, dass die Jungs mich zu gut kannten, als dass ich mich allzu lange vor ihnen verstellen könnte. Dennoch wollte ich zuerst mit Morris über die ganze Situation sprechen. Seine Meinung war mir sehr wichtig.

»Ich bin müde«, log ich deshalb und gähnte halbherzig.

»In diesem Fall wird es Zeit, dass wir dich aufwecken.« Sean klatschte in die Hände. »Wenn wir gegessen haben, fahren wir zu Brad. Er hat einen schalldichten Übungsraum für uns eingerichtet, den du noch nicht gesehen hast. Außerdem musst du dir unbedingt unsere Songideen anhören.«

»Alles klar!« Ich bemühte mich um Begeisterung und sah mit Erleichterung, dass der Kellner mit dem bestellten Essen zu unserem Tisch eilte.

Sofort nahm die Konversation wieder ihren Lauf, und ich beteiligte mich lebhaft daran, um mein schlechtes Gewissen zu unterdrücken, das immer stärker wurde, je länger ich mit den Jungs zusammen war.

Kaum ließ ich meine Serviette auf den Teller fallen, sprangen alle auf. »Los, komm!« Matt zog mich auf die Beine. »Wir spielen dir jetzt ein paar Schlafliedchen vor.«

Ich lachte und folgte den Jungs nach draußen, während Morris die Rechnung für alle beglich. Als wollte er mich entführen, zerrte mich Matt in Brads alten Transporter, einen GMC Van, der mit jedem Mal klappriger anmutete, wenn ich ihn sah. »Morris weiß, wohin er muss. Ich will jetzt endlich wissen, was mit dir los ist«, flüsterte er in mein Ohr.

Ich winkte Morris noch kurz zu, der aus der Bar trat, bevor sich die Schiebetür hinter Matt und mir schloss. Brad sprang hinters Steuer und Sean hechtete neben ihn auf den Beifahrersitz. Sie fuhren derart abrupt los, als seien sie tatsächlich auf der Flucht. Resigniert drehte ich mich zu Matt um und sah ihn an.

»Was willst du wissen?«, fragte ich.

Matt runzelte die Stirn. »Was ist in L.A. passiert?«

»Ich will nicht drüber reden«, murrte ich. »Sicher ist es das normale Leben im Musikbusiness. Ich muss mich nur noch daran gewöhnen.«

»Al!«, mahnte Matt und ich biss mir auf die Unterlippe. Ich hatte vergessen, dass mich Matt beinahe so gut kannte wie Morris. In der Vergangenheit hatte es einmal einen Moment zwischen uns gegeben, der etwas verfänglich gewesen war. Zu diesem Zeitpunkt hatte ich Morris von mir gestoßen und in meiner Verwirrung geglaubt, dass meine Freundschaft zu Matt mehr war. Am Ende konnten wir die Situation klären, doch eine besondere Verbundenheit war geblieben.

»Ich wollte die ganze Sache erst mit Morris besprechen, aber alles in allem habe ich einige Erkenntnisse erlangt, die mich erschüttert haben, Matt. Simon tut Dinge, die ich so nicht von ihm erwartet hätte. Und auch *Infernality Rises* sind nicht das, was ich geglaubt habe. Trotzdem fürchte ich, dass ich da jetzt durchmuss. Es ist mein Job.«

»Und der beinhaltet was?«

»Dass ich *Infernality Rises* weiterhin vor Ort betreue. Diese Jungs kann man nicht allein lassen, und die Plattenfirma hat gewisse Erwartungen an sie.«

»Hat sich Simon von diesem Label kaufen lassen?«, hakte Matt nach.

Ich nickte unsicher. »Ich glaube schon. Aber ich will ihn nicht hängen lassen.«

»Das ist ein gefährliches Spiel, Al. Sei vorsichtig!« Er nahm mich in den Arm, und ich lehnte meinen Kopf gegen seine Schulter. »Wenn das Plattenlabel Simon und die Band wegen ausbleibendem Erfolg fallen lässt, dann ist deine Reputation ebenfalls angekratzt. Das solltest du wissen, bevor du dich darauf einlässt.«

»Simon zählt auf mich, was soll ich denn tun?«

»Du bist zu gut für diese Welt, Al.« Grinsend lehnte er seine Stirn gegen die meine. »Aber wir sind für dich da. Rede mit Morris, dann sehen wir weiter. Wir finden eine Lösung.«

»Danke!« Ich sah ihn an und zog meine Nase kraus. »Ich habe geglaubt, es sei kindisch, dass ich ständig bei euch sein will. So eine Art Abhängigkeit nach Dads Tod, irgendeine Flucht aus dem Alltag, keine Ahnung, aber ihr seid meine besten Freunde.«

»Das wissen wir doch!« Er lehnte sich zurück und sah zufrieden aus. »Ich bin froh, dass du mir immer noch vertraust.«

»Warum sollte sich das ändern?«

Er grinste geheimnisvoll.

»Was ist los?«, bohrte ich neugierig geworden nach, doch Matt ließ mich zappeln.

»Matt!«

»Ich werde heiraten.«

Überrascht schlug ich mir die Hände vor den Mund, bevor ich zu quietschen begann. »Das ist nicht dein Ernst! Hast du Deborah einen Antrag gemacht?«

»Schon letzten Monat. Und sie hat Ja gesagt. Ich kann es noch immer nicht glauben.«

Ich strampelte aufgedreht mit den Beinen. »Wie aufregend!« Wir umarmten uns. »Ich freue mich so für dich! « Ich meinte es ehrlich und wedelte nun hektisch mit den Armen vor seinem Gesicht herum. »Wann werdet ihr heiraten? Und wo? Erzähl, erzähl!«

»Wir sind gerade mitten in der Planung. Deborah ist der Ansicht, ich wäre sicher entspannter, wenn unser Album fertiggestellt ist, deshalb fassen wir den Herbst ins Auge. Wir dachten an Costa Rica. Da waren wir zum ersten Mal gemeinsam im Urlaub.«

»Wie schön! Und? Bin ich eingeladen?«

»Natürlich nicht!«, scherzte Matt und warf eine leere Bierdose nach mir, die unbeachtet auf dem Boden gelegen hatte. »Morris wird mein Trauzeuge. Und du wirst Brautjungfer. Keine Widerrede!«

»Wahnsinn, ich freue mich so für euch!«

Wir umarmten uns erneut und wurden plötzlich nach vorn geworfen, als Brad den Transporter unvorhergesehen zum Stehen brachte.

»Hört auf zu schmusen«, rief er zu uns nach hinten. »Wir sind da. Steigt aus! Morris ist hinter uns hergefahren, als sei er ein Cop. Wenn er euch so erwischt, gibt's Ärger.«

Lachend drängten wir aus der Seitentür. Direkt in Morris' Arme.

»Was soll das?« Er deutete einen Kinnhaken in Matts Richtung an. »Du entführst mir meine beste Gitarre. Auf keiner kann ich so spielen wie auf ihr!«

Es entwickelte sich ein Scheingefecht, in dem Matt irgendwann von Morris in den Schwitzkasten genommen wurde. Beide keuchten und johlten, und ich verfolgte die Albernheit mit hochgezogenen Augenbrauen und vor der Brust verschränkten Armen. In der Nachbarschaft begannen die Hunde zu bellen und bald schrie jemand, dass um Mitternacht gefälligst Ruhe zu herrschen habe.

Brad machte dem Kampf ein Ende, indem er Morris und Matt an den Ohren mit sich ins Haus zog. »Ich will hier noch länger wohnen«, ermahnte er sie.

Ich betrat das Haus als Letzte und begrüßte sofort Brads Hund, der schwanzwedelnd um uns herumlief. Es war ein Staffordshire Terrier mit dem Namen Warrior. So gefährlich wie er aussah, so gutmütig war er und schleckte mir von oben bis unten das Gesicht ab.

»Hey, Brad.« Seine On-and-Off-Beziehung Stacy kam um die Ecke. Momentan waren sie wieder *On,* aber bei Brad war es meistens nur eine Frage der Zeit, bis er einen Seitenblick zu viel riskierte und Stacy den Beziehungsstatus zu *Off* änderte.

»Hey!« Wir umarmten uns. Ich kannte Stacy schon länger und mochte sie. Sie war der Typ ›Pamela Anderson, the next generation‹; platinblond, vollbusig und schmolllippig.

»Wie geht es dir?«, fragte sie und ich registrierte, dass sie ausnahmsweise einmal nicht zentimeterdick geschminkt war und erfrischend natürlich aussah.

»Alles gut«, erwiderte ich und folgte Brad und den anderen in einen Nebenraum.

»Übt ihr noch?«, wollte Stacy wissen und küsste Brad so lange, dass wir alle grinsen mussten.

»Ein bisschen, aber dann bin ich bei dir, Baby«, flötete Brad und gab seiner Freundin einen Klaps auf den Hintern, bevor sie den Raum verließ.

»Widerlicher Macho«, murmelte ich und Brad streckte mir die Zunge heraus.

»Rock'n'Roll, Al«, erwiderte er nur, als wäre damit alles geklärt.

Ich ließ mich auf ein durchgesessenes Sofa plumpsen, verschränkte die Hände hinter dem Kopf und sagte: »Dann mal los, ihr Rocker, beweist mir, dass euer Gerede nicht bloß heiße Luft gewesen ist!«

Die Jungs lachten und machten ihre Instrumente bereit. Es folgten die üblichen schiefen Klänge, bevor sich Morris mit seiner Gitarre ans Mikro stellte.

»Lauscher auf, Al«, scherzte er, dann zählte er die Band an, und ich schloss die Augen, um die Musik besser wirken zu lassen. »Der Song heißt *Distance,* ich habe dir schon von ihm erzählt. Achte nicht zu sehr auf den Text, wir experimentieren noch. Auch die Melodie ist noch wenig ausbalanciert. Fühl es einfach.«

Es folgte ein ruhiges Akustik-Intro, durchbrochen von Morris' charakterstarkem Gesang. Beinahe gespenstisch glitten die Töne durch den Raum, bis sich Tempo und Intensität plötzlich änderten. Matts

Riffs untermalten Seans pulsierende Drums und formten ein Lied, das dynamisch und überraschend war. Der druckvolle Metal steigerte sich immer mehr und explodierte schließlich in einem eingängigen Refrain: *We see the distance in your eyes and hope for a sign of true advice.* Ich öffnete die Augen und bemerkte Morris' Blick. Er zwinkerte mir zu und ich nickte anerkennend.

»Wow!«, johlte ich, als die letzten Töne verklungen waren, und klatschte in die Hände. »Eure Leads brennen ein hübsches Feuerwerk ab. Das ist der pure Wahnsinn!«

»Dann hör dir das hier an«, rief Matt und griff in die Seiten, um sie aufheulen zu lassen. »Der Song kracht noch mehr!«

Es folgte ein heroisches Riff-Gewitter, das definitiv die Grenze zum Metal überschritt, aber durch seine Komplexität beinahe wie eine Hymne anmutete. An diesen Song schloss sich eine ruhige, tiefschwarze Blues-Nummer an, die ich von *Burnside Close* so überhaupt nicht erwartet hatte, bevor eine leidenschaftliche Hardrock-Ballade den Abschluss bildete.

Für einen Moment wusste ich nicht, was ich sagen sollte, und beobachtete die Jungs dabei, wie sie ihre Instrumente ablegten. Nacheinander fielen sie neben mir aufs Sofa.

»Und?«, fragte Sean nach einer Weile des Schweigens. »Was sagst du, Al?«

»Ich bin total geflasht!« Ich sprang auf und lief durch den Raum, weil ich vor Begeisterung nicht mehr stillsitzen konnte. »In jedem Ton spürt man euer Herzblut. Das ist wirklich mutiges, komplexes Songwriting, Jungs. Mal knallt ihr rein und mäht alles nieder, dann überrascht ihr durch feines, melodisches Verständnis, bei dem der Gesang klar und leidenschaftlich im Vordergrund steht. Ihr habt echt ein Niveau erreicht, das mich fasziniert. Damit werdet ihr euch von alledem emanzipieren, was ihr vorher gemacht habt. Einfach Wahnsinn! Ich frage mich nur …« Ich hielt inne und alle sahen mich erwartungsvoll an. »Ihr wart bisher mehr im Alternative-Bereich unterwegs, aber das hier ist eine andere Nummer. Ihr zeigt vermehrt eure Metal-Seite, und ich frage mich, was die Fans davon halten werden. Mit diesen Songs wollt ihr nicht unbedingt gefallen, sondern ihr veranschaulicht, was ihr draufhabt. Ihr verliert euch bisweilen in Gitarrensoli, verwendet ein komplexes, kompositorisches Muster, das ihr geradezu auslebt. All das wirkt, als wolltet ihr sagen: Seht her, die Alternative-Rock-Schublade ist inzwischen viel zu klein für uns, wir sind für etwas Größeres geboren! Die Frage ist, ob die Radiostationen Songs mit einer Länge von fast sechs Minuten spielen werden.«

»Sicher nicht«, gab Matt zu. »Geben wir uns keiner Illusion hin, auch wir wollen so viele Platten wie möglich verkaufen. Dafür werden wir den ein oder anderen kommerziellen Track mit aufs Album nehmen, aber in erster Linie wollen wir unser Ding durchziehen und die Musik machen, die uns am Herzen liegt. Wir verbiegen uns ganz sicher nicht für irgendwelche Radiostationen oder die Airplay-Charts.«

»Das ist gut.« Ich rieb mir die Stirn.

»Was ist los, Al? Warum bist du auf einmal so vorsichtig?«, wollte Brad wissen.

Ich fing Matts Blick auf und wich ihm aus. »Ich denke nur an euren Verdienst«, spaßte ich.

Morris stand auf, gab mir einen Kuss und holte seine Gitarre. »Du hast nun die ersten Songs gehört, Al, und ich bin gespannt, was du zu dem Rohmaterial sagst, das wir sonst noch auf Lager haben.«

Brad langte nach einigen Zetteln, die hinter ihm lagen, und Matt schnappte sich ebenfalls seine Gitarre.

»Lasst uns ein wenig improvisieren!« Er griff in die Seiten.

Was folgte, war das, weshalb ich mich einst in die Band und in Morris verliebt hatte. Gelebte Musik, ekstatisches Komponieren und dieses Gefühl, eine verschworene Gemeinschaft zu sein. Wir sangen vor uns hin, probierten verschiedene Melodien aus, testeten den Beat, indem wir auf unseren Knien trommelten und lachten viel. Zwischendurch wurden die Ideen schriftlich festgehalten und kaum einer von uns bemerkte, wie die Zeit verstrich.

»Hey, es ist schon halb vier«, sagte Matt irgendwann und gähnte. »Ich muss nach Hause. Deb hat diese Woche Frühschicht. Vielleicht erwische ich sie noch, bevor sie loszieht.«

Matts Verlobte war Krankenschwester und ich fragte mich, wie sie und Matt es schafften, ihre völlig chaotischen Arbeitszeiten unter einen Hut zu bekommen. Aber es schien zu funktionieren, denn immerhin wollten sie heiraten.

»Wir fahren auch, oder?« Morris legte mir einen Arm um die Schulter und zog mich zu sich heran.

»Hm.« Obwohl ich völlig übermüdet in Miami angekommen war, hatte es mir so unglaublich viel Freude bereitet, mit der Band zusammen zu sein, dass ich nun nicht gehen wollte.

»Na, komm!« Morris zog mich mit sich und ich winkte allen zum Abschied zu. »Wir sehen uns!«

Wir verließen Brads Haus, stiegen in den Camaro und fuhren in die Nacht hinein in Richtung Kendall, einem Vorort von Miami, wo Morris und ich wohnten. Während der Fahrt sah ich aus dem Fenster und summte einige der Melodien vor mich hin.

»Geht es dir gut, Al?«, erkundigte sich Morris nach einer Weile. »Was hast du mit Matt besprochen?«

Ich drückte seine Hand, da ich einen Anflug von Eifersucht in seinen Worten hörte. »Er hat mir erzählt, dass er und Deb heiraten werden.«

»Das ist alles?«

»Nein, er wollte auch wissen, was mich bedrückt.«

»Und, hast du es ihm verraten?« Ich sah, dass Morris' Kiefermuskulatur zuckte. Ein Zeichen dafür, dass er angespannt war.

»Ich habe gesagt, dass ich zuerst mit dir darüber reden will«, beruhigte ich ihn, aber Morris' Stimmung blieb gedämpft.

»Manchmal bist du verschlossen wie eine Auster, Al! Liegt es an mir? Ich meine, wenn dich etwas bedrückt …«

»Es liegt nicht an dir«, beteuerte ich und gähnte erneut. »Ich bin ein wenig angespannt. Lass uns morgen ganz in Ruhe darüber sprechen.«

Er sah mich an, und ich bemühte mich um ein Lächeln. Ich wusste, dass ich manchmal nicht einfach war, wenn es um meine Entscheidungen ging. Ich wollte niemanden verletzen und tat es dann meistens doch.

Als wir vor dem Wohnkomplex hielten, in dem sich unser Appartement befand, dämmerte es bereits. Morris sperrte den Camaro ab und wir stiegen schweigsam die Treppen in den obersten Stock hinauf. Kaum dass die Tür hinter uns zufiel, legte Morris seine Arme um mich und wir stellten uns ans Fenster. Vereinzelte Sonnenstrahlen fielen in den Raum.

»Erinnerst du dich an unseren ersten gemeinsamen Sonnenaufgang?«, fragte Morris.

»Wie könnte ich den vergessen?« Ich lächelte. »Wir saßen am Pool von irgendeinem dubiosen Hotel in Orlando, und du wolltest mich nicht küssen, weil du Angst vor meinem Dad hattest.«

»Die Zeiten haben sich geändert.« Er gab mir einen intensiven Kuss, den ich bis in jede einzelne meiner Haarspitzen fühlte.

»Ich wünsche mir, dass ich dir dieselbe Stärke geben kann, die du mir schenkst«, murmelte er, den Kopf an meinen Hals gelehnt.

»O Gott, das tust du«, seufzte ich und spürte seine Hände unter meinem T-Shirt.

»Dann rede mit mir!« Er zog sich zurück und sah mich an.

»Jetzt?«, fragte ich heiser und blickte in seine ernsten Augen. Er war alles, was ich je gewollte hatte. Seit wir uns das erste Mal begegnet waren, faszinierte er mich. »Ich liebe dich, Morris, und wenn du reden willst, dann tun wir das.«

Er schien zu überlegen. Doch bevor ich erneut das Wort ergreifen konnte, packte er mich und warf mich aufs Bett. Dann zog er sich sein Shirt über den Kopf und beugte sich über mich.

»Das wollte ich hören«, gestand er und grinste schelmisch. »Aber ich denke, das hat Zeit bis später!«

Als ich aufwachte, war es bereits weit nach Mittag. Morris lag neben mir auf dem Bauch, den Kopf in den Armen vergraben. Ich kuschelte mich ganz eng an ihn und genoss seine Nähe. Es tat mir leid, dass ich ihn mit meiner abweisenden Art verletzt hatte. Es war nur so, dass ich mich vor seiner Reaktion fürchtete, wenn ich ihm offenbarte, dass ich zurück nach L.A. musste, anstatt mich komplett auf *Burnside Close* zu konzentrieren, so wie er und die Jungs sich das wünschten. Dabei hatte ich gehofft, dass mein Leben nie wieder derart kompliziert werden würde, wie es schon einmal gewesen war.

»Bist du wach?« Morris hob den Kopf, um mich zu küssen.

»Ein wenig.« Ich gähnte. »Ich denke schon wieder zu viel nach.«

Morris schwieg und ich wusste, dass er mich nicht noch einmal darum bitten würde, ihm davon zu erzählen.

»Es ist wegen Simon und *Infernality Rises*. Diese ganze Geschichte ist komplizierter, als ich erwartet hätte.«

»Geht es um das Demotape?«

»Damit fing alles an. Simon und ich waren uns uneinig über den Inhalt, und dann stellte sich heraus, dass er einige Dinge vor mir verheimlicht hat. Es gab Absprachen mit dem Plattenlabel, das *Infernality Rises* unter Vertrag nehmen soll. Die wollen die Band ganz groß rausbringen und sind bereit, eine gigantische Summe Geld in die Hand zu nehmen. Voraussetzung dafür ist allerdings eine festgesetzte Story, die die Bandmitglieder in die Öffentlichkeit tragen sollen. Dazu gehören eine üble Kindheit, ein verstorbener Vater, dicke Männer-Freundschaften und ein Debüt-Album voll von Liedern, in denen sie dieses Trauma verarbeiten. Es ist die ganz große Lüge für den ganz großen Erfolg. Und Simon nimmt das einfach so hin. Er redet davon, dass er das Geld braucht, um seinen Lebensabend zu finanzieren. Ich weiß nicht, was ich davon halten soll, Morris.«

»Wow!« Er stützte sich auf den Ellbogen ab und sah mich aufmerksam an. »Warum hast du mir das nie erzählt?«

»Weil ich mir bis vor Kurzem selbst nicht darüber im Klaren war, was ich tun soll. Mein Gefühl sagte mir, sofort aus der Sache auszusteigen. Ich will bei euch sein und euren Weg durch meine Arbeit unterstützen. Auf der anderen Seite will ich nicht bei den ersten Schwierigkeiten davonlaufen. Ich mag Simon, und ich kann noch immer nicht glauben, dass er sich auf so einen Deal eingelassen hat. Ich möchte ihn nicht hängen lassen. Ebenso wenig wie *Infernality Rises.* Die Jungs sind jetzt schon so labil, dass sie beim Erfolg völlig durchdrehen werden. Vielleicht tun sie das auch ohne meine Anwesenheit, doch ich hoffe, dass ich sie unter Kontrolle bekomme.«

»Und deshalb wirst du weiterhin in L.A. sein.«

»Ja.« Ich nickte unglücklich. »Aber ich habe Angst, dass das unsere Beziehung gefährden könnte. Ich meine, wir sehen uns kaum mehr …«

»Hör auf mit dem Unsinn!« Morris setzte sich auf und nahm mein Gesicht in seine Hände. »Ich sage es dir nicht zum ersten Mal. Du gehörst zu mir.« Sein Daumen fuhr sanft über meine Unterlippe. »Du erinnerst dich hoffentlich nicht nur an unseren ersten gemeinsamen Sonnenaufgang, sondern auch an all das Chaos, das anschließend folgte. Es hat viel zu lange gedauert, bis wir endlich zusammengekommen sind, und ich will nicht mehr, dass Missverständnisse zwischen uns herrschen, verstehst du das?«

Ich nickte und war erleichtert, dass Morris nicht sauer über meine Entscheidung war.

»Wir wussten von Anfang an, dass es schwierig werden wird. Rockmusiker sind nicht gerade bekannt für ihre stabilen Beziehungen. Aber ich will, dass es funktioniert, und deshalb müssen wir lernen, miteinander zu reden.«

»Das tun wir doch gerade!«, protestierte ich und Morris grinste.

»Viel zu spät, Al. Von all dem habe ich nichts gewusst. Du hast es mit dir allein ausgemacht, so wie du das immer tust. Wenn wir voneinander getrennt sind, dann musst du mir nicht die heile Welt vorspielen, nur um mich nicht zu beunruhigen. Ich höre es, wenn etwas nicht in Ordnung ist. Also erzähl es mir ruhig!«

»Aber du hast so viel zu tun. Die Musik, die Band ...«

»Das ist richtig, doch gerade weil das so ist, müssen wir einen Weg für uns finden, okay?«

»Okay«, stimmte ich zu und sah Morris an. »Wann bist du so erwachsen geworden? Früher warst du immer in dich gekehrt und hattest Zweifel.«

»Ich hab meine Momente«, erwiderte er lächelnd und strich sich die Haare aus dem Gesicht. »Ich bin glücklich mit dir, das ist alles. Und das will ich nicht verlieren.«

»Ich auch nicht.« Wir küssten uns, bevor Morris innehielt und den Kopf schief legte.

»Ich glaube, ich habe eine Idee«, sagte er, und ich runzelte die Stirn.

»Was meinst du?«

»Hm, ich denke, ich weiß, wie wir vielleicht beides hinbekommen könnten, uns und unsere Jobs.«

»Ach ja?«

»Wir machen *Infernality Rises* zu unserer Support-Band, wenn wir im Sommer auf Club-Tournee nach Europa gehen!«

»Im Ernst?« Der Gedanke gefiel mir. Auf diese Idee war ich noch gar nicht gekommen.

»Ja, damit schlagen wir gleich mehrere Fliegen mit einer Klappe. Du kannst für uns und für *Infernality Rises* arbeiten, behältst diese Jungs gleichzeitig im Auge, hältst dein Versprechen Simon gegenüber und wir beide sind zusammen. Außerdem werden die Plattenfirmen sehr glücklich sein, eine aufstrebende und eine etablierte Band gemeinsam auf Tour zu schicken. Das ist gut für Image und Marketing und bereichert uns gegenseitig in musikalischer Hinsicht. Es ist ein Nutzen für uns alle.«

»Du bist ein Genie!« Ich fiel Morris um den Hals, und wir kippten beinahe vom Bett, so stürmisch war ich.

Morris hielt mich fest und bugsierte mich zurück in die Kissen. »Hättest du eher mit mir geredet, wärst du gar nicht erst in all diesen Grübeleien versunken«, ermahnte er mich. »Ist dir das eine Lehre?«

»Natürlich!« Aufgekratzt bedeckte ich seinen Hals mit Küssen, und er wehrte sich lachend.

»Dafür will ich eine Belohnung!« Er hielt meine Hände fest, seine Augen blitzten.

»Alles«, flüsterte ich. »Du bekommst alles.«

»Alles ist mir nicht genug«, erwiderte er und seine Zunge löschte jeden Zweifel, der bis jetzt noch in mir geschlummert hatte, aus.

Chapter 4

Don't believe yours is the only way, you'll end up as a fool and you're gonna pay

(Burnside Close, »The Only Way«)

Ich atmete tief ein und spürte, wie die Atmosphäre von mir Besitz ergriff. Es war das erste Wochenende des Coachella Festivals. Der Himmel leuchtete in einem strahlenden Blau und zeigte sich ohne eine einzige Wolke, während die Sonne das Festivalgelände in gleißendes Licht tauchte. Die kleine Stadt Indio, unweit von Palm Springs, lag inmitten der kalifornischen Wüste und wurde bereits seit einigen Tagen von einer Vielzahl Menschen heimgesucht. Zwischen den Übertragungswagen der landesweiten Fernseh- und Radiostationen ragte das berühmte Riesenrad auf. Weiße Zelte begrenzten die riesige Coachella Stage, wo *Burnside Close* an diesem Abend spielen würde.

»Scheiße, wie geil ist das denn?«, sagte Rob an meiner Seite, und ich bemerkte seinen gierigen Blick bei all den blonden California Girls, die in Hotpants an ihm vorüberzogen.

»Ruhig, Brauner«, kommentierte ich sein Gesabber. »Pünktlich zum Start werden sich hier auch noch einige Hollywood-Sternchen und -Stars einfinden, also verschleudre dein Pulver nicht zu früh!«

Er grinste und brachte seine neue Frisur in Form. Das Plattenlabel hatte den Jungs von *Infernality Rises* in den letzten Wochen einen kompletten Imagewechsel verpasst. Aus den schwarz gekleideten Musikern waren kultige Grunger geworden, mit lässigen Flanellhemden, derben Working Boots und Bärten, die an verarmte Holzfäller denken ließen. Die Wirkung auf die Fans verblüffte selbst mich. Obwohl *Infernality Rises* ihr erstes Album noch nicht auf dem Markt hatten, waren ihre Auftritte stets ausverkauft und Berge an Fanpost warteten darauf, abgearbeitet zu werden.

Da die Karriere von *Burnside Close* langsamer und steiniger begonnen hatte, war ich die vergangenen Wochen bisweilen mit der ganzen

Organisation für *Infernality Rises* überfordert gewesen. Es gab Fotoshootings für Autogrammkarten, Teenagermagazine und Fanartikel. Die Videos der ersten beiden Singleauskopplungen wurden abgedreht und das Mastering für die CD abgeschlossen. Das Plattenlabel legte ein unheimliches Tempo vor, das vor allem Robs Augen leuchten ließ. Die Vorstellung, eine Marionette zu sein, schien ihn nicht länger zu stören. Obwohl die Songs auf dem Album nur wie ein Abklatsch dessen klangen, was ich von der Band kannte, störte er sich nicht mehr daran. Der aufkeimende Ruhm unterdrückte jeden seiner Zweifel, und mir war klar, dass Rob sich längst verliebt hatte. In die Auftritte, den Jubel, die Fans und das Herumreisen. Er war ein Junkie geworden, und ich hoffte, dass es bei seinem eigenen Adrenalin blieb, an dem er sich berauschte.

»Wir treffen gleich *Burnside Close*, seid ihr bereit?«, fragte ich und sah in leere Gesichter. Für Norman, Chuck, Raven, Meatpie und Rob hatte der Name nicht dieselbe Faszination wie für mich. Sie gierten danach, *Guns N' Roses* zu sehen. Ihrem Engagement als Vorband für *Burnside Close* maßen sie keine große Bedeutung bei. Manchmal beschlich mich sogar das Gefühl, als wären sie von der unsinnigen Idee beseelt, man hätte *Burnside Close* zu ihrer Gastband auserkoren und nicht umgekehrt.

In diesem Moment sah ich Simon, der auf uns zuhielt.

»Hey, Leute!« Er begrüßte die Jungs von *Infernality Rises* stürmisch und gab mir übertrieben höflich die Hand.

»Du hast tolle Arbeit geleistet, Al«, sagte er. »Die Plattenfirma ist sehr zufrieden mit uns. Sie planen gerade die ganze Promotion zur Europatournee.«

»Es ist eine einfache Club-Tour«, berichtigte ich ihn. Simons Getue um seine neuen Goldesel erreichte langsam ein Level, das mir gewaltig auf die Nerven ging.

»Wir werden sehen«, tat Simon meinen Kommentar ab und wandte sich an Rob. »Die Vorbestellungen für euer Album laufen grandios. Zum Veröffentlichungstermin hat das Label euch in der Morning Show von KTLA untergebracht. Was sagt ihr dazu?«

»Cool«, erwiderte Rob, ganz Rockstar, und die anderen nickten. Ich verdrehte die Augen. Dieser Hype, der bereits jetzt um die Jungs von *Infernality Rises* gemacht wurde, gefiel mir absolut nicht.

Während wir weiter über das Festivalgelände schlenderten, erschien Simon an meiner Seite. Mit einem Mal sah er nicht mehr euphorisch, sondern abgearbeitet aus.

»Danke, Al! Ich weiß es wirklich zu schätzen, wie sehr du dich in die ganze Sache reinhängst. *Infernality Rises* gehen gerade ab wie eine Rakete, ich kann es noch gar nicht glauben. Die Idee, sie mit *Burnside Close* auf Tour zu schicken, war genial! Das wird den Start ihres Albums zusätzlich beschleunigen und sie darüber hinaus auch in Europa bekannt machen.«

»Ganz bestimmt.« Ich sah in Simons Gesicht. »Du bist also zufrieden, wie es läuft?«

»Absolut! Die Investition in diese Band war die beste Entscheidung meines Lebens.«

Ich runzelte die Stirn und Simon blieb stehen. »Wage es nicht, über mich zu urteilen«, knurrte er, und ich blickte ihn erstaunt an. »Dein Vater hätte es ebenso gemacht, wenn er die Chance dazu gehabt hätte, Al! Er hätte es für dich und deine Mutter getan.«

»Niemals!« Ich musste nicht eine Sekunde nachdenken, um das mit Sicherheit sagen zu können. »Dad war ein viel zu großer Idealist. Er war nicht käuflich.«

»Das denkst du also? Dass ich mich habe kaufen lassen?«

Verzweifelt hob ich die Hände. »Was soll ich denn sonst denken, Simon? Ich habe dich als energischen und ambitionierten Manager von *Burnside Close* kennengelernt. Nach Dads Tod hast du den Jungs wieder eine Richtung gegeben. Du warst stark für sie und hast sie geführt. Du wolltest nur das Beste für sie. Aber jetzt kommt es mir vor, als würdest du nur das Beste für dich selbst wollen.«

»Weil dieses verdammte Business mir etwas schuldet! Ich habe mir mein Leben lang den Arsch für irgendwelche Musiker aufgerissen. Es ist an der Zeit, dass sich mal jemand für mich den Arsch aufreißt.«

»Wow!« Ich sah ihn ungläubig an. »Das meinst du ernst, oder? Ging es dir nie um die Musik?«

»Ich habe es dir schon einmal gesagt, Al. Begeisterung ist etwas für die Jugend. Im Alter bringt sie dich nicht voran.«

Ich schüttelte zweifelnd den Kopf. »Was ist passiert, Simon? Woher kommt diese Wandlung? Das bist nicht du!«

»Lass es gut sein, Al.« Er ließ sich zurückfallen und nahm sein Gespräch mit den Jungs von *Infernality Rises* wieder auf.

In Gedanken versunken setzte ich meinen Weg fort, bis wir den Treffpunkt erreichten, den wir mit *Burnside Close* vereinbart hatten. Bereits von Weitem sah ich Morris in der Menge stehen. Er trug eine ärmellose Weste, die die bunten Tattoos auf seinen sehnigen Armen zur Geltung brachte, lässige Jeans und seine schweren Boots, die er bei jedem Konzert anhatte. Weil sie ihm Glück brachten, wie er sagte. Um seinen Hals baumelten einige lange Ketten, und er trug seine schwarz-verspiegelte Pilotensonnenbrille. Obwohl ich seine Augen nicht sah, wusste ich, dass er mich ebenfalls bemerkt hatte.

»Al!« Er hob die Hand und ich drängte mich zu ihm durch. Wieder einmal hatten wir uns vier endlose Wochen nicht gesehen.

Ohne auf die Umstehenden zu achten, sprang ich in seine Arme und umschlang seine Hüfte mit den Beinen.

»Hey, Baby!« Er küsste mich, und ich wünschte mir, mit ihm allein zu sein, aber schon drängten Brad, Sean und Matt heran.

»Lasst mich in Ruhe!«, wehrte ich sie ab und lachte, als sie es schlussendlich doch schafften, mich in ihre Mitte zu zerren.

»Du siehst heiß aus, Al!« Brad leckte mir über die Wange und ich schob ihn angeekelt zur Seite.

»Such dir ein anderes Opfer«, schimpfte ich und schlug Sean auf die Finger, weil er mir in den Hintern zwickte. »Pfoten weg, ihr Wilden! All das …« Ich formte die Umrisse meiner Silhouette mit den Händen nach. »… gehört nur Morris!«

Dieser lachte und umarmte mich von hinten. Zufrieden lehnte ich mich an ihn.

»Du siehst wirklich heiß aus«, hörte ich ihn sagen. Ich freute mich, dass ihm mein Outfit gefiel. Passend zum Hippie-Flair des Festivals trug ich Jeans-Pants im Used-Look, eine weite, weiße Carmen-Bluse, die eine Schulter freiließ, und mit Fransen verzierte Plateau-Sandalen. Außerdem hatte ich meine Haare zu zwei Indianer-Zöpfen geflochten und die Frisur mit einem dünnen Stirnband aufgepeppt.

»Alles okay?«, fragte Matt. »Wie war die Arbeit?«

»Die Hölle«, flüsterte ich ihm zu. »Simon ist komplett neben der Spur. Ihr werdet es gleich selbst merken.«

Ich beobachtete, wie die Jungs die Bandmitglieder von *Infernality Rises* begrüßten. Simon stellte sie einander vor, erklärte kurz die jeweilige Band-Formation und blieb schließlich vor Morris und mir stehen.

»Das hier ist Morris Kyle, der Leadsänger von *Burnside Close*.«

Rob kniff die Augen zusammen, als er Morris und mich in vertrauter Zweisamkeit bemerkte.

»Du bist seine Schnalle?«, fragte er erstaunt.

»Entschuldige mal«, empörte ich mich und hielt Morris zurück, dessen Muskeln sich in meinem Rücken anspannten. »Wir sind ein Paar. Und das schon seit längerer Zeit. Alles klar?«

Rob grinste süffisant und gab Morris lässig die Hand. »Du gibst dich mit nur einer zufrieden?«, setzte er noch einen drauf und überging Morris' genervtes Grunzen. »Ich dachte, wahre Rockstars sind mit ihrem Beruf verheiratet und gönnen sich den Luxus, jede Frau haben zu können, die sie wollen.«

»Mag sein, dass sich manch einer darüber definiert«, murmelte Morris.

In diesem Moment stellte sich Matt zwischen uns und rempelte Rob bewusst kameradschaftlich mit der Schulter an. »Wie sieht's aus, Bruder, habt ihr Lust auf eine Jam-Session?«

»Was?« Rob blinzelte verwundert.

»Na, wir werden bald gemeinsam auf Tour gehen. Sollten wir uns da nicht kennenlernen?«

Ich bemerkte die Verunsicherung in den Gesichtern von *Infernality Rises* und musste grinsen. Waren die Jungs vielleicht gar nicht so gleichgültig gegenüber *Burnside Close*, wie sie immer taten?

»Ja, das wäre cool, denke ich.« Rob vergrub die Hände in den Hosentaschen seiner Jeans und sah Simon an. »Ist das okay?«

»Klar!« Simon hob beide Daumen nach oben. »Macht ihr nur euer Ding, ich habe noch etwas zu erledigen.«

»Du kommst nicht mit?« Matt zögerte. »Bist du denn bei unserem Soundcheck dabei?«

»Bin ich, bin ich. Bis später!«, erwiderte Simon zerstreut und eilte davon. Matt, Sean und Brad tauschten einen vielsagenden Blick, bevor sie mir wissend zunickten.

»Dann los!« Matt ging voran, während Morris und ich uns zurückfallen ließen und den anderen in einigem Abstand folgten.

»Was war das denn?« Morris sah mich an.

»Das war eure neue Support-Band. Darf ich vorstellen? Rob, der Vollpfosten, und seine Freak-Show.«

Morris lachte, aber es klang etwas gequält. »Ich hatte mir die Typen ja schlimm vorgestellt, doch das …« Er hielt inne. »Ich bin sprachlos.«

»Und hast du Simon beobachtet? Er wirkt ständig so abwesend, stiert auf sein Handy und redet nur noch davon, dass ihm das Musikgeschäft etwas schuldet. Ich mache mir wirklich Sorgen um ihn.«

Morris blieb stehen, um mich zu küssen. »Wir kriegen das hin, Al«, flüsterte er. »Immer eins nach dem anderen. Heute Abend rocken wir Coachella und anschließend kümmern wir uns um Freakshow Rises und unseren abgewrackten Manager. Wir gegen alle, okay?«

»Wir gegen alle«, bestätigte ich. »Ich bin so froh, wieder bei dir zu sein.«

»Ich habe übrigens eine Überraschung für dich.« Morris ließ seine Augenbrauen hüpfen. »Damit wir heute Nacht ungestört sind.«

»Ach ja?« Ich drückte mich lasziv gegen ihn.

»Hm«, seufzte er genießerisch. »Heb dir das noch etwas für unser Zelt auf.«

»Zelt?« Ich runzelte die Stirn. »Du willst mit mir campen?«

»So in etwa. Ich habe uns für heute Nacht ein Safarizelt in der Wüste gemietet. Keine Sorge, das ist purer Luxus«, erklärte er wegen meines kritischen Gesichtsausdrucks. »Wir haben einen 24-Stunden-Concierge-Service.«

»Wahnsinn!« Ich klatschte begeistert und strahlte Morris an. Dieses Wochenende gefiel mir bereits jetzt.

»Wir müssen vier Wochen nachholen.« Er nahm meine Hände, und ich hätte ewig dastehen und ihn mitten im Getümmel ansehen und küssen können, doch schon nach kurzer Zeit drang ein Pfiff zu uns.

»Das ist Brad«, seufzte Morris. »So ruft er auch immer seinen Köter.«

Ich lachte und ahmte Hundegeheul nach, bevor wir uns wieder in Bewegung setzten und zu den anderen aufschlossen.

»Ich hätte nicht gedacht, dass du dich zum Groupie eignen würdest«, bemerkte Rob, nachdem wir alle im VIP-Bereich angekommen waren. Inmitten blühender Rosen hatte uns Matt ein kleines Zelt besorgt, in dem wir ungestört waren.

»Ich bin kein Groupie!« Ich betonte jedes Wort und blitzte Rob wütend an.

»Ist klar.« Das dumme Grinsen wollte nicht aus seinem Gesicht weichen, und ich bemühte mich, ihn zu ignorieren.

»Ihr könnt euch einige Instrumente von *Burnside Close* nehmen. Wir haben genügend dabei«, sagte ich stattdessen zu Chuck, Raven und Meatpie, die mit staunenden Mienen herumstanden. »Spielst du noch etwas anderes außer Keyboard?«, fügte ich an Rob gewandt hinzu.

»Ne.« Er schüttelte den Kopf und sah nicht aus, als wäre er traurig darüber.

»Hey!« Sean drängte Chuck zur Seite, der an den Drums Platz nehmen wollte. »Das sind meine!«

»Oh, Al meinte, dass …« Chuck sah mich hilfesuchend an.

»Wie willst du jammen, wenn du nicht teilen kannst?«, warf ich Sean scherzhaft vor. Dieser verdrehte die Augen und deutete auf einige Trommeln in der Ecke. »Soll er auf denen spielen!«

»Herrje«, murmelte ich und schüttelte den Kopf. Die Jungs führten sich jetzt schon auf wie ein Rudel Hyänen, das knurrend um seine Beute kämpfte.

Nach einer Weile legte sich jedoch das Knurren. Jeder, außer Rob, hatte einen Platz gefunden. Beide Bands waren auf den gemütlichen Sofas und Sitzkissen verteilt, während Sean wie das Alphamännchen einer Affengruppe auf seinem Berg von Drums thronte. Ich musste mir ein Grinsen verkneifen.

»Fangen wir doch mit einem eurer Songs an, wie wär's?«, schlug Morris vor. Stille legte sich über den Raum.

»Schlechter Vorschlag?«, fragte Matt und ließ seine Gitarre singen, indem er ihr jene charakteristisch hohen Töne entlockte. »Kommt schon, Brüder, wir beißen nicht! Wie heißt eure erste Singleauskopplung? *The Abyss In Your Eyes*?«

»Ich glaube kaum, dass ihr das so hinbekommt wie wir«, sagte Rob neben mir und alle starrten ihn an.

»Dann steig doch einfach mal von deinem hohen Ross runter und zeig uns, ob hinter deiner großen Klappe auch ein großes Talent steckt«, konterte Brad.

»Ja, genau«, pflichtete ich bei und sah Rob herausfordernd an.

»Ich habe leider kein Keyboard.« Rob verschränkte trotzig die Arme vor der Brust.

»Dann lass mal deine Bandkollegen machen«, sagte Sean und gab den Rhythmus vor. Ich hatte nicht geglaubt, dass er den Song von *Infernality Rises* bereits gehört hatte, doch da lag ich falsch, denn er traf jeden Ton. Ich klatschte entzückt in die Hände, als Brad und Matt mit ihren Gitarren nach und nach vorsichtig einsetzten. Sie ergänzten Sean perfekt und verliehen dem Song eine völlig neue Richtung. Was auf dem Album wie leichte Kost wirkte, interpretierten *Burnside Close* gekonnt neu. Die seichte Ballade erhielt durch die deftigen Riffs einen Progressive-Touch, der knackig durch die Drums untermalt wurde.

Zuerst sahen Chuck, Raven und Meatpie mit großen Augen zu, bevor sie nach der Wiederholung des Refrains spontan mit einfielen. Dann erhob Morris seine Stimme. Er war nicht textsicher und erweiterte das Lied um ein paar lustige Zeilen, bei denen alle lachen mussten, während der Song eine immer größere Spannweite bekam. Er wirkte plötzlich auf lässige Art hart und spannungsgeladen und nicht mehr kommerziell weichgespült. Morris und Norman wechselten sich beim Gesang ab und Chuck überflügelte Sean bisweilen mit seinen kleinen Trommeln. Es war wie ein unsichtbarer Wettkampf, den die Jungs austrugen und der das gesamte Zelt mit Energie durchflutete. Alle Bandmitglieder von *Infernality Rises* hatten dabei leuchtende Augen. Alle, außer Rob.

»Gefällt's dir nicht?«, fragte ich ihn und konnte meine Begeisterung kaum verbergen.

Er schüttelte mürrisch den Kopf. »Das ist doch scheiße«, grummelte er.

Ich seufzte und beschloss, mir von ihm nicht die Laune verderben zu lassen. Deshalb stand ich auf und setzte mich neben Morris. Dieser bemerkte mich kaum, weil er mit geschlossenen Augen dem Rhythmus des Songs folgte. Mit den Daumen trommelte er den lebhaften Beat auf seine Oberschenkel, während seine Stimme das eingängige Motiv untermalte.

Ich beobachtete ihn gern bei seiner Arbeit und war auch in diesem Moment ganz hingerissen. Man merkte einfach, dass Morris in einer Welt lebte, die aus Tönen bestand. Bei ihm wurden Worte zu Noten und Gefühle zu Melodien. Ich genoss die neue Version des Liedes, das so gar nichts mehr mit dem gemein hatte, was die Plattenfirma daraus gemacht hatte.

Kaum war der Song verklungen, ertönte ein Klatschen. Ich blickte auf und bemerkte eine Gestalt, die in der Zeltöffnung stand.

»Slash, Mann!« Matt sprang auf und begrüßte den Besucher. »Hey, Leute, seht, wer bei uns rein schneit: *The one and only Slash!*«

Ich sah, dass den Mitgliedern von *Infernality Rises* die Münder offen standen, während die Jungs von *Burnside Close* aufsprangen, um ihren berühmten Musikkollegen zu begrüßen.

»Das klang sehr geil«, hörte ich Slash sagen, dessen Augen wie immer hinter einer Sonnenbrille verborgen lagen. Sein Gesicht wurde beinahe komplett von den Haaren verdeckt, auf denen sein Markenzeichen, der schwarze Zylinderhut mit den silbernen Beschlägen, saß.

Ich war voller Ehrfurcht, als ich diesem großen Musiker gegenübertrat, dem ich vorher noch nie begegnet war.

»Du bist Al, habe ich recht?« Er küsste mich rechts und links auf die Wange und mir blieb vor Überraschung die Spucke weg. »Ich kannte deinen Vater. Der Chief war eine bedeutende Persönlichkeit.« Er nahm mich bei den Schultern und schüttelte mich erfreut. »Du siehst ihm ähnlich, verdammt! Das ist eine geile Sache. Es freut mich, dich kennenzulernen.«

»Und mich erst.« Langsam kehrte meine Sprache zurück. Ich drehte mich um und sah Morris an. »Slash hat mich *geküsst*«, sagte ich und alle brachen in schallendes Gelächter aus.

»Was macht ihr hier?« Slash stemmte die Hände in die Hüften. »Jam-Session?«

Matt nickte. »Ja, Mann, wir lernen uns gerade kennen. Das hier sind die Mitglieder von *Infernality Rises*. Sie werden unsere Vorband bei der Club-Tournee durch Europa sein.«

»Hey!« Slash gab allen die Hand, und ich glaubte, Rob würde ohnmächtig werden. Es tat gut, seine arrogante Fassade bröckeln zu sehen.

»Macht weiter!« Slash zeigte uns die *Metal Fork* und streckte dabei die Zunge heraus. »Ihr rockt, Männer!«

»Mach doch mit!«, schlug Matt vor und reichte seine Gitarre an den unerwarteten Besucher weiter.

»Ja, Bruder!« Brad klatschte in die Hände, bis alle anderen einfielen. Unter tobendem Applaus nahm Slash die Gitarre an sich und ließ unter großem Jubel die ersten charakteristischen Töne von *Sweet Child O' Mine* erklingen.

Ich konnte gar nicht so schnell schauen, wie Sean und Brad wieder an ihren Instrumenten waren und Morris sich ein Mikro schnappte. Es folgte ein hoher Rückkopplungston, weil es bisher nicht eingeschaltet gewesen war, aber dann erklang seine Stimme und ich bekam eine Gänsehaut. Es war ein gekonntes Remake, eine Hommage an eine der legendärsten Bands der 80er und 90er Jahre, die nach knapp 23 Jahren ihre Reunion auf diesem Festival feiern würden.

»*Guns N' Roses forever!*«, schrien einige Leute und ich sah, dass sich vor unserem Zelt bereits eine Traube Menschen gebildet hatte.

»Wenn jetzt auch noch Axl Rose erscheint, dann drehe ich durch«, flüsterte Rob neben mir, und zum ersten Mal an diesem Tag klang er begeistert.

»Das ist es, oder?« Ich sah ihn an. »Das ist Rockmusik!«

»Ich weiß, was das ist«, knurrte er. »Lass mich in Ruhe mit deiner Philosophie über die wahre Musik, die aus dem tiefsten Inneren der Seele kommen sollte. Ich wette, die Jungs waren die meiste Zeit zugedröhnt, als sie diese Lieder geschrieben haben.«

»Dass einen Drogen oder Alkohol kreativ machen, ist unbestritten«, entgegnete ich spitz. »Die Frage ist doch, wie abhängig man von etwas sein möchte.«

»Echt jetzt, Al? Ist das deine Art, mir zu sagen, was für ein rückgratloser Arsch ich bin?«

»Das hast du gesagt.«

»Ja, klar.« Er verschränkte die Arme vor der Brust. »So spricht die Tochter eines berühmten Musikmanagers und die Freundin eines Rockstars. Aber nicht jeder kann sich einfach ins gemachte Nest setzen.«

Langsam wurde ich wütend. »Du wolltest, dass ich bleibe, schon vergessen? Als Glückskind, dem der liebe Gott offenbar den Hintern geküsst hat, kann ich gern darauf verzichten, für euch zu arbeiten.«

Aufgebracht starrten wir einander an. Um uns herum schwoll der Lärm der applaudierenden und grölenden Menschen an. Die kleine Session in unserem Zelt erregte immer mehr Aufmerksamkeit.

»Hey!« Ein Typ mit Zigarette im Mundwinkel stellte ein Keyboard neben uns ab. »Hab gehört, hier wird Musik gemacht.«

»Das ist Dizzy Reed!« Rob stieß mich an und schien unsere Auseinandersetzung augenblicklich vergessen zu haben.

Ich reagierte sofort. »Hi, ich bin Al!«, begrüßte ich den Keyboarder von *Guns N' Roses*. »Ich bin die rechte Hand von Simon Grey. Und das hier ist Rob, der Keyboarder von *Infernality Rises*. Sie werden dieses Jahr ihr erstes Album auf den Markt bringen und gemeinsam mit *Burnside Close* eine Club-Tournee durch Europa machen.«

»Hey, freut mich!« Dizzy gab uns die Hand und schlug Rob anschließend auf die Schulter. »Wird Zeit, dass wir mitmischen, nicht wahr, Mann?«

Rob folgte Dizzy wie hypnotisiert ins Getümmel. Ich beobachtete, wie alle das weitere Bandmitglied von *Guns N' Roses* in ihrer Mitte willkommen hießen, und Rob das Keyboard anschloss. Anschließend nickten sich Dizzy und Slash zu und stimmten *Estranged* an. Der Rest der Band fiel kurz darauf mit ein, und ich war erstaunt, wie Brad und Sean sich reibungslos einfügten. Auch Morris erwies sich als textsicher und lieferte eine erneute Kostprobe seines breiten Gesangsspektrums.

Nach dem ersten Drittel des Songs trat Dizzy zurück und ließ Rob ran. Dieser stellte sich mit ernster Miene an das Keyboard und übernahm, sehr zu meiner Überraschung, sofort die Leadmelodie, die er das gesamte Lied über durchhielt. Das Grinsen auf seinem Gesicht wurde dabei immer breiter. Ich seufzte. So sehr mir Rob auch auf die Nerven ging, es freute mich zu sehen, dass er Spaß hatte. Vielleicht hatte er es verdrängt, aber ich glaubte fest daran, dass in der Band mehr steckte als die farblosen Designertöne, die das Plattenlabel aus ihnen herausquetschte.

Nach zwei weiteren Liedern legte Slash schließlich die Gitarre zur Seite und klatschte die Musiker ab. Ich bekam erneut einen Kuss und lief dabei hochrot an.

»Wir sehen uns. Viel Glück für euren Auftritt«, rief er, bevor er mit Dizzy das Zelt verließ und sofort von all den Leuten umringt wurde, die dort bereits auf ihn warteten.

»Wow!« Brad ließ sich in einen Sitzsack fallen. »Ich bin fertig. Das war eine der tollsten Sessions, die ich je erlebt habe.«

»Unglaublich!«

»Wahnsinn!«

Alle redeten durcheinander, und ich beobachtete die Jungs. Etwas Besseres als Slashs spontaner Besuch hätte ihnen nicht passieren können. Es war ein Erlebnis, das *Burnside Close* und *Infernality Rises* einander nähergebracht hatte.

»Hast du meine Keyboardsoli gehört?« Rob boxte Norman gegen die Brust. »Ich habe mit Slash und Dizzy Reed gespielt!«

»Der Song *Estranged* ist über neun Minuten lang, Al.« Matt kam zu mir und legte mir den Arm um die Schulter. »Und er ist legendär! Jetzt sag uns nicht noch einmal, dass wir unsere Songs in passender Radiolänge aufnehmen sollen.«

»Ist ja gut«, wiegelte ich lachend ab. »Das war ganz großes Ohrenkino, was ihr gerade abgeliefert habt!«

»Nicht wahr?«, rief Rob und hob beide Arme in die Höhe. »Wir sind die Größten.«

»Wohl kaum«, flüsterte mir Morris zu und er und Matt warfen sich einen vielsagenden Blick zu. »Aber er hat's gespürt. Die Musik hat uns alle gepackt. Das sind die Momente, die dich verändern.«

Matt sah auf die Uhr. »Wir sollten uns langsam zum Soundcheck begeben. Bereit, Jungs?«, rief er in die Runde und hob seine Hand in Richtung *Infernality Rises*. »Macht es gut, Brüder, wir sehen uns!«

»Ich lasse die Instrumente rüberbringen«, sagte ich und gab Morris einen Kuss. »Viel Glück für euren Auftritt!«

»Bis später!« Er umarmte mich. »Nach dem Auftritt gibt es nur noch uns.«

Ich grinste, und die Jungs verschwanden aus dem Zelt.

»Das war so cool!« Rob war noch immer völlig aus dem Häuschen. »Ich hätte ein Selfie für unsere Social-Media-Gemeinde machen sollen. Oder hast du die Session vielleicht gefilmt, Al?«

Ich schüttelte den Kopf. »Nein, tut mir leid.«

»Als unsere Managerin solltest du an so was denken«, beschwerte er sich. »Es ist wichtig, dass unsere Fans davon erfahren.«

»Komm wieder runter«, entgegnete ich. »Genieß doch einfach den Moment.«

»Nächstes Mal filmst du das«, sagte Rob bestimmt.

»Ich habe zu tun. Bis später!«, überging ich seinen Kommentar und begab mich auf die Suche nach unseren Roadies, um zu kontrollieren, welches Equipment bereits hinter der Bühne stand und was wir für den Auftritt von *Burnside Close* noch dorthin schaffen mussten.

Nachdem diese Arbeiten erledigt waren, schlenderte ich über das Festivalgelände. Die Abenddämmerung hatte längst eingesetzt und hüllte alles in ein magisches rosa Licht. Ab und zu sah man einige Prominente, die meist von Horden fotografierender Fans verfolgt wurden, aber auch ansonsten waren all die schillernd gekleideten Festival-Besucher einen Blick wert. Ich genoss die Atmosphäre und das zufriedene Gefühl in meinem Inneren. Das Erlebnis des heutigen Tages hatte mich zutiefst glücklich gemacht. Der Stress der vergangenen Wochen fiel von mir ab und ich spürte, dass ich langsam wieder zur Ruhe kam. Ich freute mich auf den Auftritt von *Burnside Close* und konnte es kaum erwarten, anschließend mit Morris im Safari-Zelt zu verschwinden, um unser Wiedersehen ausgiebig zu feiern. Es war ein guter Tag!

Plötzlich klingelte mein Handy. Es war eine mir unbekannte Nummer.

»Hallo, hier ist Al«, meldete ich mich und verstummte.

Ich hörte eine Stimme und konnte nicht glauben, was sie mir erzählte. Mein Herz raste, und ich glaubte, mich augenblicklich setzen zu müssen, aber ich wollte mich nicht mitten im Getümmel auf den Boden sinken lassen. Also blieb ich stehen und spürte, wie Panik mein Innerstes erfasste.

Nachdem ich aufgelegt hatte, verharrte ich für einige Minuten an meinem Platz und bemerkte kaum, dass die Menschen mich anrempelten, wenn sie sich an mir vorbeidrängelten. Ein seltsamer Nebel legte sich über alles, und in meinem Kopf wirbelten die Gedanken. Ich griff zum Handy, ließ es wieder sinken, nur um es erneut anzustarren. Wen sollte ich anrufen? Was sollte ich tun?

Wie ferngesteuert ging ich schließlich in Richtung Coachella Stage, nur um dort erneut unschlüssig stehen zu bleiben. Morris und die Jungs waren längst mitten in den Vorbereitungen zu ihrem Auftritt. Mir blieb nichts anderes übrig, als zu warten. Und dieses Warten nahm kein Ende und fraß mich innerlich auf.

Noch nie war mir ein Liveact von *Burnside Close* so endlos vorgekommen. Noch nie zuvor hatte ich mir gewünscht, sie würden keine Zugabe spielen, sondern augenblicklich die Bühne verlassen. Ich lauschte ihrem Song *The Only Way*, als hätte ich ihn selbst komponiert. Welcher Weg war der richtige, und was sollte ich jetzt nur tun?

Während die Jungs mit ihrer Zugabe die tobende Masse unterhielten, ging ich backstage. Ich zeigte den Security-Leuten meinen Ausweis, begrüßte wie in Trance einige bekannte Gesichter und begab mich ohne Umwege in die Umkleide von *Burnside Close*. Dort saß ich und wartete erneut.

Irgendwann hörte ich Schritte und das Gelächter, mit dem die Jungs euphorisch den Flur hinunterkamen. Ich stand auf, um mich zu sammeln. Mein Herz klopfte so heftig, dass es meine Halsschlagader zum Vibrieren brachte.

Die Tür flog auf. »Al!«, rief Brad überrascht und die anderen drängten hinter ihm zur Tür hinein. Alle waren verschwitzt, und ich sah ihren glücklichen Gesichtern an, dass sie einen erfolgreichen Auftritt hingelegt hatten. Bei meinem Anblick verflog ihr Lachen jedoch schlagartig, und alle starrten mich an.

»Hey, was ist los?« Morris kam zu mir. Er war ein wenig heiser und ein Schal war um seinen Hals geschlungen.

Ich schluckte tapfer die Tränen hinunter. »Wir haben ein Problem«, sagte ich.

Chapter 5

We were so wrong, but how could we know it,
we must move on until we blow it

(Burnside Close, »So Wrong«)

Es roch intensiv nach Krankenhaus und ich schüttelte mich. Diese Mischung aus Desinfektions- und Putzmitteln, aufgewärmtem Essen und kranken Menschen hatte ich schon immer gehasst. Dennoch stand ich tapfer hinter der Glasscheibe und starrte Simon an. Eigentlich hätte es auch irgendein Patient sein können, denn vor lauter Schläuchen und medizinischen Geräten erkannte man ihn kaum.

Ich spürte Morris, der beruhigend meine Schulter knetete, und hörte, wie Matt mit jemandem telefonierte. Brad und Sean saßen etwas abseits und starrten ins Leere. Wir waren alle völlig paralysiert von der Nachricht, die ich vor einigen Stunden von Simons Frau erhalten hatte. Offenbar war Simon mitten auf dem Festivalgelände zusammengebrochen. Herzinfarkt. Das ließ Bilder von meinem Dad in mir aufsteigen und jenes Gefühl der Hilflosigkeit, das mich völlig um den Verstand brachte.

»Mary, Simons Frau, sitzt schon im Auto. Sie wird in etwa einer Stunde hier sein.« Matt stellte sich zu uns. Beim Anblick von Simon schüttelte er traurig den Kopf.

»Du hast gesagt, dass etwas nicht mit ihm stimmt, Al, aber ich hätte nicht gedacht …« Seine Stimme brach.

Ich griff nach seiner Hand und drückte sie.

»Wer hätte das auch ahnen können?« Äußerlich war ich wieder einigermaßen gefasst, doch in meinem Inneren ging es drunter und drüber. Ich fragte mich, ob dieses Ereignis *Burnside Close* erneut ohne Manager zurücklassen würde. Ohne Freund, der ihnen zur Seite stand, und ohne den Menschen, dem wir alle vertrauten.

»Warten wir hier, bis Mary da ist?«, wollte Sean wissen und vermied es, in das Zimmer zu blicken, in dem Simon lag.

»Ich bleibe hier«, entschied ich spontan. »Aber ihr dürft gern ins Hotel fahren. Ihr seid sicher fertig von eurem Auftritt.«

Matt verneinte. »Ich bleibe auch.«

»Okay, dann warten wir ebenfalls.« Sean sah Brad an und dieser nickte abwesend.

Ich hob meinen Kopf und begegnete Morris' Blick. Er lächelte müde und erklärte: »Ich bin da, wo du bist.«

Ich dachte wehmütig an unser Luxus-Safari-Zelt, das nun umsonst auf uns wartete, aber Simon war in diesem Moment wichtiger. »Danke!« Ich gab Morris einen Kuss, und wir starrten erneut durch die Glasscheibe.

Die Zeit schlich dahin. Um zwei Uhr morgens traf Mary ein. Ich hatte sie nur einige Male getroffen und erkannte sie an ihren knallrot gefärbten Haaren. In jungen Jahren musste sie einmal eine Schönheit gewesen sein, aber Alter und Zigaretten hatten ihr zugesetzt. Ihre Haut sah fahl aus, und die Sorge um ihren Mann stand ihr ins Gesicht geschrieben.

»Wo ist er?« Sie griff nach meinen Händen und drückte sie schmerzhaft, als sie Simon erblickte. »O mein Gott!« Ein Schluchzen entrang sich ihrer Kehle, und ich sah Tränen über ihre Wange laufen. »Wie schlimm ist es?«

»Das wissen wir nicht«, erklärte ich leise. »Die Ärzte dürfen uns keine Auskunft geben.«

»Verstehe.« Mary fuhr sich hektisch durch die Haare. »Ich werde mich gleich erkundigen.« Sie lief davon.

Brad und Sean blickten ihr schläfrig nach. Sie sahen aus, als würden sie jeden Moment auf den Stühlen einnicken. Matt und Morris lehnten an der Wand und sahen mich an.

»Alles okay, Al?«, fragte Morris. Er schien zu ahnen, dass dieses Erlebnis schmerzhafte Erinnerungen bei mir zutage förderte.

Ich zuckte mit den Schultern, fühlte mich aber mittlerweile zu ausgelaugt, um ihm zu antworten.

Und so warteten wir weiter, während ich den Gang auf- und ablief. Bald schon glaubte ich, jeden Fleck und jede Kerbe in dem ausgetretenen grauen PVC-Boden zu kennen. Ich hörte das regelmäßige Piepsen aus Simons Zimmer und registrierte die Linien seines EKGs. Ab und zu ging eine Schwester zu ihm hinein, kontrollierte die Infusionen und eilte dann wieder mit quietschenden Schuhen davon.

Als die Zeiger der großen Uhr am Ende des Flurs auf drei Uhr zukrochen, kam Mary zurück. Sie wirkte ruhiger, und die Jungs rappelten sich auf.

»Gehen wir einen Kaffee trinken?«, fragte sie. »Ich könnte jetzt einen gebrauchen.«

Wir nickten und folgten ihr in die Cafeteria im untersten Stockwerk des Krankenhauses. Nachdem wir uns alle mit unseren Getränken um einen der kleinen Tische platziert hatten, begann Mary zu erzählen. »Sie haben ihn ins künstliche Koma versetzt. Sein Herz wird mechanisch unterstützt, und weil sich in seiner Lunge Wasser angesammelt hat, wird er auch beatmet. Aber er ist stabil.« Mary lächelte. »Der Arzt sagt, er ist ein Kämpfer.«

Erst jetzt merkte ich, dass ich vor Anspannung die Luft angehalten hatte, und atmete erleichtert aus. »Ich bin so froh, das zu hören!«

Mary nickte, und Tränen schimmerten in ihren Augen. »Danke, dass ihr hier auf mich gewartet habt. Das würde ihm viel bedeuten. Simon hält so große Stücke auf euch. Er redet von nichts anderem als von eurer Karriere. Er sagt, das sei das Größte, was er je geschaffen hat.«

»Hm.« Ich fixierte die Tischplatte. Offensichtlich wusste Mary nicht, dass Simon damit eine andere Band meinte.

»Aber er hat sich zu viel zugemutet«, hörte ich sie sagen. »Seit der Krankheit unserer Tochter ist er nicht mehr derselbe. Er arbeitet so hart, um die Behandlung und die Medikamente zu finanzieren.«

»Ich wusste nicht, dass eure Tochter krank ist«, sagte Matt.

»Sie hat Knochenkrebs, hat Simon das nicht erzählt?«

Wir sahen einander an. »Nein«, meinte ich erschüttert. »Das höre ich zum ersten Mal.«

Mary fingerte nervös an ihrem Kaffeebecher herum. Man merkte ihr an, dass sie dringend eine Zigarette nötig hatte. »Wir haben es vor etwa einem Jahr erfahren. Seitdem dreht sich unser Leben nur noch um diese Krankheit. Wir haben keine Krankenversicherung und mussten Schulden machen, um die Chemotherapie zu finanzieren.« Sie lachte gequält. »Aber Simon meinte, er würde uns da wieder rausholen und unsere Tochter in ein richtig gutes Krankenhaus bringen. Eines, das auf Knochenkrebs spezialisiert ist.«

Auf einmal verstand ich. Simons Wandlung, sein Interesse an *Infernality Rises* und der Deal mit der Plattenfirma. All das tat er für seine Tochter. Ich lehnte mich zurück, weil mir bewusst wurde, was der Herzinfarkt für Simons Familie bedeuten konnte.

Mary sah mich an, als verstünde sie meine unausgesprochenen Gedanken. »Du lässt ihn nicht hängen, nicht wahr?«

Alle Blicke richteten sich auf mich, und ich glaubte, mich nach all der Aufregung und der plötzlichen Erkenntnis, dass nun die ganze Arbeit an mir hängen blieb, übergeben zu müssen.

»Du bist total grün im Gesicht, Al«, bemerkte Sean, der neben mir saß.

»Mir ist schlecht.« Ich schoss in die Höhe und stürzte aus der Cafeteria ins Freie. Erst als ich unter dem klaren Nachthimmel stand, ging es mir ein wenig besser. Wie eine Ertrinkende schnappte ich nach Luft.

»Al!« Morris war mir nachgelaufen und nahm mich in den Arm.

»Ich kann das nicht«, keuchte ich, den Kopf in seiner Halsbeuge vergraben. »Das krieg ich nicht hin! Ich habe gedacht, Simon ist auf einmal geldgierig geworden, aber er tut das alles für seine Tochter. Meine Güte, Morris, ich kann Simon nicht ersetzen. Ich kann nicht …« Ich begann zu schluchzen.

»Hey, Simon ist noch am Leben«, hörte ich seine beruhigende Stimme. »Er ist nicht weg wie dein Dad.«

Die Anspannung des Tages löste sich, und ich konnte die Tränen nicht länger zurückhalten.

»Aber er liegt da drinnen, und Gott allein weiß, wann er wieder hier rauskommt«, wimmerte ich.

Morris strich mir übers Haar. »Ich bringe dich jetzt ins Bett, okay? Wir sind alle überfordert mit der Situation, doch wir können sie momentan nicht lösen. Lass uns drüber schlafen.«

Ich war hin- und hergerissen. »Was ist mit Mary?«

»Matt wird ihr dabei helfen, ein Hotelzimmer zu finden. Morgen sehen wir weiter.«

»Alles klar.« Schniefend ließ ich mich von ihm zurück ins Krankenhaus führen. Mary wartete bereits am Eingang der Cafeteria auf uns.

»Es tut mir leid, Al«, sagte sie. »Ich weiß, dass dich diese Sache mitnimmt. Ich kannte deinen Vater …« Sie brach ab und zuckte entschuldigend mit den Schultern. »Es ist nicht hilfreich, wenn dich jeder daran erinnert, habe ich recht?«

»Ist schon okay.« Ich wischte mir die Tränen aus dem Gesicht.

»Fahrt in euer Hotel, und legt euch hin«, schlug sie vor. »Ich melde mich bei euch, sobald ich mehr weiß.«

»Danke, Mary.« Ich umarmte sie, und sie tätschelte mir den Rücken. »Er schafft das«, meinte sie zuversichtlich, und ich nickte, weil ich ihr glauben wollte.

Dann ging ich mit Morris zum Haupteingang des Krankenhauses, und wir bestiegen ein Taxi. Bereits auf dem Weg in Richtung Hotel schlief ich ein.

Am nächsten Morgen erwachte ich zum Geräusch von zirpenden Grillen und Gitarrenakkorden. Ich drehte mich auf den Rücken und blickte auf weißes Zeltleinen, das sich im warmen Wind bewegte. Langsam kehrte meine Erinnerung zurück. Glück, Entsetzen und Verzweiflung reihten sich aneinander, als ich den gestrigen Tag Revue passieren ließ.

Ich rieb mir die Augen und bemerkte, dass Morris nicht neben mir lag. Seine Seite des Bettes war zerwühlt, aber von ihm fehlte jede Spur. Langsam setzte ich mich auf und sah mich um. Wäre die Situation eine andere gewesen, hätte ich gejauchzt, denn Morris hatte nicht zu viel versprochen. Ich befand mich wirklich in einem Zelt, noch dazu in einem besonders geräumigen. Das Bett thronte etwas erhöht in der Mitte des Raumes und war umgeben von Teppichen, gemütlichen Sitzgelegenheiten und allerlei Dekoartikeln, die einem das Gefühl gaben, unter Beduinen zu leben.

Ich stand auf, um die frischen Blumen zu bewundern, die auf einem Tischchen neben dem Eingang platziert waren. Überall gab es hübsche Kerzenleuchter, und ich konnte mir vorstellen, wie romantisch Morris und ich es hier unter anderen Umständen gehabt hätten.

Als ich durch die aufgeschlagene Zeltwand ins Freie trat, musste ich meine Augen zusammenkneifen. So gedämpft das Licht im Inneren gewesen war, so grell war es außerhalb. Die Luft war heiß und trocken, und ich erkannte mannshohe Kakteen, die das Zelt umrahmten. Auf einer kleinen Terrasse unter einem Sonnensegel saß Morris, barfuß und in Jeans sowie ärmellosem Worker-Hemd, und spielte auf seiner Gitarre.

»Hey!« Ich blickte vorsichtig um die Ecke, weil ich einzig mit einem geringelten Oversize-Shirt bekleidet war. Doch da wir keine direkten Nachbarn zu haben schienen, ging ich zu ihm. »Was machst du?«

»Ich probiere einige Ideen aus, die mir zu einem unserer neuen Songs im Kopf rumschwirren. So fällt es mir leichter, die Sache von gestern auf die Reihe zu bekommen.« Er verknüpfte rhythmische Akkorde mit einer spannungsgeladenen Melodie. »*We were so wrong, but how could we know it, we must move on until we blow it*«, sang er. »Gefällt es dir?«

»Es bringt unsere Situation ziemlich genau auf den Punkt«, erwiderte ich.

Morris hob sein Kinn. »Komm her!« Er legte die Gitarre zur Seite und zog mich in seine Arme. Ich kuschelte mich an ihn, während ich mich umsah.

Vor uns lag eine Bergkette mit schneebedeckten Spitzen, ein Ausläufer der nahegelegenen San-Andreas-Verwerfung, wie ich wusste. Sie hob sich eindrucksvoll von der wilden Kargheit der Colorado-Wüste ab, in der wir uns befanden.

»Wahnsinn!« Ich hielt meine Hand vor die Augen, um besser sehen zu können. »Es ist wunderschön hier.«

»Warst du schon mal im Joshua Tree National Park?«, fragte Morris. »Der beginnt gleich dort drüben.«

Ich schüttelte den Kopf. »Leider nicht, aber da sollten wir mal hinfahren.«

»Ja, sobald wir Zeit finden.« Er drückte mich eng an sich. »Wie geht es dir?«

»Ich fühle mich wie betäubt. Ich glaube, mir ist erst gestern bewusst geworden, wie sehr ich an Simon hänge. Er hat mich nach Dads Tod nie mit Samthandschuhen angefasst, sondern mir etwas zu tun gegeben. Das war das Beste, was mir passieren konnte. Aber zu erfahren, dass ich eigentlich gar nichts über ihn weiß, tat irgendwie weh.«

»Ich denke, er wollte keinen von uns mit seinen Sorgen belasten. Im Grunde ist er ja auch unser Manager und dein Boss. Er hat immer Wert auf ein professionelles Arbeitsverhältnis gelegt.«

Ich kaute auf meiner Unterlippe, und Morris sah mich belustigt an. »Was geht in deinem Kopf vor?«, wollte er wissen.

»Ich denke darüber nach, dass ich nicht so professionell sein kann. Ich kann nicht vergessen, was Mary uns gestern gesagt hat. Simon ist auf das Geld aus dem Plattenvertrag mit *Infernality Rises* angewiesen. Das heißt, es hängt nun alles an mir.«

»Und das macht dir Angst.«

»Mehr, als ich sagen kann. Mir wird schon wieder schlecht, wenn ich nur daran denke.«

Morris lächelte beruhigend. »Du könntest aussteigen. Arbeite nur für uns und lass Simon seine Dinge regeln.«

»Weglaufen?« Ich sah ihn erstaunt an. »Verlockende Idee. Aber würdest du das tun?«

Er überlegte und schüttelte schließlich den Kopf. »Ich fürchte, ich bin ebenso unprofessionell wie du. Für mich ist Simon auch ein Freund und nicht nur unser Manager. Und Freunde lässt man nicht hängen.«

»Du sagst es.« Ich stöhnte, weil ich das Gefühl hatte, als drehte sich mir erneut der Magen um.

»Wieder Wochen, die wir voneinander getrennt sind«, bemerkte Morris, und ich suchte seinen Blick.

»Kriegen wir das hin?«, wollte ich wissen.

Er nickte. »Wir leben für die Musik, Al. Keiner von uns könnte das tun, was er tut, wenn er dafür nicht brennen würde.«

»Ich meinte nicht unsere Jobs, ich meinte uns.«

Morris küsste mich und all die Gefühle, die ich für ihn hatte, trafen mich heftiger als jemals zuvor.

»Brennst du für unsere Beziehung?«, hörte ich ihn murmeln.

»Und ob ich das tue!« Ich knöpfte ihm hastig das Hemd auf. In diesem Moment war es mir gleichgültig, ob uns jemand beobachtete. Er reagierte sofort und schob mir das T-Shirt über den Kopf. Wenn uns diese Funken entzündeten, gab es kein Halten mehr. Wir waren uns sehr ähnlich. Unangenehme Situationen kompensierten wir mit körperlicher Nähe, um uns zu versichern, dass wir einander hatten. Die Leidenschaft riss uns mit, und wir fielen zu Boden.

Ich überließ mich seinen Händen. Mit ihm war mir nichts unangenehm. Wir wälzten uns im Gras herum, ignorierten die spitzen

Steine, und Morris achtete sorgsam darauf, dass wir vor lauter Ekstase nicht in den Kakteen landeten. Es war innig, heftig und erfüllend, und für kurze Zeit vergaß ich meine Sorgen. Als am Ende mein gesamter Körper pulsierte und ich in seine Augen sah, sprach er aus, was mir gerade durch den Kopf ging.

»Wir kriegen das hin«, sagte er rau, und ich umschlang ihn mit den Beinen, um unsere Verbindung nicht zu schnell zu verlieren.

Am späten Nachmittag desselben Tages fuhr ich allein ins Krankenhaus. Mary hatte angerufen und Bescheid gesagt, dass Simon bei Bewusstsein war, und ich wollte ihn sehen. Die ganze Sache ließ mir keine Ruhe. Ich konnte erst weitermachen, wenn ich wusste, woran ich war.

Als ich über den Krankenhausflur ging, der mir inzwischen schon vertraut war, kam mir Mary entgegen. Sie umarmte mich.

»Es ist schön, dass du da bist, Al. Er ist in keiner guten Verfassung. Körperlich geht es ihm den Umständen entsprechend. Er muss operiert werden; die Ärzte sagen, seine Herzkranzarterien sind über längere Strecken verengt. Vermutlich braucht er einen Bypass. Anschließend soll er zur Reha. Du kannst dir vorstellen, dass er das auf keinen Fall will.« Sie sah mich bittend an. »Wenn er sich weiterhin dem Stress mit *Infernality Rises* aussetzt, dann wird ihn das umbringen.«

»Ich weiß, Mary.« Ich senkte den Kopf. Der Druck, der sich in meinem Inneren bereits aufgebaut hatte, nahm zu. »Ich werde sehen, was ich tun kann.«

»Ich danke dir!« Sie blinzelte Tränen fort und ging davon.

Ich holte tief Luft und klopfte an die Tür zu Simons Zimmer. Dann trat ich ein. Simon lag im Bett und starrte an die Decke.

»Al.« Er sah auf, als ich die Tür hinter mir schloss. Mit seinen Pflastern auf den tätowierten Armen wirkte er nicht länger wie ein gefährlicher Grizzly, sondern eher wie ein geschrumpfter Teddy, dessen offene Stellen mit Flicken überdeckt worden waren. Mir fielen sofort die fehlenden Ringe an seinen Fingern auf, die ihn immer so hart hatten wirken lassen. Seine offensichtliche Verwundbarkeit erschreckte mich.

»Hey!« Ich setzte mich zu ihm ans Bett und wusste nicht recht, was ich sagen sollte. Am liebsten wäre ich ihm um den Hals gefallen, aber ich fürchtete, uns beide damit aus dem Konzept zu bringen.

Auch Simon wirkte peinlich berührt. »Ich hätte nie gedacht, dass ich dir mal im Nachthemd gegenübersitzen würde«, murmelte er und grinste.

»Oh, das steht dir gut.« Wir sahen uns an, und Simon wurde ernst.

»Mary hat mir erzählt, dass ihr die ganze Nacht hiergewesen seid. Danke.«

Ich winkte ab. »Das ist doch selbstverständlich.«

»Nein, das ist es nicht. Nicht nach all dem, was ich getan habe.« Simon schüttelte leicht den Kopf. »Ich stecke in der Scheiße, Al. Ich habe zu hoch gepokert. Für den Einsatz habe ich meine Ideale verkauft, habe *Burnside Close* vernachlässigt und dir meine wahren Beweggründe verschwiegen. Dabei wollte ich dein Lehrer sein, Al, dein Beschützer in diesem Business. Ich komme mir vor, als hätte ich versagt.«

Ich war erstaunt über seine ehrlichen Worte. »Hauptsache, du wirst schnell wieder gesund«, murmelte ich.

»Das werde ich leider nicht.« Simon sah mir direkt ins Gesicht. »Und deshalb wollte ich mit dir reden. Wir müssen *Infernality Rises* aufgeben.«

»Was?«

»Ich kann das nicht stemmen. Die Plattenfirma hat die nächsten Monate durchgeplant, und ich falle für unbefristete Zeit aus. Sehen wir der Realität ins Auge: Ich bin raus, Al. Die Sache ist zu groß für mich.«

»Aber deine Tochter …« Ich schluckte, weil ich nicht wusste, ob es klug war, das Thema in diesem Moment anzuschneiden.

»Das ist Familiensache. Wir werden das irgendwie schaffen. Ich bleibe der Manager von *Burnside Close* und mache mein Ding weiter wie bisher.«

Ich fühlte mich ganz zittrig, als ich meinen Mut zusammennahm und erwiderte: »Ich kann deinen Part bei *Infernality Rises* übernehmen.«

»Das geht nicht, Al.«

»Warum nicht? Ich habe bisher auch das meiste organisiert. Du kannst alles über das Telefon abwickeln, schreib E-Mails, nutze Skype, was weiß ich. Regel die Dinge einfach im Hintergrund, und überlass mir den Stress. Wenn wir auf Tour sind, dann habe ich beide Bands vor Ort. Ich kriege das hin, Simon, vertrau mir!«

»Das kann ich unmöglich von dir verlangen, Al.«

»Du musst es nicht verlangen, ich tue es freiwillig.«

»Warum?« Er fixierte mich derart intensiv, dass ich glaubte, er könnte mir bis auf den Grund meiner Seele blicken.

Ich wand mich. Morris hatte recht, ich war nicht besonders gut darin, meine Gefühle auszusprechen, aber in diesem Fall musste ich es tun.

»Weil ich dich mag.« Der Satz hing in der Luft und Simon runzelte die Stirn. Er sah beinahe wütend aus, doch ich hob die Hand, als er etwas erwidern wollte, und fuhr tapfer fort: »Wenn ich die Wahl gehabt hätte, dann hätte ich alles in diesem verdammten Business am liebsten von meinem Dad gelernt.« Ich würgte den immer größer werdenden Kloß in meinem Hals hinunter. »Aber er ist gegangen, und seitdem versuche ich, jeden Tag etwas dazuzulernen, um ihn stolz zu machen. Und du hast mir dabei geholfen, Simon. Du hast mich in die Mangel genommen, wenn ich aufgeben wollte, hast meine Leidensfähigkeit auf eine harte Probe gestellt und mir beigebracht, dass man eine Band nicht einfach wegen seinen eigenen Problemen im Stich lässt. Du warst mir ein ebenso guter Lehrer wie mein Vater es gewesen wäre.«

Ich hielt inne, weil sich Simon die Augen rieb. »Scheiß Klimaanlage«, murmelte er.

»Aus diesem Grund kann ich nicht zulassen, dass du *Infernality Rises* aufgibst«, fügte ich hinzu und sah Simons Schultern zucken.

»Deine Gefühle sind mir im Hinblick auf deine berufliche Leistung absolut egal und haben dort auch nichts zu suchen!«, brummelte er, und ich musste lächeln. Diesen Satz hatte er einmal zu mir gesagt, als ich meine Arbeit bei *Burnside Close* hatte hinschmeißen wollen. Damals hatte ich geglaubt, dass meine Gefühle für Morris mich davon abhalten würden, mich ganz und gar auf meinen Job zu konzentrieren.

»Ich weiß, ich bin ein sentimentaler Mensch.« Beherzt griff ich nach Simons Hand. Er drückte so fest zu, dass ich beinahe aufgeschrien hätte.

»Du bist vor allem ein ganz besonderer Mensch, Al, und wehe, du verrätst jemandem, dass du mich zum Heulen gebracht hast. Dann werde ich dich auf der Stelle feuern!«

»Verstanden.« Mein Grinsen wurde breiter. »Aber eins muss ich dir noch sagen: Ich kann nicht zulassen, dass die Jungs von *Infernality Rises* komplett ausgebeutet werden. Die Typen sind manchmal wirklich unangenehmer als ein Darmvirus, doch wir haben eine gewisse Verantwortung für sie. Kommst du damit klar?«

»Du bist der Boss!« Simon zog mich zu sich heran und ich umarmte ihn.

»Ich mag dich auch, Al«, hörte ich ihn sagen. »Danke für alles.«

»Werd schnell wieder gesund!« Ich hob Zeige- und kleinen Finger zum Gruß und er tat dasselbe.

In diesem Moment kam Mary ins Zimmer und ihr Gesicht hellte sich bei unserem Anblick auf.

»Du siehst ein wenig besser aus«, sagte sie zu ihrem Mann und tätschelte meine Wange. »Du tust ihm gut, Al.«

Simon und ich senkten verschämt die Köpfe, bevor ich aufstand. »Ich werde mit *Infernality Rises* reden. Die wissen noch gar nichts von ihrem Glück«, verabschiedete ich mich und hob die Hand. »Wir sehen uns, Simon. Rock the hospital!«

Vom Parkplatz des Krankenhauses aus rief ich Rob an und sagte ihm, dass wir reden müssten. Seine Begeisterung hielt sich in Grenzen, aber er versprach, die Band zusammenzutrommeln. Wir verabredeten uns für neun Uhr abends im VIP-Bereich des Coachella Festivals. An diesem Abend sollten *Guns N' Roses* ihren ersten großen Auftritt haben, und das wollte keiner von uns versäumen.

Im Taxi von Palm Springs nach Indio schrieb ich Morris, dass wir uns auf dem Festival treffen würden, um gemeinsam das Gunners-Revival zu feiern. Er antwortete mit seinen üblichen Textkürzeln *MU & TTYL xox M,* was so viel bedeutete wie ›Ich vermisse dich, wir hören uns später, Kuss, Morris‹.

Ich lehnte mich zurück und schloss die Augen. Das Ausmaß des Gesprächs mit Simon drängte sich in mein Bewusstsein. Ich wollte lernen, in meinem Job immer besser zu werden. Ich wollte mich neuen Herausforderungen stellen. Aber die Frage war, ob ich mich mit der Entscheidung, Simon zu helfen, nicht vielleicht übernommen hatte.

Mit diesem quälenden Gedanken kam ich beim Coachella Festival an, wo das übliche farbenfrohe Treiben wie am Tag zuvor herrschte. Ich zeigte meinen VIP-Pass vor und begab mich zum Treffpunkt. Weil ich noch Zeit hatte, besorgte ich mir etwas zu essen und setzte mich auf eine der Bänke. Viel eher als erwartet, fand sich Rob an meiner Seite ein.

»Hey«, begrüßte ich ihn. »Wo sind die anderen?«

»Kommen gleich.« Er stützte seine Ellbogen auf den Knien ab. »Was gibt es denn so Wichtiges?«

Ich trank meine Limo leer. »Warten wir, bis deine Bandkollegen da sind.«

Rob musterte mich, aber ich sah bewusst zur Seite. Ich wollte nicht, dass er an meinem Gesicht ablesen konnte, dass ich verunsichert war.

Nach und nach trudelten Norman, Chuck, Raven und Meatpie ein und setzten sich vor Rob und mir auf die Wiese. Es war ein heißer Tag, und die Jungs waren verschwitzt. Die meisten von ihnen hatten sich ihre Flanellhemden um die Hüften gebunden und liefen nun in Unterhemden, Shorts und offenen Stiefeln herum.

»Gefällt euch das Festival?«, fragte ich, um einen Einstieg in unser Gespräch zu finden.

Alle nickten. »Es gibt hier echt scharfe Bräute«, kommentierte Raven seine Eindrücke. »Und die meisten lassen dich gleich ran. Einfach Wahnsinn!«

»Hm, ja.« Ich fing Robs forschenden Blick auf und beschloss, nicht länger Small Talk zu führen. »Simon hatte einen Herzinfarkt«, sagte ich unumwunden. »Er liegt im Krankenhaus und wird die nächsten Wochen ausfallen.«

Ich wartete die Reaktion der Jungs ab und war nicht überrascht, dass sie eher gleichgültig ausfiel.

»Echt? Ist der denn schon so alt?«, fragte Chuck.

»Krass, der Typ ist wirklich im Krankenhaus? Sind die Schwestern da sexy?« Meatpie sah mich neugierig an. »Vielleicht besuche ich ihn dann mal.«

»Sinnvoller Grund für einen Besuch«, sagte ich mehr zu mir selbst und wandte mich direkt an Rob: »Simon kann den Job für euch nicht so weiterführen wie bisher.«

Ich ließ den Satz wirken, und Rob schnaubte. »Wir haben doch schon längst unseren Plattenvertrag in der Tasche, Mandel-Maus. Was soll uns denn jetzt noch passieren?«

»Daraus schließe ich, dass ihr kein Problem damit habt, alles selbst zu organisieren? Das ist okay.« Ich stand auf. »Dann macht doch einfach euer Ding. Kümmert euch um die Treffen mit dem Label, die Fotoshootings, Interviews, Promo-Veranstaltungen und Gigs. Ach ja, habt ihr Erfahrung in Logistik und Personal? Denn ihr habt noch kein Team, das euer Equipment für die Tour nach Europa bringt. Flüge, Unterkünfte und so sind auch erst zum Teil gebucht, aber das sollte ja kein Problem sein. Und die Versicherungen für das ganze Material abzuschließen, ist ein Klacks. Wer einen Plattenvertrag an Land ziehen kann, der kriegt das ebenfalls hin, oder?«

Rob verzog den Mund. »Schon klar, Al, was willst du?«

»Dass du zuhörst und kapierst, Rob!« Ich stemmte die Hände in die Hüfte. »Simon ist mein Freund. Wäre er es nicht, hätte ich nach diesen Worten von dir alles hingeschmissen. Du bist einfältig und arrogant, und du verdienst es, auf die Schnauze zu fallen.«

»Das höre ich nicht zum ersten Mal.« Er stand ebenfalls auf und baute sich vor mir auf. »Hör zu, Al, ich wollte dich im Boot haben und dazu stehe ich immer noch. Du bist gut darin, zu drohen, aber ich kenne dich mittlerweile. Dein unumstößlicher Idealismus verbietet es dir, uns fallen zu lassen. Doch eins solltest du wissen: Wenn du es ohne Simon versaust, dann sorge ich dafür, dass du mit uns untergehst. Alles klar?«

»Damit kann ich leben«, erwiderte ich so selbstbewusst, wie ich nur konnte.

»Mach du deinen Job, und wir machen unseren.«

»Mehr will ich nicht.« Wir sahen einander an, und ich kam mir vor, als hätte mir gerade jemand gesagt, dass ich an einem Survival-Urlaub teilnehmen durfte. Auf eine solche Erfahrung war ich nicht besonders scharf.

»Wie geht's jetzt weiter?« Rob sah sich um, und ich wusste, dass er wieder abziehen wollte.

»Simon wird in den nächsten Tagen operiert, das heißt, er bleibt vorerst in Palm Springs. Wir fahren morgen zurück nach L.A. Das Label will mit euch über einige Ideen für das nächste Album sprechen. Danach sehen wir weiter.«

»Das nächste Album?« Rob hob die Augenbrauen. »Aber unser erstes ist ja noch gar nicht erschienen.«

»Euer Vertrag ist auf zwei Alben ausgelegt, schon vergessen? Ihr startet gerade durch, Jungs. Die Fans wollen nicht warten. Spätestens nächstes Jahr muss eure zweite Scheibe auf den Markt.«

»Aber wann sollen wir das denn alles komponieren und umsetzen?«

»Wenn ihr auf Tour seid. Im Bus, im Flugzeug, beim Warten auf euren Auftritt. So läuft das leider.«

Die Bandmitglieder warfen sich erstaunte Blicke zu. Offensichtlich hatte Simon ihnen die arbeitsintensiven Details ihres Erfolgs verschwiegen. Das konnte ja heiter werden. Ich seufzte.

»Eins nach dem anderen«, sagte ich beruhigend, obwohl mir selbst immer unwohler zumute wurde. »Wir kriegen das hin.«

»Okay.« Rob kickte einen Stein davon. »Dann war's das jetzt?«

»Von mir aus schon.«

»Cool!« Die Jungs sprangen auf und stoben auseinander, nur Rob blieb zurück und starrte mich an.

»Das tut mir leid mit Simon«, sagte er.

Ich winkte ab. »Lassen wir die Höflichkeiten, Rob. Wir beide wissen, dass es dir eigentlich egal ist.«

»Ausnahmsweise meine ich es ernst«, erwiderte er patzig, drehte sich um und schlenderte mit hochgezogenen Schultern davon.

Ich sah ihm kopfschüttelnd hinterher und holte tief Luft, bevor ich ebenfalls ging, um mich mit Morris und den anderen zu treffen.

»Wie lief es?«, begrüßte mich Matt, als ich die Jungs eine halbe Stunde später in der Nähe der Coachella Stage traf.

»Das Gespräch mit Simon lief gut. Ich werde ihn vertreten. Nach allem, was ich von Mary gehört habe, kann ich ihn nicht mit seinen Problemen alleinlassen.«

Matt umarmte mich. »Wir unterstützen dich, wo wir nur können.«

Ich spürte Morris, der seine Arme um Matt und mich legte. »Du bist nicht allein, Al.«

»Du hast uns.« Brad quetschte seinen Kopf zwischen den der anderen hindurch und gab mir einen lauten Schmatzer aufs Ohr. Ich fühlte mich wie in einem Kokon. Behütet und geborgen.

»Ich werde jedem meine Drumsticks in den Hintern rammen, der dich ärgert.« Es war Sean, der nun ebenfalls am Gruppenkuscheln teilnahm.

Ich kicherte. »Sehr hilfreich, Sean.« Dann verteilte ich Küsse in die Runde. Jeden von ihnen traf ich an einer anderen Stelle.

»Igitt, Al, du sabberst ja schlimmer als mein Hund!« Brad prustete wie ein Walross und zerzauste mir auf seine vertraute Art die Haare.

Morris war der Einzige, der mich nicht losließ. »Du hast Verstärkung«, grinste er. »Wir werden dich nicht im Stich lassen.«

»Gut zu wissen.« Ich küsste ihn und fühlte mich ein wenig besser.

Um uns herum klatschten die Leute. Ein Orkan aus Rufen und Pfiffen brandete über uns hinweg.

»Es geht los!« Wir folgten Matt, Sean und Brad in die Menge der Zuschauer. Überall leuchteten Smartphones, die die Bühne ins Visier nahmen.

»Herrje«, murrte Matt. »Steckt eure bescheuerten Handys weg und erlebt das alles live. Dort auf der Bühne stehen verdammte Legenden!«

»Und sie sind pünktlich.« Sean lachte. »Das kenne ich gar nicht von ihnen.«

Ich lächelte. Es grenzte in der Tat an ein Wunder, denn *Guns N' Roses* kamen notorisch zu spät. Ich hatte gehört, dass sie auf die Tickets ihrer Las-Vegas-Show als Uhrzeit ›irgendwann nach 23 Uhr‹ hatten drucken lassen. An diesem Abend jedoch fingen sie ohne Verspätung an, es war erst kurz nach halb elf. Die Bühne erstrahlte in einem unwirklichen blauen Licht, im Hintergrund formte sich ein Rhythmus. Die Menge kreischte und war nicht mehr zu halten. Ich musste blinzeln, als auf einmal die Scheinwerfer ansprangen. Axl Rose, der sich gerade erst bei einer Warm-Up-Show das Bein gebrochen hatte, saß auf einem schwarzglänzenden Thron aus Gitarren und Metall und schien über allem zu schweben. Überdimensionale Leinwände projizierten sein strahlendes Gesicht in Richtung der Zuschauer. Der Rhythmus wurde von den Gitarren aufgenommen und formte sich zu dem Song *It's So Easy.*

Wir grölten und rissen unsere Arme in die Höhe.

»Ich bin bei dir«, flüsterte Morris in mein Ohr und drückte mich an sich. Wir tauschten einen langen Blick, und ich bemerkte, dass auch Matt, Brad und Sean inzwischen wieder ganz dicht neben mir standen. Es war ein gutes Gefühl, und ich war optimistisch, dass ich meiner Aufgabe gewachsen sein würde. Wir würden es schaffen. Gemeinsam.

Chapter 6

Fate speaks louder than your voice, take care of discords, they burn down each choice

(Burnside Close, »Discords«)

»Die blöde Tussi hat Nerven! Die kündigt mich als Justin Bieber der Rockmusik an! Hat die überhaupt eine Ahnung von dem, was wir machen?« Rob raufte sich aufgebracht die Haare, was sofort eine junge Stylistin auf den Plan rief. Hektisch fummelte sie Robs Undercut-Frisur wieder in Form.

Ich betete innerlich um Geduld. Es war kurz vor sechs morgens und wir befanden uns bei KTLA 5, einem Fernsehsender im Herzen von Los Angeles, wo *Infernality Rises* in etwa einer Stunde ihr neues Album vorstellen durfte. Es war nicht einfach gewesen, die fünf Jungs pünktlich ins Studio zu bekommen. Raven war nicht aufgetaucht, und wir hatten ihn in einem Vorort von L.A. einsammeln müssen. Die Adresse hatte er uns nur anhand der Standortsuche seines Handys verraten können.

»Was machst du denn hier?«, hatte ich ihn gefragt, als er völlig verkatert zu uns ins Auto gestiegen war.

»Keine Ahnung. Ich weiß noch nicht einmal, wie die Schnecke hieß, aber sie war echt heiß.«

»Alles klar.« Ich gab Gas und ignorierte die derben Bemerkungen der anderen Bandmitglieder.

Mittlerweile hatte ich immer öfter das Gefühl, weniger Managerin als vielmehr Kindermädchen von *Infernality Rises* zu sein. Es verging kein Tag, an dem nicht einer der Jungs irgendeinen Termin verpasste, sich weigerte, etwas zu tun, was von ihm verlangt wurde, oder sonst wie über die Stränge schlug.

»Hey!« Ich stupste Norman an, der auf seinem Stuhl eingeschlafen war.

»Was ist?« Er sah sich verwirrt um. »Wo bin ich?«

»O Mann!«, murmelte ich, nur um kurz darauf höflich zu lächeln, als Abby, die Produzentin der Morning Show, auf mich zuhielt.

»Hi, sind alle bereit?«, wollte sie wissen und warf den herumlungernden Bandmitgliedern von *Infernality Rises* einen kurzen Blick zu.

Ich nickte und gab Raven einen Stoß in den Rücken, um ihn daran zu hindern, weiter die pikanten Details der letzten Nacht komplett ungefiltert und in markerschütternder Lautstärke auszuplaudern. Die Visagistinnen hatten bereits rote Ohren.

»Alles bestens«, versicherte ich. »Wie sieht der Ablauf aus?«

»Nun …« Abby drehte sich von mir weg und deutete auf das Studio, das vor lauter Kameras und diversen Stativen kaum zu sehen war. »… Gayle und Brian werden jetzt gleich ihren Bericht über Bandenkriminalität bringen. Anschließend haben wir eine Live-Reportage zu den derzeit herrschenden Waldbränden, und nach der Werbung spielen wir dann das kurze Video ein, das wir mit *Infernality Rises* gedreht haben. Die Jungs kommen im Anschluss ins Studio, es folgt das Interview und hinterher dürfen sie noch ihren Song *The Abyss In Your Eyes* performen. Das war's. Fragen?«

Abby warf mir einen Blick über die Schulter zu. Ihre Haare flogen dabei umher und benebelten uns alle mit ihrem Parfüm. Ich unterdrückte ein Husten und schüttelte den Kopf. »Ich denke, wir haben keine Fragen mehr. Danke!«

»Gut!« Sie bedachte uns mit einem unverbindlichen Lächeln und eilte davon.

»Scharfes Gerät«, flüsterte Norman und die anderen kicherten.

»Jetzt halt die Klappe!«, fuhr ich ihn heftiger an als beabsichtigt. »Sorry«, fügte ich hinzu und rieb mir die Stirn. »Das Plattenlabel launcht heute die Marketing-Kampagne für euer Album. Dieser Auftritt hier ist quasi der Auftakt dazu. In den nächsten Tagen wird euer Video auf sämtlichen Musikkanälen gespielt, und die Radiostationen werden Sonderbeiträge bringen. Das ist euer erster Fernsehauftritt, also zeigt der Welt, wer ihr seid!«

Eigentlich hatte ich hinzufügen wollen: »Bitte versaut ihn nicht«, aber ich wollte die Jungs motivieren, auch wenn ich wusste, dass das meist nicht funktionierte.

»Hast du Angst, dass wir dich blamieren?«, scherzte Rob und machte obszöne Gesten mit seiner Zunge.

»Ihr blamiert euch nur selbst«, erwiderte ich und hielt ihm meinen benutzten Kaffeelöffel vors Gesicht. Er leckte aus Versehen daran und verzog den Mund. »Das ist echt widerlich, Al!«

»So wie euer Benehmen. Jetzt reißt euch endlich mal zusammen!«

»Ja, Mama.« Norman grinste und klatschte Rob ab. »Wir werden ganz brav mit den Reportern plaudern. Keine Sorge.«

Der Satz führte nicht gerade dazu, dass ich mich besser fühlte. Um mich abzulenken, ging ich zu dem kleinen Büffet im Nebenraum, an dem es neben Kaffee und Tee auch Donuts, frisches Obst und Schokoriegel gab. Während ich einen Apfel aß, beobachtete ich, wie das Visagistenteam letzte Hand an Rob und die anderen legte.

»Bäh, das Zeug ist ja eklig! Mein ganzes Gesicht klebt.« Raven prustete wie ein Walross und entfachte eine Puderwolke, die sich bedächtig im Raum verteilte.

»Du stinkst wie eine billige Hure«, bemerkte Rob und schubste Norman, der gerade die Augen nachgezogen bekam. Ein Lidstrich quer über die Wange bis zum Haaransatz war die Folge. Rob wieherte wie ein Pferd und die Visagistin warf mir einen flehenden Blick zu.

Ich eilte zu Hilfe, und die Jungs verstummten bei meinem Anblick. In Windeseile wurden die Schäden in Normans Gesicht beseitigt, und die Prozedur begann von vorn.

»Müssen wir dermaßen schwul aussehen?«, beklagte sich Chuck.

»Das ist wegen der Beleuchtung«, erklärte ich. »Ihr dürft nicht glänzen, so ist das eben. Im Fernsehen wirkt das ganz natürlich.«

»Ich sehe aus wie meine Tante«, sagte Rob und schnitt Grimassen im Spiegel. »Hallo, Rob«, fuhr er mit hoher Stimme fort. »Du bist der heißeste Typ, den ich kenne. Ab heute nenne ich dich Mister Knister.«

»Können wir?«, unterbrach ich ihn und sah auf die Uhr. In fünf Minuten mussten die Jungs im Studio sein.

»Ich bin bereit.« Raven sprang auf, drückte seiner Stylistin einen Kuss auf den Mund und ging mit wiegenden Schritten aus dem Raum.

»Tut mir leid«, entschuldigte ich mich, aber die junge Frau strahlte über das ganze Gesicht. »Los, jetzt!« Ich zerrte Rob, der immer noch seine Tante parodierte, aus dem Stuhl.

»Ist ja gut.« Rob legte den Arm um mich. »Wir rocken das.«

»Genau das befürchte ich«, murmelte ich und befreite mich aus seiner Umklammerung.

Schon kam uns Abby entgegen. »Ihr werdet gleich angezählt, los geht's!«

Sie schob die Jungs vor sich her, und ich blieb zurück. Erst nach einer Weile merkte ich, dass ich angespannt auf meiner Unterlippe kaute und bemühte mich um Ruhe. Was auch immer nun dort draußen geschah, es lag nicht länger in meiner Hand.

In diesem Moment klingelte mein Handy. Ich zog es aus der Tasche und studierte das Display. Barbara. Was wollte die denn jetzt? Für einen kurzen Augenblick überlegte ich, sie wegzudrücken, aber dann siegte Freundschaft über Arbeitsmoral.

»Hey, Süße, was gibt's?«, meldete ich mich.

»Mir geht's gar nicht gut«, hörte ich eine leise Stimme, unterbrochen von Schluchzern und Geschniefe.

»Was ist los?«, fragte ich alarmiert. Barbara war nicht der Typ, der zu haltlosen Gefühlsausbrüchen neigte. Das war eher mein Spezialgebiet. Und zwar immer dann, wenn ich etwas zu lange in mich hineingefressen hatte.

»Ich kann nicht mehr, Al«, hörte ich sie sagen. Ihre Stimme bebte. »Ich will hier weg.«

»Jetzt schön der Reihe nach!« Ich drehte dem Studio den Rücken zu und ging den Flur hinunter, um etwas Privatsphäre zu haben. »Was ist passiert?«

»Nichts und alles. Die Kinder, Riley … Ich drehe durch, wenn ich noch länger hierbleibe.«

»Beruhige dich erst einmal. Du kannst doch deine Familie nicht im Stich lassen. Was redest du denn da?«

»Aber sie bringen mich um den Verstand! Ich vermisse das Reisen, meinen Job, das ganz normale Leben.« Sie stockte. »Ich klinge wie eine Rabenmutter«, flüsterte sie dann entsetzt.

»Ein bisschen.« Ich musste grinsen. »Du hast den Baby-Blues, habe ich recht?«

»Es ist mehr als das«, erklärte sie mit erstickter Stimme. »Ich sitze hier im dunklen Haus. Alle schlafen bereits, und ich bin so müde, dass ich es schon irgendwie nicht mehr bin. Seit gestern laufe ich in denselben Klamotten rum. Ich bin bekleckert, brauche eine Dusche und müsste schon seit Wochen zum Friseur. Ich schaue in den Spiegel und hasse mich selbst. All das Glück, das ich haben sollte, suche ich vergebens. Ich schreie Riley an, wenn er etwas nicht so macht, wie ich das möchte, und hege den verzweifelten Wunsch, Olivia auszusetzen. Sie brüllt zwölf Stunden am Tag, und keiner weiß, was ihr fehlt. Ich bin am Ende, Al, und das meine ich genauso, wie ich es sage. Nur zu dir kann ich so ehrlich sein, weil du mich kennst. Alle anderen würden mich sofort in die Psychiatrie einliefern. Mit meiner Mutter bin ich nur noch am Streiten, weil sie mir ständig vorwirft, ich solle mich nicht so anstellen, aber ich kann nicht aus meiner Haut! Im Moment verabscheue ich mein Leben.«

»Sag mir, wie ich dir helfen kann.« Ich war perplex. So hatte ich Barbara noch nie erlebt.

»Darf ich dich besuchen? Bitte! Ich brauche dringend eine Auszeit.«

»Das ist nicht so einfach.« Ich blickte in Richtung Studio und bemerkte sofort Abbys entsetzten Gesichtsausdruck. Irgendwas lief nicht so, wie es sollte. »Ich bin völlig Land unter«, erklärte ich. »Meine beiden Jobs fordern jede Minute des Tages. Selbst wenn ich wollte, ich wüsste gar nicht, wann wir Zeit zum Reden finden sollten.«

Barbara fing erneut an zu weinen. »Siehst du, das ist es, was ich meine«, schluchzte sie. »Du machst Karriere, bist mit einem sexy Musiker liiert und erlebst all diese spannenden Dinge. Auf Instagram habe ich die Bilder vom Auftritt von *Burnside Close* auf dem Coachella Festival gesehen. Das Coachella Festival! Da wollte ich schon immer einmal hin!« Ihre letzten Worte gingen in einem Schluckauf unter, und ich unterließ es, ihr zu erzählen, dass mein spannendes Leben auch seine Schattenseiten hatte.

Abby gab mir bereits Zeichen, und ich lächelte entschuldigend. Was immer Rob und die anderen gerade abzogen, ich konnte es nicht ändern.

»Süße, mach jetzt keinen Unsinn, hörst du?«, sagte ich eindringlich. »Riley ist deine große Liebe, und deine zwei Kinder sind wundervoll. Gebt die beiden doch bei deinen Schwiegereltern ab und macht euch ein schönes Wochenende. Fahrt weg, genießt die Zweisamkeit ...«

»Das haben wir probiert«, unterbrach mich Barbara. »Aber ich kriege hier keine Luft mehr, Al. Ich will weg aus Australien, weg von diesen ewig freundlichen, gut gelaunten Menschen um mich herum. Ich will kein Meer und keine Sonne mehr, sondern Regen, Schnee und Matsch. Ich will Beton sehen und an der Supermarkt-Kasse angemeckert werden, verstehst du?«

Ehrlich gesagt verstand ich ganz und gar nicht. »Süße, ich bin die nächsten Wochen ständig unterwegs. *Infernality Rises* haben Promo-Gigs in den gesamten Vereinigten Staaten und ab Juni touren wir für anderthalb Monate durch Europa. So leid es mir tut, ich habe keine Zeit für dich.« Es war ausgesprochen und am anderen Ende der Leitung herrschte Schweigen.

»Ich wünschte, es wäre anders«, versuchte ich, die Situation zu entschärfen, doch das gelegentliche Schnäuzen deutete darauf hin, dass sich Barbaras Zustand nicht verbesserte.

»Ich hätte Riley nicht um die halbe Welt hinterherreisen sollen«, hörte ich sie murmeln. »Ich hätte nicht von ihm schwanger werden und ihn nicht heiraten sollen. Ich war so eine blöde Kuh!«

»Hör auf, so was zu sagen«, bettelte ich. »Das ist doch Unsinn!«

»Nein, ich wünschte, ich könnte die Zeit zurückdrehen.«

In diesem Moment zupfte Abby an meinem Ärmel. »Wir piepen inzwischen bereits jedes dritte Wort aus dem Beitrag heraus. Das geht so nicht!«, beschwerte sie sich.

Ich hielt das Smartphone von meinem Ohr weg und zischte: »Was soll ich denn tun? Ich kann ja wohl kaum das Interview stürmen und mich wie eine Anstandsdame dazwischensetzen.«

»Sie sollten diese jungen Männer besser im Griff haben! Wir sind eine anständige Morning Show. Um diese Zeit sitzen Kinder vor dem Fernseher, wir haben eine Verantwortung unseren Zuschauern gegenüber.«

»Es tut mir leid«, entschuldigte ich mich. »*Infernality Rises* sind derartige Auftritte noch nicht gewohnt. Ich werde mit ihnen reden.«

»Das war das letzte Mal, dass diese Band bei uns in der Sendung war«, empörte sich die Produzentin und stürmte davon.

Ich holte tief Luft und hob mein Handy zurück ans Ohr. »Entschuldigung, Süße, ich musste kurz …«, setzte ich an, bevor ich merkte, dass

Barbara aufgelegt hatte. »Ach, verdammt!«, murrte ich und fuhr mir durch die Haare. An diesem Tag ging einfach alles schief!

Zwei Stunden später setzte ich die Jungs am Venice Beach ab. Ich wusste nicht, was sie dort tun wollten, und es war mir ausnahmsweise egal.

»Denkt an eure Termine morgen«, ermahnte ich sie. »Ihr habt drei Interviews bei Radiostationen und eins bei einem Jugendmagazin.«

»Alles klar.« Sie zwängten sich aus dem Chevrolet Minivan, den ich momentan fuhr, und ließen die Schiebetür ins Schloss fallen.

Ich wusste, dass nichts klar war. Spätestens heute Abend würde ich ihnen wieder Whatsapp-Nachrichten zur Erinnerung schicken und erst ins Bett gehen, wenn mir alle geantwortet hatten. Ärgerlich gab ich Gas und lenkte den Van durch die Straßen von L.A., bis ich vor meinem Appartement stand. Schon seit Längerem wohnte ich zur Miete, da das Leben im Hotel auf Dauer zu teuer geworden wäre.

Ich stellte den Motor ab, stieg aus und hörte die Sirenen eines Krankenwagens. Es war ein vertrautes Geräusch. Ich lebte mitten im Stadtteil Westwood, zwischen dem Nationalfriedhof von Los Angeles und dem UCLA Medical Center. Gerettet und gestorben wurde hier ständig.

Kaum war ich in meiner Wohnung angekommen, warf ich die Schlüssel auf ein Tischchen und fiel aufs Bett. Der Raum war so klein, dass ich ihn mit vier Schritten bequem durchqueren konnte. Die Küchenzeile war gleich neben dem Eingang, und das Bad bestand nur aus einer schmalen Dusche, einem Waschbecken und dem WC. Der Fernseher hing an der Wand und war so mickrig, dass ich meistens das Gefühl hatte, Zwergen-TV zu schauen. Einen Tisch gab es nicht und dank der beigefarbenen Tapete und den braunen Fliesen mutete alles wie eine Bärenhöhle an. Doch mir genügte es. An Tagen wie diesen, an denen ich so müde war, dass ich kaum noch stehen konnte, vergaß ich, dass es gemütlichere Orte gab.

Ich war gerade am Einnicken, als mein Handy klingelte. Es war Simon.

»Hey«, meldete ich mich verschlafen. »Kommt jetzt ein neuer Anschiss wegen des Auftritts heute Morgen? Diese Abby hat mir schon Dampf gemacht, ich kann unmöglich noch mehr ertragen!«

Simon lachte, was ich als positives Zeichen wertete. »Das Plattenlabel war begeistert«, sagte er.

»Im Ernst?« Ich setzte mich auf.

»Ja, die Jungs haben auf die Kacke gehauen, das wünscht man sich bei Rockern. Ihrem Bad-Boy-Image hat das in keinem Fall geschadet. Du solltest nur dafür sorgen, dass sie morgen beim Interview mit dem Jugendmagazin ihre verletzliche Seite zeigen. Die Zielgruppe der Zeitschrift sind hauptsächlich Mädchen, das heißt, wir müssen die romantische Ader in *Infernality Rises* wecken.«

Ich lachte übertrieben. »Die Typen wissen doch noch nicht einmal, wie man Romantik schreibt!«

»Dann bring es ihnen bei«, erwiderte Simon trocken, und ich verkniff mir einen Kommentar.

Stattdessen fragte ich: »Wie geht es dir in der Reha, Simon?«

»Die haben mich auf eine salz- und fettarme Diät gesetzt!«, polterte er los. »Außerdem soll ich schwimmen und Fahrrad fahren.« Er sagte es, als sei das etwas völlig Abartiges.

Trotz meiner schlechten Stimmung kicherte ich, weil ich mir Simon absolut nicht auf einem Fahrrad vorstellen konnte. In meiner Fantasie verfing sich sein immer länger werdender Bart in den Speichen und er fluchte, was das Zeug hielt.

»Machst du dich über mich lustig?«, fragte er misstrauisch.

»Würde ich niemals wagen«, erwiderte ich schnell, und er grunzte.

»Heute Nachmittag habe ich einen Kurs für Autogenes Training. Ich komme mir vor, als sei ich im Altersheim gelandet, Al!«

»Tu es für deine Familie. Sie brauchen dich.«

»Als wenn ich das nicht wüsste«, grummelte er. »Kommst du denn mit allem klar, Al? Sei ehrlich!«

»Es läuft«, sagte ich. »Ich habe gute und schlechte Tage. Heute Nachmittag muss ich noch einiges für *Burnside Close* erledigen. Die Verkäufe für die Europa-Tournee laufen sehr gut, in manchen Städten sind die Clubs sogar schon ausverkauft. So früh haben wir das bisher noch nie geschafft. Die Webseite mit den Fanartikeln wird leider nicht vor den nächsten drei Wochen fertig, aber ich bin dran. Außerdem hat mir Brad versprochen, ein wenig Filmmaterial über das Entstehen des neuen Albums für unsere Social-Media-Gemeinde zu sammeln. Das macht die Fans neugierig und wir können ein schönes Video daraus basteln, um die Promotion frühzeitig anlaufen zu lassen.«

»Was ist mit Morris?«

»Was soll mit Morris sein?«, fragte ich erstaunt.

»Kommt er damit klar, dass du so beschäftigt bist?«

»Ich denke schon«, sagte ich vorsichtig. »Warum?«

»Na ja, ich kenne ihn eben.«

»Hat er was zu dir gesagt?«

»Nein, aber ich habe das Gefühl, dass er dich vermisst.«

»Ja, das geht mir auch so.« In diesem Moment klopfte es an meiner Tür. »Augenblick, Simon, ich muss kurz nachsehen, wer da ist.«

Ich öffnete und mir blieb der Mund offen stehen. Morris!

»Al.« Mehr sagte er nicht und ich fiel ihm um den Hals.

»Ich telefoniere gerade mit Simon«, erklärte ich zwischen Küssen und erfreuten Quietschern.

»Ich weiß.« Morris nahm mir das Handy aus der Hand. »Danke, Simon«, rief er und legte auf.

»Was machst du hier?« Perplex sah ich ihn an. Morris stellte seine Tasche und die Gitarre zu Boden, packte mich und warf mich aufs Bett.

»Ich bin hier, um mit dir zu schlafen«, flüsterte er, als er sich über mich beugte. »Simon meinte, du hättest es nötig.«

»Wie bitte?«, rief ich empört, bevor Morris mir mit einem innigen Kuss den Mund verschloss und ich gar nicht mehr reden wollte.

Das Erste, was ich eine Stunde später sagte, war: »Ich habe entsetzlichen Hunger!«

Morris grinste, und ich kuschelte mich in seine Armbeuge. »Sollen wir was bestellen?«, fragte er.

»Hm, gute Idee.« Ich tastete nach meinem Smartphone und berührte die Schnellwahltaste auf dem Display. Mein Lieblingschinese war bereits eingespeichert, und ich kannte die Menükarte auswendig.

»Einmal Shu Mai, einmal die Biangbiang-Nudeln mit Rind, einmal das Shandong-Huhn und eine Auswahl der Beijing-Fleischpasteten, bitte«, sagte ich, gab meine Adresse durch und legte auf.

Morris schüttelte amüsiert den Kopf. »Du kennst die Gerichte auswendig? Arme Al, du führst hier schon ein hartes Leben.«

»Und ob! Ich bin seit vier auf den Beinen, habe nicht richtig gefrühstückt, und jetzt musste ich dir auch noch zu Willen sein.« Ich richtete mich auf und sah ihn lächelnd an. »Was machst du eigentlich hier?«

»Ich habe morgen ein Vorsingen.«

»Ach, echt? Wo denn?«

»DiscDog Records wollen nach dem Erfolg von *Infernality Rises* ihr Genre erweitern. Ein bedeutender Produzent plant ein Remix der bekanntesten Rocksongs der 80er Jahre. Dafür holt er eine Reihe talentierter Musiker an Bord. Die Songs sollen von Sängern junger, aufstrebender Bands eingesungen und eventuell auf einer späteren Tour performt werden. Und man hat mich angefragt.«

»Das ist super, warum hast du mir nichts davon erzählt?« Ich knuffte ihn in die Seite und konnte nicht verhindern, dass ich mich ein wenig ausgeschlossen fühlte.

Morris küsste meine Nasenspitze. »Ich wollte dich mit meinem Besuch überraschen.«

»Ist dir gelungen.« Rasch verdrängte ich das unangenehme Gefühl in meinem Inneren. »DiscDog Records, hm?«

»Ja, ich weiß. Ich würde mich derselben Heuschrecke zum Fraß vorwerfen, die auch Freakshow Rises unter Vertrag haben. Deshalb muss ich mir genau überlegen, ob ich da mitmachen will.«

»Ja, die Typen sind krass. Ich bin nur noch am Abarbeiten ihrer Terminliste. Jeden Tag kommt etwas Neues rein. Manchmal habe ich Angst, den Überblick zu verlieren.«

Morris strich mir liebevoll eine Haarsträhne aus dem Gesicht. »Du bist tough geworden, weißt du das? Ich denke, dein alter Herr wäre ziemlich stolz, wenn er dich so sehen könnte.«

»Meinst du?« Ich krauste die Stirn. »Manchmal bin ich mir da nicht so sicher. Ich denke, er hätte dem Plattenlabel in den Hintern getreten.«

Morris lachte. »Ja, das wäre auch möglich.«

»Sie bestehen darauf, dass *Infernality Rises* auf der Europa-Tour in Hotels übernachten. Der Bus ist ihnen wohl zu schäbig.«

»Wirklich? Die meinen es ernst mit ihrem Investment. Aber dann bleibt uns mehr Ruhe.«

»Oja!« Ich küsste ihn und konnte kaum glauben, dass er hier neben mir lag. Zu sehr war ich inzwischen daran gewöhnt, allein zu sein. Ihn zu fühlen, zu schmecken und zu riechen, war das schönste Geschenk seit Langem. Ich war süchtig nach ihm.

Von meinem erneuten Taumel mitgerissen, erwiderte Morris meine Zärtlichkeit und kurze Zeit später waren wir wieder ineinander verschlungen. Ich spürte seinen Atem auf meiner Haut, genoss seine Finger, die rau von den Saiten seiner Gitarre waren, und spürte seine Zunge meinen Körper erkunden. Selbst nach all den Jahren, die wir uns nun schon kannten, hatte er nichts von seiner Anziehungskraft verloren. Seine Nähe ließ mich brennen, als hätte mich ein Blitz getroffen, und seine Berührungen waren gleichzeitig vertraut und erregend. In Momenten wie diesen, wenn ich in seinen Armen lag und all das fühlte, was ich kaum in Worte fassen konnte, hätte ich heulen können vor Glück und der ständigen Angst, dass diese besondere Verbindung zwischen uns eines Tages zerreißen könnte. Deshalb nahm ich mir jedes Mal, was ich kriegen konnte, und auch an jenem Nachmittag ließen wir nur widerwillig und schwer atmend voneinander ab.

Ich hatte mich gerade erst von der Ekstase erholt, als es an der Tür klopfte.

»Moment!« Rasch zog ich mir ein T-Shirt über den Kopf, schnappte mir eine Jeans und hüpfte durch den Raum, während ich sie anzog. Atemlos riss ich schließlich die Tür auf. Ein freundlicher Asiate reichte mir zwei Tüten.

»Danke.« Ich nahm sie entgegen und spürte, wie das Blut noch immer durch meine Adern hämmerte. Augenblicklich fragte ich mich, ob mir der Lieferant meinen aufgewühlten Gefühlszustand ansah. Aber er zählte nur das Geld ab, das ich ihm gab, bedankte sich und zog ab.

In meinem Rücken hörte ich Morris lachen. »Bühnenreife Vorstellung, Baby. Deine Hose ist übrigens offen und du hast das T-Shirt verkehrt herum an.«

»Oh!« Ich grinste und setzte mich zu ihm aufs Bett. »Das wollte ich so.«

»Ist klar.«

»Du verdrehst mir einfach den Kopf.«

»Das ist der Job, der mir am liebsten ist.« Er spähte in die Tüten, bevor er aufstand und ins Bad ging. »Bin gleich wieder da!«

Kurze Zeit später aßen wir gemeinsam und unterhielten uns dabei. Anschließend schnappte ich mir meinen Laptop, legte mich bäuchlings aufs Bett und erledigte meine Arbeit, während Morris hinter mir saß und auf seiner Gitarre klampfte. Er spielte *Discords*, einen neuen Song für das nächste Album. Ich mochte ihn, er war ein wenig heroisch, gleichzeitig tragisch und kraftvoll. Morris versuchte einige neue Tonabfolgen, und ich genoss es, ihm zuzuhören.

»Ein ziemlich nachdenklicher Text«, bemerkte ich und sah ihn gedankenverloren nicken.

»So bin ich zurzeit«, murmelte er, und ich ließ ihn in Ruhe weiterarbeiten.

Es war ein ruhiger Nachmittag, und ich sog unser unerwartetes Zusammensein in mich auf. Am frühen Abend fuhren Morris und ich an den Point Dume State Beach an der Küste von Malibu. Dort gingen wir spazieren, sahen uns den Sonnenuntergang an und aßen schließlich eine Kleinigkeit in einem Restaurant mit Blick aufs Meer.

»So einen romantischen Tag hatten wir schon lange nicht mehr«, seufzte ich, als wir wieder zurück in mein Apartment fuhren.

Morris spielte mit dem Armband, das ich trug und das er mir einst geschenkt hatte. »Wenn ich diesen Vertrag morgen unterschreiben sollte, dann ist das mit einer fast einjährigen Welttournee nächstes Jahr verbunden«, sagte er. »Da *Burnside Close* mit dem neuen Album im nächsten Jahr ebenfalls auf USA-Tour gehen, bedeutet das, dass ich ständig hin und her pendeln muss.«

Ich sah ihn an. Er saß am Steuer und blickte konzentriert auf die Straße. Mein Herz begann zu klopfen. »Was willst du mir damit sagen?«

Er drückte beruhigend meine Hand. »Dass es schwieriger werden wird, als es momentan bereits ist.«

Ich schluckte. »Aber wir können die Termine abstimmen. Bis jetzt haben wir das hinbekommen.« Das hatten wir nicht, doch ich verschloss absichtlich meine Augen davor.

Morris wirkte bedrückt. »Es ist nicht nur das. Ich habe mich letzte Woche mit einigen Jungs aus dem Business getroffen, die Interesse daran haben, mein eigenes Projekt gemeinsam mit mir zu realisieren. Ich arbeite schon so lange an diesen Songs, ich will sie endlich auf eine Scheibe bringen.«

Ich drehte mich zu ihm. »Ich verstehe nicht ganz, Morris. Willst du mir gerade sagen, dass wir uns in Zukunft gar nicht mehr sehen?«

»Nein, Al, ich versuche, dir meine Ängste zu schildern. Wie denkst du darüber?«

Sein Satz traf mich bis in die Eingeweide, die sich schmerzhaft zusammenzogen. »Erst vor Kurzem hast du mir gesagt, dass wir es schaffen, wenn wir für unsere Beziehung brennen, und jetzt ist das auf einmal anders?«

Morris setzte den Blinker und hielt neben einer Tankstelle. Im grellen Neonlicht fanden seine Augen endlich die meinen. »Ich vermisse dich, Al. Jeden verdammten Tag, den wir getrennt sind, fehlst du mir. Ich will, dass du an meinem Leben teilnimmst, so wie heute. Doch es wird Momente geben, in denen es schwieriger wird, als wir uns das bisher vorgestellt haben. Ich möchte nur, dass uns das nicht unvorbereitet trifft.«

»Das tut es nicht! Wir telefonieren, wir …«

»Wir reden nicht wirklich«, unterbrach er mich. »Wenn wir telefonieren, dann liegen Zeitzonen zwischen uns und jeder ist in seinem Alltagstrott. Ich höre dir an, dass du unglaublich unter Druck stehst, damit du Simon nicht enttäuschst. Gleichzeitig stemmst du diese ganze Arbeit für zwei Bands. Ich weiß, dass du am Limit läufst, aber das ändert nichts an der Tatsache, dass wir nicht füreinander da sein können. Du erfährst nichts mehr von meinen Plänen und den steigenden Erwartungen, die an mich als Musiker gestellt werden. Genauso wenig wie ich von deinen Ängsten und Sorgen erfahre. So ist eben unser Leben.« Er fuhr sich durch die Haare. »Ich will nicht den Teufel an die Wand malen, aber ich möchte, dass wir das realistisch sehen. Egal was kommt, ich kann das alles nur mit dir, Al.«

»Okay.« Meine Besorgnis wuchs. »Das klingt, als wolltest du mich auf das Schlimmste vorbereiten.«

Er lächelte beruhigend. »Ich will nicht, dass uns unsere Terminkalender eines Tages überrumpeln und wir entsetzt darüber sind, wie viel wir zu tun haben. Deine Abmachung mit Simon war einfach nicht geplant.«

Aus irgendeinem Grund fühlte ich mich angegriffen und wurde wütend. »Was soll ich denn tun, Morris? Wir wussten von Anfang an, worauf wir uns einlassen. Soll ich jetzt alles hinschmeißen, um bei dir zu sein? Ist das meine Rolle als Frau?« Ich schnaubte. »Du könntest genauso gut zurückstecken. Stell dein eigenes Album zurück, plane deine Termine so, dass du auch mal zu mir nach L.A. kommen kannst, und zwar nicht nur, wenn du zum Vorsingen musst. Halt dich an deine eigenen Regeln und rede mit mir, anstatt alles in dich hineinzufressen und mir deine Bedenken nach einem wunderschönen Tag wie diesem um die Ohren zu hauen!«

»Du hast mich falsch verstanden.« Er sah an mir vorbei und trommelte mit den Fingern aufs Lenkrad. »Der Druck in diesem ganzen Business steigt, Al, und das weißt du genauso gut wie ich. Ich kann nicht ständig irgendwelche Angebote ablehnen, um ein ruhiges Leben zu führen. Wenn ein großes Label meine Stimme will, dann kann ich dazu nicht Nein sagen. Es ist eine unglaubliche Ehre und gleichzeitig eine wahnsinnige Herausforderung, der ich mich stellen muss. Aber ich habe auch noch so viel Musik in mir, die herauswill, dass ich damit nicht warten kann. Du kennst mich. Es ist ein innerer Zwang. So bin ich eben.«

»Du kannst nicht alles haben«, erwiderte ich und konnte nicht glauben, dass wir gerade diese Unterhaltung führten. Noch am Nachmittag hatten wir uns geliebt und ich hatte mich Morris so nahe gefühlt, und jetzt glaubte ich, dass mir meine Ohren einen Streich spielten.

Morris atmete tief durch. »Es tut mir leid«, sagte er schließlich. »Ich wollte dir keine Vorwürfe machen, sondern dir einfach von meinen Plänen erzählen. Und von meinen Sorgen.« Er lächelte schief. »Erfolg ist erstrebenswert, wenn man ihn bei anderen erlebt, doch wenn es einen selber trifft, dann ist Erfolg eine Last.«

Ich beugte mich zu ihm und legte ihm die Arme um den Hals. »Du trinkst aber nicht, oder?«, wollte ich besorgt wissen.

»Natürlich nicht.« Es klang verärgert, und er küsste mich aufs Haar. »Ich bin so anständig wie noch nie zuvor in meinem Leben. Nur eine Frau, keine Drogen, kein Alkohol, keine Zigaretten. Vielleicht ist das mein Problem.« Er lachte leise, doch meine Besorgnis schwand nicht. Im Gegenteil. Trotzdem gab ich mir einen Ruck.

»Ich habe momentan keine Lösung für all das«, sagte ich sanft. »Aber ich glaube an uns.« Vorsichtig sah ich auf und hoffte, keine Ablehnung in seinen Augen zu sehen.

»Ich liebe dich, Al«, murmelte er und küsste mich verzweifelt. »Du bedeutest mir mehr, als ich je geglaubt hätte, für einen Menschen empfinden zu können.«

»Aber?«, hakte ich nach.

»Diese Fernbeziehung bringt mich um.« Er umarmte mich so fest, dass ich kaum noch Luft bekam.

»Wir schaffen das«, sagte ich, obwohl mir der Satz auf einmal hohl und nichtssagend erschien. Welche Zukunft hatte unsere Beziehung im Angesicht der Realität? Konnten wir dem Druck des Musikgeschäfts standhalten oder würden wir daran zerbrechen? Ratlosigkeit schnürte mir die Kehle zu.

»Lass uns weiterfahren«, flüsterte ich und lehnte mich in meinem Sitz zurück, während Morris den Van schweigend zurück auf die Straße lenkte.

Chapter 7

I turn my back and cross the border for all the better things in order

(Infernality Rises, »Burning Borders«)

Ärger im Paradies?« Rob sah mich an, und ich bemühte mich um Zurückhaltung.

»Alles okay«, log ich und ordnete die Unterlagen vor mir auf dem Tisch. Wir befanden uns im Besprechungsraum des Plattenlabels von *Infernality Rises* mitten in den Hollywood Hills, um uns mit *Burnside Close* zu treffen und die Vorbereitungen für die bevorstehende Europa-Tournee abzustimmen.

Seit meinem letzten Wiedersehen mit Morris waren sechs Wochen vergangen, und unsere Begrüßung war verhaltener ausgefallen, als ich es mir gewünscht hätte. Mein Herz tat weh, wenn ich ihn ansah, doch mein Stolz ließ nicht zu, dass ich euphorischer wurde. Er hatte mich mit seinen Worten verletzt, und obwohl wir seitdem nicht mehr darüber gesprochen hatten, warf ich ihm innerlich vor, zu wenig Engagement in unsere Beziehung zu stecken. Er mochte viel zu tun haben, aber das hatte ich ebenfalls, und er musste verstehen, dass sich die Welt nicht nur um ihn drehte. Ich hatte auch Träume, einen Job, und ich spürte gleichermaßen die Erwartungen, die man an mich stellte, doch ich forderte nicht von ihm, all das aufzugeben, nur damit ich mich verwirklichen konnte.

»Warum ist nur alles so kompliziert?«, murmelte ich und setzte ein Lächeln auf, als Matt zu mir trat.

»Ich habe gehört, Simon ist heute ebenfalls mit dabei«, sagte er und blickte sich im Raum um. Neben den Mitgliedern der beiden Bands waren außerdem einige Sponsorenvertreter, der Logistikverantwortliche sowie Bob, der Produzent von *Burnside Close,* anwesend. Des Weiteren sollten Vertreter des Plattenlabels hinzukommen, um ihre Vorstellungen von der Tour in die Planung miteinzubringen. Noch war jedoch keiner von ihnen zu sehen.

»Ja, er kommt. Seit zwei Wochen ist er wieder daheim, aber die Ärzte haben ihm jede Art von Stress untersagt.« Meine Augen hefteten sich auf Morris, der sich mit dem Produzenten unterhielt.

»Was ist mit euch?« Matt runzelte die Stirn.

Ich warf Rob einen Blick zu, doch er stand inzwischen zu weit entfernt, um uns hören zu können. »Wir sind zu oft voneinander getrennt«, erwiderte ich und spürte die aufsteigenden Tränen. Ärgerlich schob ich die Unterlagen von der einen Seite des Tisches auf die andere.

Matt unterbrach mich, indem er nach meiner Hand griff. »Ich kenne dich, Al, und ich habe nicht vor, dich hier vor allen zum Weinen zu bringen. Aber wenn du reden willst, dann bin ich da.«

»Das ist lieb von dir«, murmelte ich und erhob mich, um mich unter Kontrolle zu bekommen. Ich hatte nicht damit gerechnet, dass mein Wiedersehen mit Morris all diese Gefühlsregungen in mir freisetzen würde. Aber nun wurde mir klar, dass ich mich wieder einmal sechs Wochen in meiner Arbeit verkrochen hatte, ohne all das auszusprechen, was in meinem Inneren rumorte und vor sich hin gärte.

Matt drückte ein letztes Mal meine Hand und mischte sich unter die Jungs, die gebannt vor all den Musik-Auszeichnungen an den Wänden standen. In diesem Moment öffnete sich die Tür und Simon trat ein, gefolgt von einer asiatisch anmutenden Frau mit ernstem Gesicht, die alle Anwesenden sofort kritisch unter die Lupe nahm.

»Simon, schön, dich zu sehen!« Ich eilte auf meinen väterlichen Freund zu und war froh, dass er mich in die Arme schloss. Seit unserem vertraulichen Gespräch war unser Verhältnis inniger geworden, und das half mir über meine plötzliche Verunsicherung hinweg. Allerdings nur kurz.

»Al, darf ich vorstellen? Das ist Ming. Sie ist die Assistentin des Produzenten von DiscDog Records.«

Wir schüttelten uns die Hand und Ming verzog keine Miene. Sie war diese Art Frau, bei der ich mich sofort unwohl fühlte. Alles an ihr war perfekt. Ihre Haut strahlte, ihr Make-up war ohne Makel, ihre Haare leuchteten im tiefsten Schwarz. Sie trug Klamotten, die sehr lässig wirkten, obwohl man den roten Sohlen ihrer Stiefel ansah, dass es sich um sündhaft teure Louboutins handelte. Ihre Figur war sportlich, durchtrainiert und dennoch weiblich. In ihrer Nähe fühlte ich mich augenblicklich wie eine unattraktive Schabe.

»Ming wird euch auf der Tour begleiten«, hörte ich Simon nun sagen, und ich zuckte zusammen. Zum ersten Mal sah ich den Hauch eines Lächelns, das Mings rote Lippen umspielte.

»Ich hoffe, du bist damit einverstanden«, meinte sie. »Du hast Simons Vertretung absolut im Sinne des Labels durchgeführt. Wir sind sehr zufrieden mit deiner Arbeit.«

Ihre Stimme klang rauchig und dermaßen anrüchig, dass sich meine Stimmung noch mehr verschlechterte. Prompt brachte ich nur ein krächzendes »Danke!« heraus.

Ming drehte sich um und ließ sich von Simon weiter herumführen, während ich mich fragte, warum das Label uns einen Aufpasser mitschickte, wenn ich meine Arbeit doch angeblich so gut erledigt hatte.

»Dieser Frau will ich die Stiefel lecken«, flüsterte Rob, der plötzlich wieder neben mir stand. »Und nicht nur die! Ich will …«

»Klappe!«, raunzte ich ihn an. »Keiner interessiert sich für deine genitalen Gedanken.«

»Ich glaube, ich bin nicht der Einzige, der sein Gehirn einige Ebenen nach unten verlagert, wenn er Ming sieht«, entgegnete er süffisant und deutete mit dem Kinn auf Morris. Erstaunt beobachtete ich, wie er von Ming mit Luftküsschen links und rechts begrüßt wurde.

Ich schluckte und bemühte mich, mir meine Eifersucht nicht anmerken zu lassen. Doch sie durchströmte mich bereits wie glühende Lava.

»Niedlich, die beiden!« Rob stieß mich an. »Findest du nicht?«

Die Tränen, die nun schon seit einiger Zeit unterschwellig darauf warteten, endlich an die Oberfläche zu dürfen, machten sich erneut bemerkbar. Ich räusperte mich und blinzelte, bevor ich den Raum verließ und mich beherrscht auf den Weg zur Toilette machte.

»Sei nicht so eine dumme Kuh!«, schimpfte ich leise mit mir selbst. »Reiß dich zusammen!«

Je näher ich der Toilette kam, umso schneller wurden meine Schritte. Am Ende rannte ich und schlug die Tür hinter mir zu.

»Heul jetzt nicht«, beschwor ich mich, aber die Tränen drängten heran. Ihnen folgten Enttäuschung, Wut und ein unsagbarer

Schmerz. Woher kannte Morris diese Ming? Was war das überhaupt für ein Name? Das klang mehr nach einer Vase als nach einer Frau. Ich schniefte und schluchzte und hasste mich dafür. Aber es ging nicht anders. Wieder und wieder rieb ich die Tränen fort, bevor ich mich schließlich entschied, einen Blick in den Spiegel zu werfen. Ich erschrak. So schrecklich hatte ich mir meinen Anblick nicht vorgestellt.

»Mist!«, fluchte ich und bemühte mich, die verschmierte Wimperntusche zu beseitigen. Natürlich lag meine Handtasche in dem Raum, aus dem ich gekommen war, also musste ich sehen, wie weit ich mit Papierhandtüchern, Seife und klarem Wasser kam.

Nicht sehr weit, stellte ich bald fest und sah in die verquollenen Augen meines Spiegelbildes. Vorhin hatte ich mich wie eine Schabe gefühlt, nun war ich eine Schabe mit Bindehautentzündung. Wie schlimm konnte es noch werden?

»Al, bist du da drinnen?« Es war Ming. Vor Scham wäre ich am liebsten im Boden versunken.

»Ja, ich bin gleich soweit«, rief ich und fingerte hektisch in meinem Gesicht herum.

»Wir würden jetzt gern anfangen. Ich habe noch einige Nachfolgetermine.«

»Ich habe noch einige Nachfolgetermine«, äffte ich sie tonlos nach und zog eine Grimasse. Dann entschied ich, dass das Warten auf ein Wunder nun ein Ende hatte und schloss die Tür auf.

»Hey!« Ming drängte sich an mir vorbei und ich wurde dabei in eine Wolke ihres schweren Parfums gehüllt. »Ich komme gleich.«

»Alles klar.« Ich wich ihrem Blick aus und ging zurück zum Besprechungsraum.

Vor der verschlossenen Tür blieb ich stehen, um durchzuatmen, bevor ich die Klinke hinunterdrückte und eintrat. Niemand beachtete mich und ich war froh, dass ich mich unbemerkt an den Tisch setzen konnte.

»Geht's dir gut?« Kurze Zeit später nahm Morris neben mir Platz und musterte mich.

»Alles in Ordnung.« Ich lächelte übertrieben, und er zog eine Augenbraue nach oben.

»Du bist noch sauer wegen unserem Gespräch vor sechs Wochen, habe ich recht? Warum hast du nichts gesagt?«

»Weil wir am Telefon ja nicht wirklich reden«, warf ich ihm schnippisch vor. »Wir überbrücken Zeitzonen.«

»Anscheinend tun wir das«, erwiderte er und verschränkte die Arme vor der Brust.

»Woher kennst du Ming?« Die Worte waren heraus, bevor ich es verhindern konnte. Es schien, als wollte ich mir an diesem Tag absichtlich Schmerzen zufügen.

»Vom Label, schon vergessen? Sie betreut das Projekt, an dem ich mitarbeite.«

»Ach, das auch? Sie betreut wohl gern Projekte, bei denen du an Bord bist.«

»Bitte, Al, können wir das lassen?« Er sah mich ruhig an. »Wieso misstraust du mir?«

Da waren sie wieder, die Tränen. Spürbar lauerten sie unter der Oberfläche, stauten sich in meinem Hals und hinderten mich am Sprechen.

»Weil du die Musik über unsere Beziehung stellst!«, presste ich schließlich hervor und biss mir anschließend auf die Zunge. Hatte ich das gerade wirklich gesagt?

Morris schüttelte kaum merklich den Kopf, und ich erkannte an den gespannten Muskeln in seinem Gesicht, dass er die Zähne aufeinanderpresste.

»Ich habe nicht geglaubt, dass du so denkst.« Er senkte die Stimme. »Du weißt, was ich für dich empfinde.«

Statt zu schweigen, setzte ich noch einen drauf: »Wenn du das tätest, dann würdest du nicht all diese Projekte starten, die uns nur noch weiter auseinanderbringen.«

»Hey, jetzt mal langsam! Ich sage ja auch nichts über deine Projekte mit Freakshow Rises und der Tatsache, dass du ihretwegen deine Arbeit für *Burnside Close* vernachlässigst!«

»Das tue ich nicht!«

»Dann frage ich mich, warum mit all unseren Merchandise-Ideen nichts vorangeht, während du den Boden küsst, auf dem diese Spatzenhirne laufen.«

»Was?« Ich schnaubte empört. »Du weißt genau, dass ich das für Simon und seine Tochter tue!«

»Was tust du für mich?« Simon tauchte an meiner Seite auf.

»Ich organisiere dein verkorkstes Leben«, scherzte ich und warf Morris einen bösen Blick zu.

Simon setzte sich neben Morris und lächelte mich an. »Bist du bereit, Al?«

»Immer.« Ich schluckte Wut und Tränen hinunter und beobachtete Ming, die in den Raum schwebte und am Ende des Tisches Platz nahm.

»Okay, danke, dass ihr hier seid«, begann sie ohne Umschweife. »Ich habe nur wenig Zeit, und deshalb möchte ich gleich zur Sache kommen. Das Label ist sehr zufrieden mit der Entwicklung von *Infernality Rises.* Die erste Singleauskopplung ist bereits in den Top 10 der Airplay-Charts, die Radio-Charts werden sicherlich nachziehen. Außerdem war die Promo-Tour der letzten Wochen komplett ausverkauft. Nur die Interviews in den Magazinen wie *Popstar* und *Seventeen* waren recht enttäuschend. Wir müssen diese Zielgruppe mehr bearbeiten.« Ming sah mich an. »Es gehört zu deinen Aufgaben, Al, dafür zu sorgen, dass die Jungs ihre zugewiesenen Rollen auch leben. Rockstar zu sein ist in Ordnung, doch wir wollen verletzliche Rockstars. Solche, die die Herzen junger Mädchen höherschlagen lassen. Dazu gehört, dass ihr alle Singles bleibt, ist das klar? Was immer ihr hinter verschlossenen Türen treibt, ist mir egal, aber Fotos mit Freundinnen sind tabu, habt ihr mich verstanden?«

Rob und die anderen nickten und verzichteten ausnahmsweise auf kernige Worte.

»Zur Erinnerung ...« Ming ließ mich nicht aus den Augen. »... Wir haben einen toten Vater und geschundene Seelen, die zwar eine große Klappe haben, aber in ihrem tiefsten Inneren gerettet werden wollen.«

»Und wie!« Chuck kicherte und Ming warf ihm einen Blick zu, der in seiner Schärfe einem Samurai-Schwert in nichts nachstand.

»Wir wollen Fans, die ihre Sehnsucht zu euch in die sozialen Medien hinaustragen«, fuhr sie unbeirrt fort. »Doch dafür müsst ihr eure weiche Seite zeigen. Keine Fäkalsprache, keine Berichte über euer ausschweifendes Leben und keine frauenverachtenden Sprüche. Ist das angekommen?«

Erneutes Nicken, dieses Mal eindeutig demütiger. Ich war trotz meiner Vorbehalte beeindruckt.

»Wir sind gerade an der *Teen Vogue* dran. Wenn der Deal klappt, dann gibt es in der übernächsten Ausgabe eine Fotoserie mit euch in ausgefallenen Klamotten und einem privat anmutenden Interview. DiscDog Records stellt dafür eine Villa in den Hollywood-Hills zur Verfügung. Dort werdet ihr fotografiert und anschließend interviewt. Al und ich werden die Antworten mit euch ausarbeiten, und ihr habt nichts anderes zu tun, als euch an das Script zu halten. Sollte nicht allzu schwierig sein.« Ming nippte an einem Glas Wasser. »Für die Tour in Europa ist nun alles soweit unter Dach und Fach. Wir haben uns erlaubt, aufgrund der großen Ticketnachfrage auf andere Örtlichkeiten umzubuchen. Geräumigere Hallen mit mehr Kapazität.« Sie verteilte einige Ausdrucke. »Hier seht ihr, wo es Änderungen gibt.«

»Moment!« Ich griff nach dem Blatt Papier und überflog es hastig. »Das sollte eine Club-Tour werden. Wir hatten uns bewusst für kleinere Locations entschieden, um näher an den Fans dran zu sein.«

»Nun, wir investieren hier sicherlich nicht eine beachtliche Summe in Marketing und Promotion, nur um *Infernality Rises* dann in muffigen Clubs auftreten zu lassen.« Ming lächelte mich herablassend an.

»Aber *Infernality Rises* sind lediglich die Vorgruppe«, setzte ich ihr entgegen. »*Burnside Close* sind der Haupt-Act. Das ist ihre Tour.«

»Die wir uns entschlossen haben mitzusponsern. Das gibt uns ein Mitspracherecht. Und schaden kann es den Jungs ja auch nicht.«

»Wann wurde das entschieden?« Ich sah Simon an, aber der zuckte nur mit den Schultern.

»Ehrlich gesagt wurde das mit uns nicht abgesprochen«, meldete sich Matt nun zu Wort. »Wir arbeiten noch am neuen Album und diese Tour sollte lediglich ein Aufwärmtraining für unsere große Promotion-Tour im nächsten Jahr werden. Die Fans in Europa sind uns wichtig, und wir waren schon länger nicht mehr dort. Wir wollten nur die alten Songs performen und ein wenig Spaß haben.«

»Nette Idee.« Ming verzog das Gesicht. »Aber nicht unser Motto. *Think big*, heißt es hier, und das bedeutet, dass jedes Investment auch einen Return bringen muss. In diesem Falle solltet ihr daran denken, mindestens zwei Songs aus eurem neuen Album zu spielen. Seht es als *Amuse-Gueule*.«

»Als was?«, fragte Sean irritiert und Ming sah ihn an, als hätte sie gerade ein Insekt verschluckt.

»Das ist französisch und bedeutet Gaumenfreude«, erklärte sie beherrscht. »Ein Vorgeschmack für eure Fans auf das, was kommt. Wir bezahlen gern die Kosten für die Aufnahmen, falls sich *Burnside Close* das nicht leisten kann. Die Songs sollten den Radiostationen allerdings vor Tourbeginn vorliegen.«

»Aber wir sind noch nicht soweit!«, protestierte Brad, und Sean und Matt nickten heftig. »Außerdem haben wir bereits einen Produzenten und einen Manager und ehrlich gesagt verstehe ich nicht, was hier gerade abläuft!«

»Seht es als Chance an, Jungs! Keiner will eurem Team an den Karren fahren, aber auch wenn ihr der Haupt-Act seid, so steht die finanzielle Macht hinter eurer Vorgruppe. Ihr mögt es vielleicht noch nicht verstanden haben, doch mit Individualität kommt man heutzutage nicht mehr weit.«

»Wer sagt denn, dass wir das wollen?«, fragte Matt und sah mich kopfschüttelnd an.

»Nun, ich kenne ein Bandmitglied von euch inzwischen recht gut, und ich denke, er versteht, was ich meine. Nicht wahr?« Ming zwinkerte Morris derart neckisch zu, dass mir die Galle hochkam. Mein Blick flog zwischen ihm, Ming und Matt hin und her.

»Soweit ich weiß, haben Verträge bindende Wirkung«, warf ich verärgert ein. »Und der Vertrag von *Burnside Close* bindet sie an ein anderes Plattenlabel. Wir sind DiscDog Records also zu nichts verpflichtet. Was die Sache mit *Infernality Rises* angeht, so könnt ihr euer Investment sinnvoll einsetzen, aber ich denke, ich spreche im Namen aller, wenn ich sage, dass *Burnside Close* kein Interesse daran haben, Songs ihres neuen Albums bereits im Vorfeld der Tour zu veröffentlichen.«

Ming hob eine Augenbraue, und es hätte mich nicht gewundert, wenn sie unter dem Tisch mit einem Wurfstern spielte. »Was ist mit den größeren Clubs?«, fragte sie.

Ich sah Matt an, und er nickte. »Geht in Ordnung«, sagte ich daraufhin an Ming gewandt. »Aber wir trennen sowohl Merchandise als auch Promotion voneinander. Ich will nirgends sehen, dass *Burnside Close* eine untergeordnete Rolle gegenüber *Infernality Rises* spielen.

Es ist unsere Tour. Wir haben die Städte ausgewählt, und wir liefern einen Großteil der Fans. Außerdem spart sich DiscDog Records Geld und Aufwand, indem es unsere Logistik mitbenutzt. Solange ihr also auf unseren Zug aufspringt, solltet ihr euch auch an die Regeln halten. *Infernality Rises* ist in Europa noch nicht erfolgreich genug, um Clubs zu füllen, das wissen wir alle. Das funktioniert nur mit *Burnside Close*.«

Ming sah aus, als stünde sie kurz vor einer Diarrhöe. »In Ordnung«, erwiderte sie schließlich. »Aber ich verlange, dass du deine Sichtweisen der jeweiligen Band anpasst. Das, was *Burnside Close* durchziehen, ist nicht der Weg von *Infernality Rises!* Ich werde während der Tour ein Auge darauf haben.«

»Zweifellos«, murmelte ich und bemerkte, dass Simon mir anerkennend zunickte. Es war verwunderlich, dass er sich aus der ganzen Diskussion herausgehalten hatte.

»Gut.« Ming sortierte ihre Unterlagen. »Nachdem Al ja bereits verdeutlicht hat, dass wir in ihrem Zug mitfahren, wird es ihr eine Freude sein, euch über die genauen Tourdaten Auskunft zu geben. *Infernality Rises* stehen während der gesamten Tour First-Class-Tickets zur Verfügung, ebenso wie Fünf-Sterne-Hotels, damit sie die Arbeit an ihrem zweiten Album möglichst komfortabel voranbringen können. In der Mitte der Tour wird es erste Studioaufnahmen in London geben, aber das überschneidet sich mit den Auftritten dort, weshalb es zu keinerlei Problemen unsererseits kommen wird.« Sie blickte auf die Anwesenden. »Das wär's vorerst. Mein nächster Termin steht an.«

Es war erstaunlich, dass sie das ankündigte, denn ihr forsches Aufstehen hätte sie ohnehin verraten. »Al, du machst hier weiter, ja?«

Ich nickte und atmete aus, als Ming den Raum verlassen hatte. Schweigen breitete sich aus, und ich bemühte mich, professionell zu wirken.

»Das hätte ich nicht erwartet«, meldete sich Bob, der Produzent von *Burnside Close*, zu Wort. »Habt ihr irgendwelche Pläne, von denen ich nichts weiß, Jungs?«

»Auf keinen Fall«, beteuerte Matt. »Und ich bin froh, dass Al das klargestellt hat. Wir stehen hinter unseren Vereinbarungen und unserem neuen Album. Alles bleibt, wie es ist. Habe ich recht?« Er warf den anderen einen Blick zu und ich sah sie nicken.

»Was ist eigentlich deine Meinung zu dem Thema?«, zischte ich Morris zu, der mit unbewegtem Gesicht neben mir saß.

»Interessiert dich das wirklich?«, murmelte er und lehnte sich zurück.

Simon nutzte die Gelegenheit und beugte sich zu mir herüber. »Es tut mir leid, Al, ich habe nicht gedacht, dass Ming sich in die Dinge von *Burnside Close* einmischen will. Wenn das Label die größeren Clubs finanzieren möchte, ist das in Ordnung. Alles andere sehe ich genauso wie du.« Er lachte. »Du hast ihr ganz schön die Zähne gezeigt!«

»Hm.« Ich suchte Morris' Blick, doch er starrte bewusst in eine andere Richtung. Es tat weh, von ihm ignoriert zu werden.

»Al?« Matt klopfte auf den Tisch. »Können wir weitermachen?«

»Klar!« Ich räusperte mich und bemühte mich um Konzentration. Dann kramte ich in meinen Unterlagen und begann, die Punkte abzuarbeiten, die bezüglich der bevorstehenden Tour noch geklärt werden mussten. Ich verlas jede einzelne Stadt, in der Auftritte geplant waren, sowie die Örtlichkeiten und ihre jeweiligen Besonderheiten. Über die neuen Locations, die Ming eigenmächtig ausgesucht hatte, wusste ich noch nichts und würde mich später mit den Betreibern in Verbindung setzen müssen. Nachdem alle im Bilde waren und ich die Aufgaben verteilt hatte, die noch erledigt werden mussten, bevor wir in einem Monat nach Europa aufbrachen, war mehr als eine Stunde vergangen, und ich war ein wenig heiser vom Reden.

»Wasser?« Morris reichte mir eine der kleinen Flaschen, die auf dem Tisch standen.

»Danke.« Ich schraubte sie auf, goss mir etwas in ein Glas und trank in großen Schlucken. Um uns herum waren alle im Begriff aufzubrechen, und ich bemerkte, dass Matt mich fragend ansah. Aufmunternd blinzelte ich ihm zu, und er verstand.

»Ich treffe mich noch mit Mings Boss Nick Fontaine«, erklärte Simon. »Willst du mitkommen, Al?«

Ich sah Morris an und Simon nickte. »Ich komme allein klar«, bemerkte er und verzog sich mit den anderen.

Die Tür des Besprechungszimmers blieb offen und von draußen drangen die Geräusche der Büros zu uns herein. Telefonklingeln, Musik, Schritte auf dem Flur und gedämpfte Wortwechsel.

»Okay«, sagte ich, um das Schweigen zwischen Morris und mir zu brechen. »Du hast recht, ich bin noch sauer wegen des Gesprächs bei deinem letzten Besuch. Aber was mich heute noch viel mehr verunsichert hat, ist deine Verbindung zu Ming. Was meinte sie damit, dass du sie verstehst?«

»Sollen wir uns nicht einen anderen Ort zum Reden suchen?« Endlich sah er mich an, und meine Nervosität wuchs. Tief in meinem Inneren fürchtete ich, dass er mir etwas sagen könnte, was mich zutiefst verletzte. Er hatte die Macht dazu.

»Okay«, erwiderte ich unsicher, und wir standen auf. »Wohin willst du?«

»Lass uns die Küste entlangfahren. Oder hast du heute noch etwas vor?«

Ich schüttelte halbherzig den Kopf. Mings Änderungen hatten mein Arbeitspensum erhöht, und ich wusste, dass ich eine Nachtschicht einlegen musste, um all das auf die Reihe zu bekommen. Aber Morris war mir wichtiger. »Das ist schon in Ordnung. Lass uns fahren.«

Wir verließen das Hochglanz-Gebäude von DiscDog Records mit seinen schwarzverspiegelten Glasfassaden, gingen auf den Parkplatz, und ich setzte mich ans Steuer. Während der gesamten Zeit sprachen wir kein Wort miteinander. Wie ferngesteuert folgte ich den grünen Schildern, die mir den Weg wiesen, bis ich den Highway 1 erreichte. Das Radio spielte *Burning Borders* von *Infernality Rises*, ihre zweite Single-Auskopplung. Das Lied thematisierte den angeblichen Tod von Robs Vater sowie die unsichtbaren Grenzen, die er anschließend hatte überwinden müssen. Mir ging es ähnlich. Ich kam mir vor, als sei meine Beziehung gerade dabei zu sterben, und ich hatte keine Ahnung, wie ich das verhindern sollte. Eine wahrhaft zuversichtliche Sounduntermalung für meinen momentanen Gefühlszustand. Ich machte die Musik leiser und konzentrierte mich auf die Straße. Ich fuhr in Richtung Süden bis nach San Clemente. An einer einsamen Stelle über dem Meer hielt ich schließlich an und schaltete den Motor aus. Morris sah immer noch aus dem geöffneten Fenster, so wie er es bereits die gesamte Fahrt über getan hatte. Ich wollte ihn berühren, doch er schien in Gedanken meilenweit weg zu sein.

»Wollen wir spazieren gehen?«, fragte ich, und er nickte.

Ich sperrte das Auto ab, und wir gingen über eine Vielzahl Stufen an den Strand hinunter. Da es unter der Woche war, herrschte wenig Betrieb. Einzelne Jogger drehten ihre Runden und einige Surfer warteten auf die optimalen Wellen, ansonsten waren wir ungestört. Die Gischt benetzte meine Haut, als wir zum Meer schlenderten.

»Das Schweigen bringt mich um«, gab ich schließlich zu und griff nach Morris' Hand.

Er drehte sich zu mir und zog mich in seine Arme. Erleichtert krallte ich meine Fingernägel in seinen Rücken.

»Aua!« Er legte sein Kinn auf meinem Kopf ab. »Du tust mir weh.«

»Tut mir leid«, flüsterte ich und kuschelte mich noch viel enger an ihn. »Das scheint heute mein Motto zu sein.«

Er erwiderte nichts darauf, und nach einer Weile hob ich mein Gesicht und sah ihn an. »Was ist mit dir?«

»Ich muss ein paar Entscheidungen treffen«, sagte er, und mein Herz begann augenblicklich, schneller zu schlagen.

»Betreffen diese Entscheidungen dich und mich?« Ich erstickte beinahe an dem Satz.

»In gewisser Weise betreffen sie auch uns. Komm mit!« Er zog mich mit sich, und wir gingen Hand in Hand den Strand entlang.

»Du weißt ja, dass ich ein paarmal in Los Angeles war, während du mit Freakshow Rises auf Promo-Tour unterwegs warst.«

»Hm.« Ich betete, dass nun nicht das folgen würde, was sich als Hirngespinst bereits in meinem Kopf festgesetzt hatte.

»In dieser Zeit gab es mehrere Gespräche mit DiscDog Records«, fuhr Morris fort, und ich umklammerte seine Hand. »Es ging hauptsächlich um das Projekt, in dem ich mitwirken soll. Das ist eine ziemlich große Sache, und der Produzent ist begeistert von meiner Stimme. Ich soll jetzt sogar mehr Parts übernehmen, als ursprünglich geplant. Außerdem wollen sie, dass ich auf der Tour im nächsten Jahr einen Großteil der Songs performe, weil die meisten Sänger aufgrund von anderen Verpflichtungen nicht mit dabei sein können. Ich werde sozusagen das Aushängeschild dieser Tour.« Er blieb stehen. »Was ist los, Al? Du drückst mir das Blut ab.«

Ich lockerte die Umklammerung, doch meine Befürchtungen wollten nicht weichen. Was er mir erzählte, war nicht neu für mich, aber ich fürchtete, dass noch etwas folgte.

»Des Weiteren habe ich dem Produzenten einige Songs meines Solo-Albums vorgespielt, und er war sehr angetan. Ming meinte, dass er sich überlegt, mich unter Vertrag zu nehmen.«

»Wow!« Ich blinzelte. Das war es also. »Willst du das wirklich?«

»Das weiß ich nicht.« Morris kniff die Augen zusammen. »Seit unserem letzten Gespräch bin ich ein wenig neben der Spur.«

»Das bin ich auch«, gestand ich.

»Ich weiß nicht, wie ich es formulieren soll, Al, aber ich habe nach deinen Reaktionen beinahe Angst, dir zu sagen, was ich will.«

»Vielleicht erklärst du mir zuerst Mings Kommentar.«

Er winkte ab. »Keine Ahnung, was das sollte. Im Prinzip geht es darum, dass mein Name gerade in aller Munde ist und ich nicht noch länger warten darf, um mein eigenes Album zu veröffentlichen. Ming meinte, sie würde es schaffen, dass es abgeht wie eine Rakete.«

»Ich wusste gar nicht, dass das dein Wunsch ist. Willst du das alles? Den Erfolg, den Ruhm, all das?«

Morris zuckte mit den Schultern. »Alles, was ich immer wollte, war, Musik zu machen. Aber zu spüren, dass die Leute lieben, was du tust, ist etwas Besonderes. Zu hören, dass unsere Lieder ihr Leben verändern, ist einfach Wahnsinn. Es reißt dich mit. Manchmal kann ich es gar nicht glauben. Ich wache morgens auf und denke mir, das alles war nur ein schöner Traum. Doch dann erlebe ich Auftritte wie bei Coachella, wo wir auf derselben Bühne performen wie *Guns N' Roses,* und ich spüre diesen Kick, der mich komplett abheben lässt und mich motiviert weiterzumachen. Ich bin dafür geboren, Al. Und das Geld ist ja auch nicht zu verachten.«

»Das weiß ich, und ich will dich nicht aufhalten.«

»Das klingt nach einem unterschwelligen *Aber.*«

»Was ist mit uns?« Es klang flehentlich, und ich bemühte mich, meine Fassung nicht zu verlieren.

»Es ändert sich nichts an unserer Beziehung. Vertrau mir einfach. Kannst du das?«

Ich zögerte. »Es sind bereits wieder sechs Wochen vergangen. Sechs verdammte Wochen! Dieses Jahr zieht an uns vorbei, und daheim in unserer Wohnung stapeln sich noch immer die unausgepackten Kisten. Wir zahlen Miete für ein Apartment, in dem wir uns nie aufhalten.

Wir telefonieren und verstehen am Ende des Tages doch nicht, was den anderen bewegt. Wir stehen jetzt hier und reden über eine Zukunft, von der wir wissen, dass wir uns nur sehr selten sehen werden. Ich weiß einfach nicht, wie es mit uns weitergehen soll, wenn wir ständig voneinander getrennt sind. Du hast selbst gesagt, dass dich diese Fernbeziehung umbringt.«

»Und du sagtest, wir schaffen das«, murmelte Morris.

Mit hängenden Armen standen wir uns gegenüber, und ich spürte die Hoffnungslosigkeit, die mich übermannte. Vor meinem inneren Auge zogen die Auseinandersetzungen mit meiner Mutter vorüber, die ich geführt hatte, bevor ich endlich den Weg gegangen war, den ich für meine Bestimmung hielt. Ihre Stimme hallte in meinem Kopf wider: »Das Leben an der Seite eines Musikers bedeutet, ihm ständig hinterherzureisen oder daheim auf seine Rückkehr zu warten. Aus Erfahrung kann ich dir sagen, dass keins von beidem besonders befriedigend ist. Du wirst allein sein.«

Doch was war die Alternative?

»Zerbrechen wir an der Musik? So wie meine Eltern?«, fragte ich und spürte, dass ich vor Anspannung zu zittern begann.

Morris stand da wie zu Stein erstarrt. Sein Blick ging mir durch und durch. Ich wünschte, er würde protestieren, mich in seine Arme reißen und mir schwören, dass uns niemals etwas trennen konnte. Aber sein Gesicht blieb ausdruckslos.

»Ich hatte gehofft, dass du mich verstehst und unterstützt« hörte ich ihn sagen und glaubte, keine Luft mehr zu bekommen.

»Ich bemühe mich, doch es ist so unglaublich schwer!«

»Okay.« Er wirkte geknickt. »Dieses Gespräch hatte ich mir anders vorgestellt.«

»Ich mir auch.« Ich zögerte, aber dann brach es aus mir heraus: »Hat das alles etwas mit dieser Ming zu tun?«

»Was?« Er blickte irritiert. »Natürlich nicht! Gott, Al, weißt du eigentlich, was gerade in mir vorgeht? Ich fühle mich, als hätte mir jemand meine Flügel ausgerissen. Es tut mir weh, dass wir hier stehen und keine Lösung für uns finden.«

»Aber wir könnten eine Lösung finden.« Du willst es nur nicht, vollendete ich den Satz in Gedanken.

»Gibst du mir die Schuld?« Er sah mich an.

»Nein!«, protestierte ich, konnte ihm dabei jedoch nicht in die Augen sehen. »Das mit *Infernality Rises* ist vorübergehend. Ich helfe Simon und dann …«

»… machst du dein eigenes Ding«, fügte Morris hinzu. »Und das ist auch gut so! Du hast so viel Talent, Al. Als du Ming vorhin in die Mangel genommen hast, da waren alle von dir beeindruckt. Du kannst nicht den Rest deines Lebens nur für *Burnside Close* da sein. Das weiß ich inzwischen. Wir haben beide Musik in uns. Jeder auf eine andere Art.«

Langsam hob ich den Kopf und zwang mich, seinen Blick zu erwidern. »Und was soll das heißen? Dass wir uns einfach damit abfinden, eine Fernbeziehung zu führen?« Meine Stimme klang verbittert. »Am besten verlieben wir uns voll und ganz in unsere Jobs und sind zufrieden. Du wirst mit diesem Projekt von DiscDog Records auf Tour gehen und dein eigenes Album machen, und ich suche mir in ein paar Monaten die nächste hoffnungsvolle Nachwuchsband. Wer braucht schon mehr?« Ich warf die Arme in die Luft und ging davon.

»Al!« Morris lief mir hinterher. »So habe ich das nicht gemeint!« Er griff nach meiner Hand, aber ich schüttelte ihn ab. Aufgebracht drehte ich mich zu ihm um.

»Was meinst du denn dann? Ich verstehe es nämlich nicht! Du sagst einerseits, dass du mich liebst und doch setzt du alles daran, um von mir getrennt zu sein. Welchen Sinn macht das?«

»Das ist nun mal mein verdammtes Leben«, entfuhr es ihm heftig. »Ich bin Musiker! Wir sitzen nicht im Büro rum und kommen jeden Abend pünktlich nach Hause.«

Ich schwieg enttäuscht und Morris holte tief Luft.

»Wir sind gerade an einem Punkt, wo wir alles zerreden«, fuhr er ruhiger fort. »Wir haben beide viel zu tun. Belassen wir es dabei. Für das neue Album von *Burnside Close* brauche ich einen freien Kopf, ebenso für das neue Projekt. Außerdem soll ich mich bis zum Ende unserer Europa-Tournee entscheiden, ob ich mein Solo-Album bei DiscDog Records veröffentliche.«

»Ach, und ich störe deine kreative Arbeit und deinen Gedankenfluss, oder wie?«

Jetzt war es Morris, der schwieg.

»Verdammt noch mal!«, schrie ich ihn an und spürte Tränen auf meinen Wangen. Erbost über die plötzliche Schwäche wischte ich sie mir grob aus dem Gesicht. »Wenn du auch nur ein Wort über deine Gefühle für mich ehrlich gemeint hast, dann kann es nur einen Weg für uns geben. Einen gemeinsamen!«

»Ich habe nie etwas anderes gesagt.« Morris wirkte nun ebenfalls verärgert. »Alles, was ich wollte, war, dass du mir vertraust!«

»Das tue ich aber nicht«, entgegnete ich brüsk. »Wie soll ich dir vertrauen, wenn du hinter meinem Rücken Dinge entscheidest, die unser gesamtes Leben verändern? Wenn du mit irgendwelchen Frauen flirtest, um dein Solo-Album zu promoten?«

Er erwiderte nichts und sein Blick war wie ein Dolchstoß, der mein Herz durchbohrte.

Lange Zeit sahen wir uns einfach nur an, und es war, als hörte ich im Meeresrauschen den Soundtrack unserer Beziehung. Wir waren wie die Wellen. Ein ewiges Vor und Zurück. Ein Aufeinanderzugehen und Voreinanderzurückweichen. Vielleicht konnten wir nicht anders. Vielleicht war das die tragische Melodie unserer Liebe.

»Lass uns damit aufhören«, murmelte ich resigniert. »Wir haben beide viel zu viel um die Ohren und machen uns mit diesen Diskussionen nur kaputt. Triff deine Entscheidungen und tu, was für dich am besten ist. Du bist mir keine Rechenschaft schuldig.«

Ich ging rückwärts und bemerkte, dass er mich nicht aufhielt. Niedergeschlagen senkte ich den Blick, drehte mich um und ließ ihn endgültig stehen. Ich wusste, ich würde mit meinem Fortgehen eine unsichtbare Grenze überschreiten. Trotzdem tat ich es, und dieses Mal folgte Morris mir nicht.

Chapter 8

Can you handle the reality of your dreams, can you be the leader of your fears?

(Burnside Close, »Leader Of Fears«)

London! Ich hatte diese Stadt nicht gemocht, als ich noch dort gelebt hatte, doch als ich einen Monat später auf dem Weg zu meiner Mutter war, überschwemmte mich ein unerwartetes Glücksgefühl. Ich hatte Mom schon eine Ewigkeit nicht mehr gesehen und konnte es kaum erwarten, nach Hause zurückzukehren. Die Tour startete in drei Tagen in Paris, und mit der Liste der Dinge, die ich noch zu erledigen hatte, konnte ich inzwischen ein ganzes Zimmer tapezieren. Simon hatte mir jedoch das Wochenende frei gegeben, damit ich endlich mal wieder meine Familie besuchen konnte, und ich war ganz aufgeregt.

»Mom!« Eilig stieg ich aus dem Taxi, bezahlte den Fahrer und zerrte meine Tasche aus dem Kofferraum.

»Almond!« Sie eilte die Stufen hinunter, und wir fielen uns in die Arme. So war es nicht immer gewesen. Meine Mutter und ich hatten einen mühevollen Weg hinter uns, der von Diskussionen und Missverständnissen geprägt war.

»Sieh dich nur an!« Sie lächelte. »Du siehst müde aus, aber so erwachsen.« Ihr Blick wanderte über mein Outfit. »Und ein wenig wie eine Totengräberin.«

Ich lachte über ihren entsetzten Gesichtsausdruck hinweg. »Ich habe mal wieder den Job gewechselt, Mom. Ich bin jetzt Vollzeit-Junkie und Dauergroupie.«

Sie runzelte die Stirn, musste dann aber ebenfalls lachen. »Bei dir weiß man nie, mein Kind.«

»Lass uns reingehen.« Ich folgte ihr die Stufen zu unserem Haus hinauf. Am Treppenende wartete bereits Neil auf uns, der Lebensgefährte meiner Mutter. Ich mochte ihn, auch wenn er in meinen Augen den biedersten Job hatte, den man sich nur vorstellen konnte.

Er war Anwalt. Und das sah man ihm an. Obwohl es Wochenende war, trug er eine Bundfaltenhose aus dunkelbraunem Baumwoll-Twill und darüber einen beigen Pullover mit V-Ausschnitt, der den Kragen seines gestärkten, blütenweißen Hemdes offenbarte. Dagegen wirkte ich in meinen schwarzen Skinny-Jeans, den schweren Boots, der derben Lederjacke und der Beanie-Mütze auf meinen Haaren wie Ozzy Osbourne zu seinen besten Zeiten. Doch Neil war alles andere als spießig.

»Es freut mich, dich zu sehen!« Er umarmte mich völlig ungeniert und kniff mir in die Wange, als sei ich ein kleines Mädchen. »Deine Mutter ist so aufgeregt, weil du uns wieder einmal besuchst.«

»Neil!« Sie schlug ihm auf den Arm. »Möchtest du Tee, Liebes?«

»Na klar, Mom.« Ich ließ im Flur meine Tasche fallen und nahm unsere Katze Twiggles auf den Arm, die neugierig um die Ecke lugte.

»Hast du mich vermisst?«, murmelte ich in ihr weiches Fell.

Mom einen Blick mit Neil. »Wir müssen dir noch etwas sagen.«

Ich grinste. »Wollt ihr heiraten? Finde ich gut.«

»Nein.« Kurzzeitig schien ich sie mit meiner Bemerkung aus der Fassung gebracht zu haben. Sie räusperte sich. »Es geht um Granny.«

»Was ist mit ihr?« Alarmiert setzte ich die Katze zu Boden.

»Sie ist bei uns.«

»Du meinst hier? Ist sie zu Besuch? Wo ist sie?« Ich sah mich um.

»Auf ihrem Zimmer.«

»Ich muss zu ihr!« Sofort wollte ich die Treppe hinauf in den ersten Stock stürmen, wo sich das Gästezimmer befand, aber Mom hielt mich zurück.

»Sie ist schon seit einem halben Jahr bei uns, Almond. Sie hatte einen Schlaganfall.«

»Wie bitte?« Entsetzt sah ich Mom an. »Warum habt ihr mir das nicht gesagt?« Mein Blick wechselte zu Neil, der neben meine Mutter trat. »Was ist mit ihrer Wohnung in München?«

»Die haben wir aufgelöst.« Die Stimme meiner Mutter wurde immer leiser. Neil strich ihr beruhigend über die Schultern.

»Wir wollten dich nicht beunruhigen, Almond«, sagte er. »Aber die Ärzte meinten, deine Großmutter solle nicht mehr allein leben. Sie braucht Pflege.«

»Pflege?« Ich spannte all meine Muskeln an, um mich aufrecht zu halten. Diese Nachricht zog mir den Boden unter den Füßen weg.

»Sie war längere Zeit halbseitig gelähmt und konnte kaum sprechen. Deshalb haben wir sie zu uns geholt. Inzwischen geht es ihr wieder besser, aber sie wird nie mehr so sein, wie du sie zuletzt gesehen hast.« Mom kam auf mich zu. »Ich wollte nur, dass du das weißt.«

Ich atmete ein und aus. Dann wieder ein und aus. Es war zu viel. Der Tod meines Vaters hatte mich schwer getroffen, und ich hatte lange gebraucht, um mich davon zu erholen. Nun ging es Simon schlecht, ich hatte Probleme mit Morris und jetzt auch noch Granny. Mein Körper reagierte mit einer Schockstarre auf all diese Ereignisse.

»Setz dich«, sagte Mom und schob mir einen Stuhl hin. Ich konnte mich nicht bewegen und deshalb drückte sie mich hinunter, bis ich saß. »Sie ist nicht tot, Almond. Du kannst raufgehen und mit ihr reden. Es geht nur alles etwas langsamer als früher.«

»Ich verstehe nicht«, flüsterte ich. »Wir haben telefoniert, Mom, und du hast mir nichts davon gesagt. Kein einziges Wort!«

»Du schienst mir ziemlich beschäftigt zu sein.«

»Aber ihr seid meine Familie!« Entrüstet starrte ich sie an. »Solche Dinge musst du mir erzählen!«

»Hättest du sie angerufen, wäre dir aufgefallen, dass es ihre Telefonnummer seit Monaten nicht mehr gibt. Doch du hast mich nie darauf angesprochen.«

Ich zog meine Knie an und umklammerte sie. Was war nur mit mir los? Ich war so in meine Arbeit vertieft, dass ich meine Familie völlig vernachlässigte. Wie konnte es sein, dass ich Granny seit einem halben Jahr nicht mehr angerufen hatte? Das schlechte Gewissen schlug über mir zusammen.

»Das sollte kein Vorwurf sein«, beeilte sich Mom, zu sagen. Sie setzte sich mir gegenüber und sah mich an. »Es war auch für uns eine schwierige Entscheidung. Als ich erfahren habe, dass Granny im Krankenhaus liegt, bin ich zu ihr nach München geflogen. Ich habe mit den Ärzten gesprochen und mir lange überlegt, was ich tun soll. Dein Vater hätte seine Mutter niemals im Stich gelassen, doch Granny hat nun keine lebenden Verwandten mehr. Es war ein riesiges Glück, dass sie den Schlaganfall an dem Tag hatte, an dem ihre Freundinnen zum

Kartenspielen zu ihr kamen. So wurde sie rechtzeitig ins Krankenhaus gebracht. Aber natürlich kann sich von den alten Damen niemand um Granny kümmern. Ich bin die Einzige, die ihr geblieben ist, doch ich hatte viele Zweifel, ob Neil und ich das schaffen.«

Ich nickte geistesabwesend. Granny war die Mutter meines Vaters, es war also keine Selbstverständlichkeit, dass Mom sie in ihrem Haus beherbergte. Trotz der Scheidung meiner Eltern war der Kontakt zwischen Granny und Mom nie abgerissen. Die beiden konnten streiten, dass die Fetzen flogen, aber gleichzeitig schätzten sie sich auch. Während ich mit Moms Familie kaum Berührungspunkte hatte, stand ich Granny jedoch sehr nahe. Sie war mehr als meine Großmutter. Sie war meine innere Stimme und der Mensch, der dafür sorgte, dass das Andenken meines Vaters bewahrt wurde.

»Ich wollte es dir so viele Male sagen«, beteuerte Mom. »Aber es schien nie der richtige Zeitpunkt zu sein. Du hast mir von deinen Bands erzählt und der Tournee, die ihr plant. Von Simon und seiner kranken Tochter. Ich habe gehört, wie sehr dich das alles mitnimmt, und ich wollte es nicht noch schlimmer machen.«

»Ich verstehe.« Neil setzte den Tee auf und lächelte mir aufmunternd zu. Ich empfand spontane Zuneigung für ihn, weil er Mom in der ganzen Situation unterstützte. So sehr mich die Nachricht auch erschütterte, es war tröstlich, zu sehen, dass Granny gut aufgehoben war.

»Weiß sie, dass ich komme?«, fragte ich.

Mom schüttelte den Kopf. »Ich wollte nicht, dass sie enttäuscht ist, falls es doch nicht klappt. Sie redet sehr viel von dir. Ich glaube, die Pflegerin, die jeden Tag kommt, kennt dich inzwischen besser als ich.«

Ich stieß die Luft aus, aber der Knoten in meinem Magen löste sich nicht. »Wird sie mich erkennen?« Nervös knabberte ich an meinen Fingernägeln.

Mom nickte. »Sie hat sehr viele Fortschritte gemacht. Am Anfang war ihre gesamte linke Körperhälfte betroffen. Teile ihres Gesichts waren gelähmt, ebenso ihr Arm. Deshalb hat man uns geraten, dass sie nicht mehr allein leben soll. Seit sie bei uns ist, bekommt sie regelmäßig Physiotherapie. Auch das Sprechen ist besser geworden. Sie redet noch ein wenig undeutlich, aber man versteht sie.«

Ich schüttelte ungläubig den Kopf. Natürlich wusste ich, dass Granny alt war, doch in meinen Erinnerungen war sie das nicht. Sie war immer so stolz gewesen, so eigenständig und weise wie eine Eule. Wenn sie mir nicht so vehement in den Hintern getreten hätte, wäre ich vermutlich nie ins Rockmusik-Business eingestiegen und hätte meinen Traum wahr gemacht.

»Dein Tee.« Neil stellte eine dampfende Tasse vor mich. »Es tut mir leid, dass wir dir zusätzlich Sorgen machen müssen.«

»Wie geht es Morris?« Meine Mutter war offensichtlich bemüht, das Thema zu wechseln, ohne zu wissen, dass sie ihren Finger in die nächste offene Wunde legte.

»Gut.« Meine Stimme klang fiepsig wie die einer Maus. »Er wollte mitkommen, aber er hat es nicht geschafft. Wir sehen uns in Paris.«

»Die Stadt der Liebe, wie schön.« Neil massierte Moms Schultern und ich stöhnte auf.

»Almond? Geht es dir gut?«

»Nein«, stieß ich hervor und krümmte mich auf dem Stuhl. »Es geht mir beschissen, Mom! Ich habe mich mit Simons Vertretung übernommen. Die Arbeit wächst mir über den Kopf und meine Beziehung zu Morris liegt auf Eis. Ich könnte nur noch heulen, aber irgendwie sind mir inzwischen sogar die Tränen ausgegangen.«

Mom stand auf und schloss mich in die Arme. »Ich hatte ja keine Ahnung«, sagte sie.

»Und das ist genau der Punkt«, murmelte ich. »Dieser Job frisst mich derart auf, dass ich weder Zeit habe, euch zu erzählen, was bei mir alles los ist, noch mir eure Sorgen anzuhören. Dasselbe gilt für mich und Morris und übrigens auch für Barbara. Ich bin eine schlechte Freundin, eine furchtbare Partnerin und eine miese Tochter.«

Mom lachte. »Das klingt wie ein depressiver Rocksong.« Sie nahm mir die Mütze vom Kopf und strich meine Haare glatt. »Wir machen es uns jetzt zwei Tage gemütlich. Du weißt, ich war nie dafür, dass du im Musikbusiness arbeitest, aber ich bin stolz auf dich. Mich würde dieser ganze Organisationskram und das Nomadenleben wahnsinnig machen. Ich kann ja nicht einmal meinen Job als Rechtsanwaltsgehilfin zufriedenstellend erledigen.« Sie zwinkerte Neil zu, in dessen Kanzlei sie arbeitete.

»Deine Mutter kann froh sein, dass sie ein Verhältnis mit mir hat, sonst hätte ich sie schon längst gefeuert.« Neil grinste.

»Wir haben kein Verhältnis!« Mom sah entsetzt aus. »Du bist geschieden, und wir leben gemeinsam unter einem Dach.«

»Es klang spannend«, entschuldigte sich Neil und entrang mir damit ein Lächeln. Er und meine Mutter wirkten oft unfreiwillig komisch.

»Möchtest du jetzt zu Granny gehen?« Mom sah mich an.

Ich nippte an der Tasse. »Gib mir noch fünf Minuten«, antwortete ich. »Ich muss die Neuigkeiten kurz verdauen.«

Bewusst langsam trank ich meinen Tee, aß einen mit Marmelade gefüllten Scone dazu und bereitete mich auf das vor, was mich erwarten würde. Mom und Neil debattierten bereits über das Abendessen, und ich war froh, dass sie mich in Ruhe ließen, um meine Gedanken zu ordnen. Nach all dem Stress der letzten Monate erschien mir die vertraute Küche meiner Mutter mit der laut tickenden Uhr wie ein herrlicher Rückzugsort. Am liebsten hätte ich einfach nur dort gesessen und mich von den Gesprächen berieseln lassen. Ich wusste, es war feige, aber ich wollte Granny nicht sehen.

Nach einer Weile räumte meine Mutter das Geschirr vom Tisch. »Es ist wie damals mit Leonards Brief«, sagte sie. »Du wolltest ihn zuerst nicht lesen, doch am Ende hat er dich getröstet. Gib dir einen Ruck. Es geht dir besser, wenn du sie gesehen hast, glaub mir.«

Ich atmete tief durch. »In Ordnung«, murmelte ich und erhob mich. Dann stieg ich langsam die Treppe in das obere Stockwerk hinauf. Jede Stufe brachte mich der Wahrheit entgegen, und ich hätte mich am liebsten umgedreht und wäre davongerannt. Doch irgendwie hielt ich durch. Oben angekommen, bemühte ich mich um Ruhe. Obwohl unser Haus ein typisch schmales Londoner Stadthaus war, kam mir der Flur auf einmal endlos vor. Auf Zehenspitzen schlich ich ihn entlang und fragte mich, warum ich das tat. Die Tür zum Gästezimmer war nur angelehnt, und ich hörte den Fernseher laufen. Vorsichtig öffnete ich die Tür. Granny saß aufrecht im Gästebett und summte vor sich hin. Äußerlich sah sie aus wie immer, nur dass ihre Haare nicht so ordentlich zurechtgemacht waren, wie ich es von ihr gewohnt war. Sie trug einen lilafarbenen Hausanzug, und auf ihrem Gesicht lag ein Lächeln. Ich war so erleichtert, dass mir nun doch die Tränen kamen.

»Oh, Granny!« Rasch lief ich zu ihr und sah die Verblüffung in ihren Augen.

»Mein Kind!« Es klang, als sei ihre Zunge angeschwollen. »Was tust du hier?«

»Ich besuche Mom und habe gerade erst erfahren, dass du inzwischen bei ihr wohnst.« Den Grund dafür schluckte ich hinunter.

»Evelyn und ihre Geheimnisse. Von irgendwem musst du diese Eigenschaft ja geerbt haben. Es ist so schön, dich zu sehen!«

Vorsichtig setzte ich mich neben sie und nahm ihre Hände in die meinen. Sie waren eiskalt.

»Soll ich das Fenster schließen?«, fragte ich besorgt.

Granny schüttelte den Kopf. »Das ist alles, was ich noch von der Welt dort draußen spüre«, nuschelte sie und umklammerte meine Finger mit einer erstaunlichen Kraft. »Evelyn sperrt mich hier wie einen Vogel ein!«

»Aber ich habe gehört, du sollst nicht mehr fliegen«, sagte ich und bemerkte das empörte Zucken ihrer Augenbrauen. Ich grinste. »Ist sie sehr streng mit dir?«

Granny schnaubte. »Sie ist schlimmer als ein Feldwebel! Endlich hat sie mich da, wo sie mich schon immer haben wollte. Aber eines sage ich dir, mein Kind, wenn ich wieder richtig laufen kann, dann brenne ich durch.«

Ich kicherte und auch meine Großmutter verzog amüsiert ihr Gesicht. »Kannst du mir zur Flucht verhelfen?«, wollte sie wissen.

»Nein, Granny, selbst wenn ich könnte, würde ich es nicht tun. Mom sorgt hervorragend für dich.«

Sie schlug mir auf den Arm. »Was weißt du denn schon? Du kennst deine Mutter. Sie erdrückt mich mit ihrer Fürsorge. Sei froh, dass du weit weg bist und nichts von alldem mitbekommst.«

Obwohl ich mich um Fassung bemühte, rollte mir eine Träne über die Wange. »Ich schäme mich«, gab ich offen zu. »Ich habe mich viel zu selten bei euch gemeldet. Vor allem bei dir! Wie konnte die Zeit nur so vorüberfliegen?« Hektisch wischte ich meine Augen trocken. »Und jetzt heule ich auch noch! Dabei sind all meine Probleme nichts im Vergleich zu …« Ich brach ab und schluckte.

»… im Vergleich zu meinen?«, vollendete Granny den Satz. »Ja, du hast recht, Al, ich sitze ziemlich in der Patsche. Ich bin Evelyn und ihrem Anwalt ausgeliefert und muss mir unglaublich schlechtes englisches Fernsehen ansehen. Wusstest du, dass der Bestseller im Homeshopping-Kanal ein windbeständiger Schirm ist?«

Ich lachte auf. »Nein, das wusste ich nicht. Dein Leben klingt schrecklich.«

»Das ist es, mein Kind. Aber weißt du, was tröstlich ist? Lebend kommt hier keiner raus. Ich habe es irgendwie verpasst, jung zu sterben, und nun muss ich es bis zum bitteren Ende durchziehen. Mit Evelyn an meiner Seite. Wer hätte das gedacht? Dein Vater hätte das witzig gefunden.«

Mein Lachen wurde breiter. Erst jetzt wurde mir bewusst, wie sehr ich Granny vermisst hatte. »Was ist mit Dads Grab in München und das von Großvater?«

»Evelyn hat dafür gesorgt, dass sich jemand darum kümmert und es pflegt. Wenn die Grabmiete ausläuft, werden wir sie nicht mehr verlängern. Die wichtigsten Männer in meinem Leben sind ohnehin da, wo ich auch bin.«

Granny schien zu merken, dass mich ihre Antwort erneut melancholisch werden ließ und nickte mir zu. »Erzähl, Al, was lässt die Zeit so verfliegen? Genießt du den Job bei deiner neuen Band? Und was machen *Burnside Close* und vor allem Morris?«

»Oh!« Ich wiegte den Kopf hin und her. »Es ist kompliziert.«

»Das habe ich gehofft!« Grannys Oberkörper wippte ausgelassen auf und ab. »Erzähl mir alles, jedes Detail! Lass nichts aus! Ich bin süchtig nach deinem aufregenden Leben.«

»Warum denken nur immer alle, dass es so aufregend ist?« Ich grinste schief.

»Wenn dir irgendwann nichts weiter bleibt als ein Zimmer, ein Fernseher und eine Ex-Schwiegertochter, die über dich bestimmt, dann sehnst du dich sogar nach den schwierigen Phasen deines Lebens zurück. Alles ist besser als rumzusitzen und zu warten, Al, glaub mir.«

»Das tue ich.« Ich sah ihr in die Augen und begann zu erzählen. Ich erzählte ihr über *Infernality Rises*, Simons Herzinfarkt und seine Beweggründe, die Band bei DiscDog Records unter Vertrag zu bringen. Ich regte mich über Rob und die anderen auf, über Ming und ihre arrogante Art. Ich berichtete über das Coachella Festival und den

Auftritt von *Guns N' Roses,* über die Arbeit von *Burnside Close* an ihrem neuen Album und von Morris. Ich redete mir alles von der Seele und spürte, wie gut mir das tat.

»Ihr habt euch aber nicht getrennt, oder?« Granny sah ehrlich besorgt aus. »Ihr gehört zusammen.«

»Vielleicht solltest du ihm das sagen«, flüsterte ich mit bebender Stimme. »Momentan habe ich nämlich das Gefühl, als wenn er seinen gesunden Menschenverstand verliert. Ich meine, ich weiß, wie er ist. Er löst sich in all diesen Tönen auf und ist dann an einem Ort, an dem ich ihm nicht folgen kann. Das kenne ich, aber was mir fremd ist, ist sein plötzlicher Ehrgeiz. Dieses Interesse, seine Ideale an ein so großes Label wie DiscDog Records zu verkaufen. Die mögen zu mehr Investment bereit sein, doch sie stehen nicht für ehrliche Rockmusik. Dabei ist Morris' eigenes Album genau das! Darin geht es um so viele persönliche Dinge und ich finde einfach, die sollte er nicht dem Kommerz opfern.«

Granny verzog den Mund.

»Was ist los?«, fragte ich erschrocken.

»Du hast so viel von deinem Vater in dir«, erklärte sie mit brüchiger Stimme. »Das hätten auch seine Worte sein können. Und doch stehst du inzwischen mitten im Leben, Al. Du läufst nicht mehr davon, sondern du stellst dich den Problemen. Du kümmerst dich um die Menschen, selbst wenn es bedeutet, dass du vor lauter Arbeit deine eigene Beziehung aufs Spiel setzt.«

»Denkst du das wirklich?«, fragte ich alarmiert. »Werde ich Morris dadurch verlieren?«

Sie gab mir keine Antwort und ich hätte sie am liebsten geschüttelt. Ich wollte, dass sie mir Mut machte, so wie sie es sonst immer tat, aber dieses Mal hörte ich nichts Derartiges von ihr.

»Ich weiß es nicht«, sagte sie stattdessen. »Ich habe gelernt, dass das Schicksal sich oft ins Fäustchen lacht, während man die Pläne seines Lebens schmiedet. Du kannst Morris nicht ändern, und genauso wenig solltest du dich ändern. Das gehört zum Erwachsenwerden dazu. Man lernt, wer man ist, was man möchte und was nicht. Deine Erfahrungen formen dich, und du bist jetzt schon so viel weiter als noch vor einem Jahr. Halte ihn nicht, indem du dich in sein Leben zu pressen versuchst. So funktioniert das nicht. Lass ihn fliegen und bleib auf deiner Route. Wenn ihr am Ende am selben Ziel landet, dann ist alles gut.«

»Ich will aber nicht, dass er sich womöglich in Mings Nest verirrt«, protestierte ich.

»Raben und Kolibris passen normalerweise nicht gut zueinander.«

»Sehr tröstlich.« Ich fuhr mir durch die Haare. Es war das erste Mal, dass mich ein Gespräch mit Granny nicht optimistisch stimmte.

»Spiel mir ein paar Songs vor!«, forderte sie mich plötzlich auf.

»Was? Du willst jetzt Musik hören?«

»Ich will sie fühlen! Deine Mutter beschallt mich hier ständig mit Klassik. Keine Ahnung, seit wann sie das hört. Auf jeden Fall komme ich mir dauernd vor, als lausche ich dem Abspann meines Lebens. Sehr deprimierend. Ich brauche ein paar ordentliche Beats auf die Ohren!«

Ich schmunzelte. Granny mochte langsamer sprechen als früher, aber ihren eigenwilligen Humor und ihre lustige Art hatte sie nicht verloren, und darüber war ich unendlich froh.

»Warte«, sagte ich und stand auf. »Ich hole mein Smartphone. Da sind all meine Songs drauf.« Rasch lief ich aus dem Zimmer und sprang lärmend die Treppen hinunter.

»Alles gut?« Mom spähte um die Ecke, als hätte sie bereits auf mich gewartet.

»Ja, wir haben geredet.« Ich bückte mich, um in meiner Tasche zu wühlen. »Ich hätte nicht gedacht, dass es ihr so gut geht.«

Mom sah aus, als wollte sie widersprechen, doch dann lächelte sie nur. »Dein Besuch wird ihr guttun«, meinte sie und zog sich wieder zurück.

Ich kramte mein Handy und den Bluetooth-Lautsprecher hervor und stürmte die Treppen zurück nach oben.

»Du wirst staunen«, rief ich Granny zu, während ich alles bereit machte. »*Burnside Close* haben einen gewaltigen Entwicklungsschritt gemacht. Ihr neues Album wird eine ganz neue Geschichte von ihnen erzählen. Man hört und spürt so viel in diesen Songs!«

Granny setzte sich in ihrem Bett zurecht und sah mich gespannt an.

»Moment!« Mein Finger flog durch die Playlist. »Hier! Denk dir das Rauschen weg, ich hab das während einer Probe aufgezeichnet.«

Der Lautsprecher knackte und ich hörte Morris' Stimme. Für einen kurzen Augenblick spürte ich die Traurigkeit, die mich jedes Mal überfiel, wenn ich an ihn dachte, doch dann konzentrierte ich mich auf die Musik. *Leader Of Fears,* ein Song, der wie für mich gemacht schien, denn ich war die Jeanne d'Arc der Ängste und Zweifel. Bassdrum und Tomtom wechselten sich ab, sorgten für einen schweren Klang im tiefen Frequenzbereich. Passend zum Thema. Morris sang beinahe flüsternd, bevor es in der Mitte des Liedes aus ihm herausbrach, während ein ungezügeltes Schlagzeug durch den Refrain galoppierte und Matts Leadgitarre Morris' energisches Timbre unterstützte. »*Can you handle the reality of your dreams, can you be the leader of your fears?*«

»Was denkst du?«, fragte ich sie nach dem Schlussakkord.

Granny versuchte zu klatschen, doch es wollte ihr nicht gelingen, und sie gab entnervt auf. Mir zerriss es das Herz, sie so zu sehen, aber ich wusste, sie würde nicht wollen, dass ich auf ihre Hilflosigkeit einging und wiederholte deshalb meine Frage.

»Es war grandios«, erklärte Granny, nachdem sie sich gesammelt hatte. »Es klingt monumental und so ganz anders als das, was ich bisher von ihnen kenne.«

»Ja, genau das sage ich auch! Anfangs fand ich es zu experimentell und habe befürchtet, dass die Fans vielleicht enttäuscht sein könnten, aber mittlerweile bin ich Feuer und Flamme für die neuen Songs.«

»Spiel mir mehr vor!«

»Zu Befehl!« Ich salutierte vor ihr und drückte auf das Play-Symbol, um das nächste Lied zu starten.

»Und mach die Musik lauter!«

»Also, Granny, ich weiß nicht so recht …«

»Sei nicht feige, Al! Lass uns deine Mutter und die Nachbarn ärgern.«

Ich drehte die Lautstärke höher und die hackenden Drums erfüllten den Raum. Es war erstaunlich, welchen Klang der kleine Lautsprecher erzeugen konnte, und ich zog instinktiv den Kopf ein, als der Chor der E-Gitarren über uns hereinbrach. Doch Grannys verzückter Gesichtsausdruck ließ mich nicht länger zögern. Ich tanzte auf sie zu und spielte Luftgitarre. Es war befreiend, einfach mal Unsinn zu machen. Völlig entrückt wirbelte ich durch den Raum, verausgabte mich auf einem imaginären Schlagzeug oder übernahm den Gesang. Nach drei Songs war ich völlig durchgeschwitzt.

»Seid ihr noch ganz bei Sinnen?« Moms Stimme drang kaum zu mir durch. Erst als sie mich am Arm berührte, bemerkte ich sie.

»Granny wollte Musik hören«, verteidigte ich mich und sah meine Großmutter breit grinsen.

»Wir sind doch kein Rockclub!« Mom griff nach meinem Handy und fuchtelte damit vor meinem Gesicht herum. »Mach das leiser, Al!«

»Du bist spießig, Evelyn«, hörte ich Grannys kratzige Stimme, kaum dass der Bass verebbte.

»Und du bist kindisch.« Mom warf ihr einen vorwurfsvollen Blick zu. »Der Arzt sagte, du sollst dich schonen.«

»Ich schone mich derart, dass mein Herz demnächst vor Langeweile stehen bleibt!« Granny schob trotzig das Kinn vor. »Wenn du mich einmal am Tag so unterhalten würdest wie Al, dann ginge es mir bedeutend besser.«

Ich verkniff mir ein Lachen. Mom und Granny wirkten manchmal wie ein altes Ehepaar, das sich ständig stritt, obwohl sie sich tief in ihrem Inneren aufrichtig schätzten.

»Möchtest du einen Tee, bevor wir zu Abend essen?«, fragte Mom.

»Bring mir einen Scotch.«

Mom rollte mit den Augen und verließ das Zimmer. Ich kicherte. »Du machst es ihr aber auch nicht leicht«, sagte ich.

»Unsinn! Sie braucht das, sonst wachsen ihr noch Spinnweben am Körper. Früher war sie mal ein richtiger Feger, doch sie scheint das zu vergessen. Das darf ich nicht zulassen.«

»Tust du nicht.« Ich wischte mir den Schweiß von der Stirn. »Puh, das war lustig!«

In diesem Moment klingelte mein Handy. Ich sah auf das Display. »Das ist Barbara«, wunderte ich mich.

»Geh schon ran«, forderte mich Granny auf. »Sprecht euch aus. Das ist wichtig für eine Freundschaft.«

»Danke!« Ich drückte ihr einen Kuss auf die Stirn und nahm den Anruf entgegen.

»Hey, Süße, was gibt's?«

»Al!« Barbara schrie förmlich in den Hörer, sodass ich ihn ein Stück vom Ohr weghielt. »Ich bin ja so glücklich!«

»Sag mal, bist du betrunken? Wie spät ist es bei dir?«

»Ich bin nicht in Australien. Nicht mehr. Ich bin in Hamburg bei meiner Schwester.«

»Wie bitte?«

»Ja, Al, es ist so toll hier! Ich kann gar nicht verstehen, warum ich nach Sydney gezogen bin.«

»Du … was?« Ich blinzelte verwirrt. »Jetzt mal langsam. Was machst du in Hamburg? Sind Riley und die Kinder bei dir?«

»Nein, wo denkst du hin? Dann hätte ich ja nicht so viel Spaß.« Man hörte im Hintergrund das Geräusch von klirrenden Gläsern.

»Aber warum lässt du deine Familie allein?«

»Das habe ich ständig versucht, dir am Telefon zu erklären, doch du warst so beschäftigt. Ich brauche eine Auszeit, Al. Rileys Mutter kümmert sich um die Kinder, während ich weg bin.«

»Während du weg bist? Wie lange bist du denn weg?«

»Mindestens vier Wochen.« Sie seufzte genießerisch. »Und ich merke schon, wie mir jede Sekunde guttut.«

»Aber Olivia ist doch noch so klein!«

»Machst du mir Vorwürfe?« Barbaras Stimme klang plötzlich schrill. »Ich habe mir gestern bereits von meiner Mama anhören müssen, was für eine verantwortungslose Mutter und Ehefrau ich bin. Von dir hätte ich das nicht erwartet!«

»Ach, Süße, ich will dir keine Vorwürfe machen.« Ich zögerte. »Wie kann ich dir helfen? Sollen wir uns treffen? Ich muss zwar am Montag zum Tourbeginn in Paris sein, aber für dich kriege ich das hin. Versprochen!«

»Oh, ich weiß, mach dir deswegen keine Sorgen.« Barbara kicherte ungehalten. »Wir werden reden. Ganz viel.«

»Okay.« Ich räusperte mich. »Leg los, ich bin ganz Ohr.«

Das Kichern wurde immer hysterischer. »Nicht jetzt, Süße, ich bin wirklich betrunken, aber ich komme zu dir.«

»Du kommst zu mir?«

»Und ob! Ich komme nach Paris und dann begleite ich euch ein Stück auf der Tour. Ich will sehen, wie das so ist. Heiße Rockstars, laute Musik, legendäre Partys. Ich muss einfach mal was anderes sehen. Und keine Sorge, ich störe euch kein bisschen.«

Die Nachricht machte mich sprachlos. Natürlich hatte ich von Barbaras Problemen gewusst, jeden Abend verdeutlichten mir das mindestens fünf Mitteilungen auf meinem Smartphone. Doch ich hatte immer versucht, ihr Mut zu machen und sie zu beruhigen. Auszubrechen war nicht Barbaras Stil, und es entsetzte mich, was sie gerade tat. Ich mochte ihren Ehemann Riley sehr und der Gedanke, Barbara mit Rob und seinen Freakshow-Jungs bekannt zu machen, beunruhigte mich mehr als ich in Worte fassen konnte.

»Also, ich denke nicht, dass das eine gute Idee …«

»Du wirst mich kaum bemerken«, unterbrach mich Barbara. »Ich bin ein unsichtbares Groupie.«

»Ich glaube trotzdem nicht, dass …«

»Hör auf zu denken, Al! Es ist unendlich lange her, dass wir uns gesehen haben. Erzähl mir all deine Bedenken auf der Tour.«

Ich schwieg und rieb mir heftig die Stirn. Mir fielen keine weiteren Ausreden mehr ein, die Barbara in ihrem Zustand davon abhalten konnten, nach Paris zu kommen. Aus den Augenwinkeln bemerkte ich Grannys fragenden Blick.

»Im Tour-Bus ist aber leider kein Platz für dich«, machte ich einen letzten Versuch.

»Kein Problem, ich komme zurecht.« Barbara giggelte. »Ich kann es kaum erwarten, endlich wieder mit dir die Welt zu erkunden.«

Mir war bewusst, dass Barbara gerade absichtlich verdrängte, was ich ihr je über meine Arbeit und das Tourleben erzählt hatte, und es war klar, dass jede weitere Erklärung nur an ihr abprallen würde. Deshalb kapitulierte ich.

»Unser erster Auftritt findet im Club *Le Divan du Monde* statt. Ich fahre am Montag direkt dorthin. Am besten triffst du mich dort.«

»Alles klar.« Inzwischen lallte sie hörbar. »Irgendwas mit Mond, das kann ich mir merken.«

»Ich schick dir eine Nachricht mit der Adresse.«

»Du bist die Beste!« Barbara sandte Küsse durchs Telefon. »Ich freue mich so auf unsere gemeinsame Zeit!«

»Ich mich auch«, murmelte ich und verabschiedete mich.

»Ich liebe dich, Al«, hörte ich meine Freundin noch brüllen, bevor ich auflegte.

Erschöpft ließ ich mich neben Granny aufs Bett sinken.

»Was ist los?«, fragte sie.

»Ich bin bereit für einen exzessiven Alkohol- und Drogenmissbrauch«, gestand ich und fasste das Gespräch mit Barbara in wenigen Sätzen zusammen.

Doch anstatt Mitgefühl zu zeigen, lachte Granny nur.

»Was ist daran so lustig? Ich habe wirklich schon genug Probleme am Hals!«

Granny nahm meine Hand. »Lass dir von einer alten Frau sagen, die keine Probleme mehr hat: Genieße sie! Jedes einzelne ist vielleicht nur ein versteckter Hinweis auf etwas Wunderbares, das du noch nicht erkannt hast. Ich bin mir sicher, das wird eine ganz einzigartige Tour werden!«

Chapter 9

Every little step backward is one forward in the wrong direction

(Infernality Rises, »Wrong Direction«)

Lassen Sie mich hier raus.« Ich bedeutete dem Taxifahrer anzuhalten, da die Straße zum Club von einem unserer LKWs versperrt wurde. Er sah mich verständnislos an, weil ich Englisch und nicht Französisch mit ihm sprach, aber aus Erfahrung wusste ich, dass er sehr wohl verstand.

Kaum hielt ich ihm die Geldscheine unter die Nase, wurde er auch schon freundlicher. »Merci, Madame!«, flötete er und wäre beinahe losgefahren, bevor ich meine Tasche vom Rücksitz nehmen konnte. Hinter uns hupte bereits jemand auf seinem Motorroller, und auf dem Fußgängerweg tobte eine wilde Diskussion mit Passanten, die nicht durchgelassen wurden, während unsere Leute das Equipment ausluden. Das war Paris. Hektisch, wie ich es kannte.

Der Club *Le Divan du Monde* befand sich im Bezirk Pigalle in einer schmalen unscheinbaren Straße. Alles war eng und laut und das Haus mutete von außen ziemlich schlicht an. Drinnen verschlug es einem jedoch die Sprache, denn es war ein ehemaliges Theater mit geschichtsträchtiger Vergangenheit. Wenn man dem Besitzer Glauben schenken durfte, gab es die Räumlichkeiten seit dem 19. Jahrhundert. Von einem Tanzsaal, über ein Café-chantant im japanischen Stil bis hin zu einem Erotik-Theater war hier angeblich bereits alles vertreten gewesen. Ich fand es eine unserer besten Locations, denn es hatte die perfekte Mischung aus Club-Atmosphäre, Glam und einem Hauch Verruchtheit.

»Al, da bist du ja endlich!«

»Oh, Ming, schön dich zu sehen«, log ich und hätte am liebsten mein Croissant, das ich auf der Fahrt vom Flughafen hierher gegessen hatte, wieder hochgewürgt.

»Euer LKW versperrt den Weg. Die Anwohner haben sich schon beschwert. Irgendein Lieferant kommt nicht durch.«

»Dann soll er eine andere Straße nehmen! Wir haben die Genehmigung zum Abladen, und wir sind nicht die erste Band, die hier spielt.«

»Ich merke, du bist gut gelaunt.« Sie verzog ihren perfekt geschminkten Mund und enthüllte perlweiße Reißzähne. Vermutlich hatte sie im Gegensatz zu mir noch nicht gefrühstückt. Unauffällig fuhr ich mir über das Gesicht, um sicherzustellen, dass dort keine Krümel mehr hingen. Prompt fand ich einen und zerquetschte ihn zwischen den Fingern.

»Ich bin gerade erst aus London angekommen, Ming. Gib mir einen Moment.«

»Ist mir ehrlich gesagt egal, woher du kommst, denn hier herrscht Chaos. *Infernality Rises* müssen noch ihren Soundcheck machen.«

»Es ist gerade einmal zehn Uhr! Da drinnen wird jetzt erst mal alles angestöpselt, was wir dabeihaben, und am Nachmittag können die Jungs sich gern einsingen. Sie sind nur die Support-Band.« Das konnte ich mir nicht verkneifen. »Wo sind sie denn eigentlich?«

»Das solltest du wissen.« Ming sah auf ihre sündhaft teure goldene Armbanduhr. »Sie sind im Hyatt untergebracht. Heute Nachmittag geben sie dort einigen Lokalzeitungen Interviews.«

»Ich erinnere mich.« Genervt runzelte ich die Stirn. »Und du hast gesagt, dass du dich darum kümmerst.«

»Das tue ich, aber unser Zeitplan lässt uns nur eine Lücke zwischen elf und halb eins. In dieser Zeit müssen die Jungs zum Soundcheck.«

»Ich sehe, was ich machen kann. Bis später!« Energisch schob ich mich an ihr vorbei und war froh, einige bekannte Gesichter unserer Roadies zu erblicken, die mir freundlich zunickten. Schon klingelte mein Handy.

»Simon, was gibt's?«

»Ming hat mich angerufen. Sie sagt, die Location sei das Allerletzte und du hättest den Soundcheck für *Infernality Rises* vergessen.« Er klang ebenso missmutig, wie ich mich fühlte.

»Ich habe die asiatische Furie schon getroffen«, murmelte ich und sah mich um, damit sie nicht plötzlich hinter mir stand. »Ehrlich gesagt verstehe ich die Aufregung nicht. Die Location ist perfekt, und alles läuft nach Plan. Aber offensichtlich hat sie der Band neue Termine reingedrückt und jetzt bleibt nur noch der Vormittag, um sie kurz an ihre Instrumente zu lassen. Sollte nicht so ein großes Problem sein. Dann ziehen wir *Infernality Rises* eben vor und kümmern uns anschließend um den Rest. Konzertbeginn ist ja erst um 20 Uhr.«

»Du hast es im Griff, Al!« Simon klang erleichtert. »Ich fühle mich unnütz, weil ich meilenweit weg bin und du alles abbekommst.«

»Das ist okay«, murmelte ich, obwohl ich mich so ausgelaugt fühlte wie schon lange nicht mehr. »Tu mir nur einen Gefallen und behalt die Termine von DiscDog Records im Blick. Gib mir jeden Tag ein kurzes Briefing. Ich will nichts vergessen, und ich habe keine Kraft, mich jetzt wochenlang mit Ming wegen der Zeitpläne zu duellieren.«

»Alles, was du willst, Al. Du kannst auf mich zählen!«

»Danke, Simon.«

»Rock on!«

»Ebenso.« Ich legte auf und sah mich um. Es herrschte die vertraute Betriebsamkeit, die mich beruhigte. Ich redete mit unserem Logistikplaner, den Verantwortlichen für Beleuchtung und Ton und schnappte mir einen der Roadies, um mich zu versichern, dass das Equipment vollzählig war und alles ordnungsgemäß aufgebaut wurde. Dann zog ich die Setlists beider Bands hervor und überschlug im Kopf die Zeiten, wie lange jede von ihnen spielen würde. Ich fügte noch zwei Vorschläge für Zugaben hinzu und war zufrieden.

»Al!«

»Matt!« Ich fiel ihm spontan um den Hals und ließ ihn nicht mehr los.

»Wow.« Er röchelte. »Du hast mich vermisst, was?«

»Kann man so sagen.« Ich löste mich von ihm und lächelte entschuldigend. »Ich bin so froh, dich zu sehen. Wo sind die anderen?«

»Brad und Sean frühstücken in einem Café und Morris hat ein Treffen mit Ming.«

»Ach?« Die Worte durchbohrten mich wie eine Klinge. »Geht es um sein Solo-Album?«

»Ich denke schon. Das Label umgarnt ihn ziemlich, muss ich sagen.« Matt musterte mich. »Ich werde den Verdacht nicht los, dass ihr mal wieder diese Sache macht.«

»Welche Sache?«

»Dieses Al-Morris-Ding. Ausgelöst durch irgendwelche Missverständnisse und geschürt durch Schweigen. Darin wart ihr schon immer gut, und ihr habt, wie ich gerade bemerke, nichts dazugelernt.« Er knuffte mich in die Seite. »Das gilt übrigens auch für mich. Mir scheint, du frisst lieber alles in dich hinein, als mich ins Vertrauen zu ziehen.«

»So ist das nicht«, verteidigte ich mich. »Morris und ich finden derzeit einfach keine Lösung für uns. Seit er dieses Remix-Projekt bei DiscDog Records angenommen hat, sehe ich Dollarzeichen in seinen Augen. Er geht ein Jahr auf Welttournee und will zusätzlich für *Burnside Close* singen. Du weißt, dass wir zu eurem neuen Album ebenfalls eine riesige USA-Tournee planen. Keine Ahnung, wie er das stemmen will. Und als ob das nicht genug wäre, denkt er jetzt auch noch darüber nach, sein eigenes Album aufzunehmen. Sehe nur ich das so oder übernimmt er sich da?«

»Nein, du hast recht.« Matt senkte den Kopf. »Wir beobachten das ebenfalls mit Sorge, aber solange er uns nicht im Stich lässt und auf der Bühne, beim Komponieren und im Aufnahmestudio präsent ist, können wir ihm keine Vorwürfe machen. Die Musik ist wie ein Wasserfall bei ihm. Das muss raus. Doch ich verstehe, dass du Bedenken hast. Ihr seht euch ja kaum noch.«

»Hm.« Matt schaffte es immer wieder, dass mir die Tränen kamen. Er bemerkte es und legte den Arm um mich. »Sorry«, flüsterte ich an seiner Schulter. »Ich habe mich das ganze Wochenende zusammengerissen. Meine Großmutter hatte einen Schlaganfall.« Ich winkte ab, als Matt etwas sagen wollte. »Es ist zum Glück nicht so schlimm. Das Ganze ist schon etwas länger her, doch ich habe es gerade erst erfahren. Meine Mutter wollte mich nicht aufregen, aber wie du dir vorstellen kannst, hat es mich ziemlich geschockt. Ich weiß, ich sollte das alles mit Morris besprechen.«

»Dann tu es einfach. Mit mir redest du doch auch, und wir sehen uns nur selten.«

»Das ist anders.«

»Ach, echt?« Er sah mir ins Gesicht und grinste. »Weshalb?«

»Du hast gerade kein Treffen mit Ming.«

»Jetzt sag mir nicht, du bist eifersüchtig auf diesen überschminkten Reisball?« Nun lachte er schallend. »Die Frau geht gar nicht.«

»Rob will ihr die Stiefel lecken.«

»Rob will an allem lecken. Vor Kurzem habe ich gesehen, dass er sein Keyboard abgeschlabbert hat. Der Typ ist nicht gerade die hellste Kerze im Leuchter, wenn du mich fragst. Der ist kein Vergleich.«

Ich musste kichern. »Vermutlich. Ich mache mir einfach Sorgen, und manchmal habe ich Angst, dass meine Mom recht hatte mit ihren Warnungen bezüglich der Beziehung zu einem Rockstar. Andererseits bin ich kein häuslicher Typ und tue endlich das, was mir Spaß macht, auch wenn ich damit eines Tages als jüngstes Burnout-Opfer enden werde. Trotzdem will ich es nicht aufgeben.«

»Deborah und ich bekommen das hin. Wir heiraten sogar«, beruhigte mich Matt. »Dann werdet ihr das ebenfalls schaffen.«

»Wie macht ihr das mit dem Vertrauen? Ich meine, du bist ständig unterwegs, und ihr erlebt euren Alltag meist allein und nicht zu zweit.«

»Wir tun es einfach.«

»Das ist es? Ihr tut es einfach?«

»Wir denken nicht viel darüber nach und genießen die Zeit, in der wir uns sehen. Als Krankenschwester ist Deb stark eingespannt. Sie macht ihren Job, ich mache meinen. Wir lieben uns. Alles ist gut.«

»Vielleicht sollte ich Krankenschwester werden?«, scherzte ich, und er schüttelte den Kopf.

»Bleib du selbst, Al. Du bist perfekt, wie du bist. Wenn Morris das nicht sieht, dann hat er dich nicht verdient.«

»Puh.« Ich schluckte den Kloß hinunter, der sich erneut in meinem Hals bildete. »Keine Ahnung, ob mich das tröstet, denn der zweitbeste Mann ist ja inzwischen vergeben.«

»Pech gehabt!« Er küsste mich auf den Haaransatz. »Wer ist das?«

Ich hob den Kopf und sah eine junge Frau durch den Vorraum irren. Die Roadies pfiffen ihr hinterher, und sie fuhr sich lachend durch die kurzen blonden Haare. Barbara!

»Da ist übrigens noch etwas, das ich dir nicht erzählt habe«, sagte ich und Matt sah mich fragend an. »Wir haben da so ein Groupie …«

Weiter kam ich nicht, denn Barbara hatte mich entdeckt und rannte kreischend auf mich zu.

»Al!«, quietschte sie und warf sich in meine Arme.

»Das ist Barbara, meine beste Freundin«, erklärte ich Matt, der uns amüsiert beobachtete. »Sie hat beschlossen, uns ein Stück auf der Tour zu begleiten.«

»Wirklich?« Matts Augen weiteten sich, als Barbara sich ihm zuwandte.

»O mein Gott! Ich kenne dich von Fotos und Videos«, sprudelte es aus ihr heraus. »Du bist ja im Original noch viel heißer!«

»Danke!« Er bekam das Grinsen gar nicht mehr aus seinem Gesicht und ließ zu, dass sie ihm ekstatisch die Hand schüttelte. »Dann warte, bis du Brad kennenlernst.«

»Brad Mayfield! Oh, Al!« Barbara hüpfte auf und ab. »Das wird einfach der pure Wahnsinn!«

»Ohne jeden Zweifel«, murmelte ich, als sie mich erneut umarmte. In diesem Moment fing ich Matts verschwörerisches Zwinkern auf und atmete tief durch. Mein Leben war am Höhepunkt seiner Verkorkstheit angelangt.

Bereits eine Stunde später wusste ich nicht mehr, wie ich den Tag überstehen sollte, ohne einen Schreikrampf zu bekommen. Barbara redete ohne Unterlass. Sie wirkte high, obwohl sie mir versicherte, dass sie es nicht war, und ich hatte das Gefühl, neben einem Duracell-Hasen herzulaufen. So wie sie sich aufführte, hatte ich sie noch nie erlebt, und mir wurde bewusst, dass ihre Probleme schlimmer waren, als ich zunächst angenommen hatte. Riley und ihre Kinder erwähnte sie mit keinem Wort, und ich nahm mir vor, bei der erstbesten Gelegenheit ein ernsthaftes Gespräch mit ihr zu führen.

»Seid ihr endlich soweit?«, säuselte Norman ins Mikrofon, während Rob wild auf seinem Keyboard herumklimperte.

»Wenn der Typ damit aufhören könnte, käme ich hier schneller voran«, murmelte der Tontechniker neben mir. »Es müssen alle nacheinander performen, erst dann kann ich alles aufeinander abstimmen.«

Ich klatschte in die Hände. »Auszeit, Rob!«, rief ich durch den Saal, doch meine Worte verhallten ungehört. »Hey!« Ich griff nach einer Coladose und warf sie auf die Bühne.

»Spinnst du?« Rob sprang rückwärts. »Willst du mich umbringen?«

»Manchmal will ich das«, gab ich ungerührt zu, und Barbara brach neben mir in Gekicher aus. Ich ignorierte sie und ging in Richtung Bühne.

»Wir haben nur noch eine halbe Stunde, bevor Ming hier auftaucht und mit euch zurück ins Hotel fährt. Bis dahin müssen wir fertig sein.«

Norman hob die Arme. »Ist nicht meine Schuld!«

»Meine auch nicht!« Rob kam wieder nach vorn. »Arbeite etwas schneller, Al.«

Ich bemühte mich um Ruhe. »Chuck, fang mit den Drums an«, sagte ich und gab dem Tontechniker ein Zeichen.

Während er spielte, ging Rob in die Hocke und beugte sich vertraulich zu mir herunter. »Wer ist der blonde Hase dort hinten?«, fragte er.

Ich hatte es geahnt. »Eine Freundin«, erwiderte ich ausweichend und gab Chuck zu verstehen, dass er aufhören konnte. Der Tontechniker nickte mir zu. »Raven, jetzt du!«

»Bleibt sie länger?«

»Nicht lange genug, um dich kennenzulernen.«

Rob strich sich über das bärtige Kinn, sein Blick wanderte zu Barbara. »Ich steh auf blond.«

»Du stehst auf alles.«

»Nein, auf dich stehe ich ganz gewiss nicht, Al!«

»Autsch, jetzt bin ich aber enttäuscht!« Der Tontechniker hob den Daumen und ich rief: »Alles okay, Raven, danke! Du bist dran, Meatpie.«

»Wo ist denn dein Kuschelrockfreund? Bist du böse auf ihn, weil er Sushi statt Fish'n Chips bevorzugt?«

Ich ballte meine Hand zur Faust. Am liebsten hätte ich Rob einen Schlag versetzt. Ich stellte mir vor, wie ich ihn am Kehlkopf traf und er wortlos nach hinten umkippte. Die Vorstellung verschaffte mir ein gutes Gefühl.

»Hm, verstehe, du willst nicht drüber reden. Ist ja auch ärgerlich, dass er ausgerechnet in der Stadt der Liebe mit Ming um die Häuser zieht, anstatt mit dir.«

»Er ist mit ihr um die Häuser gezogen?«, brach es aus mir heraus, bevor ich mich zurückhalten konnte.

Rob grinste hinterhältig. »Sie haben sich gestern Abend Clubs angesehen. Hat sie uns zumindest erzählt.«

Ich bemühte mich um Fassung, aber diese Nachricht fraß sich durch mein Innerstes wie ätzende Säure. »Ach so.« Ich gab mich gespielt entspannt. »Das war sicher für zukünftige Auftritte.«

»Ganz bestimmt.« Rob stieß mich an. »Der Tontechniker fuchtelt gerade wie ein Irrer in der Gegend herum, ich glaube, er will was von dir.«

Ich blinzelte mich aus der Trance und warf einen Blick über meine Schulter. »Stopp, Meatpie!«, rief ich und funkelte Rob an. »Du bist dran.«

»Ein Glück für dich, Mandel-Maus.« Entspannt sprang er zurück auf die Beine und ging zu seinem Keyboard. Er spielte die Melodie zu *Wrong Direction* und ich überlegte, ob er mir damit etwas sagen wollte. Doch vermutlich war es nur Zufall. Rob schien mir nicht besonders tiefgründig zu sein. Während er die schwere Rockballade heraufbeschwor, atmete ich tief durch. Der Raum um mich herum schien immer enger zu werden. Morris und ich hatten seit unserem letzten schwerwiegenden Gespräch nicht miteinander telefoniert, sondern uns nur ellenlange Textnachrichten geschickt, in denen es hauptsächlich darum ging, was wir den ganzen Tag über getan hatten. Keiner von uns sprach über seine verletzten Gefühle, den Status unserer Beziehung, geschweige denn unsere Zukunft. Als ich für zwei Tage in Miami war, um meine Sachen für die Tour zu packen, war Morris bei seinen Eltern in Chicago gewesen. Es tat weh, dass er mich nicht einmal gefragt hatte, ob ich ihn begleiten wolle. Ich mochte seine Eltern, sie waren bodenständige, liebevolle Menschen und ich fühlte mich wohl bei ihnen. Andererseits hatte ich ihn auch nicht gebeten, mit zu meiner Mom zu kommen. So gesehen hatte Matt natürlich recht, über die wichtigen Dinge redeten wir nicht. Wir schwiegen, weil es wieder einmal einfacher war. Und das führte dazu, dass wir uns voneinander entfernten. Es war wie in dem verdammten Song von *Infernality Rises*. Wir machten einen Schritt rückwärts anstatt vorwärts. Genau davor hatte ich Angst gehabt, und nun erwischte mich die Tatsache volle Breitseite. Die Tour brachte Morris zu mir zurück. Wir würden uns die nächsten Wochen ständig sehen, aber die Frage war: Was würden wir daraus machen?

»Okay!« Ich legte die Handfläche meiner rechten Hand auf die Fingerspitzen meiner linken und gab Rob zu verstehen, dass er aufhören konnte. »Jetzt der Gesang, Norman!«

»Das ist alles so aufregend!« Barbara stellte sich neben mich. Diesen Satz hatte sie in der letzten Stunde mindestens zehnmal zu mir gesagt.

»Wenn du wüsstest …«, erwiderte ich, doch die Augen meiner Freundin glitzerten, und sie starrte Norman an wie ein Kind eine besonders leckere Süßigkeit.

»Weiß Riley, wo du steckst?« Die Frage konnte ich mir nicht verkneifen.

Ärgerlich hob sie eine Augenbraue. »Warum fragst du?«

»Es interessiert mich.« Ich hob abwehrend die Hände. »Ich dachte mir nur, er würde sicher gern wissen, ob es dir gut geht.«

»Es geht mir gut«, murmelte Barbara. Sie wich meinem Blick aus und klatschte den Rhythmus des Gesangs mit. »Ich habe endlich wieder Spaß.«

»So ist das.« Ich beobachtete sie von der Seite. Auf mich wirkte sie nicht glücklich, eher verzweifelt. »Wollen wir uns nachher die Stadt ansehen?«

»Sehr gern!«

»Alles klar.« Ich sah zum Tontechniker hinüber, der Normans Stimme noch immer ausbalancierte. Inzwischen hatten sich einige Zuschauer eingefunden, die meisten waren Leute von uns, aber es waren auch ein paar Fans dabei. Ich konnte es kaum glauben. Etwa ein Dutzend junger Mädchen kreischte, als Norman ihnen zuwinkte und auf Robs Gesicht legte sich ein entzücktes Grinsen. Langsam ging ich auf sie zu.

»Tut mir leid«, sagte ich. »Das ist ein Soundcheck. Hier sind keine Zuschauer erlaubt.« Ich blickte mich um. Normalerweise hatten wir Security, die sich um so etwas kümmerte, doch es war niemand zu sehen.

Die Mädchen starrten mich an, als sei ich gerade vom Himmel zu ihnen hinabgestiegen. »Kennst du die Band?«, wollte eine von ihnen mit großen Augen wissen. Ihr Englisch hatte einen charmanten französischen Akzent. Ihre Freundinnen schossen völlig paralysiert Bilder mit ihren Handys.

»Ich bin die Managerin, und ich würde euch jetzt bitten, zu gehen.«

»Wir wollen nur ein Autogramm! O mein Gott, er sieht zu uns rüber!« Das Gekreische nahm ungeahnte Ausmaße an. Bevor ich weitersprechen konnte, wurde ich unterbrochen: »Lass sie nur! Die Bilder werden in den sozialen Medien kursieren, das ist die beste PR, die wir kriegen können. Ich habe der Security gesagt, das sei okay.«

Ich drehte mich zu Ming um und erstarrte. Neben ihr stand Morris.

»Hey!« Unsicher vergrub ich meine Hände in den Hosentaschen.

»Al.« Mehr sagte er nicht. Wir sahen einander an.

Ming legte ihm vertraulich die Hand auf den Arm und ich hätte sie ihr am liebsten abgehackt. »Ich danke dir für das konstruktive Gespräch und den schönen Abend gestern«, gurrte sie, bevor sich ihre Stimmlage merklich veränderte: »Sind *Infernality Rises* fertig mit dem Soundcheck? Der Fahrer wartet draußen mit dem Wagen.«

»Sie sollten noch einen Song gemeinsam spielen, um sicherzugehen, dass die Instrumente nicht die Stimme überlagern.«

»Dann los!« Sie scheuchte mich davon wie eine lästige Fliege und ich verachtete mich dafür, dass ich mich fügte. Aber der Anblick von Morris neben dem bösartigen Zwilling von Lucy Liu nahm mich mehr mit, als es gut für mich war.

Ich eilte zur Bühne. »Spielt einen kompletten Song durch. Am besten *Wrong Direction,* der bietet allerhand Komplexität.«

Rob nickte mir zu. Es war erstaunlich, dass er mich nicht weiter piesackte, denn er hatte die Besucher längst bemerkt. Norman zählte das Lied an, und ich konzentrierte mich auf die Musik. Neben mir tanzte Barbara, und ich wünschte mir, mich unsichtbar machen zu können. Weshalb hatte er mich nicht einmal umarmt?

Nachdem *Infernality Rises* den Song beendet hatten, wartete ich auf das Okay des Tontechnikers, bevor ich die Jungs entließ. Sie übergaben ihre Instrumente den Roadies und sprangen von der Bühne. Ich sah sie mit Ming reden, während ihre Fans um sie herumsprangen wie junge Hunde. Morris löste sich aus der Gruppe und kam auf mich zu. Mein Herz vollführte einen Salto.

»Ich freue mich so, dich wiederzusehen!« Ehe ich mich versah, stürmte Barbara auf ihn zu.

»Matt hat erwähnt, dass du hier bist.« Morris umarmte sie, und sein Blick wanderte von Barbara zu mir.

»Sie wird uns für ein paar Stationen auf der Tour begleiten«, erklärte ich und blieb in gewissem Abstand zu ihm stehen.

Morris' Augen ließen mich nicht los. »Das freut mich«, sagte er und fügte dann hinzu: »Kann ich kurz mit dir reden, Al?«

»Klar«, antwortete ich so ungezwungen wie möglich.

»Al und ich wollen uns Paris ansehen«, unterbrach uns Barbara. »Kommst du mit?«

Morris schüttelte den Kopf, und ich folgte ihm. In einiger Entfernung blieben wir stehen.

»Wie geht es deiner Großmutter?«, fragte er besorgt.

»Matt hat also unser Gespräch gepetzt. Das ging schnell.« Ich sah zu Boden. »Es geht ihr gut. Mom sorgt für sie, und Granny ist unverwüstlich, wie du weißt.«

»Das tut mir ehrlich leid.«

»Schon okay.«

Es sah aus, als wollte er mich trösten, doch ich verschränkte abwehrend die Arme vor der Brust, und er verharrte auf der Stelle.

»Hattest du einen schönen Abend mit Ming?«, fragte ich und es klang bösartiger als beabsichtigt.

»Al …«, murmelte er, doch ich unterbrach ihn.

»Verdammt!«

»Was ist?«

Ich deutete mit dem Kinn zu Barbara, die inzwischen zu *Infernality Rises* gestoßen war und hingebungsvoll an Robs Lippen hing. »Entweder sind es die Hormone oder Barbara hat eine komplette Charakterumwandlung durchlebt«, erklärte ich Morris. »Sie hat ihren Mann mitsamt den Kindern in Australien sitzengelassen und tobt nun durch mein Leben. Als wäre das nicht schon kompliziert genug.«

Morris nickte mir zu. »Geh zu ihr«, sagte er. »Sie ist deine Freundin, und wenn sie sich Rob an den Hals wirft, dann muss sie wirklich ziemlich verzweifelt sein.«

Ich wollte ihn umarmen, mir Stärke bei ihm holen und mich durch die Nähe zu ihm versichern, dass wir noch zusammengehörten. Unschlüssig trat ich auf der Stelle, doch nun war es Morris, der eine abweisende Haltung einnahm. »Geh schon!«, sagte er. »Nicht, dass sie etwas tut, was sie später bereut.«

»Das hat sie bereits getan, indem sie hierhergekommen ist.« Ich grinste schief und konnte meinen Blick nicht von ihm anwenden. »Ich bin pünktlich zum Soundcheck zurück.«

»Hm.« Er wedelte mit den Händen. »Hau schon ab!«

Ich ging drei Schritte rückwärts, bevor ich mich umdrehte und im Laufschritt zu Barbara eilte. Robs Arm lag bereits locker auf ihrer Schulter, während Norman und der Rest Autogramme für ihre Fans schrieben.

»Hey!« Ich zwängte mich zwischen die beiden und sah Rob mahnend an. »Solltet ihr nicht längst auf dem Weg zu eurem Interview sein?«

»Solltest du nicht deine Beziehungsprobleme klären?«, erwiderte er so leise, dass nur ich es hören konnte.

»Al, hast du schon die Rückbestätigung von dem Radiosender in Brüssel? Wie hieß der gleich wieder?«, fragte Ming in diesem Moment.

»Indierock«, antwortete ich. »Mit denen werde ich heute noch telefonieren, aber sie haben mir den Termin längst bestätigt.«

»Ich erwarte eine kurze Rückmeldung, ob das Interview morgen stattfindet.« Ming blickte auffordernd in die Runde. »Lasst uns gehen.«

»Wir sehen uns, Babsi-Baby.« Rob zwinkerte Barbara zu, und ich gab ihm einen Schubs in Richtung Ausgang.

»Ich wünsche dir einen Intelligenzschub fürs Interview«, rief ich ihm hinterher, doch das aufgeregte Geplärre der Fans übertönte mich. Bevor er aus der Tür verschwand, sah ich noch, dass er mir die Zunge herausstreckte.

»Er ist echt ungewöhnlich«, raunte mir Barbara zu. »Hat ein bisschen Sleepy-Hollow-Charme, findest du nicht?«

»Ja, er ist definitiv der kopflose Reiter.«

Barbara kicherte. »Ich finde ihn anbetungswürdig, wenn er auf der Bühne steht.«

»Was möchtest du dir denn ansehen?«, versuchte ich, das Thema zu wechseln.

»Einfach alles!« Sie riss die Arme in die Höhe und tanzte im Kreis um mich herum. »Lass uns das Leben genießen.«

»Dein Wunsch ist mir Befehl.« Ich hakte mich bei ihr unter und führte sie aus dem Club. Bevor ich ging, drehte ich mich noch einmal zu Morris um, doch er war verschwunden.

»Okay.« Ich holte tief Luft, um mich zu sammeln. »Am besten wir laufen zur Basilika Sacré Cœur. Das dauert etwa zehn Minuten. Ab da können wir in einen dieser Hop-on-Hop-off-Busse steigen.«

»Wir können auch meinen Mietwagen nehmen. Er steht dort vorn.« Barbara stellte sich auf die Zehenspitzen. »Warte mal, ich sehe ihn gar nicht mehr.«

»Du hast in dieser Straße geparkt?« Ich schlug mir gegen die Stirn. »Das ist nur für Anwohner. Herrje!«

»Was soll das heißen? Dass ich abgeschleppt wurde?«

»Vermutlich.« Wir gingen bis zu der Parklücke, in der Barbara ihr Auto vermutete, doch es hatte sich in Luft aufgelöst.

»O nein!« Mit einem Mal veränderte sich ihre Stimmung. »Ich hab Mist gebaut.« Ihre Augen füllten sich mit Tränen und bestätigten mir ein weiteres Mal ihre momentane Dünnhäutigkeit.

»Nur die Ruhe.« Ich sah mich um, erblickte eine Passantin und fragte sie, welches Polizeirevier für dieses Viertel zuständig war. Nach kurzer Zeit hatte ich eine Telefonnummer und begann mit der Recherche. Es dauerte etwa eine halbe Stunde, und ich wusste, wo Barbaras Auto stand.

»Das Gelände, auf das die Abschleppfirma deinen Wagen gebracht hat, macht erst am Nachmittag wieder auf«, erklärte ich ihr. »Am besten gehen wir was essen, machen Speed-Sightseeing und benachrichtigen die Mietwagenfirma. Die sollen das Auto auslösen und dir die Abschleppgebühr in Rechnung stellen.«

»Aber ich brauche ein Auto!« Barbara schnäuzte sich.

»Nein, kleine Planänderung.« Ich schüttelte entschieden den Kopf. »Du fährst mit mir im Tour-Bus mit.«

»Im Ernst?« Ihre Tränen versiegten. »Du hast doch gesagt, da sei kein Platz für mich.«

»Dann schläfst du in meiner Koje.« Ich wusste, dass ich nach Tagen wie diesen überall schlafen konnte, und wenn es im Stehen war. Außerdem hatte ich meine Freundin so besser im Blick. Sie erschien mir reichlich unzurechnungsfähig, und ich wollte sie nicht mehr sich selbst überlassen.

»Danke!« Sie fiel mir um den Hals. »Das werde ich dir nicht vergessen, Al!«

»Na, dann komm!« Wir schlenderten weiter durch die Straßen, kauften uns in einer Boulangerie frische Brioche und einen Kaffee zum Mitnehmen und setzten uns schließlich auf eine Bank mit Blick auf die Basilika Sacré Cœur, um zu essen. Das berühmte Gebäude hob sich schneeweiß gegen den blauen Himmel ab und Barbara seufzte.

»Ohne dich wäre ich verloren«, murmelte sie zwischen zwei Bissen.

»Auf unserer Weltreise wäre ich ohne dich verloren gewesen.« Wir saßen Rücken an Rücken und genossen die Atmosphäre um uns herum.

»Ich glaube, ich beneide dich mehr, als du dir vorstellen kannst«, hörte ich sie nach einer Weile sagen. »Du machst dein Ding, bist unabhängig, reist durch die Welt und betreust sexy Musiker. Wie viel besser kann es sein?«

Ich schwieg und genoss die Sonnenstrahlen auf meinem Gesicht. Aus Barbaras Perspektive mutete das alles aufregend an, und mir war bewusst, dass ich mich nicht beschweren durfte. Es hatte so lange gedauert, bis ich meinen Weg gefunden hatte, dass ich mich nicht beklagen wollte. Und dennoch gab es manches, das ich vermisste.

»Manchmal fehlt mir die Zeit für die wichtigen Dinge im Leben«, begann ich, doch Barbara sprang auf, und ich kippte beinahe hintenüber.

»Der Bus!« Sie zappelte vor mir herum. »Schnell, lass uns einsteigen!«

Rasch warf ich die Reste meines Mittagessens in einen Mülleimer und lief hinter ihr her. Wir kauften uns Tagestickets, nahmen die Kopfhörer entgegen, die uns der Fahrer reichte, und stiegen die Treppen des doppelstöckigen Busses hinauf. Barbara schaffte es, vor den übrigen Fahrgästen zwei Plätze im Open-Top-Bereich zu ergattern, und wir fielen auf die Sitze.

In einvernehmlichem Schweigen ließen wir die Fahrt auf uns wirken. Der laue Frühsommerwind wehte uns um die Nase, und ab und zu lauschten wir der Stimme aus den Kopfhörern, bevor wir einfach nur die Geräusche der Stadt und die Szenerie in uns aufnahmen. Das Moulin Rouge zog an uns vorüber, die Opéra Garnier, die Glaspyramide des Louvre und die Kathedrale Notre-Dame. Ich war am Einnicken, als ich Barbara neben mir schluchzen hörte.

»Was ist los?« Schlaftrunken hob ich den Kopf.

»Dort drüben ist eine Familie mit Kindern«, vernahm ich ihre beinahe tonlose Stimme. »Ich vermisse Olivia und Cooper! Und Paris wollte ich mir einmal mit Riley ansehen.«

»Ach, Süße!« Ich nahm sie in den Arm. »Was tust du denn dann hier ohne deine Familie?«

»Ich glaube, Riley hat eine andere.« Sie vergrub ihren Kopf an meiner Schulter und weinte still.

»O nein!« Ich strich ihr beruhigend über den Rücken. »Warum hast du mir nichts davon erzählt?«

»Weil ich es mir selbst nicht eingestehen wollte.« Sie zog lautstark die Nase hoch. »Aber er kam abends immer später nach Hause und war andauernd schlecht gelaunt. Dann fand ich eine Nachricht von einer Frau auf seinem Handy. Es ging darum, dass sie sich zum Mittagessen treffen wollten.«

»Du hast in seinem Handy geschnüffelt?«

»Ja, ich weiß, das war nicht richtig. Ich war einfach so misstrauisch.«

»Hast du ihn zur Rede gestellt?«

»Nein, ich bin abgehauen.«

»Wow, du imitierst mich, was?«

Barbaras Schluchzer wurden von einem erstickten Lachen unterbrochen. »Ich musste raus, sonst wäre ich durchgedreht.«

»Das verstehe ich.« Das tat ich wirklich, denn darin war ich Meister. Davonlaufen zählte neben Schweigen zu meinen Topdisziplinen. Trotzdem wusste ich, dass Barbara einen Fehler gemacht und vielleicht sogar völlig überreagiert hatte. Aber dafür waren beste Freundinnen schließlich da. Sie fingen sich auf und halfen sich gegenseitig.

Ich drückte sie an mich. »Ich lass dich nicht allein«, flüsterte ich, und Barbara nickte. Ineinander verschlungen blieben wir sitzen und sahen den Eiffelturm an, der immer näher auf uns zukam. Wir waren in der Stadt der Liebe und doch ganz weit davon entfernt.

Chapter 10

The reaper is in love with us and we hold his hand – watch us die, baby, watch us die!

(Infernality Rises, »Watch Us Die«)

Das eintönige Fahrgeräusch des Busses und die Ruhe um mich herum machten meine Augenlider schwer. Müdigkeit war mein ständiger Begleiter auf dieser Tour. Ich saß im oberen Teil, direkt vor den Schlafkojen in einer Sitzecke und sah durch die rückwärtige Scheibe nach draußen. Die Straße war nass, und am Horizont sah man vereinzelte Blitze. Ein Sommergewitter begleitete uns, das uns alle bei der Abfahrt völlig durchnässt hatte. Nun lagen die meisten in den Kojen, und ich war eingemummelt in eine gemütliche Jogginghose und einen kuschligen Pulli und genoss die Zeit für mich. Ich liebte die nächtlichen Fahrten im Bus. Wir hatten Paris, Brüssel, Amsterdam und Köln hinter uns gelassen und befanden uns gerade auf dem Weg nach Kopenhagen. Von dort ging es weiter nach Stockholm, wo wir einen Tag Pause hatten, dann folgten Oslo, Hamburg, Prag und Budapest. Anschließend Wien, München, Zürich, Mailand und Marseille, ehe es nach London ging und wir uns für einige Tage Ruhe gönnten, bevor wir dort unser Konzert gaben. Im Anschluss ging es dann im Flugzeug weiter nach Dublin, Edinburgh, Madrid, Lissabon, Rom, Luxemburg, Helsinki und wieder zurück nach London zu einem Zusatzkonzert.

Die bisherigen Auftritte waren erfolgreich gewesen, die Clubs allesamt ausverkauft. *Infernality Rises* hielten sich gut, was vor allem daran lag, dass Ming sie bewachte, als seien sie Straffällige, die gegen Kaution auf freien Fuß gesetzt worden waren. Am liebsten hätte sie ihnen vermutlich Fußfesseln angelegt. Einzig ihre Arbeit am neuen Album ging nur schleppend voran. Rob rebellierte gegen all die Auflagen, die ihm gemacht wurden, und musste von mir jeden Tag daran erinnert werden, dass nun einmal der das Sagen hatte, der das Geld dafür zur Verfügung stellte. Und das waren die Produzenten von DiscDog Records. Bereits jetzt lagen *Infernality Rises* im Zeitplan zurück und Ming war darüber *not amused.*

Burnside Close dagegen absolvierten die Tour mit ihrer üblichen professionellen Routine. Man merkte, dass die Jungs ein eingespieltes Team waren. Bei ihnen gab es keinen Zoff, keine Verspätungen und keine Starallüren. Jeder wusste, was er wann zu tun hatte, und dafür liebte ich sie. Der, den ich am meisten liebte, ließ mich jedoch nicht richtig an sich heran. Für Morris war es selbstverständlich, sein Repertoire jeden Abend zu zeigen und die Show durchzuziehen. Deshalb schonte er tagsüber seine Stimme und machte am Nachmittag Gesangsübungen. Außerdem waren wir kaum unter uns. Wenn sich nicht Barbara in meiner Nähe aufhielt, war es irgendjemand anderes. Wir aßen in Gesellschaft, wir redeten in Gesellschaft, und wir schliefen in Gesellschaft. So war das Tourleben eben, und trotz meiner Situation mit Morris mochte ich es. Wir waren wie ein großer Zigeunerhaufen, der die Städte unsicher machte und die Massen unterhielt, bevor wir weiterzogen. Ich merkte mit jedem Tag mehr, wie sehr ich das vermisst hatte. Nur auf einer Tour kam man auf diese einzigartige Art und Weise an die Fans heran. Die Momente vor dem Auftritt, wenn alle angespannt waren, ob die Technik funktionieren und der Sound optimal rüberkommen würde, das Einschwören der Band und der Augenblick, wenn sie auf die Bühne gingen. Obwohl ich nicht selbst dort oben stand, bekam ich jedes Mal eine Gänsehaut, wenn der Applaus und das Geschrei aufbrandeten. Man wurde süchtig danach. Süchtig nach diesem engen Zusammenhalt, der Verbundenheit zwischen all jenen, die für einen reibungslosen Ablauf sorgten, und der einzigartigen Atmosphäre, die vor, während und nach einem Konzert herrschte. Es waren Momente, die ich wie Diamanten in meiner Erinnerung einschloss und die ich glitzern ließ, wenn ich mal wieder nicht wusste, wo mir vor lauter Arbeit der Kopf stand. Doch ich war dafür gemacht, etwas anderes konnte ich mir nicht vorstellen.

Ich streckte mich, gähnte und zog mir die Decke bis zum Kinn. In diesem Moment kamen Brad und Sean die Treppe hinauf. Schläfrig sah ich sie an.

»Wird das jetzt die ganze Tour so gehen?« Brad ließ sich neben mich in die Sitzecke fallen. »Du schläfst hier auf der Couch und deine Freundin in der Koje?«

»Sie braucht ihren Schlaf. Ihr geht es nicht so besonders.«

Sean runzelte die Stirn. »Sie hat Urlaub. Aber du arbeitest.«

Ich winkte ab. »Ihr kennt mich, ich schlafe zur Not bei eurem Soundcheck.«

»Mach dich nicht drüber lustig, Al. Du siehst jetzt schon wie ein Zombie aus und wir haben erst vier Stationen hinter uns.« Brad machte Platz für Sean, der sich neben ihn quetschte.

»Nachdem deine zwei Lieblingsmänner bereits schlafen, müssen wir mal ein ernstes Wort mit dir reden«, sagte er.

»Oje.« Ich grinste. »Wird das ein längeres Gespräch? Denn dann müsstet ihr mir zuerst einen Kaffee bringen. Meine Aufnahmefähigkeit ist nämlich für heute erschöpft.«

»Genau das meine ich.« Brad lehnte sich zurück. Er sah ebenfalls müde aus. »Wir wollen nicht, dass du völlig am Limit läufst. Deine Freundin mit ihren offensichtlichen Problemen, Ming, der asiatische Mistkäfer, und die Freaks, die du betreust. Damit meine ich übrigens nicht uns.« Er grinste. »All das ist schon ein Job für sich. Aber dann kommen natürlich wir, die Band deiner Träume, die Männer, die dir schlaflose Nächte bereiten und die dich ebenfalls fordern.«

»Ja, das ist mein größtes Problem.« Ich musste lachen. »Ihr seid die schlimmsten von allen.«

»Wir wollen nicht länger die Männer deiner schlaflosen Nächte sein«, erklärte Sean.

»Ach, nein?« Ich richtete mich auf. »Was soll das heißen?«

Brad und Sean legten die Arme umeinander und strahlten mich an. »Wir wollen die Männer deiner schlafenden Nacht sein. Deshalb werden wir heute zusammenrücken. Sean hat sich extra für mich rasiert.«

Mein fragender Blick wanderte zwischen ihnen hin und her.

»Du wirst in meiner Koje pennen«, erklärte Brad. »Sean und ich …« Er boxte seinen Kumpel in die Seite. »Das ist geheim. Wir werden uns endlich nah sein. Nach all den Jahren.«

»Jungs, das ist süß!« Ich beobachtete sie amüsiert. »Aber das ist nicht nötig. Barbara ist meine Freundin und ihr solltet nicht für etwas leiden, das ich uns eingebrockt habe.«

»Oh, wir leiden nicht.« Sean schnupperte. »Ich liebe Brads Skunk-Aroma. Das macht mich ganz wuschig. Ihm so nah zu sein ist mehr, als ich ertragen kann.« Seine Hände wanderten über Brads Oberkörper. Der verzog das Gesicht.

»Pfoten weg, Alter! Nicht vor Al. Die wird sonst noch eifersüchtig.«

Ich kicherte. »Ich danke euch, aber es ist verdammt eng in den Kojen.«

»Wenn Morris und du das hinbekommen, dann schaffen wir das auch.« Brad hob eine Augenbraue. »Was ist denn eigentlich mit euch? Müssen wir uns Sorgen machen?«

»Nein, alles in Ordnung.« Ich winkte ab. »Wir sind einfach sehr eingespannt.«

»Er hängt mir zu oft mit Ming ab«, bemerkte Sean, und ich schluckte. »Soll ich ihn mir mal vorknöpfen?«

»Auf keinen Fall!« Ich hob abwehrend die Hände. »Das ist eine Sache zwischen Morris und mir. Ist schon schlimm genug, dass Matt ihm ständig steckt, was ich ihm erzähle.«

»Mein Beileid«, spottete Brad. »Zwei Männer zu haben, ist wirklich eine Last, aber wenn einer davon auch noch eine Tratschtante ist, hat man echt verloren.«

Ich warf ein Kissen nach ihm. »Ich liebe euch auch, ihr Skunks!«

»Brad ist der Skunk, ich bin …« Seans Protest ging in einer Balgerei unter, bei der die beiden beinahe unter den Tisch fielen.

»Auszeit!« Brad ergab sich. Seine Haare waren zerzaust und standen ihm zu Berge. Er sah mich an. »Geh endlich ins Bett, Al! Ich befehle es dir. Sonst musst du mit Sean und mir in einer Koje schlafen.«

»Hilfe!« Ich sprang auf und flüchtete übertrieben den Gang hinunter.

»Könnt ihr mal alle die Klappe halten«, hörte ich Matt rufen.

»Tut mir leid«, wisperte ich und krabbelte erleichtert in die hinterste Koje. Kaum hatte ich den Vorhang hinter mir zugezogen, schlief ich auch schon ein.

Am nächsten Morgen erwachte ich von Barbaras Gelächter. Übertrieben laut hallte es durch den Bus.

Ich rieb mir die Augen, steckte den Kopf durch den Vorhang und beobachtete die Szenerie. Brad und Sean stellten ihre nackten Oberkörper zur Schau, während sie mit Hanteln trainierten, und Morris machte im Gang vor den Kojen Liegestütze. Meine beste Freundin saß in Shorts und T-Shirt auf der Sitzecke und feuerte alle in Cheerleader-Manier an.

»Ich komme mir vor wie im Irrenhaus.« Matt saß im Schneidersitz in der Koje neben mir und schüttelte den Kopf.

»Was soll das?«, rief ich Morris zu. »Seit wann machst du um diese Zeit Workout?«

Er stand auf, und ich musste mich beherrschen, um ihm nicht über seinen aufgepumpten Bizeps zu streichen. Er sah heißer aus denn je. Das T-Shirt umspannte seinen mittlerweile gut trainierten Oberkörper. Er wirkte nicht länger sehnig, sondern regelrecht muskulös.

»Ich muss in London zu einem Fotoshooting«, erklärte er. »Ming …«

»Wenn du diesen Namen noch einmal so früh am Morgen aussprichst, dann muss ich mich übergeben«, unterbrach ich ihn und zog eine Augenbraue nach oben. »Was ist das für ein Fotoshooting? Musst du dich dafür ausziehen? Ich dachte, es geht um deine Stimme.«

Neben mir lachte Matt auf und sprang aus dem Bett. »Ich verzieh mich mal«, bemerkte er und gesellte sich zu den anderen.

Morris' Blick verhakte sich mit dem meinen. »Tust du jetzt alles, was Ming sagt?«, fragte ich.

»Al, auf diese Diskussion habe ich wirklich keine Lust. Du weißt, dass ich nicht alles tue, was …« Er zögerte. »… was diese Frau sagt.«

»Lass mich mal überlegen.« Ich legte den Kopf schief. »Du gibst deine Zusage zu dem 80er-Jahre-Projekt, und plötzlich übernimmst du beinahe den kompletten Gesangspart für die Tour, obwohl es bei den Studioaufnahmen und auf dem Album ganz viele unterschiedliche Sänger gibt. Ich nehme an, Ming begleitet die Tour, habe ich recht? Außerdem pumpst du dich für sie auf, weil sie dir vermutlich gesagt hat, dass du den weiblichen Fans gefallen musst. Welche Geschichte hat sie sich denn für dich ausgedacht? Bist du wie Rob und die anderen tief in deinem Inneren verwundbar und heilst dich durch die Musik? Das wirkt langsam abgedroschen.«

Morris atmete hörbar aus. »Natürlich steht da ein kompletter Marketingplan dahinter. Ohne all das funktioniert es nicht. Gerade du solltest das wissen.«

»Ich weiß, dass Ming ihre rotlackierten Krallen nach dir ausstreckt. Ob aus Eigeninteresse oder wegen des Geldes kann ich nicht sagen, aber du veränderst dich. Für sie. Für dieses Projekt.« Ich stieg aus der Koje und blieb vor ihm stehen. Am liebsten hätte ich ihn berührt. Er fehlte mir so sehr.

»Sie hat uns für den Rest dieser Tour einen Rectifier besorgt. Ich meine, das Ding ist der Wahnsinn! Damit klingen wir noch viel härter und rauer. Matt ist gestern beinahe ausgeflippt.«

Ich sah die Begeisterung in seinen Augen und wurde traurig. »Sie kauft dich mit solchen Spielereien. Siehst du das nicht? Sie drückt dir einen kleinen schwarzen Kasten in die Hand, der den Klang eurer Gitarren noch kräftiger, satter und aggressiver macht und du gibst dafür brav Pfötchen.«

»So ist es nicht, Al!«

»Lass nicht zu, dass sie deine Route ändert«, flüsterte ich. »Du bist so viel mehr als ein Hochglanzfoto in einer Zeitung, das die Frauen anhimmeln können.«

Er hob die Hand und strich mir über die Wange. Ich schloss die Augen, damit er nicht sah, dass ich mal wieder den Tränen nahe war. »Deine Musik ist mehr als ein Traum«, fuhr ich leise fort. »Es ist dein Leben. Sie umgibt dich. Sie ist in dir. Lass nicht zu, dass andere sie für ihre Zwecke missbrauchen.«

»Das tue ich nicht.« Ich spürte seine Lippen auf meinen Augenlidern, meiner Nase, meinem Mund. Für einen kurzen Moment lehnte ich mich gegen ihn, um ihn zu spüren. Dann unterbrach uns das Klingeln meines Handys.

»Al, es ist Ming«, rief Brad und hob das Telefon, das ich über Nacht auf dem Tisch der Sitzecke zum Laden angeschlossen hatte.

»Scheiße«, murmelte ich. Für zwei weitere Klingeltöne verharrte ich bei Morris, meine Stirn gegen die seine gedrückt, bevor ich mich von ihm löste.

»Das klingelt schon so aggressiv«, scherzte Brad, als er mir das Handy zuwarf. »Der Mistkäfer hat bestimmt schlechte Laune.«

»Was gibt es?«, meldete ich mich ohne eine Begrüßung.

Auch Ming verzichtete auf Small Talk. »Rob hat sich in seiner Suite eingeschlossen. Er weigert sich, mich reinzulassen, und besteht darauf, mit dir zu reden.«

Amüsiert biss ich mir auf die Unterlippe. »Was ist passiert?«

»Wir hatten gestern auf dem Flug nach Kopenhagen eine Diskussion über die Songvorschläge, die die Band abgeliefert hat. Die passen absolut nicht in das Konzept des Labels. Die Melodien sind zum Teil in Ordnung, wenn auch viel zu depressiv, aber die Texte sind inakzeptabel. Du kennst unsere Linie und unsere Zielgruppe und mit düsteren Titeln wie *Watch Us Die* oder *Slaves Of The System* werden wir nicht einmal einen Blumentopf gewinnen.«

»Vielleicht solltet ihr auf Dauer eure Zielgruppe überdenken.«

»Ich glaube nicht, dass du die Kompetenz besitzt, dich gegen das Management und die Produzenten von DiscDog Records durchzusetzen. Wir haben Marktforschung betrieben. Wir wissen, welche Songs die Jugendlichen hören wollen! Und jetzt komm gefälligst hierher und bring Rob zurück auf die Spur!«

Ich seufzte. »Ihr seid im Radisson? Gib mir mal schnell die Adresse und seine Zimmernummer.«

Ich kritzelte die Angaben, die Ming mir durchgab, auf einen Zettel. »Alles klar, in einer halben Stunde bin ich da.« Ich legte auf und sah in lauter fragende Gesichter.

»Bei Freakshow Rises gibt es den ersten Eklat«, erklärte ich. »Rob hat sich eingeschlossen, und Ming macht sich vor Angst, ihre Termine nicht einhalten zu können, beinahe ins Höschen.«

»Nimm ihr ein paar Windeln mit«, entgegnete Sean trocken.

»Du gehst?«, fragte Barbara. »Es ist gerade mal acht Uhr.«

Mir wurde bewusst, dass es auf der Tour bisher keine großartigen Vorkommnisse gegeben hatte. Barbara erlebte also einen Optimalzustand, der soeben dabei war, sich in Luft aufzulösen.

»Das ist mein Job.« Ich zuckte mit den Schultern. »Tut mir leid, Süße, du musst dir Kopenhagen ohne mich ansehen.«

»Wir übernehmen das.« Brad und Sean grinsten. »Die nackte Nixe im Hafen wollten wir ohnehin besuchen.«

»Man nennt sie die kleine Meerjungfrau«, verbesserte ich sie und zog los, um mir meinen Waschbeutel zu holen.

»Aber sie ist nackt, oder?«, rief Brad mir hinterher.

»Lasst es uns herausfinden.« Barbara war bereits wieder voller Tatendrang, und ich war froh, dass Brad und Sean sich um sie kümmerten. Obwohl die beiden so chaotisch waren wie die zwei Opposumbrüder aus den Ice-Age-Filmen, hatten sie mein ganzes Vertrauen. Sie würden Barbara ablenken.

Eilig durchwühlte ich meine Tasche und beförderte frische Klamotten zutage. Dann schnappte ich mir den Waschbeutel und verzog mich nach unten in die Duschkabine. Der Bus stand bereits auf einem Großparkplatz in der Nähe des Flughafens von Kopenhagen. Wir hatten dort in einem Hotel zwei Tageszimmer gebucht, denn im Bus war die ganze Wohnsituation sehr beengt, da außer der Band noch einige Crewmitglieder bei uns untergebracht waren. Gerade vor dem Konzert brauchten die Jungs Platz, um sich auszuruhen, zu duschen und sich zu besprechen. Allerdings waren die Zimmer erst ab zehn bezugsfertig, und so musste ich improvisieren. Doch das war ich bereits gewohnt. Es dauerte nur eine Viertelstunde, bis ich fertig war. Meine Haare waren nass, aber zum Föhnen hatte ich keine Zeit mehr, daher zog ich mir meine Beanie-Mütze über.

»Die Reservierungsbestätigungen des Hotels liegen auf dem Tisch«, erklärte ich den anderen, die inzwischen alle in der Sitzecke herumlümmelten. »Bis später!«

Sie winkten mir zu, als ich wieder nach unten lief und hoffte, den Fahrer nicht wecken zu müssen, damit er mich hinauslassen konnte. Seine Schlafkoje befand sich direkt hinter der Fahrerkabine, aber dort lag er nicht mehr. Ich roch bereits den Kaffee, den er aufgesetzt hatte. Die Tür nach draußen stand offen, und ich sah ihn mit den beiden anderen Fahrern unserer LKWs plaudern, die inzwischen ebenfalls zu uns gestoßen waren und parallel zum Bus parkten. Über uns donnerten die Flugzeuge im Landeanflug hinweg. Es gab wahrlich schönere Orte, um den Tag zu beginnen, dachte ich mir und sprang hinaus. Das waren die Dinge, die vermutlich die wenigsten Leute erfuhren, wenn sie über das glamouröse Leben von Rockstars in irgendwelchen Magazinen lasen.

»Guten Morgen!«, begrüßte ich die kleine Gruppe.

»Al, gut geschlafen?«

»Schon so früh unterwegs?«

»Ihr müsst ohne mich zum Hotel fahren, aber die anderen wissen Bescheid«, informierte ich die Anwesenden kurz. »Im Falkoner Theater kann ab neun Uhr abgeladen werden. Die Anfahrtsbeschreibung zur

Ladezone habe ich euch gegeben, oder?« Sie nickten, und ich hob die Hand zum Gruß, bevor ich mit raschen Schritten über den Parkplatz lief. Er grenzte direkt an eine Zufahrtsstraße zum Flughafen, und ich wusste, dass ich mir dort ein Taxi anhalten oder mir zumindest schnell eines kommen lassen konnte.

Bereits ein paar Minuten später hatte ich Glück und schwang mich auf den Rücksitz eines blau-weißen Mercedes.

»Zum Radisson Blu Royal, bitte«, ließ ich den Fahrer wissen und lehnte mich zurück. Meine Gedanken kreisten. Ich hatte zu viele Baustellen in meinem Leben, und manchmal wusste ich nicht, welche ich zuerst angehen sollte. Ich hatte es noch nicht geschafft, ein vernünftiges Gespräch mit Barbara zu führen und hoffte, dass ihr die Ablenkung half, sich wieder zu fangen. Zu oft sah ich Tränen in ihren Augen, doch wenn ich sie darauf ansprach, wich sie mir aus.

Riley anrufen, setzte ich auf die To-Do-Liste meines Handys. Vielleicht konnte er mir weiterhelfen. Ich wollte mich nicht in die Beziehung der beiden einmischen, aber ich merkte, dass Barbara gerade mit dem Kopf durch die Wand in ihr Verderben rannte. Und je länger sie das machte, desto größerer Schaden entstand. Das konnte ich nicht mitansehen. Doch zuerst musste ich mich um Rob kümmern und betete innerlich, dass ich wegen seines Verhaltens keine Schwierigkeiten mit Ming bekam.

Trotz des morgendlichen Berufsverkehrs kamen wir gut voran. Eine Viertelstunde später stieg ich vor dem imposanten Gebäude des Radisson Blu aus, das wie eine massive, glänzende Kreditkarte anmutete, die jemand einfach in die flache Landschaft gestellt hatte. Ich ging ins Foyer, das komplett aus Marmor, Chrom und Glas bestand, und sah Ming, die dort bereits nervös auf und ab lief.

»Warum hat das so lange gedauert?«, fragte sie und musterte mich von oben bis unten. »Bist du ins Wasser gefallen?«

»Ich habe mir erlaubt zu, duschen, bevor ich hierhergefahren bin.«

»Hattest du keine Zeit für ein ordentliches Make-up?« Sie wedelte mit ihren Händen vor meinem Gesicht herum. »Du siehst ungesund blass aus.«

»Ich dachte, es wäre dringend. Tut mir leid, wenn dich mein Aussehen stört, aber damit wird unser verhaltensorigineller Rockstar jetzt leben müssen.«

Sie verzog ihr Gesicht. »Geh schon!«, sagte sie. »Und beeil dich! Das Interview mit *Gaffa* steht heute an. Das ist das größte Musikmagazin Skandinaviens und …«

»Das ist mir bekannt«, unterbrach ich sie. »*Burnside Close* geben denen heute ebenfalls ein Interview.« Ich bemerkte, dass sie gereizt mit dem Fuß wippte, und machte mich aus dem Staub, bevor sich ihre Stimmung noch mehr verschlechterte.

Mit dem Lift fuhr ich in eines der oberen Stockwerke. Als sich die Türen des Aufzugs öffneten, hörte ich bereits das rhythmische Gehämmer von lauter Rockmusik. Kopfschüttelnde Gäste warteten vor dem Lift, und ich nickte ihnen freundlich zu, bevor ich den Flur hinunterging. Es war nicht schwer, Robs Suite zu finden. Das hätte ich auch ohne Zimmernummer und nur anhand der Geräuschkulisse geschafft.

»Rob!« Ich hämmerte gegen die Tür. »Ich bin's, Al.«

Es dauerte eine Weile, bis geöffnet wurde. Der harte Sound erfüllte den gesamten Flur, dann erschien Robs Kopf.

»Du bist es wirklich.« Er trat zurück und ließ mich rein.

»Können wir das leiser machen?«, brüllte ich ihn an.

»Klar.« Er drückte auf die Fernbedienung, und die Musik verstummte. Die plötzliche Stille sorgte dafür, dass ich wieder zu mir kam. Ich sah mich um.

»Hast du umdekoriert?« Obwohl es eine Suite war, war das Zimmer in schlichtem, skandinavischem Stil gehalten, doch nichts schien sich mehr an seinem Platz zu befinden. Die Kissen lagen auf dem Boden verstreut, Stühle waren umgedreht, Bilder abgehängt, Lampen umgestoßen.

»Ich habe nach Hotel Graffiti gesucht.« Rob vergrub die Hände in den Hosentaschen. Er war barfuß, trug Cargo-Pants im Military-Look und ein schwarzes Tanktop. Seine Augen schimmerten verdächtig. Ich ging näher an ihn heran.

»Hotel Graffiti?«, hakte ich nach.

»Von David Bussell. Er hat damit auf jeden Fall angefangen und Nachrichten sowie Zeichnungen in Hotelzimmern hinterlassen. Sie können überall sein. Hinter den Bildern, unter den Lampen, im Kühlschrank oder in Vasen. Irgendwann wurde das zu einer Bewegung und es gab Nachahmer. Eigentlich findet man in jedem Hotelzimmer etwas. Außer in diesem.«

»Hast du was eingeworfen?« Misstrauisch kniff ich meine Augen zusammen.

»Nichts von Bedeutung.« Er ließ sich auf das zerwühlte Sofa fallen, und ich fixierte ihn.

»Was war es?«

»Du bist nicht meine Mutter, Al. Und es war nicht das erste Mal, also beruhige dich.«

»Was war es?«, wiederholte ich meine Frage.

»Ein paar Benzos.«

»Du nimmst Beruhigungsmittel? Wo hast du das Zeug her?«

»Wir waren in Amsterdam, Al. Außerdem bekommt man das überall, wenn man sich auskennt. Allein die Roadies …«

»Die Roadies?«, fragte ich scharf. »Wer von denen dealt?«

»Keiner.« Rob hob die Hände, doch ich glaubte ihm kein Wort.

»Wenn ich herausfinde, wer in unserer Crew mit Drogen handelt, dann lasse ich ihn feuern!«

Rob lachte, aber es klang gequält. »Bitte mach jetzt nicht auf Managerin und halte mir keinen Vortrag über die wahre Musik, die man nur ohne Drogen fühlen kann. DiscDog Records wollen keine wahre Musik, das solltest du wissen.«

»Wolltest du mich deswegen sprechen?« Ich hob einige Kissen vom Boden auf, warf sie aufs Sofa und setzte mich Rob gegenüber.

Er nickte. »Ich nehme an, Ming hat dir unsere neuesten Songs bereits um die Ohren gehauen.«

»Ich habe sie noch nicht gehört, doch sie sagte mir, die Melodien wären depressiv und die Texte würden nicht in das Konzept des Labels passen.«

Er schnaubte. »Wenn ich mit meiner Musik nicht einmal mehr sagen darf, was ich denke, dann frage ich mich, was wir hier überhaupt tun.«

»Ihr werdet erfolgreich. Du wusstest, worauf du dich einlässt.«

Er schlug mit der Faust auf die hölzerne Lehne der Couch ein. »Ich bin verdammt gern berühmt«, presste er zwischen den Hieben hervor. »Aber ich will es mit meiner Musik sein! Ich bin es leid, nach Mings Pfeife zu tanzen. Sie hat uns Samples vorgelegt. Samples!«

»Ihr sollt euch die Vorschläge ja nur anhören und euch davon inspirieren lassen. Die Zeit drängt.«

»Hast du dir das Zeug schon mal angehört? Das ist Müll! Da kann ich gleich Werbejingles komponieren.«

»Du hast einen Vertrag unterschrieben.« Ich leierte meine Standardsätze herunter, doch Rob war an diesem Tag nicht empfänglich dafür.

»Kann ich bitte mit Al sprechen«, sagte er gereizt. »Mit der idealistischen Al, nicht mit der, die einfach nur ihren Job macht.«

»Einfach nur ihren Job?«, empörte ich mich, doch Rob sah aus, als wenn er mich gleich anspringen wollte. Deshalb räusperte ich mich. »Okay, tut mir leid. Sag mir, was dir auf der Seele brennt.«

»Ich kann dieses zweite Album nicht komponieren. Ich kann es nicht! Und noch viel weniger kann ich es auf der Basis von monotonen Samples irgendeines Studio-Fuzzis machen, der anhand von Marktforschungsergebnissen Töne aneinanderreiht.« Er sprang auf und tigerte durchs Zimmer. »Ich schlafe nicht mehr, ich habe keinen Appetit, und ich hasse mich selbst für jede Zeile, die ich schreibe.« Er hielt inne und sah mich an. »*The reaper is in love with us and we hold his hand – watch us die, baby, watch us die*«, sang er und es klang ziemlich schief. Er grinste. »Kein Wunder, dass ich nicht der Sänger unserer Band bin, aber ich kann verdammt noch mal komponieren, und dieses Lied ist genau das, was ich fühle!«

»Fühlen die anderen ebenso? Was sagen sie dazu?«

Er starrte mich an. »Norman liegt mit zwei Groupies im Bett, Raven und Meatpie ist alles egal, und Chuck hat vermutlich wieder zu viel getrunken. Ich bin der verdammte Kopf der Band, der Denker, der Visionär. Die anderen vertonen nur meine Ideen. Ist dir das noch nicht aufgefallen?«

»Norman hat Groupies in seinem Bett? Ming wird mich lynchen!«

»Hör mir endlich zu, Al!« Rob schrie mich an. Sein Gesicht war dermaßen rot, dass ich dachte, es müsste jeden Moment Dampf aus seinen Ohren entweichen.

»Ist ja gut«, murmelte ich beruhigend. »Wie kann ich dir helfen?«

»Ich will aus dem Vertrag aussteigen.«

»Vergiss es. Ihr seid für zwei Alben an DiscDog Records gebunden, ihr könnt nicht aussteigen.«

»Ich drehe langsam durch. Die Geschichte über meinen toten Vater und all den anderen Scheiß habe ich nun schon gefühlte tausend Mal erzählt. Ich tue Ming den Gefallen und flirte mit Mädels, die halb so alt sind wie ich, und posiere für Selfies. Ich habe keine Minute für mich allein. Ständig sorgt Ming dafür, dass Fans, Zeitschriften oder Radiosender um uns herum sind. All das ertrage ich. Ich lasse mich umstylen und lebe in Abstinenz, denn ich liebe es, auf der Bühne zu stehen. Doch ich lasse mir nicht meine Musik nehmen. Ich dachte, ich gewöhne mich daran, aber so ist es nicht.« Inzwischen klang er dermaßen schwermütig, dass ich aufhorchte.

»Manchmal weiß ich einfach nicht, wer du bist, Rob.« Ich legte meinen Kopf schief und beobachtete ihn. »Ziehst du jetzt wieder eine Show ab oder bist du tatsächlich am Boden zerstört?«

»Ich weiß, wir haben unsere Differenzen, aber ich kann so nicht weitermachen. Ich bin am Durchdrehen.« Er sah in der Tat ein wenig sonderbarer aus als sonst.

»Das mit dem Vertrag ist eine komplizierte Sache«, erklärte ich ihm. »Es geht nicht nur um die rechtlichen Dinge, sondern um …« Ich brach ab. Rob wusste nichts von Simons Tochter und unserer Abmachung. Vermutlich wäre es ihm auch egal. Es stand jedoch fest, dass Simon eine Menge Geld verlieren würde, wenn *Infernality Rises* bei DiscDog Records ausstiegen. Ganz abgesehen von all der Arbeit, die wir gehabt hatten, unserem Ruf in der Branche und unserer Zukunft.

»Um was geht es, Al?«, bohrte er nach, und seine Augen wirkten an diesem Tag mehr denn je wie die eines Untoten.

Ich seufzte. »Ich vertraue dir einfach nicht, Rob«, gab ich unumwunden zu. »Du hast in der Vergangenheit zu oft versucht, deine Interessen durchzusetzen. Und unser Verhältnis ist auch nicht gerade das beste. Du bist gehässig. Deshalb verzeih, wenn ich dir dein Drama nicht abkaufe.«

»Ich weiß, dass ich nicht besonders nett zu dir war, aber ich brauche wirklich jemanden, der mich versteht.« Er fuhr sich so heftig durch seine zerwühlte Frisur, dass ich förmlich hörte, wie er sich dabei reihenweise Haare ausriss.

»Es ist ja nicht so, dass ich das nicht tue, doch ich habe dir schon vor Monaten versucht zu erklären, was alles auf euch zukommen wird. Wenn ich mich recht erinnere, war dir der Ruhm damals wichtiger. Jetzt lerne, damit zu leben.«

»Ich liebe den Ruhm, und vielleicht hast du mich nicht genau verstanden: Was ich dir gerade versuche klarzumachen, ist, dass ich irgendwann aus dem Fenster springe, wenn das so weitergeht.« Seine Gesten waren fahrig, doch mein Misstrauen blieb.

»Ja, na klar.« Ich grinste. »Kaum wird der Druck zu groß und du kannst deinen Kopf nicht mehr durchsetzen, heulst du rum.«

Ehe ich mich versah, war er am Fenster und suchte nach dem Griff zum Öffnen. Ich verschränkte die Arme. »Schon mal was von Sicherheitsfenstern gehört, die Selbstmörder in den obersten Stockwerken davon abhalten sollen, sich hinunterzustürzen? Die Dinger kriegst du nicht auf.«

Er drehte sich um. Sein Brustkorb hob und senkte sich, und in seinem Blick lag ein irrer Ausdruck. Mir wurde mulmig. Hatte er nicht gesagt, er hätte Benzos eingeworfen? Die waren dafür bekannt, eine erhebliche Beruhigung herbeizuführen, aber ganz sicher keinen Wahn. Außer, er hatte zu viel davon geschluckt.

Ich stand auf. »Jetzt entspann dich mal.«

»Nein!« Entschlossen durchschritt er die Suite, griff sich einen der Stühle und hielt ihn wie einen überdimensionalen Baseballschläger, während er zurück zum Fenster lief.

Es durchzuckte mich eiskalt. Er wollte die Scheibe einwerfen!

»Hör auf damit!« Ich sprang auf ihn zu und umklammerte den Stuhl, doch Rob war stärker als erwartet. Er schleuderte mich mitsamt dem Möbelstück gegen die Wand. Mir blieb kurz die Luft weg. Panik erfasste mich.

»Bist du jetzt total irre?«, brüllte ich und hielt die mit Stoff bespannte Rückenlehne mit aller Kraft fest.

»Ich mache auf keinen Fall so weiter!« Rob zerrte daran. »Ich kann nicht mehr atmen, Al. Ich verliere den Verstand.«

Verbissen kämpften wir um den Stuhl. Mit einem lauten Geräusch zerriss schließlich der Polsterstoff und ich fiel auf mein Hinterteil. Rob stolperte ebenfalls rückwärts, doch er fing sich rasch wieder. Keuchend hob er das Möbel über seinen Kopf und warf es in Richtung Fenster. Doch durch meinen Angriff hatte er kaum Schwung und so prallte der Stuhl mit einem dumpfen Knall von der Scheibe ab, ohne Schaden anzurichten. Ich rappelte mich auf.

»Schluss jetzt!«, rief ich, aber Rob war nicht zu bremsen. Er griff erneut nach dem Stuhl, und ich stieß einen Schrei des Entsetzens aus. In meiner Not nahm ich Anlauf, um ihn über den Haufen zu rennen. Ich sah noch seinen überraschten Blick, bevor ich ihm einen Bodycheck verpasste. Die Wucht meines Angriffs traf ihn unvorbereitet, und wir gingen zu Boden. Dabei räumten wir sämtliche Deko ab, die noch auf dem Tisch gestanden hatte. Es klirrte, schepperte und ich wartete auf weitere umstürzende Möbelstücke. Doch nichts geschah. Stille. Schwer atmend lagen wir nebeneinander. Mir tat jeder Knochen weh.

»Ich wäre gesprungen«, hörte ich ihn neben mir japsen.

»Dann bist du genauso blöd, wie ich vermutet habe.« Ich stützte mich ächzend auf meinem Ellbogen ab und sah ihn an. »Wenn man tot ist, dann ist man nicht mehr berühmt, du Idiot.«

»Das stimmt nicht.« Er legte sich den Arm über die Augen. »Es gibt genug Gegenbeispiele. James Dean, Marylin Monroe, Jimi Hendrix, Kurt Cobain, Michael Jackson. Die Liste ist lang, Al. Denk an den Song von Billy Joel: *Only the Good Die Young*.«

»Du bist nicht gut, du bist schlecht, verdorben und ein ziemlicher Arsch. Wegen dir habe ich jetzt überall Prellungen.«

Ich hörte ihn gedämpft lachen. »Deswegen mag ich dich, Al. Du bist noch verrückter als ich.«

»Auf keinen Fall«, protestierte ich. »Gegen dich bin ich erschreckend normal!«

Er drehte den Kopf und sah mich an. »Ich bin wirklich am Ende.«

»Daran habe ich keinen Zweifel mehr.« Ich setzte mich auf und umfasste meine Knie mit den Händen. »Hör zu«, sagte ich und hoffte, das Richtige zu tun. »Ihr seid diesen Deal eingegangen, und er bringt euch genau dahin, wo ihr immer sein wolltet. Der Vertrag mit dem Label ist bombenfest, dagegen kommen wir nicht an. Wenn ihr rauswollt, steht uns eine Schadensersatzklage ins Haus, und du darfst alles zurückbezahlen, was DiscDog Records bisher investiert haben, plus einen Anteil des zu erwartenden Gewinns. Das wäre nicht nur euer Ruin, sondern auch der meine und der von Simon. Und seiner Tochter.«

»Was zum Teufel hat Simons Tochter damit zu tun?«

»Sie hat Krebs. Er braucht das Geld, um die Behandlung zu bezahlen.«

»Darin bist du echt gut, Al!«

»Worin?«

»Jemandem ein schlechtes Gewissen zu machen.« Er setzte sich ebenfalls auf. »Dann heißt es jetzt also Simon oder ich?«

»Nein.« Ich schüttelte den Kopf. »Es heißt, im Vertrag zu bleiben und trotzdem das Beste daraus zu machen.«

Er seufzte resigniert. »Dafür werde ich mir einen ganzen Berg Benzos zulegen müssen.«

»Du lässt gefälligst die Finger von dem Zeug.« Ich grübelte. »Ich habe eine Idee, aber ich bin mir noch nicht sicher, ob sie funktioniert. Das könnte dein Problem lösen.«

In diesem Moment klopfte es an der Tür. Wir sahen einander an. »Ming«, sagten wir wie aus einem Mund.

Ich erhob mich stöhnend, um zu öffnen.

»Was ist hier los?« Sie rannte mich beinahe um, als sie hereinstürmte. »An der Rezeption häufen sich die Beschwerden über Ruhestörung.« Sie hielt inne und stieß in Anbetracht der Zerstörung um sie herum einen entsetzten Schrei aus. »Was ist hier passiert?«

»Wir haben uns geprügelt«, erklärte Rob, der immer noch am Boden saß. »Al hat gewonnen.«

Ming starrte mich an. »Deine Lippe blutet«, stellte sie fest und ihr fassungsloser Blick wanderte zu Rob. »Das wird Konsequenzen haben! Ich dulde nicht, dass sich unsere Musiker derart aufführen.«

»Schon klar.« Rob sprang auf die Beine. Er schwankte leicht. »Kriegen wir jetzt nur noch Wasser und Brot?«

»Es ist alles in Ordnung«, mischte ich mich besänftigend ein. »Rob und ich haben das geklärt.« Ich sah ihn scharf an, und er widersprach nicht.

Ming schnaubte wie ein aufgeregtes Pferd und stakste durch das Chaos um sie herum. »Es wird eine Stange Geld kosten, das wieder in Ordnung zu bringen!«

»Ich bin mir sicher, du erlebst das nicht zum ersten Mal.« Ich ging zu Rob und stellte mich neben ihn. »Das momentane Pensum ist einfach zu viel. Die Band ist quasi von null auf hundert geschossen. Wir sollten den Jungs mal Ruhe gönnen.«

Ming lachte auf. »Du willst mir doch nicht etwa sagen, dass Rob sein Hotelzimmer aus Erschöpfung verwüstet hat?« Sie durchwühlte mit der Schuhspitze Kissen, Decken und Kleidungsstücke. »Hat er hier irgendwo Drogen versteckt?«

»Das habe ich schon gecheckt. Ich konnte nichts finden. Er hat nur nach …« Hilfesuchend blickte ich zu Rob.

»Hotel Graffiti«, erklärte er sofort.

»Richtig, er hat nach Hotel Graffiti gesucht.«

Ming sah uns an, als wären wir komplett übergeschnappt. Vermutlich lag sie in Anbetracht des demolierten Hotelzimmers und unseres derangierten Aussehens gar nicht so daneben. Sie deutete mit dem Zeigefinger auf mich. »Du kümmerst dich darum«, zischte sie aufgebracht. »Lass den Zimmerservice antanzen, und wehe, du lieferst mir nicht alle pünktlich zum Interview ab!«

»Ich sehe, du hast verstanden«, entgegnete ich mit ironischem Unterton. »Dann mache ich mich mal an die Arbeit.«

Ich war bereits dabei, das Zimmer zu verlassen, doch Rob folgte mir. Ehe ich michs versah, packte er mich, drehte mich zu sich herum und küsste mich. Es kam dermaßen überraschend, dass ich zunächst einmal gar nichts tat. Nachdem der erste Schock verdaut war, schnappte ich hektisch nach Luft und stemmte meine Hände abwehrend gegen seine Brust.

»Danke, Mandel-Maus«, flüsterte er und hielt mich eisern fest. »Und beeil dich mit deiner Idee, sonst springe ich irgendwann von einem Hoteldach. Au!«

Ich boxte ihn in den Magen und befreite mich. Aus den Augenwinkeln bemerkte ich Ming, der vor Staunen der Mund offenstand.

»Bis später«, rief ich und beeilte mich, das Zimmer zu verlassen.

Chapter 11

Build me strong for you so I'm prepared for love and loneliness

(Burnside Close, »For Love and Loneliness«)

Ich saß in einem Café am Stortorget Platz inmitten der Altstadt von Stockholm. Es war unser freier Tag, und ich hatte mich davongeschlichen, um allein zu sein. Das Konzert am Abend zuvor hatte im komplett ausverkauften Annexet Club stattgefunden. Selten hatte ich auf einer Tour eine solch ausgelassene Stimmung erlebt. Die Fans waren abgegangen wie verrückt und hatten jeden einzelnen Song mitgesungen. Ich stand hinter der Bühne und hätte heulen können vor so viel Begeisterung. Die Euphorie hatten wir zur anschließenden After-Show-Party mitgenommen. Das war eine Art Tradition. Vor den freien Tagen schmissen wir für die gesamte Crew und einige ausgewählte Fans, die dieses Event gewinnen konnten, eine Feier in einem angesagten Rock-Club.

Bis vier Uhr früh hatten wir gefeiert, und obwohl das Wetter an diesem Tag eher durchwachsen war, wollte ich meine Sonnenbrille nicht absetzen. Genüsslich schlürfte ich den dritten Kaffee und aß eine Zimtschnecke, während ich in meinem Kopf all die Termine durchging, die in den nächsten Wochen anstanden. An diesem Abend um sieben würden wir das Hotel räumen und den Bus besteigen, um unsere Nachtfahrt nach Oslo anzutreten. Dann folgten zehn Konzerttage hintereinander, bevor wir uns endlich fünf Tage in London erholen konnten. Zumindest galt das für alle außer mir, denn dort standen die ersten Studioaufnahmen von *Infernality Rises* an, und Rob zeigte sich nach wie vor bockig. Sein Ausbruch hatte mich geschockt, denn ich wusste, was der ständige Druck empfindlichen Musikern antun konnte. Obwohl ich Rob zunächst nicht in diese Kategorie einsortiert hatte, erschien er mir plötzlich erschreckend sensibel. Ein Grund mochte sein Hang zu Tranquilizern sein, den ich sofort unterbinden wollte.

Ich hatte mit Simon geredet, und er half mir und dem Roadmanager dabei, unsere Roadies näher unter die Lupe zu nehmen. Zwei waren gestern von mir gefeuert worden. Das war nie besonders einfach, aber ich konnte nicht zulassen, dass sie unsere Bands oder die Crew mit Drogen versorgten. Leider hatten wir nun einen unserer Rigger verloren, denjenigen, der für die Gerüstarbeiten und die Beleuchtung zuständig gewesen war. Diese Lücke galt es nun vor Ort mit Stagehands, einfachen Hilfskräften, zu füllen. Das war keine leichte Aufgabe, da es in jedem Land andere Regelungen für angeworbene Aushilfen gab. Das war eines der Probleme, die man auf einer kleinen Club-Tour wie dieser hatte. Auf den großen Tourneen, die Auftritte auf Festivals beinhalteten, konnte man sich die Backliner sparen. So nannte man jene Roadies, die nicht für den Bühnenaufbau verantwortlich waren, sondern für alles, was sich direkt hinter den Musikern auf der Bühne befand. Da es während der Umbauphasen quasi unmöglich war, das gesamte Equipment auszutauschen, übernahmen diese Tätigkeiten vom lokalen Veranstalter gebuchte Stage Crews. Doch solche standen uns dieses Mal nicht zur Verfügung. Für Oslo, Hamburg und Prag hatte ich das Problem bereits gelöst, für alle anderen Locations musste ich noch herumtelefonieren.

Aber an meinem freien Tag wollte ich mich zuerst um meine Familie kümmern. Deshalb rief ich Mom in London an, und wir redeten eine Zeitlang. Anschließend quatschte ich mit Granny und berichtete ihr von Barbara und Rob. Morris sparte ich aus, weil ich selbst nicht verstand, wo wir standen. Wir hatten diese gewissen Momente, doch dann sprach er wieder von seinem neuen Projekt, und ich wollte ihn am liebsten schütteln. Aber inzwischen wusste ich, dass er selbst herausfinden musste, was Ming für eine Person war und unter welche Diktatur er sich begab, wenn er mit DiscDog Records zusammenarbeitete. Je mehr ich ihn kritisierte, desto verschlossener wurde er. Es tat weh, dass er mich kaum noch an sich heranließ. Das war der Grund, warum ich Zeit für mich brauchte. Ihn jeden Tag zu sehen und ihm nicht nah sein zu dürfen, tat körperlich weh. Allein seine Stimme zu hören, wenn er auf der Bühne stand, ließ automatisch Erinnerungen in mir aufsteigen, die meinen Zustand nur verschlimmerten. Ich wusste, ich musste durchhalten, doch es war alles andere als einfach. Da halfen auch die ganze Arbeit, die Ablenkung durch Barbara und die Sorge um Rob nicht weiter.

Allerdings war es an der Zeit, meiner Freundin endlich einen Schubs zu geben. So sehr ich sie mochte, so sehr ging mir ihr Verhalten allmählich auf die Nerven. Sie gestand sich nicht ein, dass sie Heimweh hatte, dabei fing sie jedes Mal an zu heulen, wenn sie kleine Kinder sah. Doch anstatt sich entsprechend zu benehmen, musste ich sie auf der After-Show-Party vom Vortag ständig im Auge behalten. In vorpubertärer Teenagermanier hatte sie mit sämtlichen Männern geflirtet, und nicht nur einmal hatte ich sie vor einer alkoholisierten Knutscherei bewahrt. Sie schien es förmlich darauf anzulegen, fremdzugehen, und in ihrem ganzen Wahn entging ihr völlig, dass ich ebenfalls in einer Beziehungskrise steckte. Ihr quietschiges Gelächter konnte ich kaum noch ertragen und befand, dass es an der Zeit war, den Fokus ihres Lebens wieder auf ihre Familie zu lenken. Obwohl es mir nicht besonders angenehm war, entschied ich mich, Riley anzurufen. Ich hatte seine Handynummer nicht, deshalb rief ich auf dem Festnetz an. In Sydney war es kurz nach neun Uhr abends und ich hoffte, dass ich die Kinder nicht weckte. Riley meldete sich mit reichlich verschlafener Stimme, und ich atmete tief durch, bevor ich meinen Namen nannte.

»Al, das ist eine Überraschung.« Er zögerte. »Ist mit Barbara alles okay?«

»Körperlich geht's ihr gut, seelisch ist das eher nicht der Fall.«

Riley schwieg, und ich räusperte mich. »Ich will mich nicht einmischen, aber ich mache mir mittlerweile echt Sorgen um sie.«

»Was denkst du, wie es mir geht?« Er klang verärgert. »Sie ist einfach abgehauen! Die Kinder verstehen nicht, wo ihre Mama hin ist, und ich weiß nicht, was ich falsch gemacht habe. Ich habe einen Job, um unser Leben zu finanzieren, und eines Tages komme ich nach Hause und finde sie auf gepackten Koffern vor. Sie wollte mir nicht einmal sagen, was los ist.«

»Das tut mir leid, Riley.«

»Hat sie irgendwas zu dir gesagt?«

»Nur, dass sie es nicht mehr ausgehalten hat. Offensichtlich ging das schon seit Monaten so.« Ich überlegte, wie weit ich Barbaras Vertrauen missbrauchen durfte und entschied, aufs Ganze zu gehen. »Sie denkt, du hättest eine andere.«

»Eine andere?« Es klang dermaßen erstaunt, dass ich sofort wusste, dass ich mit meinem Instinkt richtiggelegen hatte. »Wie kommt sie auf so einen Unsinn?«

»Sie meinte, du wärst abends oft erst sehr spät zu Hause gewesen. Und es scheint, als hätte sie in deinem Handy geschnüffelt.«

»In meinem Handy?« Er schien zu überlegen, und die Leitung rauschte.

»Offenbar hat sie eine Mail von einer Frau gefunden, die sich mit dir zum Mittagessen verabredet hat«, half ich ihm auf die Sprünge.

»Na, und? Ich bin in Sydney aufgewachsen. Weißt du, wie viele Schulfreunde, Verwandte und Arbeitskollegen ich hier habe? Keine Ahnung, wer das war. Ich treffe mich regelmäßig mit Leuten in der Mittagspause, und Barbara weiß das. Muss ich ihr jetzt jeden Termin zur Abstimmung vorlegen?«

»Nein, natürlich nicht.« Ich seufzte.

»Ich schwöre dir, Al, es gibt keine andere! Einer meiner Kollegen ist sehr krank, und ich schiebe seit seiner Abwesenheit Überstunden. Barbara weiß das! Ich bin, ehrlich gesagt, stinksauer auf sie. Sie hat mich einfach sitzen gelassen. Und nicht nur mich, die Kinder ebenfalls! Meine Eltern verstehen die Welt nicht mehr, und es vergeht kein Tag, an dem ich mir nicht ihre Moralpredigten anhören muss. Dabei will ich Barbara nicht verurteilen. Ich liebe sie, weil sie der ungewöhnliche Mensch ist, der sie nun mal ist. Aber sie muss mir vertrauen. Wenn sie das nicht tut, welchen Wert hat unsere Beziehung dann noch?«

Ich musste automatisch an Morris denken. Wie weit reichte mein Vertrauen in ihn? Weit genug, um ihn in die Welt der Musik ziehen zu lassen, weil ich mir sicher war, dass er zu mir zurückkehrte?

»Ich verstehe dich, Riley.«

»Tust du das wirklich, Al?« Er klang resigniert. »Du bist Barbaras beste Freundin, und sie bewundert dich sehr. Aber ich kenne dich. Du warst dir eine sehr lange Zeit unsicher, was du werden willst und wie deine Beziehung zu Morris aussehen soll. Ich erinnere mich an all die Treffen und Telefonate, in denen Barbara dir den Kopf zurechtgerückt hat, und ich frage mich, ob du nun dasselbe für sie tun wirst. Versteh mich nicht falsch, ich sage das natürlich alles aus rein egoistischen Gründen, aber die Vorstellung, dass sie mit dir und zwei Rockbands auf Tour ist, verschafft mir nicht gerade ein gutes Gefühl.«

Seine Ehrlichkeit ließ mich schlucken, auch wenn ich wusste, dass er recht hatte. Aus seiner Erfahrung war ich nicht geeignet dafür, Barbara wieder auf den Pfad der Tugend zurückzuführen. Zum Glück hatte er keine Ahnung davon, wie seine Frau sich die ganze Zeit über aufführte.

»Ich hätte dich nicht angerufen, wenn ich nicht der Meinung wäre, dass Barbara mit ihrer Flucht aus Australien einen Fehler gemacht hat«, beruhigte ich Riley. »Ich will ihr helfen, doch ich weiß nicht, wie. Sie lässt mich nicht an sich heran, und mein Arbeitspensum ist so hoch, dass ich kaum Zeit für sie habe. Aber eines weiß ich: Sie vermisst dich. Als wir in Paris waren, hat sie geweint, weil sie die Stadt mit dir ansehen wollte. Das war auch der Moment, in dem sie mir anvertraut hat, dass du eine andere hast.«

»Ach, zum Teufel!«, stieß er hervor, bevor er die Stimme wieder senkte. »Wieso musste sie ausgerechnet um den halben Globus fliegen, um zu sich zu kommen? Ich will mit ihr reden, aber sie antwortet weder auf meine Nachrichten noch auf meine Anrufe. Sie ist eigenwilliger als ein Emu und treibt mich in den Wahnsinn!«

Jeder in meiner näheren Umgebung schien allmählich dem Wahnsinn zu verfallen. Das war bedenklich.

»In knapp zwei Wochen sind wir in London«, erklärte ich. »Du solltest kommen und sie abholen.«

»Denkst du, ich schürfe hier nach Gold? Ihr Flug hat bereits ein Loch in unsere Haushaltskasse gerissen. Wenn ich mich jetzt auch noch in den Flieger setze, um sie zurückzuholen, dann darf ich die nächsten Monate weiterhin Überstunden schieben, um das Geld wieder reinzuholen. In Anbetracht von Barbaras Misstrauen wird das ganz sicher nicht förderlich für unsere Beziehung sein.«

»Ich weiß das, Riley, aber ich fürchte, wenn du nicht kommst, wird sie uns entgleiten. Sie hat sich da in etwas verrannt und Vernunft bringt uns nicht mehr weiter. Ich glaube, sie muss dich sehen. Sie muss wieder fühlen, wie es am Anfang eurer Beziehung war, als du vor ihrer Haustür gestanden hast, um für eure Liebe zu kämpfen.«

»Und wieso wird ihr das nicht von allein klar?«

»Sie hat mal zu mir gesagt, sie käme sich wie ein Roboter vor, der tagsüber ellenlange Listen abarbeitet, bevor er abends in den Stand-by-Modus schaltet. Ihr fehlt die Romantik.«

»Ihr Frauen und eure Romantik!« Riley stöhnte. »Kannst du mir mal sagen, wie man die Romantik aufrechterhalten soll, wenn man zwei kleine Kinder hat und den ganzen Tag arbeitet?«

»Nein, das kann ich nicht«, gestand ich.

»Ich gebe mein Bestes, Al! Barbara ist der Mensch, der mich tief im Innersten berührt hat. Ohne sie macht alles keinen Sinn für mich. Unsere Kinder sind alles für mich, unsere kleine Familie ist mein Leben. Aber ich verstehe nicht, weshalb sie plötzlich aussteigt. Es tut mir leid, doch da komme ich mir gerade etwas verarscht vor.«

»Riley, ich kann dir nur sagen, was mein Gefühl ist. Barbara dreht am Rad. Das mag man verstehen oder nicht, die Tatsache verändert es nicht. Ich habe für all das keine Lösung, ich verlasse mich nur auf meine Intuition und die hat mir geraten, dich anzurufen.«

»Na toll«, grummelte er. »Da denkt man, man hat dieses ganze Hin und Her hinter sich, und dann beginnt es von vorn.«

Ich lächelte, denn im Prinzip war meine Situation mit Morris ganz ähnlich. »Meinst du, es hört je auf?«, fragte ich.

»Keine Ahnung, Al. Aber hier in Australien kehren wir nicht um, wenn eine Straße holprig wird. Wir geben Gas und hoffen, dass die Stoßdämpfer es aushalten.«

Ich musste lachen. »Ich bin froh, dass du nicht sauer bist, weil ich dich angerufen habe.«

»Nein, ich bin sehr erleichtert darüber. Allerdings weiß ich noch nicht, was ich tun werde. Momentan bin ich einfach nur wütend auf Barbara, aber ich melde mich, versprochen. Gib mir mal deine Handynummer.«

Wir tauschten unsere Nummern aus, und ich legte auf. Für einen Moment überlegte ich, ob Barbara mir mein Verhalten übel nehmen würde, doch dann schüttelte ich entschieden den Kopf. Es konnte nichts falsch an dem Vorsatz sein, die beste Freundin wieder glücklich sehen zu wollen. Entschlossen winkte ich der Kellnerin, um zu bezahlen.

Einige Stunden später stand ich vor unserem Tour-Bus, der mit laufendem Motor und Warnblinkanlage vor dem Hotel in der Innenstadt parkte. Wir verluden unser Gepäck, und es herrschte die übliche Aufbruchsstimmung. Matt lehnte an einer der Türen und telefonierte mit seiner Freundin, Brad und Sean alberten mit Barbara herum, und Morris schrieb Autogramme für einige Fans. Es war immer wieder erstaunlich, wie sie uns ausfindig machten, aber einige von ihnen waren wahre Spürnasen.

»Was für eine herrliche Stadt!« Barbara trat zu mir. Zum ersten Mal seit Beginn der Tour wirkte sie gelöst und glücklich. »Wir waren im Vasa-Museum, Al. Es war fantastisch! Und die Altstadt ist so gemütlich und bunt. Ich weiß gar nicht, was ich je an Australien fand.«

»Ist Sydney inzwischen nicht deine zweite Heimat?«

Sie zuckte die Schultern. »Ich vermisse es nicht.«

»Vermisst du wirklich nichts?«

»Hm.« Sie zog einen Flunsch. »Ich sehne mich nach meinen Kindern, aber ich denke, Riley vermisst mich nicht.«

Ich wollte protestieren, doch Barbara rückte noch näher an mich heran, und ihr Blick ließ sämtliche Alarmglocken in mir schrillen. »Ich glaube, ich habe mich ein wenig in Brad verguckt«, gestand sie ohne das übliche Gekicher.

Mir wurde flau im Magen, und meine Reaktion fiel heftiger aus als beabsichtigt. »Du bist Mutter, verdammt noch mal! Du sagst, du sehnst dich nach deinen Kindern, und führst dich gleichzeitig wie ein alberner Teenager auf«, entfuhr es mir im Flüsterton.

Barbara starrte mich an. Ihr Gesichtsausdruck wechselte von Überraschung zu Empörung. »Das denkst du also über mich?« Sie stützte die Hände in die Hüfte, und mir wurde bewusst, dass sie inzwischen so laut sprach, dass uns alle ansahen. »Ich erzähle dir, dass Riley eine andere hat, und du verurteilst mich?«

»Vielleicht irrst du dich ja«, hielt ich ihr entgegen. »Du hast ihm doch gar keine Chance gegeben, sich zu erklären! Du bist abgehauen und hast ihn und deine Kinder im Stich gelassen.«

»Ganz toll!« Barbaras Nasenflügel bebten. »Das muss ich mir echt nicht anhören!« Sie rauschte ab, und ich blieb perplex zurück.

»Ärger?« Matt grinste und sah Barbara hinterher, die wütend durch den Bus stapfte.

»Manchmal denkt man, das Richtige zu tun, und dann war's komplett falsch. Kennst du das?«

»Nein.« Matt zog mich zu sich heran. »Ich bin durch und durch perfekt.«

»Blödmann«, nuschelte ich an seiner Schulter.

»Lass sie, die kriegt sich schon wieder ein.« Er drückte mich, bevor er ebenfalls einstieg. Es folgten Brad und Sean.

»Moment!« Ich hielt Brad an seinem T-Shirt fest und sah ihn scharf an. »Was läuft da mit Barbara?«

Unschuldig erwiderte er meinen Blick. »Gar nichts.«

»Flirtest du mit ihr?«

»Nein.«

»Ich glaube dir kein Wort!«

»Vielleicht ein bisschen.«

»Bist du irre? Was soll das? Sie ist meine beste Freundin!«

»Das weiß ich.« Er sah aus wie ein Hund, der etwas Verbotenes getan hatte. »Sie ist süß, das ist alles. Außerdem geht es ihr nicht gut. Ich dachte, das muntert sie auf.«

»Gerade weil es ihr nicht gut geht, ist sie empfänglich für deinen oberflächlichen Charme. Sie denkt, dass ihr Mann fremdgeht, und will sich vermutlich beweisen, dass sie noch sexy genug ist, um sich einen anderen zu angeln. Was weiß ich.« Ich fuchtelte mit meinen Armen in der Luft herum. »Die ganze Sache nervt mich allmählich. Und du lässt gefälligst die Finger von ihr, verstanden?«

»Meine Finger waren niemals auf ihr«, protestierte Brad. »Ich bin mit Stacy zusammen.«

»Das hat dich noch nie daran gehindert, andere Frauen anzubaggern.«

»Ich habe sie nicht angebaggert! Ich meine, deine Freundin fährt hier im Bus mit, und du hast nie Zeit für sie. Ich wollte nur nett sein.«

»Ist ja gut!« Ich ließ sein T-Shirt los. »Halt dich einfach zurück.«

»Mach ich ja, und jetzt geh mir nicht weiter auf den Keks!« Er schüttelte den Kopf und folgte Sean in den Bus.

Der Fahrer verschloss das Gepäckfach, und ich sah Morris an, der sich freundlich von den Fans verabschiedete. Langsam schlenderte er auf mich zu. Einen Meter vor mir blieb er stehen und musterte mich.

»Wo warst du heute?«, fragte er.

»Ich habe mich davongeschlichen. Brauchte mal eine kleine Auszeit.«

»Geht's dir jetzt besser?«

»Bis vor fünf Minuten schon.« Ich grinste schief. »Dann hat der Regisseur meines Tagesplans leider einen kleinen Fehler eingebaut, und ich frage mich gerade, warum das mit den Outtakes bei mir nie funktioniert.«

Er lächelte. »Barbara?«

»Genau die.«

»Sie stiftet ziemliche Unruhe auf dieser Tour. Ist ihr eigentlich noch gar nicht aufgefallen, dass du jede Nacht auf dem Sofa schläfst?«

»Vermutlich denkt sie, ich schlafe …« Mein Mund klappte zu, und wir starrten beide verlegen zu Boden.

Der Roadmanager rannte über die Straße und blieb zwischen uns stehen. »Tut mir leid«, keuchte er. »Ich musste erst schauen, ob im anderen Bus alle an Bord sind. Aber jetzt kann's losgehen!«

»Alles klar.« Ich stieg hinter ihm ein und spürte Morris in meinem Rücken. Im unteren Bereich des Busses spielte Musik von Hammerfall, einer schwedischen Metal-Band, die bei unserem Konzert als Ehrengäste dabei gewesen waren und auch auf der anschließenden Party ordentlich gefeiert hatten.

»Wollen wir noch eine Weile hier unten bleiben?«, wollte Morris wissen, und ich nickte. Wir waren die Einzigen. Alle anderen hatten wohl beschlossen, den versäumten Schlaf nachzuholen.

Morris holte uns zwei Bier aus dem Kühlschrank, und wir setzten uns in eine Nische neben der Treppe.

»Wie läuft es mit deinem neuen Projekt?«, erkundigte ich mich, und wir stießen an.

»Ganz gut. Die Termine sind alle sehr eng gesetzt. In London werde ich die ersten zwei Songs einsingen und mich mit anderen Sängern zu Promotion-Interviews treffen. Das wird ein richtig starkes Glam-Rock-Album mit lauter Songs aus den 80er Jahren, Al. Es wird genial!«

»In den sozialen Medien wird das Album bereits heiß gehandelt. Ich denke, wir sollten auch auf der Band-Seite darauf hinweisen. Die anderen Jungs haben bestimmt nichts dagegen.«

»Nein, ich glaube, das ist okay.« Er zögerte. »Du hast die Merchandise-Ideen für *Burnside Close* vorangetrieben. Ich habe gesehen, dass du für unsere Konzerte in London VIP-Pässe für den Soundcheck verkauft hast. Und du hast einen Gitarrenkurs mit Matt organisiert. Coole Idee.«

Ich wusste, das war seine Art, sich dafür zu entschuldigen, dass er mir vorgeworfen hatte, mich nur um *Infernality Rises* zu kümmern. Freudig nippte ich an meinem Bier.

»Der Kurs war sofort ausgebucht. Die Termine sind ein Warm-up für unsere große USA-Tour im nächsten Jahr. Wenn das an allen Locations so gut angenommen wird, haben wir dadurch einen beachtlichen Zusatzverdienst.«

Er sah mich an und ich wurde unsicher. »Was ist?«

»Ich mag das nicht.«

Fragend hob ich eine Augenbraue.

»Diese Distanz zwischen uns«, erklärte er.

»Die mag ich auch nicht.« Wir stellten die Bierdosen im selben Moment auf dem Tischchen vor uns ab und unsere Finger berührten sich.

»Ich weiß nicht, warum, aber heute musste ich den ganzen Tag an deinen Dad denken. Und an dich. An uns. An alles, was wir haben und momentan ignorieren.« Er zögerte. »Ich habe mich nicht verändert, Al. Dieses Projekt bei DiscDog Records ist ein Job, nichts weiter.«

»Hm.« Ich starrte auf unsere Finger, die sich immer enger umeinanderlegten.

»Du weißt, ich rede nicht viel, wenn ich auf Tour bin«, hörte ich ihn sagen. »Aus irgendeinem Grund verbrennt es meine Stimme, aber ich würde gern für dich singen.«

»Das hast du schon sehr lange nicht mehr getan.« Ich schluckte. Das war das Schönste, was er seit Wochen zu mir gesagt hatte.

»Warte einen Moment.« Er küsste meine Hand, bevor er sie losließ und aufstand, um seine Gitarre zu holen.

Ich ließ ihn nicht aus den Augen, während er die Treppe nach oben stieg und einige Augenblicke später wieder herunterkam. Er reiste nie ohne eine seiner Gitarren im Handgepäck. Meist lag sie bei ihm in der Koje. Eine Tatsache, an die ich mich anfangs erst hatte gewöhnen müssen, doch mittlerweile erschien es mir wie das Selbstverständlichste der Welt.

Morris schaltete die Stereoanlage aus und zwängte sich mitsamt seiner Angelus-Cutaway-Akustik-Gitarre neben mich auf den Sitz.

»Ganz schön eng mit euch zwei Ladies«, grinste er, und ich lehnte den Kopf zurück, um ihn zu betrachten.

Er spielte ein paar Töne, zog die Saiten nach und schloss dabei die Augen. Aus Erfahrung wusste ich, dass er Dinge hörte, die mir für immer verborgen bleiben würden. Seine Finger, die zuvor noch mir gehört hatten, verschmolzen mit dem Instrument. Sein ganzer Körper vereinigte sich förmlich damit, während er die perfekten Harmonien fand, die mir einen Schauer über den Rücken jagten.

Er öffnete die Augen, und wir sahen einander an. »Du weißt, dass ich über die Musik mehr sagen kann, als ich es mit Worten je tun könnte«, flüsterte er, und ich nickte.

»Rede nicht so viel, sondern fang endlich an«, forderte ich ihn auf und sah, wie sich die Lachfältchen um seine Augen vertieften.

Er begann zu spielen, und die Melodie erfüllte den Bus. Sofort erkannte ich *For Love And Loneliness* aus dem aktuellen Album von *Burnside Close.*

»Sehr witzig«, bemerkte ich, weil ich wusste, dass es eine Anspielung auf uns war. Wir kannten beides. Liebe und Einsamkeit. Dass letztere gerade überwog, stimmte mich traurig.

Morris sang ein paar Takte, bevor er den Song langsam in einen anderen übergehen ließ. Er war leise, aber eindringlich und vermischte sich mit dem Motorengeräusch. Die Sonne, die in Schweden um diese Jahreszeit nicht mehr unterging, blinzelte zwischen den Wolken hindurch und leuchtete Morris an wie ein natürlicher Scheinwerfer. Seine Stimme vereinte sich mit der Melodie. Ich erkannte den Song sofort. Es war *Silent Storm.* Erinnerungen überfluteten mich. Dieses Lied hatte mir mein Vater vor vielen Jahren im Auto vorgespielt und mir von seiner neuen Band *Burnside Close* erzählt. Nur kurze Zeit später traf ich die Jungs beim Video-Dreh in einem alten Hafengebäude, und ich lernte Morris kennen. Eine Begegnung, die mich für immer veränderte, die uns veränderte, mein Leben auf den Kopf stellte und es bis heute tat. Innerhalb von nur wenigen Stunden verliebte ich mich und liebte ihn bis zu dieser Sekunde.

Die Melodie verwandelte sich und ging über in *Kill the Ghost.* Ich spürte den Schmerz, den dieser Song in mir auslöste. Er stand für den plötzlichen Tod meines Vaters, all die Tränen, die ich vergossen hatte und mit denen ich ganze Meere hätte füllen können, und die unendliche Leere, die mich lange Zeit begleitet hatte. Aber gleichzeitig stand er für die Hoffnung und all die schönen Stunden, die wir gehabt hatten, als der Song komponiert worden war und ich mich Morris im Studio zum ersten Mal ganz nah gefühlt hatte. Es war, als sei mir in jenem Moment das Band bewusst geworden, das wir unsichtbar geknüpft hatten und das uns zusammenhielt, selbst wenn wir voneinander getrennt waren.

Ein weiteres Mal änderte sich die Leadmelodie und Morris' Stimme besang den Phönix, der sich aus der Asche erhob. *Rise of the Phoenix,* eines meiner Lieblingslieder. Es kennzeichnete den Anfang von etwas, das ich zwar gespürt, aber vor dem ich Angst gehabt hatte. Angst davor, meiner inneren Stimme zu folgen, Angst davor, zu lieben und mich auf eine Beziehung zu Morris einzulassen, und Angst davor, mich von meiner Mutter zu lösen, die andere Ideen für mein Leben gehabt hatte als ich selbst. Bereits damals waren Morris und ich ständig aufeinander zugegangen und dann wieder voneinander zurückgewichen, während uns doch eins stets verbunden hatte: die Musik.

»*When you finally open you eyes, you will realize we're one*«, intonierte Morris, und die vermeintliche Disharmonie zwischen Melodie und Text formte sich zu dem gewaltigsten Song, den *Burnside Close* in meinen Augen bisher hervorgebracht hatte. Aber vielleicht lag das auch daran, dass dieses Lied meine persönliche Tonspur war, die mich in mein neues Leben katapultiert hatte. In ein Leben mit der Band meines Vaters, all den Höhen und Tiefen des Musiklebens und meiner großen Liebe. Morris. Wir mochten nicht viel reden, doch wir hatten eine andere Ebene, auf der wir kommunizierten. Zum ersten Mal wurde mir das so richtig bewusst. Hier, mitten im Tour-Bus, auf der Autobahn in Richtung Norwegen, wo uns grüne Wälder und das ewige Licht des Mittsommers umgaben, spürte ich endlich wieder jene besondere Verbindung zwischen uns. Sie war wie warmer Honig, der sich süß über mein wundes Herz legte und mir ein Stückchen Hoffnung zurückgab, dass uns kein neues Projekt, kein Solo-Album und keine Ming je entzweien konnten.

»*In the endless midsummer sun …*«, trällerte Morris und sah mich an. Die Melodie hatte sich erneut geändert. Dieses Mal kannte ich sie nicht, denn es ging um das Hier und Jetzt. Morris hatte mich auf eine Reise durch unsere Vergangenheit mitgenommen, doch alles, was zählte, war die Gegenwart. Das, was wir gerade taten, würde bereits morgen wieder Geschichte sein. Ein weiterer Song unserer Beziehung, und es lag allein an uns, ihn zu komponieren.

»… *I hear the silence of my heart*«, fuhr ich unsicher fort. Ich sang nicht besonders gern, empfand meine Stimmlage als piepsig und mied Karaoke-Bars wie der Teufel das Weihwasser. Doch in diesem Augenblick neben Morris kam es mir ganz natürlich vor.

»… *and see the light that calls me home.*«

»*For all the times we are apart …*«

»… *we no longer set out on our own.*«

»*Let's light the spark within …*«

»… *I feel you deep under my skin.*«

»*Just watch the light that calls you home …*«

»… *and don't surrender to the gloam.*«

»*I always know what I have done …*«

»… *under the endless midsummer sun.*«

Unser Lachen wurde immer breiter, während Morris die Akkordfolge änderte und das Lied rockiger untermalte. Seine Stimme wiederholte den Text von gerade eben, und ich ließ ihn nicht aus den Augen.

»Unser erstes gemeinsam komponiertes Lied, Al!« Er drückte mir einen Kuss auf die Wange, und ich fühlte, wie seine Euphorie auf mich übersprang.

Ich liebte es, ihn so zu sehen. Es war, als beobachtete man einen Fisch im Wasser oder einen Vogel in der Luft. Es war diese natürliche Unbekümmertheit, die mich faszinierte. Ein Fisch dachte nicht nach, wie er sich unter Wasser verhielt, ein Vogel nicht daran, wie er seine Flügel zu benutzen hatte. Ebenso wenig machte sich Morris Gedanken über seine Musik. Sie war einfach da und riss einen mit.

Und plötzlich verstand ich. Diese Gabe war nicht nur für mich bestimmt. Sie sollte allen Menschen gehören, die ein Gespür und ein Herz dafür hatten. Aus diesem Grund musste Morris seine Projekte machen. Er gehörte auf die Bühne, in die Welt hinaus und zu seinen Fans. Es war schwer für mich, denn ich vermisste ihn, wenn er nicht bei mir war, aber Momente wie diese gaben mir Kraft und halfen mir, zu verstehen.

Ich musste ihn gehen lassen. Doch ihn gehen zu lassen erforderte Vertrauen. Und Vertrauen war nichts anderes als Mut.

Chapter 12

See my agony and help me rise, I'm ready to leave because I'm sick of your lies

(Infernality Rises, »All Your Lies«)

Am nächsten Morgen erwachte ich wieder einmal vom Klingeln meines Handys.

»Verfluchtes Ding«, murmelte Morris. Ich schlug die Augen auf und genoss den Moment, neben ihm aufzuwachen. Es war lange her. Wir hatten bis zwei Uhr früh an unserem Song gebastelt, bevor wir todmüde in Morris' Koje gefallen waren und uns den Rest der Nacht nicht mehr losgelassen hatten. Obwohl wir viel zu müde gewesen waren, um miteinander zu schlafen, empfand ich gerade dieses innige Festhalten als umso intimer.

Ich gähnte. Der Bus fuhr nicht mehr, und ich vermutete, dass er bereits auf dem Großparkplatz von Oslo stand.

»Geht mal jemand an dieses Scheißtelefon?«, rief Matt.

»Ist ja gut«, beruhigte ich ihn und starrte auf das Display. Es war Ming. Ich rollte mit den Augen.

»Was gibt es denn?«, fragte ich und bemühte mich, nicht allzu genervt zu klingen.

Im Gegensatz zu mir versteckte Ming ihre Gereiztheit erst gar nicht: »Ich habe langsam genug von dir, Al! Du bist zu nachlässig, und ich habe nicht vor, das noch länger zu tolerieren.«

»Was ist los?«

»Rob steht auf dem Dach des Continental!« Ihre Stimme überschlug sich beinahe. »Wir haben Hauptverkehrszeit und jeder kann ihn sehen. Ich schwöre dir, Al, wenn der Typ Unsinn macht und in die Schlagzeilen kommt, dann lasse ich dich feuern.«

»Hast du die Polizei verständigt?«

»Natürlich nicht! Denkst du, ich brauche hier einen Massenauflauf? Wenn die Presse davon Wind bekommt, dann sind wir geliefert! Ein selbstmordgefährdeter Rockstar ist schlecht für's Geschäft, das solltest du wissen. Also komm gefälligst hierher und hol ihn da runter!«

»Ich bin unterwegs.« Eilig schwang ich mich aus der Koje. Morris sah mir hinterher.

»Rob startet einen erneuten Do-it-yourself-Versuch und Ming weigert sich, die Polizei zu rufen«, erklärte ich, und Morris runzelte die Stirn. Ich küsste ihn schnell. »Schlaf weiter, ich bin irgendwann im Laufe des Tages zurück.«

Hastig zog ich mich an. Für eine Dusche hatte ich keine Zeit, und Rob war es vermutlich reichlich egal, wie ich aussah. Ich rannte die Treppen hinunter, weckte den Fahrer, damit er mich hinausließ, und spurtete über den Parkplatz. Minuten später saß ich im Taxi.

Als ich vor dem Continental Hotel in der Innenstadt ausstieg, standen schon die ersten Schaulustigen auf den Gehwegen herum. In der Ferne hörte ich ein Martinshorn. Ich erblickte Rob, der am Rand des geschwungenen Kupferdachs auf und ab balancierte.

»Ist der von allen guten Geistern verlassen?« Ming stürmte auf mich zu und zerrte mich ins Hotelfoyer. »Ich dachte, du hättest das nach dem letzten Vorfall im Griff«, zischte sie und lächelte freundlich, damit keiner der Gäste auf uns aufmerksam wurde. Die Nachricht, dass irgendein Irrer auf dem Dach des Hotels spazieren ging, schien sich jedoch bereits herumgesprochen zu haben. Die ersten strömten mit ihren Smartphones bewaffnet nach draußen.

»Ich habe dir gesagt, dass die Jungs kürzertreten müssen. Das ist zu viel Stress!«, flüsterte ich verärgert.

»Wir haben aber keine Zeit für eine Pause! Was ist, Al? Willst du ganz oben mitspielen oder für immer in der Kreisliga versauern? Dieses Business ist Geld, und Geld verdient man nicht mit Weicheiern. Wir wollten verletzliche Rockstars, keine Versager, die sich von Hausdächern stürzen!«

»Ich habe verstanden!« Wütend funkelte ich sie an. »Das Leben von Rob ist dir gleichgültig, solange er euch Profit einbringt.«

»Ganz richtig.« Ihr hübsches Gesicht verzog sich zu einer Fratze. »Und jetzt mach endlich deine Arbeit, und sieh zu, dass Robs Hirnfürze nicht weiter die Allgemeinheit belästigen!« Sie sah sich unauffällig um. »Der Typ dort ist der Assistent des Concierge. Er wird dich aufs Dach lassen.«

Ich lief los, nicht jedoch, ohne Ming im Vorbeigehen ordentlich anzurempeln. Ich hörte ihr überraschtes Fluchen in meinem Rücken und wandte mich an den freundlich lächelnden Hotelangestellten, den Ming mir gezeigt hatte.

»Folgen Sie mir«, bat er mich und wartete, bis wir im Lift waren.

»Der wird doch nicht wirklich springen?«, erkundigte er sich nervös, kaum dass sich die Türen hinter uns geschlossen hatten.

»Ich hoffe nicht«, beruhigte ich ihn und fügte hinzu: »Haben Sie bereits die Feuerwehr oder die Polizei verständigt?«

»Die Dame neben Ihnen wollte das nicht, aber unsere Rezeptionisten haben sich darum gekümmert. Dazu sind wir als Hotel verpflichtet.«

»Das ist gut.« Ich nickte erleichtert. »Wir wollen doch für den Notfall gerüstet sein, nicht wahr?«

Der junge Mann pflichtete mir eifrig bei. Sein Hals und sein Gesicht waren vor lauter Aufregung gerötet.

»Das ist mein erster Selbstmordfall im Hotel«, erklärte er. »Ich weiß nicht einmal, wie der Typ aufs Dach kam. Mein Chef ist deswegen sehr verärgert.«

»Ich hoffe nicht, dass es ein Selbstmordfall wird«, sagte ich, was dazu führte, dass der Page noch mehr errötete.

Als sich die Türen des Aufzugs öffneten, stieg er rasch aus. »Folgen Sie mir!« Er ging voran bis zu einer verschlossenen Stahltür. Flugs zog er einen Schlüsselbund hervor und sperrte auf.

»Gehen Sie einfach die Treppen nach oben. Die oberste Tür ist nicht abgesperrt.«

»Danke.« Ich stieg die Stufen hinauf.

»Was soll ich tun?«, hörte ich ihn hinter mir.

»Kümmern Sie sich um die Polizei, und treffen Sie die üblichen Sicherheitsvorkehrungen. Und dann warten Sie hier, damit ich wieder rauskann.«

»Oh, natürlich!« Er schloss die Tür, und ich stieg weiter nach oben. Die oberste Tür war verglast, und hinter ihr führte eine Feuerleiter in Richtung Dach. Mir wurde mulmig. Ich hatte nicht unbedingt Höhenangst, aber der Wind wehte an diesem Tag recht stark, und das gefiel mir gar nicht.

»Rob!«, rief ich, kaum dass ich die Hälfte der Feuerleiter erklommen hatte.

Auf der Straße erkannte ich die ersten Einsatzfahrzeuge mit blinkenden Kennleuchten. Polizisten liefen umher und die Anzahl der Schaulustigen war deutlich angestiegen. Die meisten von ihnen hielten ihre Handys in die Höhe und wurden von den Einsatzkräften zurückgedrängt, die dabei waren, eine Absperrung zu errichten. Das würde Ming gar nicht gefallen.

»Rob!«, rief ich erneut und hielt inne, als ich ihn plötzlich entdeckte. Er stand immer noch am Rand des Dachs, riss sich sein Hemd vom Leib und brüllte: »*Infernality Rises forever!*«

Mein Herz raste, und ich konnte gar nicht hinsehen. Ein Schritt in die falsche Richtung und es wäre sein letzter. Das Hotel mochte nicht das höchste von ganz Oslo sein, aber Rob würde tief genug fallen, um sich seinen dummen Schädel zu zerschmettern.

»Rob!«

Dieses Mal bemerkte er mich und formte mit beiden Händen die *Metal Fork.* »Ich hab dir gesagt, ich werde springen«, schrie er mir entgegen, und ich hörte das Knirschen des Kupfers unter seinen Schuhsohlen.

»Du hattest deinen Auftritt«, schrie ich zurück. »Hör jetzt auf damit!«

»Erst wenn du mir versprichst, dass ich meine eigenen Songs veröffentlichen darf.«

Ich stöhnte auf. Mein Blick wanderte zwischen Rob und dem Abgrund hin und her.

»Hier spricht die Polizei!«, unterbrach ein plärrender Lautsprecher unsere Konversation. »Bitte treten Sie vom Dach zurück.«

Rob kicherte und sah nach unten. »Die sind ja lustig«, bemerkte er. »Wenn ich zurücktreten wollte, hätte ich es ja längst getan.« Er balancierte auf einem Bein, und ich schloss automatisch die Augen.

»Lass das, bitte!«, flehte ich. Als ich sie wieder öffnete, stellte ich mit Erleichterung fest, dass Rob noch immer an Ort und Stelle stand.

»Ein bisschen Show muss sein.« Rob warf sein Hemd vom Dach. Die Menschenmenge kreischte auf. Der Wind verwirbelte es und trieb es langsam in Richtung Straße. Einige der Anwesenden rannten los, um es sich zu holen und zwei Polizisten folgten ihnen.

»Meine Fans sind da unten, siehst du?« Rob winkte hocherfreut.

»Ja, ich sehe es.« Ich bemühte mich um Ruhe, doch es wollte mir nicht gelingen.

»Ich will meine eigenen Songs machen«, brüllte Rob und seine Fans antworteten mit lautem Kreischen. *»See my agony and help me rise, I'm ready to leave because I'm sick of your lies«,* plärrte er in völlig falscher Tonfolge. Das Jubeln hielt an. »Sie wollen es auch, siehst du?« Er knöpfte seine Hose auf.

»Nicht doch!«, murmelte ich, aber Rob war nicht mehr zu bremsen. Unter dem anhaltenden Gejohle befreite er sich von seinen Boots. Einer nach dem anderen flog vom Dach. Ich hörte die Anfeuerungsrufe der Fans. Rob schwang einen Arm über seinen Kopf wie bei einem Rodeo, während er sich mit wiegenden Hüften aus seiner Hose pellte.

»Bitte lass ihn Unterwäsche tragen«, flehte ich und war erleichtert zu sehen, dass er Shorts anhatte. *God loves Cowboys,* war in Großbuchstaben darauf zu lesen.

Rob balancierte auf einem Bein und zog sich die Hose aus. Anschließend wirbelte er sie wie ein Lasso umher, bevor sie ebenfalls in die Tiefe stürzte. Seine Daumen verschwanden im Bund seiner Shorts.

»Nein!«, rief ich entschieden. »Du ziehst auf keinen Fall blank!«

Rob lachte, und ich hörte, wie hinter mir jemand das Dach betrat. Erschrocken drehte ich den Kopf. Zwei komplett in Schwarz gekleidete Polizisten öffneten die Tür und bedeuteten mir, zu ihnen zu kommen.

»Zivilisten haben hier am Tatort nichts verloren«, flüsterte der eine in gereiztem Tonfall. »Wer hat Sie hier raufgelassen?«

»Ich bin die Managerin«, erklärte ich schnell. »Lassen Sie mich weiter mit ihm reden.«

»Tut mir leid, aber das geht nicht.«

Nun erblickte Rob die Polizisten ebenfalls. Das Lachen fiel ihm aus dem Gesicht. »Wenn Sie Al fortbringen, dann springe ich«, drohte er. Nur mit Shorts und Socken bekleidet, sah er reichlich dämlich aus, doch die Beamten schienen ihm zu glauben.

Augenblicklich blieben sie stehen und nickten mir zu.

»Okay, Rob.« Ich hob die Hände. »Das Spiel ist vorbei. Komm jetzt sofort von diesem Dach runter!«

Er zögerte. »Darf ich dann meine eigenen Songs auf das zweite Album bringen?«

Ich wechselte einen Blick mit den Polizisten, deren Nicken heftiger wurde. »In Ordnung«, sagte ich.

»Ich darf meine eigenen Songs machen.« Robs Lächeln kehrte zurück. Ein letztes Mal breitete er die Arme aus und genoss den Aufschrei seiner Fans, bevor er sich langsam zu mir vorarbeitete.

Augenblicklich waren die Polizisten an meiner Seite und ergriffen Rob, kaum dass er nahe genug heran war. Ein Polizist gab über Funk die Entwarnung an seine Kollegen am Boden durch, der andere führte Rob vorsichtig ab.

»Geht es Ihnen gut?«, erkundigte er sich bei mir.

»Alles in Ordnung.« Ich ließ mir dankbar von der Leiter helfen, denn meine Knie waren zittrig.

Wir stiegen die Treppen hinab, und als wir den sicheren Hotelflur erreichten, atmete ich tief durch. Mein Herz sprang dermaßen in meinem Brustkorb herum, dass ich dachte, es zertrümmerte mir die Rippen. Weitere Einsatzkräfte fanden sich im Flur ein und legten Rob und mir Rettungsdecken um die Schultern. Hotelgäste starrten uns neugierig an, bevor sie streng aufgefordert wurden, weiterzugehen. Der Lift öffnete sich und ein Schwung winkender und fotografierender Fans schwappte heraus. Auch Ming eilte herbei. Mit völlig versteinertem Gesicht bemühte sie sich, uns vor den Blicken aller Anwesenden abzuschirmen.

In diesem Moment beugte sich Rob vertraulich zu mir herüber. »Wie war ich?«, wisperte er.

»Ein wenig zu realistisch«, erwiderte ich möglichst leise, damit es keiner mitbekam. »Wir können froh sein, wenn uns das nicht in ernsthafte Schwierigkeiten bringt.«

Er wirkte zufrieden. »Meinst du, es funktioniert?«

»Warten wir's ab.« Ich spürte Mings bohrenden Blick auf mir und wusste, dass das letzte Wort in dieser Angelegenheit noch nicht gesprochen war.

Eine Stunde später saßen wir in Robs Hotelzimmer. Ming hatte gerade die Polizei und den Notarzt verabschiedet und dafür gesorgt, dass die restlichen Bandmitglieder in ihren Zimmern auf weitere Anweisungen warteten. Nun lief sie wie ein Drill Sergeant vor Rob und mir auf und ab und brachte die roten Sohlen ihrer Louboutins zum Glühen.

»Ich verlange eine Erklärung!« Breitbeinig blieb sie stehen. Unter ihrem Bleistiftrock zeichneten sich die Muskeln ihrer Oberschenkel ab, und ich befürchtete, dass sie durchaus in der Lage war, uns mit ein paar Kung-Fu-Tritten und ihren Stiletto-Absätzen ins Jenseits zu befördern.

Rob und ich wechselten einen Blick.

»Ich bin ausgerastet. Tut mir leid«, erklärte er schulterzuckend. Mittlerweile war er wieder vollständig bekleidet.

»Ausgerastet?« Ming hob eine Augenbraue. »Du bist nicht einfach ausgerastet, sondern mit dieser Aktion bist du weit über das Ziel hinausgeschossen.« Sie hämmerte mit dem Finger auf ihrem Smartphone herum. »Hier!« Empört hielt sie es uns unter die Nase. »Die ersten Videos sind bereits online! Seht euch nur die Überschriften an: ›Infernality-Rises-Star Rob dreht durch!‹, ›Der Gott des Keyboards schon jetzt am Abgrund‹, ›Aufregung in Oslo: Infernalitys Rob will fliegen lernen‹ und ›War Keyboarder Rob im Drogenrausch?‹«

Man sah ein leicht verwackeltes Video. Es zeigte Rob, wie er sich das Hemd vom Leib riss und schrie: »*Infernality Rises forever!*« Es folgten weitere Szenen, in denen seine restlichen Kleidungsstücke vom Dach segelten. Darunter waren die ersten Kommentare zu lesen: ›Spring nicht Rob, wir lieben dich!‹, ›Nächstes Mal lass alles fallen!‹ und ›Du bist der Gott des Rock'n Roll, Mann!‹

»Hey!« Rob grinste. »Das ist ja nett.«

Ming sah aus, als wollte sie ihm die Zunge aus dem Mund reißen. »Das ist Scheiße!«, entfuhr es ihr heftig. »Auf meinem Anrufbeantworter sind bereits Anfragen von lokalen Zeitungen zu dem Vorfall. Wenn das bis in die USA rüberschwappt, werden sich die dortigen Presseleute wie die Aasgeier darauf stürzen! Noch sind das alles kleine Hashtags in der großen Internetwelt, aber wenn das die Massenmedien erreicht, kann das unsere gesamte Kampagne gefährden. Solche Schlagzeilen sind Gift für uns!«

»Dieses verdammte zweite Album ist Gift für mich!«, verteidigte sich Rob.

»Jetzt halt mal die Luft an!« Mings Tonfall wurde immer schärfer. »Ihr wart mit eurem aktuellen Album in drei Kategorien für die diesjährigen Billboard Awards nominiert. Das ist außergewöhnlich für eine Newcomer-Band. Und obwohl ihr nicht gewonnen habt, ist euer Debüt eines der größten in der Rockgeschichte und das trotz weltweit rückläufiger CD-Verkaufszahlen. Wir brauchen dieses zweite Album, um euch noch bekannter zu machen. Aber du bist gerade dabei, das zu versauen, Rob!«

»Al hat mir versprochen, dass ich meine eigenen Songs spielen darf. Sonst wäre ich gar nicht von dem Dach heruntergestiegen!«

»Es ist mir egal, was sie dir versprochen hat. Versprechungen sind nicht Bestandteil unseres Vertrags!«

»Er will sich doch nur ein wenig mehr einbringen«, wagte ich einzuwerfen.

»Einbringen?« Ming warf ihre Arme in die Luft. »Das sah wie ein verdammter Suizid-Versuch aus, Al! Und als solches kursiert es im Internet. #ibelieveicanflyrob, #suicidaldream und #infernalityontheroof sind noch die harmlosesten Hashtags! *Infernality Rises* sollte die Band sein, auf die alle jungen Mädels scharf sind und denen die Jungs nacheifern wollen. Aber Suizid ist nicht sexy, Al! Damit verkaufen wir keine Illusionen.«

»Dann versucht es doch mal mit richtiger Musik.«

Ming blieb für kurze Zeit die Spucke weg, und Rob schlug sich amüsiert auf den Oberschenkel.

»Das ist genau dein Problem, Al«, zischte sie, nachdem sie sich wieder gefangen hatte. »Du bist genauso dämlich wie dein Vater! Der hat sein ganzes Leben daran geglaubt, dass die Menschen gute Musik von selbst erkennen, wenn sie sie hören. Doch das ist nicht so. Die Leute wollen verarscht werden, sie wollen all die Geschichten glauben, die man ihnen den ganzen Tag lang auftischt. Sie lieben den Hype von Dingen und die Welt des World Wide Web, die es ihnen ermöglicht, ihre Meinung kundzutun. Das gibt ihnen ein Gefühl von Macht, ein Gefühl, etwas steuern zu können und gehört zu werden. Aber soll ich dir was sagen, Al? Das ist Bullshit! Seit die Medien existieren, wurde die Menschheit beeinflusst, und heute verdienen Labels wie wir unser Geld damit. Dein Vater hat das leider nie verstanden, und das hat ihn zu einem mittelmäßigen Manager gemacht, der es nicht geschafft hat, das Optimum für seine Bands rauszuholen. Und genau das ist der Punkt, weshalb du eine Band wie *Burnside Close* nicht verdienst, Al! Diese Club-Tour ist lächerlich. Um diese Jahreszeit gibt es hier überall Festivals, und die Jungs könnten ganze Stadien füllen, wenn du es geschickt anstellen würdest. Stattdessen verschwendet Morris sein Talent für solch einen Blödsinn, anstatt sich auf das zu konzentrieren, was wirklich wichtig ist.«

Ich spürte, wie meine Halsschlagader pochte. Mings Worte waren wie ein Bagger, der gerade sämtliche Innereien aus mir herausholte. Es war schmerzhaft, und ich hätte am liebsten geschrien, aber ich presste die Zähne aufeinander.

»*Burnside Close* sind nicht das Thema«, erklärte ich beherrscht. »Und da du offensichtlich so genau weißt, wie der Hase läuft, verrate mir doch, wie dein professioneller Ansatz für die Zukunft von *Infernality Rises* aussieht.«

Ming lächelte herablassend. Offenbar hatte sie eine andere Reaktion von mir erwartet, aber dazu würde ich mich nicht hinreißen lassen. Sie hatte mir den Krieg erklärt, und ich hatte nicht vor, ihr sofort zu beweisen, dass ich eine ebenbürtige Gegnerin war. Tapfer schluckte ich den Kloß in meinem Hals hinunter.

»Ich werde mit der Polizei reden und dafür sorgen, dass nicht zu viel Wind um die Angelegenheit gemacht wird. Nach dem Konzert heute Abend sind wir ohnehin wieder weg, und hier kann Gras über die Sache wachsen. Deine Aufgabe wird sein, eine lokale Zeitung auszuwählen, für die *Infernality Rises* ein Statement abgibt. Darin wird sich Rob bei seinen Bandkollegen und Fans für den Vorfall entschuldigen. Wir werden es auf zu viel Alkohol schieben. Dank all der Stars und Sternchen mit diesem Problem ist das ja inzwischen salonfähig geworden. Das Statement veröffentlichen wir außerdem in sämtlichen sozialen Medien, in denen wir präsent sind. Verstanden?«

»Natürlich.« Ich nickte, und Ming sah mich an, als glaubte sie mir nicht.

»Es war ein Fehler von Simon, dich unter seine Fittiche zu nehmen. Du bist unerfahren, du bist naiv und du hast kein Gespür für das ganz große Business«, trat sie noch einmal hinterher, um mich aus der Reserve zu locken.

»War's das jetzt?«, fragte ich nur, ohne eine Miene zu verziehen.

Ihr Blick heftete sich auf Rob. »Wenn du so etwas noch ein einziges Mal machst, dann werden wir aussteigen und euch wegen Vertragsbruch verklagen.« Sie starrte ihn so lange an, bis er nickte und den Kopf senkte. Anschließend rauschte sie aus dem Zimmer. Mit einem leisen Klick rastete der automatische Schließmechanismus der Tür ein, und für einen Moment herrschte Ruhe.

Dann sprang Rob auf. »Das lief gut, oder?«

Ich rieb mir die Schläfen. »Nein, Rob, das lief nicht wie geplant.«

»Warum nicht?«

»Weil die Leute da draußen nicht verstanden haben, was dein Problem ist. Ich dachte, wir könnten sie darauf aufmerksam machen, doch das hat nicht funktioniert. Stattdessen erleben wir nun Ming auf dem Kriegspfad.«

»Aber das wolltest du doch von mir. Ich habe eine Aktion gestartet, bei der die Fans mich beachtet und gefilmt haben und mich haben leiden sehen. Und ich habe sogar *All Your Lies* gesungen!«

»Nein, du hast gekräht wie ein Rabe. Außerdem habe ich dich nie aufgefordert, so etwas Verrücktes zu tun!« Ich seufzte. »Was die Leute gesehen haben, war ein völlig durchgeknallter Rocksänger auf dem Dach des Continental Hotels, der sich die Klamotten vom Leib gerissen und sie in die Menge geworfen hat. Das war Wahnsinn, nicht Leid. Und das bescheuerte Lied ist niemandem aufgefallen. Ich dachte, die Fans würden verstehen, haben sie aber nicht. Mag sein, dass sie zu sehr von deinem Striptease abgelenkt waren.«

»Hm.« Er kratzte sich am Kinn. »Vielleicht habe ich etwas übertrieben. Aber als du zu mir gesagt hast, zeig allen, was in dir vorgeht, da hielt ich es für eine gute Idee.«

»Ist ja gut.« Ich winkte ab. »Noch ist nicht alles verloren.«

»Die Polizisten«, sagte Rob. »Die können bezeugen, dass du mir versprochen hast, meine eigenen Songs aufzunehmen.«

»Das interessiert niemanden! Verstehst du denn nicht? Die Leute haben keine Ahnung, weshalb du auf dem Dach gestanden hast. Die einen reden von Selbstmord, die anderen von Größenwahn und Drogenmissbrauch. Das ist alles schlecht. Sie hätten von DiscDog Records reden sollen. Davon, was die ihren Musikern antun und wie die an dem ganzen Druck zerbrechen. Aber das hat leider nicht funktioniert.«

»Und was machen wir jetzt?«

Ich lehnte mich zurück und verschränkte die Arme. »Wir geben nicht auf«, sagte ich und hoffte, überzeugend zu klingen.

An diesem Abend kam ich mit reichlich Verspätung beim Konzert im Sentrum Scene Club im Zentrum von Oslo an. Den ganzen Tag hatte ich damit verbracht, die Pressetermine der Bands zu organisieren und sicherzustellen, dass keine Fragen zum Vorfall an diesem Morgen gestellt wurden. Trotzdem wurden die Journalisten nicht müde, genau dieses Thema anzuschneiden. Selbst die Pressevertreterin des Online Magazins *Music Norway* sprach die Sache im Interview mit *Burnside Close* an.

»Langsam macht mich unsere Vorband wütend«, hatte Matt losgepoltert, kaum dass das Gespräch mit der neugierigen Dame beendet gewesen war. »Das muss aufhören, Al! Ich will nicht über Robs Gefühlsleben befragt werden, ich will über unsere Musik reden. Aber das hat heute niemanden interessiert. Es ging um Rob und seinen Striptease auf dem Dach eines Luxushotels. *Infernality Rises* werden zu einem Problem. Denen geht es nicht um die Tour, sondern nur um reine Selbstdarstellung. Ist das Teil des Marketings, Al? Denken die, ihr Album wird sich auf diese Weise besser verkaufen?«

»Genaugenommen …«, fing ich an, doch Matt unterbrach mich: »Und allmählich wird mir das mit Barbara auch zu viel. Wir sind auf Tour und das ist unser verdammter Job. Wir sind kein Ferienbus und auch kein Clubhotel!«

»Ist ja gut!« Ich war über seine schlechte Laune erstaunt. Bisher hatte ich mich noch nie mit Matt gestritten, doch an diesem Tag wirkte er verärgert.

Ich zog ihn zur Seite. »Was ist los? Geht es hier wirklich um *Infernality Rises* und Barbara?«

»Nein.« Er senkte den Kopf. »Versteh mich nicht falsch, Al, aber bis vor einigen Monaten waren wir eine Band mit gemeinsamen Zielen.« Er sah zu Morris hinüber, der sich mit Sean unterhielt. »Inzwischen sind wir jedoch mehr eine Formation als eine Band. Die Pressevertreterin wollte mehr zu Morris' Projekt mit DiscDog Records wissen als zu unserem neuen Album. Es mag kindisch klingen, doch ich sehe das

Glitzern in seinen Augen, wenn er darüber spricht, und das macht mich wütend! Die Jungs und ich haben ihn einst aus seinem ganzen Schlamassel gerettet, wir waren für ihn da, haben ihm eine zweite Chance gegeben. Aber jetzt sieht es so aus, als wäre er dabei, allein berühmt zu werden. Er braucht uns nicht mehr.«

»Unsinn!«, entgegnete ich, obwohl ich manchmal dieselben Befürchtungen hatte. »Er würde euch niemals im Stich lassen.«

»Ich will nicht so werden!« Matt sah mich an. »Ich will kein Label-Zäpfchen sein.«

Ich grinste. »Ein Label-Zäpfchen?«

»Jemand, der mit seinem Kopf im Hintern eines riesigen Labels steckt. So wie *Infernality Rises*. Diese Typen sind medien- und geldgesteuert. Ich will aber selbst entscheiden, was ich tue und das gemeinsam mit meinen Kumpels. Doch irgendwie ...« Er brach ab und blickte den Jungs hinterher, die gerade den Raum verließen. »Ich denke, ich vermisse die guten alten Zeiten. Als wir noch mit deinem Dad unterwegs waren.«

Ich nickte. Selbst Morris hatte letzte Nacht von meinem Dad gesprochen. Doch wenn sich alle so sehr nach den alten Zeiten sehnten, warum entwickelte sich dann jeder in eine andere Richtung?

»Es tut mir leid, Al«, sagte Matt. »Ich weiß, du gibst dein Bestes, damit diese Tour glatt läuft. Ich hätte mir einfach ein wenig mehr Ruhe gewünscht, das ist alles.«

»Hatten wir je Ruhe auf einer Tour?«, witzelte ich, doch Matt war kein Lächeln zu entlocken. Ich gab auf und boxte ihn kameradschaftlich in die Seite. »Ich lasse mir was einfallen«, versprach ich und er nickte niedergeschlagen.

Allmählich wusste ich jedoch nicht mehr, wie ich all die Versprechungen halten sollte, die ich machte. Langsam lief alles aus dem Ruder. Meine Idee, die Fans auf Robs Misere aufmerksam zu machen, damit sie mit ihren herzzerreißenden Tweets Druck auf DiscDog Records ausübten, war dank Robs übertriebener Aktion und seinem fanatischen Freikörperkult gescheitert. Nun konnte ich nur noch die Scherben aufsammeln, die ich hinterlassen hatte. Auch mein Versuch, die Beziehung meiner besten Freundin zu kitten, schien nicht zu funktionieren, denn Riley hatte sich seitdem nicht mehr bei mir gemeldet. Außerdem war Barbara mittlerweile sauer auf mich und strafte mich mit Nichtbeachtung. Selbst mit Brad hatte ich es mir offenbar verscherzt; seit meiner Ansprache ging er mir aus dem Weg. Es war zum Verzweifeln! Es schien, als hätten sich alle trotz meiner guten Absichten gegen mich verschworen.

Mit all diesen Gedanken, die sich manchmal wie ein riesiger Knoten in meinem Kopf anfühlten, den ich nicht entwirren konnte, traf ich um kurz vor zehn im Club ein. Natürlich war Ming die erste, die mir über den Weg lief.

»Ich habe das Label informiert«, erklärte sie mir sofort. »Sollte es noch einen derartigen Vorfall geben, wirst du von dem Job abgezogen.«

»Entscheidet das nicht Simon?«

»Wird Simon nicht von uns bezahlt?«, konterte sie.

»Wie fandest du das Statement?«, versuchte ich abzulenken.

»Es erfüllt seinen Zweck.« Ihr Blick wanderte zur Bühne, wo *Burnside Close* gerade abrockten. *»Ich hatte einfach zu viel getrunken, ich liebe die Musik und das Leben. Es war ein einmaliger Ausrutscher und ich bereue es sehr*«, zitierte sie Robs nicht ganz so reumütige Entschuldigung, die er in Gegenwart seiner Bandkollegen an diesem Nachmittag abgegeben hatte. Die sozialen Medien hatten ihm daraufhin sofort verziehen. Niemand schien ernsthaft glauben zu wollen, dass sich Rob das Leben nehmen wollte. Das war einerseits gut, um die reißerischen Berichte des Morgens abzumildern, andererseits jedoch schlecht, denn mein Plan war ein anderer gewesen.

Ich folgte Mings zufriedenem Blick und sah Morris die Gitarre hochreißen.

»DiscDog Records ist Hauptsponsor einer Wohltätigkeitsveranstaltung in London«, sagte sie beiläufig. »Ein Charity Event für bedürftige Kinder. Es findet am Ende unserer Tour im Juli statt. Dort werden hochrangige Musiker anwesend sein, und Morris wird ebenfalls auftreten.« Ihre Stimme bekam einen zufriedenen Unterton. »Und ich werde ihn begleiten. Was sagst du dazu?«

Ich atmete tief durch, doch die Nachricht war wie ein Stachel, der sich in meinen Hals bohrte und mich am Sprechen hinderte.

»Hm.« Mehr brachte ich nicht hervor.

Meine Verunsicherung schien Ming zu gefallen. »Sieh es ein, Al, du bist nicht in meiner Liga. Das wirst du niemals sein. Ebenso wenig wie

Morris in eine durchschnittliche Rockband passt. Für sein Solo-Album wird es ihm DiscDog Records ermöglichen, mit Ausnahmemusikern zu spielen. Wir stellen ihm eine Band auf seinem Niveau zusammen. Er braucht *Burnside Close* nicht länger.« Sie machte eine bedeutungsvolle Pause. »Ich werde ihn davon überzeugen.«

Ich sah Ming nicht an, sondern behielt Morris im Blick. Es fiel mir schwer, doch ich zwang mich, meine Gefühle von letzter Nacht heraufzubeschwören. Ich musste ihm vertrauen. Ich musste einfach.

Energisch straffte ich meine Schultern, drehte mich zu Ming und starrte ihr ins Gesicht. »Jetzt hör mir mal zu …« Ich schluckte einige bösartige Schimpfwörter hinunter und räusperte mich. »Du magst vielleicht gut sein in dem, was du tust, aber du hast leider gar keine Ahnung von der Stärke wahrer Freundschaft. Das, was die Jungs von *Burnside Close* verbindet, ist mehr, als du mit Geld je aus Musikern herausquetschen kannst. Du magst die Medien steuern, den Fans Lügen verkaufen und Bands mit der Aussicht auf Ruhm um den Finger wickeln, doch du wirst Morris niemals dazu bringen, *Burnside Close* zu verlassen!«

Ming lächelte nachsichtig. »Ich kaufe jeden Tag Menschen, Al. Sei nicht so naiv. Freundschaft ist das Letzte, was zählt, wenn die Millionen locken.«

»Dann kennst du Morris schlecht.«

»Oder vielleicht besser als du?«

Wir fixierten uns, und vor Nervosität rammte ich mir die Fingernägel in die Handflächen. *Burnside Close* ließen die Gitarren singen, und die Fans um uns herum kreischten. Die Lichtblitze auf der Bühne spiegelten sich in Mings Augen wider, und ich zwang mich, ihrem Blick standzuhalten.

»Ich verliere nie, Al.« Ming warf sich ihre langen Haare über die Schulter. »Aber wenn du nur ein bisschen wie dein Vater bist, dann hast du das Loser-Gen ohnehin in dir und ich habe leichtes Spiel.« Sie grinste.

»Eines Tages werde ich dir im Namen meines Vaters in den Hintern treten«, erwiderte ich auf ihr arrogantes Lächeln.

»Ich kann es kaum erwarten.« Sie drehte sich um. »Bis dahin vergiss aber nicht, deinen Job zu machen, denn du weißt ja: Ich halte die Zügel in der Hand.«

Die Gitarren klangen mit einem Mal seltsam schrill in meinen Ohren, und ich sah wieder in Richtung Bühne. Meine Wut verrauchte und machte Ernüchterung Platz. Dad hatte mir beigebracht, was es hieß, ehrliche Musik zu machen. Doch hatten seine Ideale noch Bestand in dieser schnelllebigen Welt? Wollten die Menschen wirklich ehrliche Musik hören oder hatte Ming recht und die Fans gierten nur nach Illusionen?

Die letzten Klänge des Songs verebbten und es wurde dunkel. Stürmischer Applaus brandete über *Burnside Close* herein, und die Fans riefen nach einer Zugabe. Ich wusste, es würde drei weitere Songs geben, nachdem sich die Jungs hinter der Bühne frisch gemacht hatten. Am liebsten wäre ich zu ihnen gerannt und hätte alle umarmt, um mich zu versichern, dass ich richtig lag mit dem, was ich gesagt hatte. Doch in diesem Moment erinnerte ich mich an das Gespräch mit Matt und mein Optimismus fühlte sich an wie ein Ballon, dem die Luft entwich.

War ich gerade mutig gewesen, Ming die Stirn zu bieten, oder einfach nur dumm?

Chapter 13

The memory we once called love is a constant doom within a vitreous glove and all I want is that you carry me on your hands again

(Infernality Rises, »Your Hands«)

Die Musik tobte, und ich war in meinem Element. *Infernality Rises* hatten den Saal im Griff und das vor ausverkaufter Halle. Das heutige Konzert fand im Gasometer in Wien statt, einer äußerst kultigen Location, die sich in einem ehemaligen Gasbehälter aus dem 19. Jahrhundert befand. Das Publikum war hier etwas verhaltener als im Norden. Diese kulturellen Unterschiede erstaunten mich immer wieder. Während die Leute in Stockholm, Oslo und Hamburg völlig ausgeflippt waren, hielten sie sich in Prag und Budapest insgesamt eher zurück. In Wien kam einem die Atmosphäre zu Beginn des Konzerts beinahe distanziert vor. Doch kaum stand die Vorband auf der Bühne, begann die Stimmung zu brodeln.

Die Fans von *Infernality Rises* waren dieses Mal zahlreicher vertreten als jemals zuvor. Mit Plakaten bewaffnet hatten sie bei der Ankunft der Band bereits vor dem Hotel gewartet. Es schien, als hätte Robs Auftritt auf dem Dach die europäische Popularität von *Infernality Rises* enorm gesteigert. Obwohl Ming der Vorfall immer noch sauer aufstieß, hatte sie sich wieder beruhigt und ließ mich weitestgehend in Ruhe. Was aber nicht hieß, dass ich unsere Auseinandersetzung vergessen hätte. Sie schwärte in mir wie ein Fieber. Lange hatte ich darüber nachgedacht, mit Matt, Brad, Sean und Morris über den Streit mit Ming zu reden, doch Simon hatte mir davon abgeraten. Er meinte, ich solle nicht noch mehr Öl ins Feuer gießen, und ich vertraute auf sein Gespür, auch wenn er nicht vor Ort war. Durch unsere täglichen Telefonate hatte er mitbekommen, dass die anfänglich gute Stimmung der Tour langsam zu kippen begann. Matt hatte seine Vorbehalte bereits geäußert, und selbst wenn Brad und Sean nicht so empfänglich für schlechte Schwingungen waren, war ich mir sicher, dass sie sich ebenfalls Gedanken über die Zukunft von *Burnside Close* und Morris machten. Simon hatte deshalb vorgeschlagen, die Tour professionell abzuschließen und anschließend mit allen gemeinsam ein Gespräch zu führen, sobald wir wieder in den USA waren. Er wollte selbst hören, wie es um Morris' Pläne bestellt war.

Es fiel mir schwer, den Mund zu halten, aber aus Erfahrung wusste ich, dass solche Konflikte sich erheblich auf die Auftritte auswirken konnten. Wenn die Band Streit hatte, dann merkte man das an ihrer Performance. Außerdem war der Stress, den die täglichen Gigs verursachten, nicht zu unterschätzen. Es war vernünftiger, miteinander zu reden, wenn die Atmosphäre wieder entspannt war.

Ich bemühte mich, die ganzen Probleme zu verdrängen und riss die Arme hoch, um *Infernality Rises* zuzujubeln. Die Professionalität ihrer Auftritte nahm mit jedem Mal zu und ich war froh, dass sich Rob einigermaßen im Griff hatte. Ich fragte ihn regelmäßig, ob er etwas einnahm, und er verneinte es. Ich traute ihm nicht, aber seit dem Vorfall in Kopenhagen hatte er zumindest kein Hotelzimmer mehr demoliert. Allerdings war mir sehr wohl bewusst, dass Rob ein Pulverfass war. Wenn mir nicht bald eine Idee kam, mit der ich den Druck für das zweite Album von ihm nehmen konnte, dann war eine erneute Explosion nur eine Frage der Zeit.

»Sie performen heute hervorragend.« Barbara tauchte neben mir auf und riss mich aus meinen Gedanken. In den letzten Tagen hatten wir kaum miteinander geredet.

»Finde ich auch.« Ich zögerte und runzelte die Stirn. »Oder vielleicht doch nicht.«

Wir beobachteten das Geschehen auf der Bühne. Dieses Mal hatten wir Pyrotechnik im Einsatz, und obwohl ich den Jungs von *Infernality Rises* beim Soundcheck genau erklärt hatte, wann und wo die Flammen gezündet wurden, sprang Norman gerade wie ein panisches Kaninchen umher. Es sah aus, als würde er durch das Labyrinth eines ausbrechenden Vulkans hasten.

»Hoffentlich fackelt er sich nicht ab«, bemerkte Barbara.

Wir wechselten einen bedeutungsvollen Blick und mussten lachen. Es wirkte befreiend. Die Fans jubelten, als mit den letzten Takten des Songs erneut Feuerfontänen gezündet wurden. Norman rettete sich mit einem Hechtsprung ins Publikum und mir blieb der Mund offen stehen. Ich hatte erwartet, dass die Wiener höflich zurücktreten und der Sänger von *Infernality Rises* ungebremst auf dem Boden landen würde, aber was wir erlebten, war perfektes Stagediving. Norman wurde über zahlreiche Hände hinweggereicht und Rob reagierte sofort. Er spielte die Melodie von *Your Hands*. Obwohl das Lied als Zugabe gedacht gewesen war, verstanden die anderen Jungs, was er wollte, und intonierten den Song gekonnt. Innerhalb kurzer Zeit fanden sie alle zueinander.

»*… all I want is that you carry me on your hands again*«, hallte es durch den Club. Der Text passte zum Moment, und der Funke sprang über. Die verhaltenen Wiener Fans erhoben ihre Stimmen und unterstützten Norman, der auf dem Rücken liegend sang, während er durch den Saal schwebte.

»Wahnsinn!«, schrie ich und johlte. So etwas konnte man nicht einstudieren, das funktionierte nur, wenn man seinen Job beherrschte, ein eingespieltes Team war und die eigene Musik fühlte. »Die kleinen Mistkerle haben dazugelernt«, rief ich Barbara zu. »Ich bin gerade mächtig stolz auf diese Freakshow!«

Sie nickte und sah mich an. »Bist du noch sauer auf mich?«, formte sie die Worte mit den Lippen, da es inzwischen unmöglich war, die Musik zu übertönen.

Ich schüttelte den Kopf und umarmte sie spontan. Barbara war meine beste Freundin, und ich mochte es nicht, mit ihr zu streiten. Sie erwiderte meine Umarmung, bevor sie mir bedeutete, mitzukommen. Wir gingen weiter hinter die Bühne, wo das Wummern der Bässe leiser wurde.

»Ich werde nach Hause fahren«, sagte sie, und ich stutzte.

»Nach Sydney?«

Sie schüttelte den Kopf. »Das traue ich mich noch nicht. Deshalb zuerst nach Hamburg. Ich hätte bleiben sollen, als ihr dort vor drei Tagen das Konzert gegeben habt. Aber ich wollte mich nicht wieder mit meiner Mutter streiten. Außerdem gefällt mir euer Nomadenleben. Es lenkt mich ab.«

»Warum bleibst du dann nicht?« Obwohl ich immer noch nichts von Riley gehört hatte, hoffte ich, dass er nach London kommen würde.

Barbara rieb ihre Handflächen aneinander. »Ich will mich nicht noch lächerlicher machen. Brad interessiert sich nicht für mich. Es war ziemlich dumm, zu glauben, dass er's täte.«

Ich hielt mich zurück, um nicht vor Erleichterung zu jauchzen.

»Er hat eine Freundin, die er sehr liebt«, fügte sie hinzu und sah geknickt aus.

Ich wollte ihr sagen, dass es mir leidtat, doch das tat es nicht. Brad hatte das Richtige getan, und dafür knutschte ich ihn in diesem Moment in Gedanken.

»Du gehörst nicht zu Brad«, erwiderte ich.

»Ich gehöre zu niemandem«, schluchzte sie auf. »Wie soll es denn nur weitergehen? Ohne Riley werde ich eine alleinerziehende Mutter sein.«

»Hör auf damit!«, sagte ich energisch, und sie sah mich erstaunt an.

»Ich kann das nicht mehr ertragen«, brach es aus mir heraus. »Seit du hier bist, lauerst du auf jede Gelegenheit, um zu feiern. Du willst so krampfhaft Spaß haben, dass du völlig übersiehst, dass du dein Glück in Wahrheit schon längst gefunden hast. Kein Brad und kein anderer Typ werden je das für dich sein, was Riley für dich ist. Was immer du dir da einredest, hör auf damit!« Barbara wollte etwas erwidern, doch ich ließ sie erst gar nicht zu Wort kommen: »Mir hast du stets geraten, mich meinen Problemen zu stellen, und nun bist du schlimmer, als ich jemals war!«

»Du verstehst mich einfach nicht«, verteidigte sich Barbara mit weinerlicher Stimme.

»Doch, das tue ich, Süße!«, protestierte ich und bemühte mich um Ruhe. »Du bist meine beste Freundin, und wir sind zusammen um die halbe Welt gereist. Wir haben gemeinsam unseren Liebeskummer bewältigt und unsere Träume verwirklicht. Aber wer hat denn je behauptet, dass es einfach wird? Meine Granny hat einmal zu mir gesagt, Glück müsse man sich holen, und inzwischen verstehe ich, was sie damit meint. Wenn Träume Realität werden, verlieren sie oft ihren Glanz. Sie werden Alltag und man vergisst den Zauber, den sie früher hatten. Man will immer mehr. Ist man Single, will man einen Freund. Hat man einen Freund, will man ihn heiraten. Hat man ihn geheiratet, will man Kinder. Hat man Kinder, will man die Romantik vom Anfang der Beziehung zurück. Das funktioniert nicht. Ich habe zwar keine Kinder, doch ich muss ständig Anforderungen gerecht werden, die mir nicht gefallen, Entscheidungen treffen, die unangenehme Konsequenzen zur Folge haben, und mit Leuten zusammenarbeiten, die lästiger sind als ein Furunkel am Hintern. Aber siehst du mich aufgeben? Nein! Denn weißt du was? Wenn ich aufgebe, dann gewinnen die anderen. Die, die mir prophezeit haben zu scheitern und mir mein Glück nicht gönnen. Und das wird niemals passieren! Denn trotz allem ist das hier der richtige Weg für mich.«

Barbara wischte ihre Tränen fort. »Ich gehe dir also auf die Nerven?«

»Manchmal.« Ich grinste schief. »Aber nur, weil ich sehe, dass du gerade in die falsche Richtung rennst.«

Sie kaute auf ihrer Unterlippe und musterte mich. »Wann bist du eigentlich so stark geworden, Al? Auf unserer Weltreise warst du ein Welpe, und jetzt bist du eine Wölfin.«

Ich umarmte sie erneut. »Seit ich verstanden habe, dass es Dinge im Leben gibt, für die es sich zu kämpfen lohnt. Weglaufen ist einfach, doch es führt einen immer weiter weg von den Menschen und Orten, die einen glücklich machen.«

»Dann bist du der Meinung, ich sollte mit meiner Mutter reden?«

»Nein!« Ich hielt sie ein Stück von mir weg. Am liebsten hätte ich sie geschüttelt. Verstand sie denn wirklich nicht, was ich ihr sagen wollte?

»Aber meine Mutter sollte wissen, wie es um meine Ehe steht.« Barbara schniefte.

»Ich habe mit Riley telefoniert«, unterbrach ich sie und bemerkte, wie sich ihre Augen weiteten.

»Du hast was?«

»Bevor du wütend wirst, lass mich dir eins sagen: Er hat keine andere, und ich glaube ihm.«

»Bist du jetzt auf einmal auch Paartherapeutin? Al, das Wunderkind. Rockmanagerin und Psychologin in einer Person!«

»Spar dir deinen Sarkasmus. Du weißt ganz genau, dass du mit ihm hättest reden müssen, bevor du abgehauen bist. Aber du warst so frustriert mit deiner ganzen Situation, dass du glauben wolltest, er hätte eine andere. Das hat dir die Möglichkeit gegeben, aus deinem Leben auszubrechen. Du weißt, dass ich recht habe. Du wolltest weg.«

»Ja, das wollte ich!«, schrie Barbara auf einmal, und die Techniker hinter der Bühne sahen uns an. »Ich wollte mich endlich wieder wie ein normaler Mensch fühlen. Alles war plötzlich so fremdbestimmt, es gab nur noch die Kinder, und ich habe all die Mütter erlebt, die ihren Alltag so perfekt meisterten, wie ich es niemals hinbekommen werde. Ich war unendlich frustriert, Al. Und ich war so unglaublich eifersüchtig auf dich.«

»Was?«

»Ja, es tut mir leid.« Sie senkte den Kopf. »Ich wollte dein Leben leben. Du warst unterwegs, und es fühlte sich nach Glamour und Abenteuer an. Inzwischen weiß ich, dass das nicht so ist, aber in meinem ganzen Frust war deine Welt rosarot und meine schwarz wie Pech, das mich langsam zu ersticken drohte.«

»Du hättest Riley von deinen Problemen erzählen sollen.«

»Das habe ich! Doch er hat mich nicht verstanden. Er meinte, kleine Kinder zu haben, wäre immer schwierig, und es würde mit der Zeit besser werden, aber das wurde es nicht. Es wurde schlimmer, und ich war wütend auf ihn. Er war tagsüber in der Arbeit und konnte sich ablenken, und ich saß mit einer brüllenden Olivia zu Hause rum. Für alle anderen, denen ich mich anvertraut habe, war ich eine schlechte Mutter.« Sie hielt sich die Hand vor den Mund, bevor sie leise hinzufügte: »Und das bin ich auch, Al. Ich habe meine Kinder alleine gelassen. Dabei fehlen sie mir so unendlich! Es ist, als hätte man mir zwei Organe entnommen, die lebenswichtig sind.«

»Nicht wieder weinen!« Ich legte meine Arme um sie. »Du bist keine schlechte Mutter. Wir sind einfach zwei Chaoten und regeln unser Leben ein wenig anders als andere.«

»Als ich die Nachricht von dieser Frau gefunden habe, fühlte ich nur noch Hass, vor allem auf mich selbst. Ich habe mich im Spiegel angesehen und sah meine zerzausten Haare, meine Augenringe und das mit Brei verkleckerte T-Shirt. Ich verstand, dass Riley mich nicht mehr attraktiv fand. Gleichzeitig war ich so ernüchtert, weil er sich mit einer anderen traf. Die Tatsache, dass er mir nichts davon erzählte, machte mich außerdem rasend eifersüchtig. Ich wollte ihn quälen, ihm zeigen, was es hieß, allein zu sein mit zwei kleinen Kindern. Mir ist einfach eine Sicherung durchgebrannt.« Sie verzog das Gesicht.

»Und dann bist du zu mir geflüchtet. Dem einzigen Menschen, der sich mit durchgebrannten Sicherungen auskennt.«

»Ja, so in etwa.« Barbara schniefte. »Glaubst du Riley?«

»Ja, das tue ich. Er war wütend auf dich und hat nicht verstanden, warum du weggegangen bist. Hätte er dich betrogen, hätte er anders reagiert. Zumindest schätze ich ihn so ein.« Ich ließ sie los und sah ihr ins Gesicht. »Er ist dir damals hinterhergeflogen, um dir zu beweisen, was du ihm bedeutest. Warum sollte er auf einmal alles wegwerfen was ihr habt?«

»Er ist mein Fluch.« Barbara atmete tief durch. »Der Fluch, der mir zwei kleine Wunder geschenkt hat.« Sie lächelte gedankenversunken. »Ich fühle mich gerade miserabel.«

»Das klingt vielleicht merkwürdig, aber ich bin froh, dass du dich so fühlst. Das ist heilsamer als deine Partyexzesse.«

Barbara nickte. »Was soll ich denn jetzt tun? Ihn anrufen? Nach all der Zeit, in der ich ihn nun ignoriert habe, weiß ich gar nicht, was ich sagen soll. Ich war so unglaublich enttäuscht von ihm, und inzwischen bin ich mir sicher, dass er ebenso enttäuscht von mir ist.«

»Dann mach es nicht noch schlimmer, indem du ihn weiterhin ignorierst.«

»Ich bin durcheinander.« Barbara fuhr sich mit den Fingern durch die Haare.

»Das ist er auch.«

»Bist du auf meiner Seite oder auf seiner?«, fragte sie verunsichert.

»Ich mache dir einen Vorschlag. In fünf Tagen sind wir in London. Komm mit und überlege dir bis dahin, was du tun möchtest. Von dort kannst du zurück nach Sydney fliegen. Oder zu deinen Eltern. Und wir beide können noch ein wenig Zeit miteinander verbringen. Ich würde gern wieder die normale Barbara um mich haben, nicht die, die Gehirnkirmes hat.«

Barbara zog eine Grimasse. »Du leidest echt an einer schweren Form der Skurriliose, Al!«

»Und ich habe dich längst angesteckt!« Ich streckte ihr die Zunge heraus, und wir mussten lachen.

Barbara holte tief Luft. »In Ordnung«, sagte sie. »Ich begleite euch bis nach London. Die zusätzlichen Tage werden mir guttun.«

»Das freut mich.« Ich gab mir einen Ruck. »Allerdings hätte ich eine Bitte.«

»Und die wäre?«

»Könntest du auf der Sitzecke schlafen, damit ich wieder in meine Koje kann?«

»Oh.« Sie schien irritiert zu sein. »Ich dachte, du und Morris …«

»Wir sind gerade auf unterschiedlichen Routen unterwegs.«

»Was soll das heißen?«

»Dass ich momentan keine Ahnung habe, wo wir beide am Ende landen werden.«

»Du sprichst in Rätseln, Al.«

Ich berichtete ihr von den letzten Wochen, von Morris' Plänen und meiner Angst davor, was seine Entscheidungen für Auswirkungen haben könnten. Auf uns. Auf *Burnside Close*. Auf meine gesamte Zukunft. »Ich will ihm vertrauen«, gestand ich Barbara. »Doch Ming ist wie ein Eispickel. Ich fürchte, sie bricht ihn, wenn sie nur lange genug zusticht.«

Dieses Mal war es Barbara, die mich umarmte. »Ich war so blind, Al«, flüsterte sie. »Ich habe nur noch meine Probleme gesehen und nicht die deinen.«

Obwohl ich mich dagegen wehrte, spürte ich nun auch aufsteigende Tränen. »Wir sind albern«, murmelte ich. »Gerade eben habe ich dir noch einen Vortrag über das Kämpfen gehalten und dass man nicht aufgeben soll, und jetzt sieh mich an.« Ich zog die Nase hoch.

In diesem Moment hörte ich, wie *Infernality Rises* die Bühne verließen. Euphorisch lachend steuerten sie genau auf uns zu.

»Stutengesabber«, kommentierte Norman die Umarmung von Barbara und mir.

»Wollen wir das vielleicht auf meinem Zimmer fortsetzen?« Chuck züngelte wie eine tollwütige Schlange vor unseren Gesichtern herum.

Ich befreite mich aus Barbaras Armen und hieb ihm mit der flachen Hand gegen die Stirn. »Hau ab, du Tier«, entgegnete ich in Anlehnung an die legendäre Drummer-Figur aus der Muppet-Show. Dann wandte ich mich an alle: »So viel Einfühlungsvermögen für Situationen hätte ich euch gar nicht zugetraut. Die Nummer beim Stagediving war genial. *Your Hands!* Was für ein Auftritt!«

»Ich wusste, du würdest es lieben.« Rob trat zu uns und legte Barbara und mir je einen Arm um die Schulter. »Meine Spontanität ist einfach unwiderstehlich.«

Ich wand mich unter seiner verschwitzten Achsel heraus, doch Rob bekam mich erneut zu fassen. »Riechst du den Erfolg?«, fragte er und drückte mich gegen sein nasses Hemd.

Ich musste trotz meiner Gegenwehr lachen. »Du riechst wie ein Gorilla. Von Erfolg merke ich rein gar nichts!«

Wir alberten herum, und ich bemerkte zu spät, dass wir nicht mehr unter uns waren. Erst als Barbara mich anrempelte, drehte ich den Kopf und entdeckte Ming, die uns mit verschränkten Armen zusah. Hinter ihr standen Morris und die anderen, bereit für ihren Auftritt.

»Hey!« Die Jungs von *Infernality Rises* klatschten *Burnside Close* ab. »Wir haben euch das Publikum wunderbar weich gekocht. Die sollten nun Wachs in euren Händen sein. Let's rock, Brüder!«

Einzig Rob dachte gar nicht daran, mich loszulassen. Er umklammerte mich wie ein Koala seinen Baum, während ich zu entkommen versuchte. Es endete darin, dass ich mit dem Kopf zwischen seinem angewinkelten Ellbogen hängenblieb. Rob spannte die Muskeln an. Der Druck presste mir die Wangen zusammen und drückte meine Lippen hervor, die nun ungewollt einen Fischmund formten.

»Alles gut, Al?« Ich fing Matts forschenden Blick auf und nickte hektisch.

»Mir geht's prima«, nuschelte ich.

Brad und Sean grinsten breit und Morris sah aus, als stünde er kurz davor, Rob eine reinzuhauen.

»Sehr niedlich, Al«, sagte Ming kühl. »Auf diese Art wahrt man als Manager Distanz.« Sie wandte sich an Morris. »Dabei ist Distanz so wichtig, um sinnvolle Entscheidungen treffen zu können, nicht wahr?« Ihr Lächeln wurde hinterhältig. »Aber Al managt auf andere Art und Weise. Ein Kuss hier, ein Kuss da und schon glaubt sie, das zu bekommen, was sie will.« Wie selbstverständlich hakte sie sich bei Morris unter, dessen Blick sich immer mehr verfinsterte. »Wenn man seine Ziele erreichen möchte, dann muss man schon mehr auf dem Kasten haben, Al.«

Ich bemühte mich gar nicht erst, etwas darauf zu erwidern. Kaum waren Ming und die Jungs an mir vorbeigezogen, hielt ich es nicht mehr aus.

»Schlmpe!«, grummelte ich.

Rob lachte leise. »Zum Glück hat das keiner verstanden«, sagte er und entließ mich aus dem Schwitzkasten. »Ming könnte dich dafür feuern lassen.«

»Soll sie es doch versuchen!« Wütend nahm ich die Verfolgung auf, aber Rob hielt mich zurück.

»Nur die Ruhe«, brummte er. »Willst du ein paar Benzos?«

Augenblicklich baute ich mich vor ihm auf. »Sag bloß, du hast noch etwas von dem Zeug?«

»Nein!« Er hob die Hände und setzte ein unschuldiges Gesicht auf. »Und wenn, dann würde ich sie mir für die Probeaufnahmen in London aufheben.« Sein Gesicht wurde schlagartig ernst. »Noch fünf Tage, Al. Kannst du dich erinnern, dass wir vor einigen Monaten darauf getrunken haben, nicht abzustürzen? Das ist der Moment. Wenn dir bis Ende der Woche nichts einfällt, dann mache ich meine Drohung wahr, und wir gehen gemeinsam unter.«

Das glaubte ich ihm aufs Wort. »Ich hatte bereits einen Plan, aber du musstest ja übertreiben«, erwiderte ich genervt. »Solltest du noch einmal dein Leben aufs Spiel setzen, lasse ich dich einweisen.«

Sein Grinsen kehrte zurück. »Dann wissen wir ja jetzt beide, wo wir stehen.« Er küsste erst mich und anschließend Barbara. Es ging so schnell, dass keine von uns reagieren konnte.

»Träumt was Schönes, Ladies«, rief er uns zu, als er in Richtung Umkleide abrauschte.

»Was war das denn?« Barbara sah mich mit großen Augen an.

»Mein ganz alltäglicher Wahnsinn.« Ich schlug mir die Hände vors Gesicht. »Es ist wie ein Albtraum, aus dem ich nicht mehr aufwache.«

»Was meinte Rob damit, dass du dir etwas einfallen lassen sollst?«

»Er will nicht ständig vorgeschrieben bekommen, was er zu singen hat. Er will seine eigenen Lieder machen, aber DiscDog Records hat da gewisse Vorstellungen.«

»Ich finde die Lieder, die sie singen, gar nicht schlecht. Was will er denn anders machen?«

»Er möchte darüber singen, wie er sich fühlt. Auch mal depressiv sein. Spontan und aus dem Gefühl heraus komponieren, alles fließen lassen und …« Ich brach ab und überlegte. »Das ist es!«, rief ich und riss die Arme in die Luft.

»Ich verstehe kein Wort.« Barbara sah mich fragend an.

»Du musst auch nichts verstehen, aber du musst mir helfen. Los, komm!« Ich zerrte sie hinter mir her.

Wir erreichten München in den frühen Morgenstunden, und ich kroch aus meiner Koje. Ich hatte kaum geschlafen, und das lag nicht daran, dass Morris mich nach dem Konzert komplett ignoriert hatte. Die halbe Nacht war ich in den sozialen Medien unterwegs gewesen, hatte Hashtags verfolgt und mir das Hirn zermartert, wie ich Rob aus seinem Schlamassel helfen konnte. Vermutlich war ich völlig verrückt, all diese Energie in eine Band zu stecken, die am Ende des Tages vor allem nach Erfolg gierte, doch es steckte einfach zu viel von meinem Vater in mir. Das konnte ich nicht leugnen. Wir mochten in Mings Augen Verlierer sein, aber wenigstens waren wir Verlierer mit Herz und einem Sinn für das, was Musik ausmachen sollte.

Mir war bewusst, dass das, was ich vorhatte, mich tatsächlich meinen Job und den Ruf in der Branche kosten konnte, und deshalb hatte ich auch kaum geschlafen. In ein paar Stunden würde ich in den Abgrund springen, ohne zu wissen, was mich dort unten erwartete. Von einem Sprungtuch, das mich auffing, bis hin zu spitzen Felsen, an denen ich blutig zerschellte, konnte alles dabei sein. Auf jeden Fall würde Säbelzahntiger Ming auf mich lauern und nur darauf warten, mich zu zerfleischen. Keine der Vorstellungen, die durch meinen Kopf geisterte, war besonders angenehm, doch dieses Mal zögerte ich nicht mit meiner Entscheidung. Ich war bereit.

»Ich gehe jetzt!« Sanft rüttelte ich Barbara an der Schulter, die zusammengerollt wie eine Katze auf der Sitzecke lag.

»Alles klar.« Müde blinzelte sie in das erste Licht des Morgens.

»Wir machen es so wie abgesprochen, okay?«

Sie nickte und gähnte. »Du kannst dich auf mich verlassen.«

»Gut«, flüsterte ich, »dann schlaf weiter.«

Ich schlich mich davon, sprang unter die Dusche, zog mich an und war auch schon auf dem Weg. Die Stadt gehörte mir. Auf München hatte ich mich ganz besonders gefreut, und ich wollte jede Minute genießen. Ich war nicht mehr hier gewesen, seit ich München vor drei Jahren verlassen hatte. Gemächlich schlenderte ich die Straßen entlang. Ich genoss die morgendliche Hektik um mich herum, den blau-weißen Himmel und die blühenden Kastanien. Hier brauchte ich kein Taxi, denn ich kannte mich bestens aus.

Nach einer Weile stieg ich in die U-Bahn und fuhr in die Innenstadt. Dort ließ ich mich treiben, schlenderte über den Viktualienmarkt, vorbei am alten Rathaus in Richtung Frauenkirche. In der Nähe der dortigen Bankfiliale blieb ich stehen, nippte am Pappbecher mit dem Kaffee, den ich mir gekauft hatte, und starrte auf den Eingang. Es dauerte nicht lange, und ich sah ihn. Johannes. Ein Schatten meiner Vergangenheit. Er arbeitete noch immer in der Bank, und er war noch immer pünktlich. Ich lächelte und ging weiter. Mir war nicht daran gelegen, meinem Ex-Freund über den Weg zu laufen. Zwischen uns war zu viel passiert, und es war nicht immer angenehm gewesen. Johannes war ein Mahnmal für das, was ich nicht hatte werden wollen. Trotzdem wollte ich sehen, ob er seinem Weg treu geblieben war. Er war es, und ich spürte ein befreites Gefühl in meinem Inneren. Ich hatte alles richtig gemacht.

Weiter ging es in Richtung Odeonsplatz. Ich rieb dem Bronzelöwen in der Residenzstraße die Schnauze, um Glück für diesen Tag zu erhalten, und setzte meinen Weg im Englischen Garten in Richtung Münchener Freiheit fort. Andächtig blieb ich vor dem Haus stehen, in dem Granny jahrelang gewohnt hatte und wo auch ich für kurze Zeit zu Hause gewesen war. Es war ein merkwürdiges Gefühl, zu wissen, dass sie dort nicht mehr lebte. Es nie wieder tun würde. Genauso wenig wie ich selbst. Früher hatte ich mich hier jedes Jahr mit meinem Vater getroffen, um mit ihm und Granny Silvester zu feiern. Es war eine geliebte Tradition gewesen, die mit Dads Tod erloschen war.

Nachdenklich ging ich weiter zum Nordfriedhof. In meiner Tasche umklammerte ich eines der Plektren, jenes Plättchen, mit denen die Jungs die Stahlseiten ihre E-Gitarren zum Singen brachten. In unserem Bus lagen Tausende von ihnen, alle mit dem Burnside-Close-Logo auf der Vorderseite. Nach jedem Konzert wurden sie ins Publikum geworfen. Aber dieses eine Plektrum war etwas Besonderes, denn auf ihm hatten sie alle unterschrieben. Morris, Matt, Sean und Brad. Ich wollte es Dad aufs Grab legen, doch ich hätte nie gedacht, wie nah mir dieser Spaziergang gehen würde. München war die Stadt, die ich seit meiner Kindheit liebte. Hier war so viel geschehen, dass jeder Platz mit einer Erinnerung verbunden zu sein schien. All meine Zweifel, Ängste, Tränen, aber auch mein Lachen, meine Hoffnung und meine Träume waren in jeder Ecke zu finden.

Ich steckte mir die Stöpsel meines Smartphones in die Ohren und wählte alte Songs von *Burnside Close*. Kaum dass ich die Musik hörte, fühlte ich mich wie in meinem eigenen Film. Es war, als sähe ich mich selbst durch die Straßen laufen, erlebte Rückblicke, die wie ein Video vor meinem inneren Auge abliefen. Ich sah in fremde Gesichter, die plötzlich Bestandteil meines Soundtracks wurden. Unterschiedlichste Emotionen umspülten mich wie klares Wasser. Gesprächsfetzen durchbrachen den Text des Songs.

»Lerne Morris so zu mögen, wie er ist, nicht wie er deiner Meinung nach sein sollte.«

»Du wirst genauso einsam enden wie dein Vater.«

»Wenn du dich erhebst, dann erhebe dich wie ein Engel, und wenn du fällst, dann falle wie der Teufel.«

Erst am Eingang zum Friedhof nahm ich die Ohrstöpsel heraus und blieb stehen. Obwohl ich jeden Tag an Dad dachte, war das der Ort, an dem sein Körper begraben lag. Der Ort, der alles real werden ließ. Vermutlich war es Unsinn, aber es machte mich demütig. Und traurig. Und glücklich. Einfach sehr durcheinander.

Langsam ging ich weiter. Mein Herz klopfte, meine Hände waren feucht, und ich rieb das Plektrum in meiner Tasche, bis ich glaubte, es müsste jeden Moment in Flammen aufgehen. Mein Blick wanderte über frische Gräber, die von Blumen übersäht waren, als auch über alte, um die sich niemand mehr zu kümmern schien. Eichhörnchen liefen umher, und die Blätter der Bäume warfen bewegte Schatten auf den Kiesweg. Ich bog um die letzte Ecke und erstarrte. Menschen standen an Dads Grab. Im ersten Moment wollte ich mich umdrehen und davongehen. Ich wollte Dad für mich haben, mir die Last von der

Seele reden und ungesehen jene Tränen vergießen, die mir seit einigen Minuten im Hals brannten. Doch dann erkannte ich, wer dort stand. Ich blinzelte hektisch, aber es half nichts. Die Rührung brach den Damm und ich schluchzte auf.

Brad sah mich zuerst und tippte die anderen an. Sie drehten sich um und blickten mir entgegen. Matt, Sean, Morris und Barbara. Sie waren alle gekommen, um bei mir zu sein. Bei mir und Dad. Ich bemühte mich gar nicht erst, mich zu beherrschen, und rannte auf sie zu. Mit Schwung warf ich mich in ihre Arme und wusste nicht, wer von ihnen mich auffing. Überall waren Hände, ich hörte Barbara an meinem Ohr weinen und lachte erstickt.

»Du hast gepetzt«, schimpfte ich.

»Das ist meine Rache, weil du Riley angerufen hast.« Sie reichte mir ein Taschentuch.

»Heulst du etwa auch, Sean?« Brad griff in dem ganzen Durcheinander nach seinem Kumpel und schüttelte ihn. »Du Weichei!«

Ich spürte Matt, der sich zu mir hinunterbeugte und flüsterte: »Dein Vater war nicht nur ein wichtiger Bestandteil deines Lebens, Al. Er war mehr als ein Manager für uns. Wir brauchen und vermissen ihn ebenfalls.« Er küsste meine Stirn und schob mich zu Morris.

»Du bist auch da.« Ich lächelte.

»Ich weiß, es ist gerade nicht einfach, aber ich werde immer für dich da sein.« Morris hob mein Kinn und wischte mir sanft die Tränen aus dem Gesicht.

Ich wollte ihm die Situation von gestern erklären, Mings Kommentar und das ganze Durcheinander, in dem ich mich befand, aber er schien es zu ahnen und legte mir den Finger auf die Lippen. Ich nickte. Er war bei mir, und das war im Moment alles, was zählte.

Wortlos wandten wir uns dem Grab zu. Ich fühlte Morris' Arme, die mich von hinten umschlangen, und sah die ernsten Gesichter der anderen.

»Oh, Dad«, sagte ich und hörte das Zittern meiner Stimme. »Es ist so lange her. Ich habe beinahe verlernt, mit dir zu reden.« Ich schluckte und spürte Barbara, die aufmunternd meine Hand drückte. Tapfer holte ich Luft und fuhr fort: »Ich hätte nicht gedacht, dass es so schwer werden würde, an dein Grab zu kommen. Vielleicht hast du das auch gewusst und mir deshalb Verstärkung geschickt.« Ich schenkte den anderen ein zaghaftes Lächeln, und sie erwiderten es.

»Als du mir nach deinem Tod einen Brief hinterlassen hast, wusste ich erst gar nicht, was ich damit anfangen soll. Inzwischen ist dein Brief mein roter Faden, der mich leitet. Du hast mich damals aufgefordert, meine Flügel auszubreiten und meinen Weg zu gehen. Das habe ich getan. Es war nicht einfach, und mehr als einmal wollte ich aufgeben. Du kennst mich, Dad, ich mag es nicht, wenn es kompliziert wird. Aus diesem Grund stellt mich das Schicksal vermutlich auch vor so viele Herausforderungen. Das ganze Leben ist sicher ein Test, und du beobachtest mich dabei und möchtest mich manchmal anschreien. Ich kann dich dann hören. Aber weißt du was? Ich bin nicht allein. Das ist mir gerade eben wieder bewusst geworden. Hier neben mir steht dein wahres Erbe an mich. So wie ich der Wind unter deinen Flügeln war, sind sie der unter meinen. Du hast uns alle irgendwie zusammengebracht. Du hast mir nicht nur deine Band, sondern die besten Freunde der Welt vererbt, und auf meiner Weltreise habe ich zudem noch meine beste Freundin gefunden. Sie alle sind Familie für mich, und auch wenn wir uns manchmal auf die Nerven gehen, uns nicht verstehen, streiten und zanken, weiß ich, dass sie da sind. Egal, wo sie auf der Welt sind, ein Teil von ihnen ist hier bei mir. Genauso wie du immer hier bei mir sein wirst, Dad.«

Aus den Augenwinkeln sah ich, wie Barbara weitere Taschentücher verteilte, und musste grinsen. Durch den Tränenvorhang war alles verschwommen und der Druck von Morris' Armen war inzwischen so stark, dass ich kaum noch atmen konnte.

»Ich werde nachher etwas tun, was ganz sicher nicht im Handbuch für Rockband-Manager steht, doch ich weiß, dass du dir bereits jetzt vor Begeisterung auf die Oberschenkel klopfst. Es ist ein wenig verrückt, Dad, genauso wie du es immer warst, und deshalb ist es mir egal, was es für Konsequenzen hat. Meine durchgeknallte Familie und ich werden das gemeinsam durchstehen.«

Brad schnäuzte sich derart laut, dass er meine letzten Worte übertönte. »Jetzt ist Schluss, Al«, forderte er. »Ich möchte mir heute Abend keine Maske á la Kiss schminken müssen, nur damit meine verheulten Augen nicht auffallen.«

»Er hat recht«, stimmte Sean zu. »Wenn du jetzt nicht still bist, lassen wir dich eigenhändig so ein Handbuch schreiben.«

»Wäre eigentlich ganz praktisch«, bemerkte Matt. »Ein Handbuch für Al. Dann hätten wir endlich für jedes ihrer Probleme eine passende Lösung parat.«

»Das wird niemals geschehen«, murmelte Morris, und ich hieb ihm sanft meinen Ellbogen in die Seite. Er drückte mich noch fester, und ich rang gespielt dramatisch nach Luft.

Wie auf Kommando gingen wir alle in die Hocke. Matt entzündete das Grablicht neu, Barbara drapierte einen mitgebrachten Strauß Blumen in der Mitte und ich legte das Plektrum darunter. Eine Weile hingen wir alle unseren Gedanken nach, bevor wir wieder aufstanden.

»Okay, jetzt leg los, Al«, sagte Matt. »Sorg für einen Skandal.«

Chapter 14

We are breaking rules that are not our own and we're going down for dollars and a crown

(Infernality Rises, »Slaves Of The System«)

Ich hörte Getuschel und schlug die Augen auf. Wo war ich? In meinem Kopf wirbelten Orte und Daten durcheinander, bis ich es schaffte, alles zu ordnen. Wir waren in Mailand, zumindest glaubte ich das.

Der Vorhang meiner Koje wurde zur Seite gerissen, und Barbaras Gesicht erschien über mir. Hinter ihr streckten Brad und Sean die Köpfe hinein.

»Eine halbe Million Aufrufe, Al!« Sie hüpfte vor Begeisterung auf und nieder und das Display ihres Smartphones, das sie mir vor die Nase hielt, berührte beinahe meine Stirn.

»Ich sehe nichts!« Ungeduldig griff ich nach dem Telefon, um mich zu vergewissern, dass sie sich nicht vertan hatte. Die Zahl unter dem Video sprang mich förmlich an: 503.487. Davon über 200.000 erhobene Daumen. Ich jauchzte.

»Hat Ming sich schon gemeldet?« Ich setzte mich so hastig auf, dass ich mit der Stirn gegen die Innenverkleidung der Koje stieß. »Autsch!«

Brad und Sean schüttelten den Kopf. »Dein Handy schweigt.« Sie grinsten verschwörerisch.

»Ich bin kein Fan von Rob, aber im Video wirkt er wie ein richtiger Musiker«, hörte ich Matt im Hintergrund rufen. »Und die Songs sind echt cool.«

Jetzt war ich ebenfalls nicht mehr zu halten und sprang im Sitzen auf meiner Matratze umher. Es war gerade einmal 36 Stunden her, dass wir das Video online gestellt hatten, und es schien, als würde es dank sorgfältig ausgewählter Hashtags bereits seine Kreise in der Internetwelt ziehen. Erste Blogger twitterten unter #therealrobinfernity ihre Meinung zu dem ominösen Song, der nicht veröffentlicht werden sollte. Außerdem brachten sie das Video praktischerweise gleich mit Robs Auftritt auf dem Dach in Verbindung und spekulierten, ob der Keyboarder vielleicht nicht betrunken, sondern einfach nur verzweifelt gewesen war. Das war genau das, was ich hören wollte.

»Dein Handy klingelt!« Barbara hielt sich vor Schreck die Hand vor den Mund und Sean machte einen Hechtsprung zum Tisch.

»Es ist Rob.« Er reichte mir das Telefon, und ich atmete erleichtert aus.

»Hey«, meldete ich mich.

»Sie ist auf dem Weg zu dir«, sagte er ohne Umschweife. »Und sie ist wütend wie ein Schwarm Hornissen.«

»Das war vorherzusehen.« Ich konnte nicht verhindern, dass mein Herz heftig zu klopfen begann. »Danke fürs Bescheidgeben.«

»Gern.«

Ich wollte schon auflegen, doch dann hörte ich Robs Stimme: »Du riskierst viel, Mandel-Maus, ich weiß das zu schätzen.«

»Ist das deine Art, dich zu bedanken?«

»Ich bedanke mich erst, wenn ich mit diesem Song den Grammy gewinne.«

»Verstehe.«

»Lass dir nichts gefallen!«

»Mach ich nicht.« Ich legte auf und sah die anderen an. »Der asiatische Mistkäfer ist auf dem Weg hierher.«

Der ganze Bus geriet in Bewegung. Jeder, der Mings Wut nicht abbekommen wollte, machte sich aus dem Staub. Am Ende blieb nur der harte Kern übrig. Alle die, die mir auch an Dads Grab zur Seite gestanden hatten. Wir setzten uns gemeinsam um den Tisch der Sitzecke und schwiegen. Ich war vorbereitet. Mein Magen nicht. Er grummelte, und ich glaubte, mich gleich übergeben zu müssen.

»Sie ist da!« Barbara lugte hinter der Gardine auf den Parkplatz. »Mann, sieht die geladen aus!«

Schon hörten wir Ming den Busfahrer anschreien, weil er ihr die Tür nicht schnell genug öffnete. Die Absätze ihrer Schuhe klangen übernatürlich laut auf dem Boden, und sie kam die Treppe hinauf. Ihre Haare waren zu einem straffen Pferdeschwanz gebunden, das Gesicht war versteinert, der Lippenstift leuchtete mattrot und ihre Augen waren tiefschwarz umrandet. Sie sah aus wie die personifizierte Rachegöttin. Ohne ein Grußwort baute sie sich vor uns auf.

»Kannst du mir erklären, was das soll?«, fragte sie mit schneidender Stimme und ihr Blick erfasste jeden der Anwesenden, bevor er sich auf mich heftete.

»Das Video?« Ich zuckte die Schultern. »Das ist verdammt blöd gelaufen.«

»Blöd gelaufen?« Sie blähte die Nasenflügel. »Das ist eine einzige Katastrophe! Ich musste mich heute früh bereits vor dem Chef und den Produzenten von DiscDog Records rechtfertigen. Das bedeutet, die Medien in den USA wissen darüber Bescheid! Das ist dein Todesurteil, Al.«

»Was kann ich denn dafür?«, entgegnete ich unschuldig.

»*Infernality Rises* sind dein verdammter Job! Wo warst du vor dem Soundcheck?«

»Ich war am Grab meines Vaters, das habe ich dir gesagt.«

»Wir haben sie begleitet«, bemerkte Brad, bevor Ming ihn durch einen einzigen Blick zum Schweigen brachte.

»Und wo war die Security? Die hätten dafür sorgen sollen, dass keine Fans dabei sind. Herrje, Al, die haben Rob, Norman und die anderen beim Jammen mit den Roadies gefilmt! Und dann auch noch mit einem Song, der nicht mit uns abgesprochen war!« Ming entglitt die beherrschte Mimik. Für eine Sekunde sah man Panik unter der Oberfläche.

»In Paris hast du mir gesagt, ich soll die Fans zuschauen lassen. Das sei die beste PR, die wir kriegen können. Seitdem habe ich das nicht mehr besonders streng gehandhabt.« Ich lehnte mich zurück und beobachtete das krampfhafte Zucken um Mings Mund.

»Da sind Gespräche auf den Videos zu hören«, zischte sie. »Davon, dass DiscDog Records der Band vorschreiben würde, was sie zu singen haben.«

»Ich weiß.« Erneut zog ich die Schultern hoch. »Das ist wirklich übel. Aber es lässt sich jetzt nicht mehr ändern. Nächste Woche passiert etwas anderes, und dann ist die ganze Geschichte vergessen. Das Internet ist schnelllebig.«

»Das beschissene Internet vergisst nie, Al, und das tue ich ebenso wenig. Wenn das ein Trick von dir ist, dann mache ich dich fertig, hörst du?«

»Es ist kein Trick. Ich habe dir gesagt, dass *Infernality Rises* Ruhe brauchen, aber du hast mir nicht zugehört. All die Pressetermine, die Interviews und die Konzerte! Die Jungs stehen erst ganz am Anfang. Die sind dem Druck nicht gewachsen und wissen nicht, wie sie mit all den Erwartungen, die man an sie stellt, umgehen sollen. Doch anstatt sie zu unterstützen, hast du ihnen noch mehr zugemutet. Mehr Termine, mehr Druck, neue Samples, um das zweite Album voranzutreiben. Die Vorfälle mit Rob hätten dir zu denken geben müssen. Du hättest seinen labilen Zustand ernster nehmen müssen, das weißt du. Rob und die anderen haben in diesem Moment einfach nur getan, was sie glücklich macht und ihnen den Stress nimmt. Sie haben gejammt. Ganz spontan mit einigen Roadies während des Bühnenaufbaus. Ja, es lief blöd, dass sie dabei von Fans gefilmt wurden und dass das alles im Internet gelandet ist. Niemand konnte ahnen, dass es über eine halbe Million Menschen interessiert.«

Die Zahl ließ Ming erbleichen. »Wer immer dieses Video eingestellt hat, hat es geschickt verknüpft.« Sie starrte mich hasserfüllt an. »Denkst du, ich bin bescheuert, Al? Irgendwer hat die Aktion bewusst ausgenutzt, um sein Video mit den richtigen Verlinkungen und Hashtags unter die anderen zu mischen.«

»Das sind ziemlich krasse Unterstellungen«, mischte sich Matt ein. »Jeder von uns weiß, dass du die Fans von *Infernality Rises* gezielt als PR-Maschine benutzt hast. Al hat sich von Anfang an geweigert, dass das bei uns ähnlich läuft. Wir geben VIP-Pässe für unsere Soundchecks aus, damit genau solche Dinge nicht passieren. Obwohl man es nicht immer kann, bemühen wir uns, das zu steuern, was die sozialen Medien erreicht. Bei *Infernality Rises* hatte ich dieses Gefühl noch nie. Du hast sie trotz Warnungen ständig der Öffentlichkeit ausgesetzt. Bei so jungen Musikern finde ich das unverantwortlich.«

Ming fixierte nun Matt, doch er hielt ihrem Blick gelassen stand. »DiscDog Records mag es um Gewinne gehen, aber sie haben ihren Künstlern gegenüber eine Verantwortung«, sagte er ruhig. »Ich habe in all der Zeit auf Tour nicht gesehen, dass du den angeblich so verletzlichen Rockern etwas Mitgefühl entgegengebracht hättest. Al dagegen ist Rob sogar bis aufs Dach hinterhergeklettert, während du es nicht einmal für nötig gehalten hast, die Polizei zu rufen.« Er machte eine bedeutungsvolle Pause. »Ich bin bereit, das jedem Journalisten zu erzählen, der mich fragt.«

In Ming gärte es, ich sah es ihr förmlich an. »Geschickt eingefädelt, Al«, spie sie mir entgegen. »Du denkst, die Unterstützung von *Burnside Close* hilft dir weiter, was?« Sie strich über ihre schwarze Glattlederhose. »Ab jetzt wirst du mich kennenlernen.«

»Ich kenne dich, Ming, und deshalb habe ich beschlossen, einfach auf mein Loser-Gen zu hören.«

Sie schnaubte. »Ich hatte recht, du bist wirklich naiv.« Mit einem letzten abfälligen Blick in die Runde rauschte sie davon.

»Nicht schlecht.« Sean pfiff durch die Zähne. »Die hat es auf dich abgesehen, Al.«

»Ich weiß, damit habe ich gerechnet.« Ich lehnte mich erschöpft zurück. »Aber ich habe nicht geglaubt, dass sie so giftig sein würde.«

»Die will jetzt nur noch eins: Rache.« Matt runzelte die Stirn. »Ich hoffe, dein Plan ist so wasserdicht, dass sie damit nicht durchkommt.«

Ich schüttelte unsicher den Kopf. »Keine Ahnung. Barbaras Schwester, die selbst ein großer Fan von *Infernality Rises* ist, hat in einer Gruppe das Gerücht geschürt, dass die Band um kurz vor zwei zum Soundcheck erscheint. Der war aber erst später angesetzt. Der Rest ist Geschichte. Einer der Roadies hat ein Video von der vermeintlich spontanen Jam-Session gedreht, Barbaras Schwester hat es nach meinen Anweisungen hochgeladen und das war's. Ich sitze im Schlamassel, wenn Ming aufdecken kann, dass ich tatsächlich dahinterstecke. Dann ist es offiziell: Ich habe gegen meinen Brötchengeber intrigiert, und das wird nicht gern gesehen.«

»DiscDog Records mögen Loyalität predigen, aber sie halten sich selbst nicht daran«, bemerkte Brad.

»Dem Rest der Branche und den Medien ist das egal, solange sie Hits abliefern.«

»Du kommst mir vor wie eine Ameise, die einem Elefanten ans Bein pinkelt.« Brad sah besorgt aus. »DiscDog Records ist ein riesiger Laden mit einem Milliardenumsatz. Und du bist …« Er zögerte. »… einfach nur Al.«

Trotz der gedämpften Stimmung mussten wir lachen.

»Vielleicht sollten wir den Druck etwas erhöhen.« Alle Augen richteten sich auf Morris, der bis jetzt geschwiegen hatte.

»Was meinst du?« Matt beugte sich vor, und ich sah ein verschmitztes Grinsen über Morris' Gesicht huschen.

»Ich denke, wir sollten heute Abend auch etwas Spontanes auf der Bühne machen.«

Die Stimmung im Mediolanum Forum in Mailand war auf dem Siedepunkt. Wir konnten es uns nicht erklären, aber in Italien hatten *Burnside Close* bei Weitem die größte Fanbase in ganz Europa. Aus diesem Grund war es uns auch nicht schwergefallen, die größere Halle, die Ming anstelle eines Clubs gebucht hatte, zu füllen. Die letzten Karten waren allesamt an der Abendkasse verkauft worden. Ausgelassen feierte das Publikum bereits die Support-Band und das Medienspektakel um *Infernality Rises* tat sein Übriges, um die Fans ausflippen zu lassen. Rufe nach Rob übertönten regelmäßig den Applaus und der Keyboarder sonnte sich in der Aufmerksamkeit, die ihm entgegengebracht wurde.

Wir hatten für den Abend sogar ein Filmteam am Start, um das gesamte Konzert aufzuzeichnen. Nach der Tour wollte ich einen Zusammenschnitt auf DVD und Blue-Ray herausbringen. Auch eine Doppel-LP mit den besten Live-Songs wollten wir in unseren Fan-Shop aufnehmen. Vinyl lag wieder im Trend und ich war sehr gespannt auf die Verkaufszahlen. Unsere letzten Filme und LPs waren weggegangen wie warme Semmeln, und ich dachte über eine Erhöhung der Auflage nach. Allerdings wollte ich sie trotz allem limitiert halten. Das ließ die Artikel zu begehrten Sammlerstücken werden, und auf jedes neue Produkt gab es einen regelrechten Ansturm.

Unruhig lief ich hinter der Bühne auf und ab. Die Aufzeichnung befand sich in vollem Gang, und ich war gleichzeitig neugierig und nervös, denn *Burnside Close* hatten sich etwas ausgedacht. In diesem Moment fragte ich mich, ob wir nicht zu viel riskierten und uns Disc-Dog Records am Ende mit eiserner Faust zerquetschen würde, aber jetzt gab es kein Zurück mehr.

»Sie sind so weit.« Barbara stellte sich neben mich. »Ich bin furchtbar aufgeregt!«

»Und ich erst.« Seit heute Morgen hatte ich kaum etwas gegessen. Inzwischen hatte ich derartige Magenkrämpfe, dass ich den Mund verzog.

»Wo ist Ming?«, flüsterte Barbara.

Ich sah mich um. »Keine Ahnung. Vermutlich kauft sie sich gerade Waffen auf dem Schwarzmarkt. Sie wird alles dransetzen, um uns aus dem Weg zu räumen.«

Barbara bekam große Augen. »Das meinst du nicht ernst, oder?«

»Nein.« Ich winkte ab. »Das war bildlich gesprochen. Doch ehrlich gesagt habe ich ziemlich die Hosen voll.«

»Morris regelt das schon.«

»Und das könnte ihn seine Karriere kosten. DiscDog Records haben Macht. Wenn sie ihn von dem Projekt ausschließen, dann ...« Ich wusste nicht, was dann war. In meiner Fantasie sah ich uns bereits als Straßenmusikanten durch die Gegend ziehen, in zerlumpten Klamotten, barfuß und mit langen Hippie-Haaren. Ich schlug das Tamburin und tanzte völlig entrückt, während Morris für die Menschen in Fußgängerzonen und vor Einkaufszentren sang.

Energisch schüttelte ich den Kopf. »Es wird alles gut«, murmelte ich und verdrängte die beängstigende Szenerie.

»Ja.« Barbara sah mich an, doch ihre Zweifel waren ihr deutlich ins Gesicht geschrieben. »Du kannst jederzeit bei uns in Sydney wohnen«, sagte sie. »Sollte Riley mich je zurücknehmen.«

»Keine Sorge, im Notfall schlagen wir uns einfach als Golfballtaucher oder Bingozahlen-Ansager durch.«

»Wunderbare Vorstellung.« Barbara rümpfte die Nase. »Ich habe gehört, Deo-Tester wären sehr gefragt. Man darf den ganzen Tag unter Achseln schnüffeln.«

Ich stieß sie an. »Hör auf damit, mir ist schon schlecht!«

Wir kicherten, doch dann sahen wir die Jungs von *Burnside Close* den Gang hinunterkommen und wurden schlagartig ernst. Sie sahen konzentriert aus, so wie vor jedem Konzert. Um sie herum wuselten die üblichen Sicherheitsleute sowie die Stagecrew, die sie für ihren Auftritt verkabelte.

»Wollt ihr das wirklich durchziehen?«, fragte ich, als sie vor mir stehenblieben.

Die Jungs wechselten einen Blick miteinander und Morris nickte. »Es gibt die Kunstfreiheit, Al, und wir lassen uns von niemandem vorschreiben, welche Musik wir machen dürfen. *Infernality Rises* sollten das ebenfalls nicht tun.«

»Okay.« Ich umarmte ihn, bevor mich der Techniker wegschob, damit ich seine Kabel nicht durcheinanderbrachte. »Viel Glück!«

Barbara und ich klatschten die Jungs ab, die in Richtung Bühne verschwanden. Noch waren *Infernality Rises* dabei, ihre letzte Zugabe zu geben. Ich hatte Rob und die anderen nicht darüber informiert, was passieren würde. Wir brauchten ihre überraschten Gesichter, und ich wollte nicht, dass das Szenario einstudiert wirkte. Jetzt konnte ich nur hoffen, dass sie mitspielten und dass die Fans genauso begeistert davon waren, wie wir es uns erhofften.

Mit einem infernalischen Trommelsolo von Chuck und explodierender Pyrotechnik beendeten *Infernality Rises* ihre Zugabe. Das Publikum schrie und Rob beugte sich über sein Keyboard, um die Melodie langsam auslaufen zu lassen. Dann riss er die Arme in die Höhe, und das Jubeln der Fans nahm hysterische Ausmaße an.

»*Infernality Rises*«, skandierten sie. Es klang wie eine Beschwörungsformel.

Rob und die anderen traten nach vorn. Noch während sie sich verbeugten und winkten, betraten hinter ihnen *Burnside Close* die Bühne. Kaum erblickte das Publikum seinen Haupt-Act, war es nicht mehr zu bremsen.

»*Burnside Close*!«, mischten sich immer mehr Rufe unter den sich stetig steigernden Jubel. Die Fans in der Arena drängten wie eine plötzliche Flut nach vorn und wurden von den Security-Leuten abgebremst. Hände schossen in die Luft, unzählige Handys erleuchteten den Saal.

Rob war der erste, der sich erstaunt umdrehte. Die beiden Bands begrüßten sich, genossen den frenetischen Applaus. Inzwischen stampften die Fans mit den Füßen. Barbara und ich spürten das gewaltige Wummern, das tausende Schuhe auszurichten vermochten – selbst hinter der Bühne.

»Wahnsinn!« Ich rieb mir die Arme, die von einer Gänsehaut überzogen waren. Der Überraschungseffekt war gelungen. Bisher hatte man die beiden Bands bei keinem der Gigs gemeinsam auftreten sehen.

Das Publikum spürte, dass etwas in der Luft lag, und sie wussten es zu schätzen.

Morris griff nach der Gitarre, die ihm ein Roadie reichte. Noch war nichts bereit für den Auftritt von *Burnside Close*, daher musste improvisiert werden.

»Hallo Mailand!« Er trat ans Mikrofon und hob lächelnd die Hände, als ihm ein Orkan von Stimmen, Pfiffen und Rufen entgegen hallte. »Wir freuen uns, bei euch zu sein.«

Es dauerte eine Weile, bis er wieder zu Wort kam, zu groß war die Euphorie.

»Danke!«, rief er in den anhaltenden Tumult hinein. »Ihr seid ein großartiges Publikum!« Erneut hob er die Hände, dieses Mal, um die Fans um ein wenig Ruhe zu bitten.

»Lasst mich zu Wort kommen!« Er lachte, und ich musste unwillkürlich an die ersten Auftritte von Morris denken, als er noch schüchtern und unerfahren gewesen war. Die einzige Geste, die an damals erinnerte, war die Art, wie er sich die Haare hinter die Ohren strich. Alles andere wirkte locker, beinahe spielerisch. Souverän meisterte er die Situation auf der Bühne, und mein Herz flog ihm zu. Ich liebte ihn für das, was er war, und für das, was er sein würde. Für ihn wollte ich mutig sein, meine Ängste besiegen und Vertrauen haben, denn er war mein Blitz, mein Lieblingssong und die Welt, für die ich atmete. Es waren Momente wie diese, in denen ich plötzlich klarsah und in denen mir bewusst wurde, dass wir niemals eine normale Beziehung führen würden. Wir waren Nomaden, Träumer, Musikbesessene und Liebende. Jede Faser unserer Körper war vollgesogen davon, und wir mussten es akzeptieren. Wenn wir das taten, dann würden wir keine Veränderung mehr fürchten, keine Trennung und keinen Streit. Wir gehörten zusammen. Morris war mein Klangkörper, er verwandelte meine Schwingungen in etwas Einzigartiges.

»Dieser Blick …« Barbara berührte meinen Arm und ich blinzelte mich in die Realität zurück. »Du liebst ihn wahnsinnig, nicht wahr?«

»Hm.« Ich nickte. »Manchmal überkommt es mich und dann bin ich wütend, weil wir es uns so schwer machen.«

»Wer hat gesagt, dass es einfach wird?«, zitierte sie meine Worte an sie selbst.

Ich lachte. »Du hast recht. Einfach wäre ja langweilig.«

»Das lassen wir nicht zu!« Barbara nahm mich in den Arm, und gemeinsam beobachteten wir das Geschehen auf der Bühne. Mittlerweile hatte Morris das Publikum einigermaßen im Griff.

»Wir haben jetzt über die Hälfte unserer Europa-Tour hinter uns«, sagte er. »Und deshalb dachten wir, es sei an der Zeit, unserer unglaublichen Vorband zu danken! Applaus für *Infernality Rises*!«

Erneut brandete Beifall auf. Rob und seine Bandkollegen sahen sich an, und ich grinste. Damit hatten sie offensichtlich nicht gerechnet.

Als sich die Menge wieder ein wenig beruhigt hatte, fuhr Morris fort: »Vor ein paar Monaten hatten wir beim Coachella Festival die Gelegenheit mit Slash und einigen seiner Gunner-Kollegen zu jammen. Das war unser erstes Zusammentreffen mit *Infernality Rises,* und wir haben festgestellt, dass die Jungs Musik im Blut haben. Ebenso wie wir.«

Der Jubel überlagerte seine weiteren Worte, und er winkte beruhigend. »Lasst mich noch kurz etwas sagen.« Es wurde ruhiger, und Morris lächelte dankbar. »Ich weiß, ihr mögt es nicht, wenn wir zu viel labern. Wir Musiker reden über unsere Songs zu euch. Mit ihnen drücken wir das aus, was nicht gesagt werden kann. Das, was man fühlt und worüber man nicht einfach schweigen möchte. Egal, welche Sprache ihr sprecht, wir verstehen uns ohne große Worte, denn Musik verbindet uns alle. Wir lieben es, neue Songs mit euch zu teilen und freuen uns jedes Mal, wenn ihr Teil unserer Entwicklung seid. Auch unsere Vorband ist diesen Schritt der Entwicklung gegangen, und wir finden, dass sie reifer und komplexer geworden ist. Doch leider ist diese Entwicklung manchmal nicht gewollt, und deshalb stehen wir heute hier. Wir wollen, dass ihr hört, wie das wahre Herz von *Infernality Rises* klingt. Holt eure Handys raus, jetzt ist der Moment!«

»O Gott, ich bin tot. Ming wird mich vierteilen«, murmelte ich und umklammerte Barbaras Arm.

Rob und seine Bandkollegen schienen zunächst verwirrt zu sein, doch dann hängte sich Morris seine Gitarre um und spielte die ersten Takte von *Slaves Of The System.* Brad und Matt gesellten sich dazu, und auch Raven und Meatpie ließen ihre Gitarren erklingen. Auf Robs Gesicht breitete sich ein strahlendes Lächeln aus, und er gab auf dem Keyboard die Leadmelodie vor. Chuck fiel an den Drums ein und

Sean machte eine Runde Beatboxing. Die Fans gerieten völlig außer Rand und Band. Ein Roadie reichte Norman ein zweites Mikro, und er stellte sich neben Morris.

»*We are breaking rules that are not our own* …«

»Das ist unglaublich!« Barbara hatte Tränen in den Augen, und ich war ebenso hingerissen. Man spürte die Dynamik, sah das Publikum ekstatisch mitgehen und hörte immer wieder Schreie der Zustimmung. Wir mochten gerade unserem Untergang entgegensingen, aber bei Gott, wir gingen mit Stil unter.

Die Menschen im Saal waren wie eine Woge. Die Arme, die sie in die Höhe rissen, sahen wie Wellen aus, die der Bühne entgegenströmten. Morris' und Normans Stimmen harmonierten perfekt. Der Song war schon vorher gut gewesen, doch in diesem Moment übertraf er jede meiner Erwartungen. Selbst wenn Ming verbieten würde, die Performance zu veröffentlichen, so gab es tausende Fans, die diese Minuten vielleicht sogar live in die Welt hinaustrugen. Rob und seine Jungs waren nicht länger auf marktstudienbasierte Musik reduziert. Man hörte sie auf einmal. Vermutlich würden sie niemals so sein wie *Burnside Close*, doch durch ihre Popularität bei den jungen Leuten hatten sie nun die Möglichkeit, ihre Bekanntheit sinnvoll einzusetzen und zu zeigen, dass sie mehr waren als die Illusion eines Plattenlabels.

»Ich find's so schön, ich kann nicht aufhören zu heulen.« Barbara schniefte und wir sangen gemeinsam den Refrain mit: »*We're going down for dollars and a crown.*«

Nach dem letzten Schlussakkord wurde es im Saal so laut, dass sich selbst die Bühnenarbeiter zu anhaltenden Ovationen und Pfiffen hinreißen ließen. Das Publikum schrie nach einer Zugabe, doch *Burnside Close* und *Infernality Rises* verließen Arm in Arm die Bühne, damit der Umbau beginnen konnte.

Erhitzt und glücklich versammelten sie sich vor uns. Nach unzähligen Begeisterungsstürmen, High Fives und Umarmungen kam ich endlich zu Wort. Zumindest versuchte ich es.

»Ihr habt das so was von gerockt!«, schrie ich völlig aufgedreht und sprang in Brian-Johnson-Manier umher. »Das war das absolut Fantastischste, was ich seit Langem gehört habe.«

Alle wichen zurück, als ich Luftgitarre spielend an ihnen vorbeisauste. »Ihr seid die beiden besten Bands der Welt …« Ich rang nach Luft, weil ich mich bereits völlig verausgabt hatte. »Und ich bin ein verfluchter Glückspilz, weil ich euch managen darf!«

Ich klatschte alle nacheinander ab und riss meine Luftgitarre nach oben, bevor ich auf die Knie sank und in die grinsenden Gesichter blickte.

»Du hast 'nen Knall, Al!« Rob schüttelte den Kopf.

»Ist mir bewusst.« Ich blies mir die verschwitzten Haare aus der Stirn und ergriff seine Hand, mit der er mich zurück auf die Beine zog. Ehe ich mich versah, küsste er mich wieder einmal mitten auf den Mund. Ich holte entsetzt Luft, doch dann ließ mich Rob so abrupt los, dass ich beinahe wieder hingefallen wäre. Ich hörte übertriebenes Klatschen in meinem Rücken und fuhr herum.

»Nicht übel, Al.« Simon kam auf uns zu und mir fielen bei seinem Anblick fast die Augen aus dem Kopf.

Mein spontaner Entschluss, auf ihn zuzustürmen, um ihn zu umarmen, wurde durch seinen ernsten Gesichtsausdruck und Mings plötzliches Auftauchen an seiner Seite gebremst.

»Was tust du hier? Du hast mir nicht gesagt, dass du kommst.« Mein Blick flog zwischen ihm und Ming hin und her.

»Das war auch nicht geplant.« Er gab mir förmlich die Hand und mir rutschte das Herz in die Hose.

Anschließend schüttelte er erst *Burnside Close*, dann *Infernality Rises* die Hände. »Netter Auftritt, Jungs.«

»Simon.« Matt hob eine Augenbraue. »Wir haben dich nicht erwartet.«

»Ihr wisst, ich rede nicht gern um den heißen Brei herum, daher sage ich es ganz direkt: Die Produzenten von DiscDog Records bestanden darauf, dass ich herkomme und nach dem Rechten sehe. Es heißt, es gäbe hier …« Er zögerte und sah mich an. »… Schwierigkeiten.«

Ming huschte ein Lächeln über die Lippen. Es war so schnell wieder vorbei, dass ich dachte, ich hätte es nur geträumt, doch der Ausdruck, der in ihrem Gesicht zurückblieb, war pure Genugtuung.

»Ich habe Simon schon über die Lage informiert«, sagte sie. »Er wird sich in den nächsten Tagen selbst ein Bild machen und die nötigen Konsequenzen ziehen.«

»Ehrlich gesagt verstehe ich die Aufregung nicht …«, begann Matt, aber Simon unterbrach ihn grob: »Ihr werdet in zehn Minuten auf der Bühne stehen! Also macht euch fertig.« Er starrte die Jungs von *Infernality Rises* an. »Und ihr verzieht euch in euer Hotel und bleibt dort, bis ich komme, um mit euch zu reden. Euer Flug nach Marseille geht morgen früh, bis dahin verhaltet euch unauffällig.«

Rob sah mich fragend an, und ich zog unschlüssig die Schultern nach oben.

»Wird's bald!« Simons Stimme wurde lauter und die Jungs trollten sich mit eingezogenen Köpfen in Richtung Umkleidekabine.

Nun richteten sich Simons Augen auf mich. »Wir müssen reden, Al.« Er drehte mir den Rücken zu und ging voraus.

Ming verbarg ihr boshaftes Lächeln nicht länger und winkte mir mit ihrem kleinen Finger zu. »Bye-bye, Al!«, hauchte sie.

Ich blickte ein letztes Mal zurück und sah, wie sie zu *Burnside Close* ging und sich zu ihnen gesellte, während ich Simon folgte. In meinem Kopf hörte ich immer noch die Melodie von gerade eben: … *we are going down for dollars and a crown.*

Chapter 15

Cry no more, stop the blood, hold on the war and escape the flood – end the battlefield of our hearts!

(Burnside Close, »Battlefield Of Our Hearts«)

»Was hat Simon gesagt?« Brad lief unruhig im Bus auf und ab. »Wirst du Probleme bekommen?«

»Du bist so bleich wie ein Laken, Al.« Matt sah mich besorgt an. »Jetzt rück endlich mit der Sprache raus!«

Mir ging es in der Tat schlecht. Mein Magen war ein einziger wunder Knubbel, meine Muskeln schmerzten vor lauter Anspannung, und meine Handflächen waren taub, weil ich sie ständig aneinanderrieb. Barbara saß neben mir und massierte meine Schultern.

»Sag doch was!« Sean ging vor mir in die Hocke und musterte mich.

»Er hat geschwiegen.« Mein Bein wippte nervös auf und ab. »Er hat mich in den Bus gebracht, sein Gepäck hier deponiert, einen Kaffee getrunken und geschwiegen.«

Die anderen wechselten einen Blick miteinander.

»Hat er gesagt, dass er wiederkommt?«

Ich nickte. »Er meinte, er fährt ins Hotel zu *Infernality Rises* und kommt dann zurück.«

»Er fährt hier im Bus mit?« Matt runzelte die Stirn.

Wieder nickte ich.

»Na bravo!« Sean erhob sich und ging nach unten. »Ich dusche als Erster.«

Die Jungs verfielen in ihre üblichen Tätigkeiten nach einem Konzert. Morris setzte sich in eine Ecke und schwieg, einen Schal fest um seinen Hals geschlungen. Brad und Matt riefen zu Hause an, und Barbara versorgte alle mit Getränken.

»Hier!« Sie stellte mir eine Tasse Tee hin.

Ich rümpfte die Nase. »Lavendelblüten und Baldrian? Ich bin doch keine Oma! Seit wann haben wir so ein Zeug im Bus?«

»Ich glaube, das gehört Morris.« Sie grinste, und er erwiderte ihr Lächeln. »Ansonsten hat er noch Salbei-Ingwer im Angebot und tonnenweise Honig.«

»Du trinkst so was?« Erstaunt sah ich ihn an. »Du bist Rocksänger, herrje! Das ist schlecht für dein Image.«

Wir lachten, und es half mir ein wenig, mich zu beruhigen. Seit Simon fort war, hatte ich in meinem Kopf jedes Szenario durchgespielt, das mir einfiel. Keines sagte mir sonderlich zu. Wenn Simon schwieg, dann war er wütend. Sehr wütend. Damit der Grizzly nicht mit ihm durchging, redete er nicht, denn ansonsten war es um seine Beherrschung geschehen. Ich kannte ihn. In dieser Stimmung konnte alles passieren.

»Er wird dir nicht den Kopf abreißen«, sagte Morris.

»Nein, das vielleicht nicht, aber er könnte mich abziehen.« Und dann sehen wir uns wieder nicht, vervollständigte ich den Satz in Gedanken.

Nicht, dass Morris und ich bisher das Optimum aus dieser Tour herausgeholt hätten, doch die Vorstellung, von ihm getrennt zu sein, behagte mir nicht. Wir waren immer noch auf unterschiedlichen Routen unterwegs, und ich wollte verhindern, dass meine womöglich zurück in die USA führte. Das würde uns nicht helfen.

»Du arbeitest für uns«, beruhigte er mich. »Und wir brauchen dich hier.«

Brauchte er mich ebenfalls? Ich beobachtete ihn, doch er wirkte abwesend. Ich kannte das bereits, denn er hatte mir diesen Zustand, der ihn nach einem Auftritt überfiel, oft genug erklärt. Das Adrenalin pulsierte durch die Adern, die Ohren pfiffen und man versuchte, in die Realität zurückzufinden. Trotzdem sah man die jubelnde Menschenmenge vor sich, dachte darüber nach, was gut und was schlecht gelaufen war, und fühlte das gesamte Konzert wie einen Rausch in seinem Inneren nachhallen. Man kam sich vor wie Supermann, dem das Kryptonit abhandengekommen war, und gierte nach dem nächsten Gig. Gleichzeitig war man erschöpft und genervt von der Tatsache, eine weitere Nacht im Bus verbringen zu müssen. Panik überfiel einen, wenn die Stimme auf einmal kratzig klang oder ganz wegblieb, denn das gefährdete den nächsten Auftritt. Aus diesem

Grund war Schweigen oberstes Gebot. Vormittage des Wartens folgten der ewig gleichen Routine, bis man spät abends erneut über zwei Stunden alles geben musste, so als sei es der erste Auftritt überhaupt. Das ging jeden Tag so. Mehrere Wochen lang. Eine Tournee war ein denkbar ungünstiger Zeitpunkt, um eine Beziehung zu kitten. Da halfen mir auch all meine neuen Einsichten nicht weiter. Ich seufzte resigniert und nippte an dem Tee.

Matt kam die Treppe hinauf. »Der Fahrer sagt, wir brechen gleich auf. Simon ist noch nicht wieder da. Vielleicht haben wir Glück.«

»Träum weiter.« Sean war ihm mit nassen Haaren gefolgt und deutete mit dem Kinn nach unten. »Gerade ist ein Taxi vorgefahren.«

»O nein!« Ich biss mir auf die Unterlippe. Meine Hände krampften sich um die Tasse.

Wie auf ein unsichtbares Zeichen hin versammelten sich alle um mich, setzten sich zu mir. Wir vernahmen, wie sich die Tür des Busses zischend schloss, dann hörten wir Simon, der sich leise mit dem Roadmanager und den beiden Backlinern unterhielt, die ebenfalls bei uns mitfuhren. Sie saßen unten und spielten Karten. Im Hintergrund lief der Fernseher.

Simon ging nach oben. Am Treppenansatz blieb er stehen und sah uns an. Auch dieses Mal sagte er nichts. Langsam kam er näher, dann setzte er sich. Schweigen.

Matt schob ihm wortlos eine Bierdose über den Tisch zu, und Simon öffnete sie. Er trank mehrere Schlucke, stellte die Dose ab und ließ seinen Blick in die Runde schweifen. Ich rutschte in meinem Stuhl nach unten. Am liebsten hätte ich mich unsichtbar gemacht.

Endlich räusperte sich Simon. »Ihr habt ganz schön Scheiße gebaut«, grollte er, bevor er erneut schwieg.

Wir warfen uns alle betretene Blicke zu. Plötzlich schlug Simon mit der flachen Hand auf den Tisch, und selbst Matt zuckte zusammen. Ich hielt den Atem an. Simon bettete das Gesicht auf seine Arme, seine Schultern begannen zu zucken.

»Alles in Ordnung?« Brad sah verstört aus. »Geht's dir gut, Simon?«

Simon reagierte nicht, und keiner von uns wusste, was wir tun sollten.

»Ist etwas mit deiner Tochter?«, fragte ich vorsichtig.

Simons Schultern zuckten immer mehr. Er hob sein Gesicht, und ich erkannte, dass er nicht weinte. Er lachte. So heftig, wie ich es bei ihm noch nie erlebt hatte. Sein Bauch hüpfte auf und ab, Tränen liefen über seine puterroten Wangen, um in seinem langen Bart zu versickern. Das Gelächter brach aus ihm heraus wie eine Fontäne. Mal kicherte er, mal brüllte er förmlich.

Meine Mundwinkel zogen sich automatisch nach oben. Den anderen erging es ebenso, doch niemand schien dem Frieden zu trauen. Barbara war die Einzige, die sich nicht mehr beherrschen konnte. Obwohl sie sich die Hand vor den Mund presste, sah ich ihr an, dass sie kurz davorstand, einen Lachkrampf zu bekommen. Ihre Nasenflügel flatterten, und ich spürte nun ebenfalls unbeherrschtes Gelächter, das aus mir herauszubrechen drohte.

»Kann mir bitte mal jemand sagen, was hier gerade abgeht?« Sean sah dermaßen verdattert aus, dass ich mich nicht länger zurückhalten konnte.

Ich wieherte los wie ein Pferd, was Barbara neben mir explodieren ließ. Sie kicherte derart schrill, dass Simon kurz innehielt, nur um dann noch lauter in ihr Gegacker einzufallen.

»Seid ihr alle auf Drogen oder was? Woran habt ihr denn geschnüffelt?« Sean schüttelte den Kopf, doch inzwischen grinste er ebenfalls.

Matt, Brad und Morris sahen sich an. Mein Lachen wechselte von Gewieher in das Giggeln einer Hyäne. Völlig hysterisch ließ ich die Nervosität heraus, die mich seit Stunden quälte.

»Ich mach mir gleich in die Hosen«, quietschte Barbara, nur um dann einen erneuten Lachflash zu bekommen, der sie fast daran hinderte zu atmen.

»Eure Köpfe sind so rot aus wie die von Hellboy«, kommentierte Sean völlig verständnislos das Geschehen.

Mittlerweile lachten alle, die Jungs sahen dabei allerdings aus, als wüssten sie nicht, was sie gerade taten und warum dieser Irrsinn um sie herum ausgebrochen war. Der Ausdruck in ihren Gesichtern führte nur dazu, dass ich mich gar nicht mehr beruhigen konnte.

Minutenlang hielt das überreizte Gelächter an, bis wir uns alle langsam beruhigten. Barbara schnappte nach Luft.

»Mein Bauch tut weh.« Sie wischte sich Tränen aus dem Gesicht.

»Was war das?« Matt sah dermaßen entgeistert aus, dass wir erneut losprusteten.

»Okay!« Simon hob die Hände. »Wir sollten langsam aufhören.«

Es dauerte noch weitere Minuten, bis das wirklich funktionierte. Doch dann normalisierte sich unser Zustand, und ich lockerte meine verspannte Gesichtsmuskulatur.

»Reingelegt!« Simon rieb sich zufrieden das Kinn. »Eure Gesichter waren zu komisch. Ihr dachtet tatsächlich, ich würde euch lynchen, nicht wahr?«

Meine Anspannung kehrte zurück. »Dann hast du keinen Ärger bekommen?«, wollte ich wissen.

»O doch!« Er verschränkte die Arme. »DiscDog Records sind alles andere als begeistert von der Unruhe, die ihre Goldesel verursacht haben. Und ihr unterstützt das auch noch!«

Sofort ging Matt in Verteidigungshaltung über. »Wir hatten auf der Tour ebenfalls ständig Unruhe wegen dieser Clowns! Sie sollten unsere Support-Band sein und hatten am Ende mehr Publicity als wir. Und als wäre das nicht schlimm genug, werden wir nun auch noch in die Machenschaften von DiscDog Records hineingezogen. *Burnside Close* stehen für Musik mit einem eigenen Singer-Songwriter-Ansatz, *Infernality Rises* dagegen mutieren langsam zu Rock-Klonen mit vorgefertigter Hitgarantie. Das ist nicht die Vorband, die wir haben wollen! Sie passen nicht in unser Konzept.«

»Hm.« Simon runzelte die Stirn. »Das verstehe ich.«

»Was?«, hakte Matt irritiert nach.

»Ich bin auf eurer Seite.« Simon grinste. »Habt ihr etwa was anderes angenommen?«

»Aber Ming …«, begann ich, und Simon schüttelte den Kopf.

»Ming ist ein Roboter ohne Gefühl und Musikverstand«, erwiderte er. »Sie spielt ihr Spiel. Ich spiele meins.«

»Dann bist du nicht sauer?« Noch immer pumpte mein Herz auf Hochtouren Stresshormone durch meinen Körper.

»Nein!« Er sah mich erstaunt an. »Warum sollte ich?«

»Du bist der Manager.«

»Und ich habe den Großteil dieses Postens an dich abgetreten, weil ich dir vertraue, Al. Und das tue ich noch immer. Das war vielleicht nicht eine deiner vernünftigsten Aktionen, aber sie war verdammt mutig und intelligent. Du schlägst Ming mit ihren eigenen Waffen, und das Label gerät gerade mächtig in Bedrängnis.«

»Das ist gut, oder?« Mein Herz wollte sich nicht beruhigen.

»Wir werden sehen.« Simon legte den Kopf schief. »Die Strategie könnte aufgehen. Alles, was die Produzenten wollen, ist Geld zu verdienen. Das *Wie* ist ihnen dabei im Prinzip egal. Der erste Schritt verlief erfolgreich. Das Debütalbum von *Infernality Rises* ist draußen, die Zielgruppe, die sie ansprechen wollten, liegt der Band zu Füßen. Marktforschung hin oder her, wenn die Fans auch andere Musik akzeptieren, dann wird das Label den Teufel tun und ihre Cashcows dafür bestrafen. Ganz im Gegenteil. Sie werden die Presse für ihre Zwecke ausnutzen und sich reumütig dem Wunsch der Fans beugen. Etwas Besseres kann ihnen für ihr Image gar nicht passieren. Statt als gierige Ausbeuter könnten sie so als verständnisvolle Musikproduzenten dastehen. Allerdings werden im Hintergrund Köpfe rollen. Ungeplante Aktionen wie diese sieht man nicht gern in der Chefetage.«

»Wessen Köpfe werden rollen?«, fragte ich ängstlich. Hatte ich etwa unbeabsichtigt Simons Existenz gefährdet?

»Ich weiß es noch nicht.« Dieser schnalzte mit der Zunge. »Man hat mich hierhergeschickt, damit ich den Zickenkrieg beende. Offensichtlich ist den Bossen bewusst, dass Ming und du nicht gerade beste Freundinnen seid. Sie wollen nicht, dass solche Details zusätzlichen Medienrummel verursachen.«

»Welche Medien sollten sich denn bitte für mich interessieren?«, witzelte ich, und alle sahen mich erstaunt an.

»Du hast es nicht gelesen, oder?« Simon runzelte die Stirn.

»Was denn?«

»Das AP Magazin hat einen Artikel über dich geschrieben. Er heißt ›Almond Cole, im Schatten der Legende‹. Es geht um deinen Vater, doch vor allem geht es um dich und deine Arbeit. Du bist dabei ziemlich gut weggekommen. Ich denke, Ming hat deshalb gekocht vor Wut. Du magst noch nicht auf der ganz großen Bühne mitspielen, Al, aber dein Name ist den Leuten der Branche schon lange bekannt. AP ist eines der Top-Ten-Musikmagazine. Die setzen regelmäßig Trends und dein Ruf kann sich jetzt sehen lassen, obwohl du so jung bist. Das weiß auch das Label.«

»Wow.« Ich war so damit beschäftigt gewesen, mich um *Infernality Rises* zu kümmern und mich gegen Ming zu wehren, dass mir meine neue Berühmtheit völlig entgangen war.

»Und ich dachte, dein plötzlicher Ruhm sei dir zu Kopf gestiegen, und du legst dich in einem Anfall von Größenwahn mit DiscDog Records an.«

Ich lachte auf. »Nein! Ich habe mir Sorgen um Rob gemacht. Du kennst ihn, oder vielleicht kennt ihn niemand von uns wirklich, aber er bewegt sich auf einem schmalen Grat zwischen Normalität und Wahnsinn. Er ist ein Rockstar wie aus dem Bilderbuch, mit jedem Klischee, das dazugehört. Anfangs konnte ich ihn nicht ausstehen, doch inzwischen weiß ich, dass er trotz seiner Verrücktheit und dem enormen Geltungsbedürfnis auch Musiker ist. Man mag es kaum glauben, aber er kennt Noten und kann sie irgendwie vernünftig aneinanderreihen. Es wäre schade, wenn er verheizt wird, ohne zeigen zu können, was in ihm steckt. Vielleicht vermurkst er es am Ende selbst, wer weiß, doch ich will mir nicht vorwerfen, ihm nicht wenigstens den richtigen Weg geebnet zu haben.«

»Und deshalb bist du gut, Al.« Simon wurde ernst. »Und das hast du nicht bei mir gelernt. Das hast du in dir.«

»Das ist mein Loser-Gen«, erwiderte ich. »So hat Ming es formuliert.«

»Ming wird demnächst Vasen bemalen, wenn wir mit ihr fertig sind«, sagte Brad, und die anderen nickten. »Warum hast du uns nichts von dem Ärger erzählt, den du mit ihr hattest?«

»Weil ihr auf Tour seid und es mein Job als Managerin ist, solche Dinge von euch fernzuhalten.«

»Oh, bitte!« Matt warf eines seiner Schweißarmbänder nach mir. »Tu nicht so professionell, Miss Ich-wurde-vom-AP-Magazin-geadelt. Wir sind ganz nebenbei auch deine Freunde und du hast es noch nie geschafft, so professionell zu sein, deine Probleme aus unserem Leben rauszuhalten.«

»Stimmt.« Ich grinste. »Dann mischt euch ruhig wieder ein.«

»Das tun wir so was von!« Sean hob seine Hand, und wir schlugen alle ein.

»Was soll mit so einer Verstärkung schiefgehen?« Simon zwinkerte mir zu, doch ich wiegte mich nicht in Sicherheit. Die Tour war noch nicht vorüber.

Zwei Tage später trafen wir in London ein. Ich spürte die Belastung der Tour inzwischen körperlich. Jeden Morgen, wenn ich in den Spiegel sah, erschrak ich. Meine Augenringe wirkten nicht länger sexy, und meine Hosen begannen zu rutschen, weil ich immer dünner wurde. Es war Zeit, dass ich mich ein wenig entspannte, und ich war froh, meine Familie wiederzusehen. Fünf Tage Auszeit. Die brauchte ich mehr, als ich mir eingestehen wollte. Auch wenn es genug Arbeit gab, da noch nicht feststand, welche Songs *Infernality Rises* bei den Probeaufnahmen im Studio einspielen würden. Das Gerangel mit DiscDog Records ging seinem Höhepunkt entgegen.

Um meine ganzen Probleme zu vergessen, trafen wir uns gleich am zweiten Abend in einem Restaurant in der Innenstadt. Mom, Neil, Granny, Barbara, Simon und die Jungs von *Burnside Close*. Es ging zu wie beim Treffen einer italienischen Großfamilie, und ich genoss es. Alle quatschten durcheinander und niemand schien es zu stören, dass Granny im Rollstuhl saß und langsamer sprach als sonst. Morris setzte sich neben sie und die beiden steckten ständig ihre Köpfe zusammen, sodass ich allmählich misstrauisch wurde.

»Was gibt es denn da zu flüstern?«, fragte ich nach der Vorspeise und beobachtete sie aufmerksam.

»Er singt für mich!« Granny strahlte über das ganze Gesicht. »*Battlefield Of Our Hearts,* ein wundervoller Song!«

Ich lächelte, und Morris zwinkerte mir zu.

»Es tut so gut, zu flirten, Al«, sagte Granny. »Deine Mutter erlaubt mir nur weibliche Pflegekräfte. Selbst zur Massage kommt eine Frau.«

Mom rollte wie gewohnt mit den Augen und nahm einen großen Schluck von ihrem Wein. »Ich wusste nicht, dass du Männer bevorzugst, Clara.«

Granny richtete sich empört auf. »Wie denkst du, wurde ich Mutter deines Ex-Mannes? Natürlich bevorzuge ich Männer!«

»Ich meinte …« Mom brach ab und gab es kopfschüttelnd auf. Sie sah mich an. »Erzähl, Almond, wie lief eure Europa-Tournee bisher?«

»Höhen und Tiefen!« Ich winkte ab.

Simon schob ihr den Ausschnitt des Artikels aus dem AP Magazin zu. »Deine Tochter ist berühmt, Evelyn!«

Mom runzelte erstaunt die Stirn und beugte sich gemeinsam mit Neil über den Artikel. Ich warf Simon einen Blick zu. Es war mir unangenehm, dass er ihr den Bericht zeigte. Die Meinung eines Musikmagazins änderte gar nichts. Ganz im Gegenteil. Sie war von Leuten verfasst worden, die mich nicht kannten und die sich ein Urteil über mich erlaubten. Diese Tatsache behagte mir nicht. Sätze wie ›Almond Cole trägt einen großen Namen, hinter dem noch größere Erwartungen stehen‹ und ›Wird die junge Almond Cole über den Geist ihres Vaters hinauswachsen und die verstaubten Schiffe des Rockbusiness endlich versenken?‹ erhöhten nur den Druck, den ich nie hatte haben wollen. Ich war ich. Ich tat, was ich liebte, und ich wollte mich nicht verbiegen. Aber plötzlich gab es Menschen, die mich beurteilten, mir Ziele setzten, die nicht die meinen waren. Es machte mir Angst, und ich wusste, dass das vermutlich erst der Anfang war. Das Musikbusiness war voller Aasgeier, die den Erfolg der anderen neidisch beäugten. Bisher hatte ich mir darüber keine Gedanken gemacht, doch allmählich wurde mir bewusst, dass manche Leute vielleicht nur nett zu mir waren, weil sie von mir profitieren wollten. Oder gegen mich intrigierten, um mich zu Fall zu bringen. Ich blickte in die Runde. Die Anwesenheit meiner Familie und Freunde beruhigte mich kurzzeitig.

Dann hob Mom ihren Kopf. »Ich kann es kaum glauben. Du bist berühmt. Ich bin so stolz auf dich!«

»Nein, das bin ich nicht.« Ich rutschte auf meinem Stuhl hin und her. Mom hatte bezüglich meines Jobs lange Zeit Vorbehalte gehabt. Ich wollte, dass sie stolz auf mich war für das, was ich tat; für mein uneingeschränktes Engagement für die Bands, die ich betreute, und meine Leidenschaft für Rockmusik. Nicht für lobende Worte in einem Magazin. Ich fühlte mich immer unbehaglicher.

»Du hast dich wirklich verändert, Almond! Ich hätte nie gedacht, dass ich einmal eine berühmte Tochter haben werde!« Mom sah Simon an. »Darf ich das behalten?«

Simon nickte, und ich schluckte hinunter, was ich sagen wollte. War es so wichtig, was ich nach außen darstellte? Interessierte sie sich gar nicht für mich als Person? Meine plötzliche Gefühlsschwankung brachte mich völlig aus dem Konzept.

»Was möchtest du als Hauptgang?« Barbara stieß mich an, und ich bemerkte, dass mich die Kellnerin lächelnd ansah.

»Ich … keine Ahnung.« Hektisch blätterte ich in der Speisekarte. »Das Huhn«, stotterte ich. »Ich nehme das Huhn.«

»Alles okay?« Barbara runzelte die Stirn.

»Ja.« Ich versuchte zu lächeln, griff nach meinem Wasserglas und leerte es in nur drei Schlucken.

»Al ist viel mehr als Worte auf dem Papier«, sagte Morris in diesem Moment. »Und sie hat sich nicht verändert. Für mich ist sie noch immer das Mädchen, das zwischen Pizzakartons geschlafen hat, als wir bis tief in die Nacht komponiert haben.«

Unsere Blicke verhakten sich, während die anderen um uns herum die Geschichte aufgriffen und über alte Zeiten philosophierten. Ich versank in seinen Augen und spürte Geborgenheit. Es tat gut, jemanden um sich zu haben, der einen kannte und nachvollziehen konnte, wie es war, wenn man von Menschen zu etwas stilisiert wurde, das wie die Karikatur seines eigenen Ichs anmutete. Am liebsten hätte ich ihn berührt, doch wir saßen zu weit auseinander. Die Distanz schien den Graben zu symbolisieren, den wir über die letzten Wochen geschaufelt hatten und den ich nicht länger ertrug. Abrupt stand ich auf.

»Telefon«, murmelte ich und verließ das Restaurant.

Draußen angekommen, schnappte ich nach Luft. Ich wusste nicht, was auf einmal mit mir los war. Panik ergriff mich. Ich fragte mich, ob meine Aktion mit *Infernality Rises* richtig gewesen war und ob ich es verkraften würde, wenn sich die Branche über mich das Maul zerriss. Ich wollte kein Leben auf dem Präsentierteller führen. Ich wollte kein Spielball der Labels werden und die Medien mit guten Geschichten füttern, damit sie etwas Positives über mich und meine Bands schrieben. Alles, was ich getan hatte, hatte ich nur aus einem einzigen Grund getan.

»Für die Musik.« Morris trat aus dem Restaurant und sprach aus, was ich gerade dachte. Er wirkte ein wenig atemlos wie ich selbst. »Dafür würden wir die Welt verbiegen, richtig?«

»Warum versteht meine Mom das nicht?«, fragte ich verzweifelt.

»Sie versteht es. Tief in ihrem Inneren kennt sie dich, und es ist doch ganz normal, dass sie wegen des Artikels stolz auf dich ist. Eltern sind so. Meine geben ständig vor ihren Freunden mit mir an und freuen sich unbändig, wenn die Kinder der anderen Leute nur Arzt, Anwalt oder Investmentbanker geworden sind. Keiner ist so cool wie ein Rockstar.« Er grinste.

»Wenn die wüssten, dass du Baldriantee trinkst, wäre der Mythos dahin«, neckte ich ihn.

»Das weißt nur du.« Er kam näher. »Wie so viel anderes auch.«

»Ist das noch so?«

»Da bin ich mir sicher. Genauso wie ich weiß, was in dir vorgeht, wenn Simon den Artikel herumreicht. Ich kenne dich, Al.« Er blieb vor mir stehen. »Diese ganze Tour war anstrengend. Ich war anstrengend, weil ich nicht rede. Doch nun haben wir fünf Tage Pause und ich habe heute bereits dreimal mit Salzwasser gegurgelt, um meine Stimmbänder zu kurieren.«

»Das ist ekelhaft.« Ich sah zu ihm auf.

»Machen wir gerade Small Talk?«

»Ja.«

»Wir hören jetzt sofort damit auf!«, flüsterte er und umfasste mein Gesicht mit seinen Händen.

Der nachfolgende Kuss fiel heftiger aus als geplant und zeugte von all den verdrängten Gefühlen, die wir viel zu lange mit uns herumgeschleppt hatten. Wie die Teenager knutschten wir vor dem Restaurant herum, bis ein Passant mürrisch anmerkte, wir sollten uns ein Hotelzimmer suchen.

»Das machen wir«, erwiderte Morris heiser, und ich kicherte.

»Ich will keine Minute mehr darüber nachdenken, was aus uns wird«, fuhr er fort, sein Gesicht dicht vor meinem. »Wir kennen uns viel zu gut, als dass wir zulassen sollten, dass uns die Musikbranche auseinanderbringt. Hasse ich es, von dir getrennt zu sein? Ja, verdammt! Macht es mir Angst, berühmt zu werden? Unglaublich! Aber zweifle ich daran, dass wir es schaffen werden? Nein! Denn du bist die Melodie, die mich leitet, und das ist das chaotische, unvorhersehbare und inspirierende Rockleben, das wir gemeinsam führen werden.

Ich wiederhole mich, aber ich kann das nur mit dir. Bist du immer noch dazu bereit?«

»Wenn du es bist.«

Er antwortete nicht, sondern küsste mich so innig, dass mein Blut in sämtliche Nervenenden schoss.

»Vertraust du mir endlich?«

Ich zögerte und Morris griff entschieden nach meiner Hand. »Lass uns gehen!«

»Oh!« Mit einer derartigen Spontanität hatte ich nicht gerechnet. »Ich kann noch nicht weg.«

»Deine Granny weiß Bescheid. Sie wird uns entschuldigen. Ich habe für sie gesungen, und sie hat verstanden.«

»Ach, wirklich?« Verwirrt sah ich durch die Fenster des Restaurants ins Innere, wo die Feier weiterging, als wären wir noch mittendrin. Niemand schien uns zu vermissen.

»Ich habe da aber eine Überraschung …« Ich sah auf meine Armbanduhr.

»Ich hätte auch einige Überraschungen für dich.« Er knabberte an meinem Ohr, und ich unterdrückte ein Stöhnen. »Was ist wichtiger als ich?«

»Ein Mann.« Kaum hatte ich es ausgesprochen, wich er vor mir zurück.

»Rob?«

»Nein.« Ich musste lachen. »Riley.«

»Riley? Ich glaube, ich kann dir nicht ganz folgen.«

»Barbaras Riley. Weißt du, neben dem ganzen Stress mit dem Musikmanagement bin ich seit Neuestem auch Paartherapeutin.«

»Ist das so?« Er rückte wieder näher an mich heran und küsste meinen Hals. »Ich kenne dich wohl doch nicht so gut, wie ich dachte. Wir müssen einiges nachholen.«

Mein Vorsatz hierzubleiben, um Riley in Empfang zu nehmen, schwand zusehends. Ich spürte Morris' Lippen auf den meinen und krallte mich in sein Hemd. Unsere Knutscherei begann von Neuem. Ein vorbeifahrendes Taxi hupte, dann hielt es an.

»Wir werden sicher gleich wegen Erregung öffentlichen Ärgernisses festgenommen«, flüsterte ich.

»Auf die Schlagzeilen freue ich mich schon.« Morris ließ mich nicht los.

»Al?« Ich erkannte Rileys Stimme. »Bist du das?«

Ich drehte meinen Kopf, und Riley hob die Hände. »Störe ich? Das tut mir leid!« Er lief zum Taxi zurück und holte sein Gepäck. Dann beugte er sich auf den Rücksitz und hob ein Kleinkind heraus.

»Ist das Olivia?« Ich ging näher heran. »Du hast sie mitgebracht?«

»Wenn ich mich für meine Frau in Schulden stürze, dann tue ich es richtig«, lachte er und sah mich an. »Wo ist sie?«

Ich deutete zum Restaurant. »Dort drinnen. Sie hat absolut keine Ahnung, dass du kommst.«

Riley grinste verschmitzt. »Ja, sie denkt, ich bin ziemlich sauer wegen der ganzen Sache.«

»Du hast mich auch schmoren lassen«, erwiderte ich vorwurfsvoll. »Ich dachte, du lässt mich hängen.«

»Nun bin ich hier.« Er drückte seine Tochter an sich. »Und ich bin sehr nervös. Können wir es hinter uns bringen, solange Olivia noch ruhig ist? Sie könnte jeden Moment anfangen zu schreien, und dann ist es mit der Romantik vorbei.«

»Hey!« Morris nahm Riley die Reisetasche ab. »Mach dein Ding, Bruder.«

Es sah aus, als hörte er uns bereits nicht mehr. Er fixierte Barbaras blonde Haare durch das Fenster. Sie drehte uns den Rücken zu und redete angeregt mit meiner Mom.

»Ich gehe vor«, sagte ich schnell und betrat vor ihm das Restaurant.

Kaum bog ich um die Ecke zu unserem Tisch, sahen mich alle an.

»Habt ihr einen Quickie auf der Toilette eingelegt?« Brad streckte mir die Zunge heraus. »Ich kenne das nur aus dem Flugzeug. Mile High Club und so. Aber vielleicht gibt es so was ja auch für Restaurants? Klärt mich auf, ich bin ganz Ohr.«

»Was ist der Mile High Club?«, fragte Granny und alle Blicke richteten sich auf Brad.

Er wurde wider Erwarten rot und stieß Sean an. »Erklär du's ihr, du sitzt näher dran.«

Granny beugte sich vor. Sean bekam große Augen, und es platzte aus mir heraus: »Ich habe jemanden mitgebracht!«

Die Aufmerksamkeit aller kehrte zu mir zurück, und ich trat zur Seite, um Riley ins Blickfeld zu rücken. Barbaras Mund klappte nach unten.

»Wer ist das?«, wollte Sean wissen, sichtlich froh, der Neugierde meiner Großmutter für einen Augenblick zu entkommen.

»Riley! Olivia!« Barbara sprang so heftig auf, dass die Gläser klirrten. »Was tut ihr hier?«

»Wir holen dich nach Hause.« Rileys Stimme brach, und er bemühte sich um Fassung. In meine Augen schossen Tränen der Rührung.

»O Gott!« Barbara schlug sich die Hände vors Gesicht. Ihre Schluchzer erregten das Interesse des gesamten Restaurants. Kellner blieben stehen und sahen zu uns herüber.

Eilig schoben meine Mom und Neil ihre Stühle zurück, damit Barbara an ihnen vorbeikam. Sie stolperte mehr, als dass sie ging, und küsste zuerst ihre kleine Tochter.

»Ich hätte nicht gedacht …« Ihre Worte gingen in heftigem Weinen unter. Vorsichtig nahm ich Olivia aus dem Arm von Riley, und Barbara fiel ihrem Ehemann um den Hals. Inzwischen waren die ersten Gäste aufgestanden, um besser sehen zu können. Granny klatschte, und Mom griff nach ihrer Serviette, um sich die Augenwinkel zu trocknen.

»Ich kann nicht glauben, dass du hier bist«, hörte man Barbara wimmern. »Es tut mir so leid, was ich getan habe! Ich liebe dich.«

Riley lachte unter Tränen. »Du bist verrückt genug, mich zu lieben. Deshalb bin ich verrückt genug, den weiten Weg zu dir zu kommen, um dir zu zeigen, dass du damit richtigliegst.«

Ich nahm die zerknüllte Serviette entgegen, die Mom mir reichte, und tupfte mir die nassen Wangen ab. In meinem Rücken spürte ich Morris, der Olivia sanft über den Kopf strich.

»Wir haben nie über Kinder geredet«, sagte er und küsste mich auf den Scheitel. »Sie steht dir gut.«

Ich hob mein Gesicht und sah ihn an. Er lächelte, bevor er mir einen Kuss auf die Nasenspitze gab. »Ein kleiner Rocker«, fuhr er fort. »Wir könnten ihn Jimi, Mick, Bob oder Axl nennen.« Er schloss die Arme um uns beide, und ich quoll über vor Glück und Liebe.

In diesem Moment quakte Olivia. Ich schaukelte sie ein wenig und sie gluckste, bevor sie in ohrenbetäubendes Gebrüll ausbrach.

»O nein!« Barbara und Riley fuhren auseinander.

»Das ist mir abgegangen!« Barbara streckte die Arme nach ihrer Tochter aus und ich reichte sie ihr. »Wie habe ich dich und dein Geschrei vermisst, meine Süße!«

»Du darfst sie haben. Ich verstehe, dass sie dich manchmal um den Verstand bringt!« Riley lehnte seine Stirn gegen die von Barbara. »Hätten die im Flugzeug eine Müllklappe gehabt, hätten sie Olivia und mich ganz sicher über den Wolken entsorgt.«

Barbara lachte unter Tränen und küsste abwechselnd Riley und ihre schreiende Tochter. »Wo ist Cooper?«

»Bei meinen Eltern. Deshalb musst du mit uns nach Hause kommen. Ich bin ein miserabler Koch, und du fehlst uns. Wir brauchen dich. Cooper und Olivia vermissen ihre Mama und ich vermisse meine Frau. Ohne dich sind wir keine Familie und werden vermutlich verhungern.«

»Ich komme mit!« Sie strahlte mich an und nickte mir dankbar zu. »Natürlich komme ich mit!«

Hinter uns räusperte sich ein Kellner, der unser Essen servieren wollte. Die meisten Gäste, die das Spektakel miterlebt hatten, setzten sich wieder und unterhielten sich angeregt, während sie uns weiterhin Blicke zuwarfen.

»Das war filmreif.« Morris nahm neben mir Platz und ließ meine Hand nicht mehr los. Olivias Gebrüll machte jede Unterhaltung am Tisch unmöglich, und Brad und Sean sahen aus wie armselige Hunde, denen der Lärmpegel beinahe die Ohren zerriss. Einzig Granny summte fröhlich vor sich hin und schien den Tumult um zu genießen.

»Das mit dem kleinen Rocker«, Morris beugte sich zu mir und seine Lippen berührten mein Ohr, »planen wir vielleicht noch nicht so schnell.«

»Nein.« Ich küsste ihn. »Aber wir haben darüber geredet, und das allein zählt.«

Chapter 16

Burning for glory, in a world of damn fools,
there's nothing to worry when you find your own rules

(*Infernality Rises, »Your Own Rules«*)

»Sie werden hier in London also bereits die ersten Songs Ihres zweiten Albums einspielen?« Der Reporter vom *The Wire* lehnte sich interessiert nach vorn.

Rob, Norman, Raven, Meatpie und Chuck lümmelten entspannt in Ledersesseln herum und trugen allesamt Sonnenbrillen, obwohl es an diesem Tag regnete. Das Interview fand in einer Suite des Four Season Hotels statt, und der Blick auf das berühmte London Eye, das höchste Riesenrad Europas, wurde durch Schlieren getrübt. Hinter dem Reporter am Fenster stand eine mürrisch dreinblickende Ming und überwachte das Geschehen. Ich saß auf der gegenüberliegenden Seite des Zimmers und trank bereits die zweite Flasche ›Gize‹. Es hieß, das sei der neueste Trend in Sachen Mineralwasser, und da es umsonst herumstand, hatte ich nicht widerstehen können. Doch die Kohlensäure tat ihr Übriges, und nun war ich nach Kräften darum bemüht, nicht laut zu rülpsen. Zum Glück musste ich nicht Rede und Antwort stehen, dachte ich und fügte meiner mentalen Merkliste hinzu: Kein Mineralwasser bei Interviews, selbst wenn es durch Gold gefiltert wurde und die Ananas-Kokos-Variante wirklich genial schmeckte!

»In der Tat, das werden wir!« Rob legte den Ellbogen lässig auf den Knien ab und lächelte souverän. »Wir haben die gesamte Tour über komponiert und uns von all den Eindrücken inspirieren lassen. Hier in London haben wir nun endlich die Möglichkeit, unsere Ideen zusammenzusetzen und an den neuen Songs zu feilen.«

Der Reporter nickte eifrig. »Verraten Sie mir, welche Dinge Sie besonders inspiriert haben?«

»Nun, das war so viel.« Rob schien zu überlegen, und ich verkniff mir ein Grinsen. Ming starrte ihn an, als wollte sie ihn eigenhändig erdrosseln, wenn er etwas Falsches sagte.

»Wissen Sie, all die Kultur ...« Rob malte mit seinen Händen imaginäre Strukturen in die Luft. Für mich sah es aus, als formte er den Körper einer Frau nach. Mein Grinsen vertiefte sich. »Wir sind aus Kalifornien«, fuhr Rob fort. »Dort gibt es Städte, Natur und so, aber in Europa ...« Er stockte und wiederholte: »All die Kultur.«

»Die Geschichte Europas und die einzigartigen Gebäude aus verschiedenen Zeitaltern haben demnach Ihre Musik beeinflusst?«

»So ist es.« Zufrieden lehnte sich Rob zurück.

»Dann basiert Ihr im Internet inzwischen über eine Million Mal angeklickter *Song Slave Of the System* auf ...« Der Reporter gab nicht auf, und Rob geriet in Bedrängnis.

»Revolution«, sagte Norman in diesem Moment. »Ist doch klar.«

»Natürlich.« Der Reporter nickte heftig. »Ich verstehe, Sie haben die unterschiedlichsten europäischen Revolutionen als Basis genommen, um Ihre eigene Revolution voranzutreiben. Ist das richtig?«

»Korrekt.« Rob fuhr sich lässig durch die Haare. »Unser erstes Album ist draußen, und wir sind begeistert davon, dass die Fans es ebenso lieben wie wir. Aber Musik ist Veränderung und Wandlung. Wir haben viel durchgemacht in unserer Vergangenheit. All die Erfahrungen unserer Kindheit haben wir in unseren Songs verarbeitet. Doch nun wollen wir erwachsen werden und uns wehren. Wir wollen die Vergangenheit hinter uns lassen und allen den Mittelfinger zeigen, die uns das Leben schwer gemacht haben. *Fuck you world, here comes the new Infernality Rises!*«

Ich musste zu Boden sehen, um nicht loszuprusten. In Gedanken klatschte ich Rob Beifall. Der Kommentar war ein ungewohnt cleverer Seitenhieb in Richtung Ming und des Labels gewesen. Nur wer die Hintergründe kannte, verstand, was Rob gerade wirklich gesagt hatte.

Die Begeisterung des Reporters nahm zu. »Eine derart schnelle Entwicklung ist überraschend in der Musikbranche. Normalerweise bleiben Musiker ihrem erfolgversprechenden Stil treu. Experimente gelten als gefährlich, und Umsatzeinbrüche sind nicht selten die Folge. Haben Sie keine Angst davor?«

»Ne, warum?« Chuck runzelte die Stirn, und Rob nickte bekräftigend.

»Nun, weil Sie gerade erst am Anfang Ihrer Karriere stehen.«

»Und haben Sie verfolgt, wie erfolgreich wir bisher waren?«, erwiderte Rob selbstgefällig. »Ich denke, unsere Weiterentwicklung freut die Fans. Nicht umsonst ist unser Video der Knaller in den sozialen Medien.«

»Glauben Sie nicht, das hat auch etwas mit Ihrem eigenwilligen Auftritt auf dem Dach eines Hotels in Oslo zu tun?«

»Vielleicht, vielleicht nicht.« Rob zuckte gelassen die Schultern. »Musikmachen ist ein verrückter Prozess. Jeder Künstler trägt den Wahnsinn in seinem Inneren. Es war ein einmaliger Ausrutscher, und ich habe mich öffentlich dafür entschuldigt. Trotzdem bin ich der Meinung, die Aktion hat mich für die Fans greifbarer gemacht. Ich bin keine Jukebox, die auf Knopfdruck Lieder aus dem Hut zaubert. Ich bin aus Fleisch und Blut und habe gute und schlechte Zeiten, genauso wie alle anderen dort draußen.«

»Außer dem einen Song, der mehr zufällig im Internet aufgetaucht ist, wissen Ihre Fans noch nicht besonders viel über das zweite Album. Worauf dürfen Sie sich freuen?«

»Zunächst einmal dürfen sie sich auf einen Sound freuen, der härtere Gothic-Elemente und gediegenen Metal-Grunge beinhaltet. Außerdem werden unsere Texte gesellschaftskritischer. Wir sind wie eine Schlange, die sich gehäutet hat und das wird auch das Motiv unseres Album-Covers werden. Ich hätte gern, dass David Bussell, der Graffiti-Künstler, das Cover designt.«

»Der Typ, der den Kult begonnen hat, versteckte Nachrichten in Hotelzimmern zu hinterlassen? Was für eine originelle Idee!« Der Reporter warf Ming einen anerkennenden Blick zu. »Das ist ein passender Trend für solch ein angesagtes Label wie DiscDog Records.«

Ming lächelte süßlich, und ich wusste, dass sie innerlich brodelte. Die Idee mit dem Cover war wieder einmal nicht abgesprochen gewesen, doch da der Reporter dermaßen euphorisch darauf reagierte, und anzunehmen war, dass er ebenso euphorisch darüber schreiben würde, war das eine weitere bittere Pille, die Ming schlucken musste. Rob lehnte sich weit aus dem Fenster, aber er kam damit durch.

»Werden Sie Ihren Fans demnächst weitere Songs aus dem neuen Album präsentieren?« Der Reporter wandte seine Aufmerksamkeit wieder der Band zu.

»Nein, ich denke, wir brauchen nun diese kreative Zeit, um uns musikalisch auszuleben und das neue Album genauso zu machen, wie wir uns das vorstellen. Das Video, von dem Sie sprachen, war eine nicht geplante Veröffentlichung. Wir sind unglaublich bewegt, welche Reichweite es erzielt und welche Reaktionen es bei den Fans und den Medien ausgelöst hat, aber wir wollen ernsthaft mit unserem Label zusammenarbeiten, um bevorstehende Marketingaktionen gezielt zu platzieren. Aus diesem Grund werden wir in Zukunft auch keine offenen Soundchecks mehr geben. Auf ausgewählten Konzerten werden wir jedoch VIP-Pässe verkaufen, um die Nähe zu den Fans nicht zu verlieren.«

Diese Sätze hatte Ming Rob eingetrichtert, und es war ihm gelungen, sie wortwörtlich zu wiederholen. Ich war beeindruckt. Ming dagegen sah noch immer angefressen aus.

»Ich danke Ihnen für dieses offene Interview!« Der Reporter stand auf und reichte den Mitgliedern von *Infernality Rises* die Hand. Anschließend zog er sich mit Ming in eine Ecke zurück, um weitere Details über die Veröffentlichung des Artikels zu besprechen. Ein Fotograf wartete bereits, um das nachfolgende Shooting mit den Jungs zu machen.

Rob schlenderte zu mir. »War ich gut?«, fragte er und sah auf mich herab.

»Ich sage es nur ungern, aber du warst nicht schlecht.«

»Nicht schlecht? War das ein Lob aus deinem Mund?« Er grinste.

»Mehr Begeisterung wirst du von mir nicht hören. Dafür bist du mir seit unserer ersten Begegnung zu sehr auf die Nerven gegangen.«

»Aber tief in deinem Inneren liebst du mich.«

»Diese düstere Ecke habe ich noch nicht gefunden.« Ich stand auf und sah zu Ming hinüber. »Das mit dem Cover war mutig.«

»Wird sie drauf eingehen?«

»Ist sie je einfach so auf etwas eingegangen?«

»Nein, aber in letzter Zeit hat sie am Ende nachgegeben.« Rob musterte mich. »Simon war wütend auf uns, hast du ebenfalls Ärger bekommen?«

»Wenn es so wäre, wärst du vermutlich der Letzte, der Mitleid mit mir hat.« Ich öffnete eine weitere Flasche ›Gize‹ und fühlte mich wie eine Berühmtheit, während ich etwa einen Dollar pro Schluck in mich hineinschüttete. Das Zeug war gut.

»Ehrlich gesagt, Al …« Er zögerte, als er sah, dass Ming auf uns zukam.

»Was ist?«

»Unwichtig.« Er trat zur Seite, und Ming baute sich zwischen uns auf.

»Das mit dem Cover war ein netter Schachzug«, entfuhr es ihr heftig. »Wie lange soll dieses Spielchen noch weitergehen?«

»Welches Spielchen?« Rob setzte einen treudoofen Gesichtsausdruck auf. »Die Idee kam mir ganz spontan, und wie du siehst, war der Reporter Feuer und Flamme.«

»Spontane Äußerungen sind ab sofort tabu, haben wir uns verstanden?« Sie funkelte ihn an. »Und jetzt geh, das Fotoshooting beginnt in ein paar Minuten, und du musst in die Maske!«

»Du bist der Boss.« Rob verzog sich, und Mings Augen richteten sich auf mich.

»Mein Boss, Nick Fontaine, einer der Produzenten von DiscDog Records, ist in einer Woche in London. Er wird ebenfalls an dem Charity Event, auf dem Morris singt, teilnehmen, und er wünscht ein Treffen mit dir.«

Ich erstickte beinahe an meinem Ein-Dollar-Mineralwasser-Schluck und spürte, wie mein Herz einen Salto vollführte, während mein Magen gegen die Kohlensäure rebellierte, die ihn aufblähte. Nick Fontaine war ein großes Tier. Er war der Wolf unter den Musikproduzenten, eiskalt, berechnend und einflussreich. Die angesagtesten Künstler der Branche begannen zu sabbern, wenn Nick Fontaine an ihre Tür klopfte, denn er konnte alles bedeuten. Den Olymp oder den Hades, je nachdem, ob man mit ihm arbeitete oder gegen ihn. Auf welcher Seite stand ich gleich wieder?

»Ich werde ein Treffen arrangieren, wenn wir von der Tour zurück sind.« Ming sah aus wie ein Leopard, der seine Beute belauerte. Offenbar war ich nichts weiter als eine saftige Gazelle. Mir schwindelte.

»Wie nett«, sagte ich gefasst.

Sie verzog den Mund. »Du bist über das Ziel hinausgeschossen«, wisperte sie mit gefährlichem Unterton. »Wer einer Band Narrenfreiheit gewährt, der baumelt am Galgen. Genieß deine letzte Woche in dieser Branche, Loser-Al.«

Ich wollte etwas erwidern, doch mein Magen wehrte sich und entließ die überschüssige Luft, die ihn quälte. Ein lauter Rülpser entfleuchte mir, bevor ich ihn zurückhalten konnte, und ich spürte, wie mir das Blut in die Wangen schoss. Schon lag mir eine automatische Entschuldigung auf der Zunge, aber ich unterdrückte sie. Stattdessen rülpste ich noch einmal und sah Ming herausfordernd an.

»Bevor du Sprüche klopfst, probier mal was von dem Wasser«, sagte ich. »Das bläht dich auf ganz natürliche Weise auf.«

Mit Genugtuung registrierte ich ihr verdutztes Gesicht und ließ sie stehen.

»Du hast Ming angerülpst?« Simon schüttelte sich vor Lachen. Wir standen dicht gedrängt im Hard Rock Café von London und warteten darauf, dass *Infernality Rises* auf die Bühne kamen.

Dieses Konzert war etwas Außergewöhnliches. Es war nur ausgewählten Fans vorbehalten, und die Tickets waren mit einem Wimpernschlag ausverkauft gewesen. Die Bühne des Cafés war so klein, dass die Bands in voller Formation kaum Platz darauf fanden. Aus diesem Grund war es ein reines Unplugged-Konzert – live, echt, ohne Verstärker und sehr familiär. Am Ende unserer Tour würden wir noch ein weiteres Konzert in einem großen Londoner Club geben, doch auf diesen Event hatte ich mich ganz besonders gefreut. *Burnside Close* liebten Auftritte wie diese und begeisterten damit regelmäßig ihre Fans. Für *Infernality Rises* dagegen war es Neuland, und ich war gespannt, was sie daraus machen würden.

»Es war unprofessionell«, gab ich zu. »Aber diese Frau geht mir so dermaßen auf den Keks! Mag ja sein, dass mich Nick Fontaine zur Schnecke machen wird, doch ich werde ihr nicht die Genugtuung geben, deswegen zusammenzubrechen!«

Simon sah mich lange an. »Was ist?« Ich wurde unsicher. »Weißt du etwas, das ich noch nicht weiß?«

»Nein.« Er lächelte. An diesem Tag hatte er den unteren Teil seines langen Bartes geflochten und trug eine Lederweste. Er sah aus wie der

Simon aus alten Zeiten, so als wäre er nie krank gewesen. Noch immer ruhte sein Blick auf mir, und ich wand mich.

»Du hast doch was«, bemerkte ich.

»Ich bin melancholisch.« Er verzog den Mund. »Du bist nicht länger auf mich angewiesen, und das macht mich sentimental.«

»Was redest du da? Ich bin mehr denn je auf dich angewiesen!«

»Unsinn!« Simon kratzte sich am Bart. »Du bist nicht weggelaufen, du hast es durchgezogen. Und wie du das hast! Du hast einen besseren Job gemacht als ich. Die ganze Zeit über saß ich in den USA und habe gehofft, dass du eines Tages anrufst und verkündest, dass du alles hinschmeißt. Dann hätte ich zu euch kommen müssen, um endlich meine Arbeit zu machen, aber ich wurde nicht gebraucht. Du hast es gerockt, Al. Zum ersten Mal hast du dich auf etwas eingelassen und dein Ding gemacht. Mit eigenen, ziemlich eigenwilligen Entscheidungen und deinem ganzen Herzblut. Ich bin überflüssig, Al, und obwohl es wehtut, ist es auch gut. Nein, es ist sogar hervorragend, denn das bedeutet, dass ich dir ein fantastischer Lehrer war.«

»Und das bist du noch!« Ich war gleichzeitig gerührt und besorgt über seine Worte.

»Ja, doch meine Zeit geht zu Ende. Nicht physisch, will ich hoffen, aber zumindest, was meine Arbeit betrifft. Dieser Deal mit DiscDog Records war mein Finale und es war furios. Das Label weiß, dass ich mich zurückziehen werde, und das ist vermutlich auch der Grund, warum Nick Fontaine mit dir reden möchte.«

»Du willst aufhören?« Ich traute meinen Ohren nicht. »Das geht nicht, Simon! Ich kann nicht ohne dich! Die Bands können nicht ohne dich!«

»O doch, die können. *Burnside Close* und *Infernality Rises* haben die beste Managerin, die man auf dem Markt bekommen kann, und meine anderen Bands werden wieder jemanden finden. Das Business geht weiter, auch ohne Simon Grey.«

»Hat das mit deiner Tochter zu tun? Wie geht es ihr?«

»Es geht ihr so weit gut. Sie hat die Chemotherapien hinter sich und ist wieder zu Hause. Wir hoffen weiter und sind optimistisch.« Er seufzte. »Man erkennt es manchmal erst, wenn man älter wird, aber Familie ist das Wichtigste, Al. Familie und Gesundheit. Deshalb höre ich auf, setze mich zur Ruhe und bin für die da, die mir immer zur Seite gestanden haben. Doch ich werde dieses Leben verdammt noch mal vermissen!« Sein Blick schweifte über die erwartungsvollen Fans, die Bühne und die Techniker, die die letzten Vorbereitungen trafen.

Ich stand da, wie vom Blitz getroffen. Obwohl ich gewusst hatte, dass sich Simon in Zukunft aus gesundheitlichen Gründen zurücknehmen würde, hatte ich nicht geglaubt, dass es so schnell und endgültig geschah. »Was soll ich denn nur ohne dich machen?«, fragte ich verzweifelt und griff nach seiner Hand.

Simon befreite sich unwirsch. »Ich habe dir schon einmal gesagt, dass ich dich feuere, wenn du mich zum Heulen bringst«, murmelte er.

»Nein, du hast gesagt, du feuerst mich, wenn ich jemandem erzähle, dass ich dich zum Heulen gebracht habe«, verbesserte ich ihn.

»Du hast ein Gedächtnis wie ein Elefant!« Er blinzelte und sah in eine andere Richtung. »Du hast Fliegen gelernt, Al, und zwar ganz von allein. Du hast dich durchgebissen und bist selbstbewusster geworden. Du lässt dich nicht mehr so leicht aus der Ruhe bringen. Selbst deine Gefühle zu Morris scheinst du inzwischen unter Kontrolle zu haben.«

»Denkst du«, murrte ich, dachte jedoch mit klopfendem Herzen an unsere letzten Tage in London zurück, die wir wie das Liebespaar verbracht hatten, das wir sein sollten.

»Was quält dich?« Simon horchte auf, offensichtlich froh darüber, noch nicht völlig überflüssig zu sein.

»Zu viele Projekte«, seufzte ich. »Zu wenig Zeit miteinander, unterschiedliche Routen, die wir verfolgen. Es ist die Unsicherheit, die mir zusetzt. Manchmal der fehlende Mut, ihm komplett zu vertrauen.«

»Und doch lässt du ihm den Freiraum, den er braucht. Er weiß das zu schätzen, glaub mir. Dieses Business ist für Außenstehende nicht einfach zu begreifen, die Leidenschaft für die Musik für viele nicht nachvollziehbar. Aber du bist mittendrin und verstehst. Und er tut das ebenso. Eine bessere Basis kann es gar nicht geben.«

»Hm.« Ich wollte ihm glauben, tat es auch in jenen Momenten, in denen ich bei Morris war, doch ich kannte die Zweifel, die mich überfielen, wenn wir wieder getrennt waren. Und das nächste Jahr würde unsere bisher größte Herausforderung werden.

Simon rempelte mich kameradschaftlich an. »Für Beziehungsfragen stehe ich natürlich weiterhin zur Verfügung, selbst wenn ich in Rente bin.« Er grunzte. »Allein dieses Wort führt dazu, dass ich mich alt fühle.«

»Rock-Opa!«, hänselte ich ihn, und er verpasste mir eine Kopfnuss. Ich duckte mich weg und stieß gegen Barbara. Sie stand vor Riley, der sie von hinten umschlang.

»Das ist der beste Abschluss, den wir uns nur wünschen können«, sagte sie und wirkte so verliebt, wie ich es mir erhofft hatte. Meine Mom und Neil spielten an diesem Abend Babysitter, sodass Barbara und Riley auf das Konzert hatten gehen können. Am nächsten Tag ging bereits ihr Flug zurück nach Australien.

»Du kommst uns bald besuchen, ja?« Barbara wiegte sich im Rhythmus der Musik, die aus den Lautsprechern drang.

»Nicht mehr in diesem Jahr, aber im nächsten bestimmt! Ich maile dir ein paar Termine und bin mir sicher, ich werde Zeit finden«, sagte ich voller Optimismus. »Bei Morris bin ich mir da nicht so sicher. Er geht mit seinem neuen Projekt auf Welttournee.«

»Diese Trennungen könnte ich nicht ertragen«, entfuhr es Barbara, bevor sie mich reumütig ansah. »Tut mir leid.«

»Du warst neidisch auf mein Leben, erinnerst du dich?« Ich grinste und verdrängte das flaue Gefühl, das mich jedes Mal überkam, wenn ich an meine Zukunft dachte. Morris war darin ein fester Bestandteil, aber eben ein Reisender, der bei mir nur Zwischenstationen einlegte. Ich musste mich damit abfinden, auch wenn es wehtat.

»Sie kommen!« Barbara nahm zwei Finger in den Mund und stieß einen gellenden Pfiff aus.

Die Leute klatschten und johlten, und *Infernality Rises* sprangen auf die Bühne. Es sah lustig aus, denn sie mussten eng zusammenrücken, um neben ihren Instrumenten überhaupt stehen zu können. Norman trat ans Mikro und begrüßte alle, dann setzten sich die Jungs auf Barhocker, nur Rob stellte sich hinter sein Keyboard. Chuck spielte auf drei Trommeln, die anderen brachten ihre Akustik-Gitarren in Position und legten los. Ich staunte nicht schlecht. Vom Korsett der unterstützenden Technik befreit, klangen *Infernality Rises* groovig und wirkten dabei so locker, dass es Spaß machte, ihnen zuzusehen. Rob improvisierte viel und brachte neue Dynamik in die Songs, denen durch die fehlenden E-Gitarren sehr viel mehr Sanftheit verliehen wurde. Nicht nur einmal mussten sie aufgrund des johlenden Publikums eine Pause einlegen, bevor sie weiterspielten.

Simon schnalzte mit der Zunge. »Das kann sich sehen lassen«, kommentierte er den Auftritt. »Du hattest einen Riecher für die Jungs, Al. Die werden immer besser, wenn man ihnen Entfaltungsmöglichkeiten bietet.«

»Und dieser Kommerzlack von ihnen abblättert«, fügte ich augenzwinkernd hinzu.

»Das Label sollte darüber nachdenken, auch ein Unplugged-Album herauszubringen, um ein breiteres Publikum zu erreichen.«

»Soll ich das Nick Fontaine vorschlagen, bevor er mich feuert?«, versuchte ich zu scherzen, doch es klang genauso besorgt, wie ich mich fühlte.

»Warum sollte er dich feuern?« Simon krauste die Stirn.

»Weil ich mich gegen die Auflagen des Labels gestellt habe.«

»Hm«, war alles, was Simon von sich gab, und das führte nicht dazu, dass es mir besser ging.

»Hast du denn noch gar nichts von DiscDog Records gehört?«, bohrte ich nach.

Er schüttelte den Kopf. »Sie wollen, dass wir die Tour professionell beenden, mehr weiß ich nicht.«

Ich schlang die Arme um meinen Oberkörper. Das Ende der Tour mutete wie eine Kreuzung an, von der zahlreiche Pfade ins Ungewisse führten. Simons Ausstieg aus dem Business, meine offene Zukunft mit *Infernality Rises* und Morris' Entscheidung bezüglich seines Solo-Albums. Noch war mir nicht klar, welchen dieser Wege ich beschreiten würde und wie es für mich weiterging. Immer wenn ich dachte, dass sich die Dinge zu fügen begannen, fiel das Puzzle auseinander und stellte mich vor neue Herausforderungen. Ich fröstelte trotz der Wärme um mich herum.

In diesem Moment standen die Mitglieder von *Infernality Rises* auf und Rob trat ans Mikrofon: »Wir danken euch für diesen einzigartigen Abend!«, rief er und wartete, bis sich der Applaus gelegt hatte. »Ich weiß, dass viele von euch die Bilder aus Mailand kennen, als uns unsere wundervollen Kollegen von *Burnside Close* auf der Bühne überrascht haben.« Rufe der Zustimmung schallten ihm entgegen und Rob fuhr fort: »Das war ein absolut epischer Moment für uns, eine Art Ritterschlag von Musikern, die wir während dieser Tour sehr zu schätzen gelernt haben. Sie haben uns vor Augen geführt, was es heißt, Musik aus den Tiefen der Seele zu holen!«

Jubel brandete auf.

»Jetzt übertreibt er aber«, flüsterte ich Simon zu, und dieser grinste bestätigend.

»Er ist ein raffinierter Mistkerl«, kommentierte er Robs Auftritt und sah mich an. »Doch er weiß sich zu verkaufen. Das Hemd, das er in Oslo vom Dach geworfen hat, hat im Internet fast tausend Dollar gebracht.«

»Kein Witz?« Ich riss die Augen auf, und Simons Lachen vertiefte sich.

»Eine gute Geldanlage, wenn ich mir überlege, was Rob in Zukunft noch einfallen könnte«, fügte er amüsiert hinzu.

Ich sah wieder zur Bühne und beobachtete, wie sich Rob in der Aufmerksamkeit sonnte, die ihm entgegengebracht wurde. »Wir wollen all den Leuten, die diese Tour begleitet und uns inspiriert haben, nun gern etwas zurückgeben und haben deshalb etwas Besonderes vorbereitet.« Rob hob lächelnd die Hand, als der Applaus erneut losbrach, und ich wurde misstrauisch. Das war nicht mit mir abgesprochen, und ich hatte Angst vor dem, was kommen würde. Doch Rob beachtete mich gar nicht.

»Es ist ein Experiment, ein brandneuer Song, den wir heute Nachmittag spontan geschrieben haben. Er ist anders. Seht ihn als musikalisches Abenteuer unsererseits.« Das Gegröle übertönte ihn.

»Ein Song?«, wiederholte ich und warf Simon einen verstörten Blick zu. »Weißt du was darüber?«

Simon zuckte die Schultern. »Nein«, sagte er. »Ich hoffe nur, der Text ist jugendfrei.«

Rob wartete, bis sich die Fans wieder ein wenig beruhigt hatten. »Wir spielen dieses Lied jetzt zum ersten und vielleicht auch zum letzten Mal«, rief er in die Beifallsbekundungen hinein. »Es ist ein Dankeschön an unsere Kollegen von *Burnside Close*, die uns so unterstützt haben, aber vor allem an Almond Cole!« Er sah zu mir herüber, und ich war zu baff, um zu reagieren.

Rob stimmte eine Melodie auf seinem Keyboard an und fügte hinzu: »Wir sind dir auf die Nerven gegangen, Al, und das Mindeste, was wir tun können, ist, dir einen Song zu widmen und dir zu sagen: Wir werden dich auch weiterhin nerven, denn ab sofort spielen wir nach unseren eigenen Regeln!«

Das Publikum lachte und einige drehten die Köpfe, um mich anzusehen. Ich hob verunsichert meine Hand und bildete mit den Fingern die *Metal Fork.*

»Mir hat noch nie jemand einen Song geschrieben«, beschwerte sich Barbara neben mir und knuffte mich in die Seite.

»Ich bin mir nicht sicher, ob ich ihn hören will«, kommentierte ich die immer lauter werdende, finstere Melodie, die Norman nun mit tiefem Brummgesang untermalte: »*The graves release those rotten fools to catch you in the night …*«

»Ach herrje«, entfuhr es Barbara. »Das klingt, als wollen sie dich umbringen.«

Normans Stimme durchlebte eine plötzliche Veränderung und sprang einige Oktaven höher. Er klang nun ein wenig nach Kastrat: »*… the day won't help to save you from their deadly bite …*«

Simon gluckste, und ich biss mir angestrengt auf die Unterlippe.

»Sollten wir vielleicht die Smartphones der Fans konfiszieren, damit sie diesen Müll nicht verbreiten?«, schlug ich nach einer Weile vor, nachdem Norman den Stimmwechsel bereits mehrfach vollzogen hatte. »Das klingt übelst nach einem Gefolterten im Endstadium.«

Simon war komplett rot im Gesicht, weil er sich beherrschen musste, um nicht laut loszuprusten. In meinem Rücken hörte ich das gedämpfte Gelächter von Barbara und Riley.

»*Burning for glory, in a world of damn fools, there's nothing to worry when you find your own rules*«, erklang der Refrain mit tiefstem Pathos von der Bühne.

Ich wusste nicht, ob es an der momentanen Dauerpenetration in allen Medien lag, dass selbst dieses Lied von *Infernality Rises* für einen kollektiven Freak-Out unter den anwesenden Fans sorgte, aber für meinen Geschmack enthielt es ein wenig zu viel schaurige Gothic-Elemente.

Doch *Infernality Rises* präsentierten ihren Song voller Inbrunst. Es war gediegene Gruftbeschallung vom Feinsten. Nichts, was ich je auch nur annähernd von ihnen gehört hatte. Allerdings, und das musste ich zähneknirschend zugeben, besaß es überraschenden Ohrwurmcharakter, denn bereits nach kurzer Zeit grölten die Fans mit.

»Das ist für dich, Al!« Robs Stimme durchbrach den Chor der Untoten, und ich lächelte gequält.

»Den Text solltest du dir tätowieren lassen«, neckte mich Simon. »Er hat Tiefgang.«

»Merkwürdigerweise hat er das wirklich, aber die Umsetzung ist ein wenig …«

»… gewöhnungsbedürftig«, vollendete Simon meinen Satz und lachte auf, als die Schlussakkorde durch den Raum hallten. »Sie sind fertig. Zeit, sich zu bedanken, Al!«

Wir folgten den Jungs hinter die Bühne, wo bereits *Burnside Close* warteten.

»Das war ungewöhnlich, Männer!« Brad klatschte die Vorband ab und bemühte sich gar nicht erst, ernst zu bleiben.

»Ein finales Statement!« Matt grinste mich an. »Genauso gruselig wie Al.«

»Ich mochte das Spiel meiner Stimme«, sagte Norman. »Fandet ihr dieses Pendeln nicht auch echt krass?«

»Absolut«, bestätigte Morris mit todernstem Gesicht.

»Stellt euch nur vor, wir untermalen das mit sägenden Riffs und nicht mit diesen Akustik-Klampfen.« Raven ließ seinen Arm kreisen, als hämmerte er auf eine Gitarre ein.

»Und mit harten Beats!« Chuck trommelte auf einem imaginären Schlagzeug herum.

Rob kam zu mir und sah mich an. »Was meinst du, Al, hat es dir gefallen?«

Ich schwankte zwischen Anstand und brutaler Ehrlichkeit und war zum ersten Mal seit Beginn der Tour froh, dass Ming plötzlich dazwischenschoss.

»Was war das nur für ein grottiger Müll! Wolltet ihr euch in die Verdammnis jaulen?« Sie hob die Arme zum Himmel und ließ sie dann wieder fallen, als wollte sie jemanden zerschmettern. »Habt ihr noch immer nicht genug von eurer Selbstbefreiung? Nach diesem Auftritt wird euch DiscDog Records als gepflegten Mitternachtsimbiss verspeisen!«

»Entschuldigung!« Eine Stimme aus dem Hintergrund ließ sie verstummen. Ein zaundürrer Typ, der mit seinem weiß geschminkten Gesicht, den tiefschwarzen Haaren und dem altmodischen Gehrock an Ebenezer Scrooge erinnerte, trat hinter dem Vorhang hervor, der den winzigen Nebenraum von der Bühne abschirmte. Er sah uns alle freundlich an und sagte: »Mein Name ist Albert Matthews. Ich bin vom Gothic Beauty Magazine.«

Ming hob ihre perfekt gezupften Augenbrauen, und er fügte leise hinzu: »Es tut mir leid, dass ich hier einfach so reinplatze, aber ich habe gerade zufällig dieses Konzert miterlebt und muss sagen, dass ich wirklich beeindruckt von der Bandbreite von *Infernality Rises* bin. Besonders der letzte Song hat mich sehr begeistert. Darf ich fragen, wer der Manager der Band ist?«

Simon, Ming und ich sahen einander an. Rob trat wie selbstverständlich nach vorn und legte den Arm um mich. »Almond Cole ist unsere Managerin«, erwiderte er und lächelte den Besucher an. »Wie können wir Ihnen helfen?«

»Nun, wie Sie vielleicht wissen, ist das Gothic Beauty Magazin sehr populär in dem angesprochenen Genre. Wir erscheinen zwar nur vierteljährlich, aber obwohl wir in den USA sitzen, ist unsere Reichweite recht beträchtlich. Unser Hauptaugenmerk richtet sich auf Schönheit, Mode und Lifestyle, doch auch die Musik kommt nicht zu kurz. Ich würde die Band in unserer nächsten Ausgabe sehr gern vorstellen.«

»Das ist nicht möglich«, unterbrach ihn Ming resolut. »*Infernality Rises* haben eine völlig andere Zielgruppe. Dieses Lied ist nicht repräsentativ für die Band. Es war eine einmalige Performance.«

»Das ist sehr schade.« Der Mann rührte sich nicht von der Stelle. »Ich meine, Kommerz ist keine Todsünde, macht ein Album aber nicht unbedingt interessanter. Als Band, die sich als eine Mischung aus Grunge und Gothic bezeichnen, ist Ihre Musikrichtung leider sehr verwaschen. Doch Ihre letzte Darbietung hat mir Hoffnung gegeben. Wird es mehr davon geben?« Er sah mich an. »Vielleicht möchten Sie etwas dazu sagen?«

»Ich … nun …«, stammelte ich völlig aus dem Konzept gebracht. »Ihr Interesse ehrt uns sehr. Bisher haben wir immer in eine andere Richtung gedacht.«

»Der Gothic-Markt ist nicht zu unterschätzen«, erklärte Albert Matthews und legte seine Fingerspitzen aneinander, was ihn noch mehr wie Scrooge aussehen ließ.

»Wie ich schon sagte, wir sind nicht interessiert.« Ming drehte dem unangemeldeten Gast demonstrativ den Rücken zu.

Rob sah mich an, und ich zögerte. »Haben Sie eine Visitenkarte?«, fragte ich, und Albert Matthews nickte. Er zog eine schwarz lackierte Karte aus seiner Tasche, auf der nur gegen das Licht mattgraue Schrift zu erkennen war.

»Originell«, sagte ich und nahm die Karte entgegen. »Ich melde mich bei Ihnen.«

»Das würde mich sehr freuen.« Matthews hob die Hand zum Gruß. »Auf Wiedersehen!«

Kaum hatte er sich wieder hinter den Vorhang zurückgezogen, ging Ming auf mich los: »Was denkst du dir eigentlich? Bist du seit Neuestem die Alleinverantwortliche für die Band? Gothic ist nicht unser Markt!«

»Dieses Magazin hat *Him* vor vielen Jahren zu einer waschechten Hysterie verholfen und sie gesellschaftsfähig gemacht. Und zwar gründlicher als es die *Teen Vogue* je geschafft hätte. Warum wollen wir uns davor verschließen?«

Ming ballte die Hände zu Fäusten und schien sich zu sammeln. Sie atmete mehrmals tief durch. »Ich werde jetzt nicht mit dir streiten«, sagte sie, und es klang wie ein Mantra. Es hätte mich nicht gewundert, den Satz öfter aus ihrem Mund zu hören, aber sie schwieg. Schließlich räusperte sie sich. »Nick Fontaine wird das alles regeln. In etwa einer Woche haben wir Klarheit.« Sie richtete ihren stechenden Blick auf mich. »Bis dahin wirst du überhaupt nichts tun!«

Ich hob die Hände. »Wie du meinst!«

Ming rauschte ab, und wir sahen einander vielsagend an.

»Es ist Zeit, dass ihr auf die Bühne kommt, Jungs!« Simon klatschte auffordernd. »Bevor die da draußen wieder abkühlen.«

Rob beugte sich zu mir. »Du fandest den Song scheiße, hab ich recht?«

»Und wie!« Ich sah ihn an. »Was ist da bitte über euch gekommen?«

Er grinste vielsagend. »Ein kleiner Tipp. Ein Kumpel von mir arbeitet für einen Gothic-Blog und hat erfahren, dass Albert Matthews in der Stadt ist. Er gab ihm den Hinweis zu diesem Konzert.«

»Und ihr habt daraufhin einen bescheidenen Song für den Typen geschrieben?«

»Multichannel-Marketing.« Rob zwinkerte mir zu. »Ist das nicht das, was du wolltest, Al?«

»Du verstehst das Wort vermutlich gar nicht.« Nun musste ich ebenfalls lachen. »Wir müssen dir da noch einmal einen Crash-Kurs verabreichen. Aber die Taktik war nicht schlecht. Obwohl es gemein war, diesen Song ausgerechnet mir zu widmen.«

»Albert Matthews mochte ihn. Norman, Chuck, Raven und Meatpie übrigens auch. Was die Danksagung an dich betrifft …« Er kam immer näher und packte mich, bevor ich reagieren konnte. Wieder einmal landeten seine Lippen auf den meinen, während er meinen Oberkörper in dramatischer Vom-Winde-verweht-Manier in Richtung Boden drückte. »… das handhabe ich lieber auf die Weise, die ich beherrsche«, murmelte er und öffnete seinen Mund.

»Igitt!« Ich befreite mich aus seiner Umarmung, taumelte rückwärts und starrte ihn atemlos an. In diesem Moment erschien Morris, den ich schon auf der Bühne vermutet hatte. Alles ging so schnell, dass ich nicht reagieren konnte. Er packte Rob und verpasste ihm einen hollywoodreifen Kinnhaken. Rob knallte neben mir gegen die Wand und sackte langsam zu Boden.

»*Fuck!*«, schrie er auf und bewegte seinen Unterkiefer als wollte er testen, ob er sich noch in seinem Gesicht befand.

»Ich hab Respekt vor dir als Musiker«, hörte ich Morris' schneidende Stimme. »Aber lass endlich deine Pfoten von Al!«

Rob stöhnte auf und sah ihn an. »Ist ja gut, Mann, ich hab verstanden«, erwiderte er mit einem schiefen Lachen. »Sie gehört zu dir. Wurde ja auch langsam Zeit, dass du das klarstellst.« Er hustete dramatisch. »Sie ist eine Terrormandel, doch wenn man genauer hinsieht, ist sie ganz okay.«

Morris schüttelte den Kopf und kam zu mir. »Geht's dir gut?«

Ich nickte, und er küsste mich sanft. »Ich muss los, aber solltest du denselben Unsinn denken wie der Kerl, dann will ich nur sagen: Du hast schon immer zu mir gehört!«

»Ich weiß.« Ich hielt ihn fest, um ihn erneut zu küssen, bevor ich ihn ins Scheinwerferlicht entließ.

Chapter 17

I hear the silence of my heart and see the light that calls me home, for all the times we are apart, we no longer set out on our own

(Morris Kyle & Almond Cole, »Midsummer Sun«)

Ich lief im Kreis umher wie ein Hamster mit Hospitalismus-Syndrom. Mein Gespräch mit Nick Fontaine stand kurz bevor, und ich spürte, wie meine Handflächen zu schwitzen begannen. All die Furcht vor diesem Treffen, die mich die gesamte Woche über begleitet hatte, während wir unsere letzten Konzerte in Dublin, Edinburgh, Madrid, Lissabon, Rom, Luxemburg und Helsinki gegeben hatten, schien sich nun in meinem Inneren zu kompensieren. Der weiche Hotelteppichboden machte kein Geräusch unter meinen Füßen und dämpfte auch die Schritte der anderen Gäste um mich herum, die durch die Empfangshalle des Four Season Hotels flanierten. London zeigte sich an diesem Tag von seiner besten Seite, und die Sonne erschien mir wie ein Hohn angesichts meiner Situation, die sich anfühlte, als stünde ich kurz vor dem Abstieg hinab in die Hölle. An diesem Abend fand unser großes Abschlusskonzert statt und zwei Tage später das Charity-Event, zu dem sogar Mitglieder der königlichen Familie erwartet wurden. Ob ich das miterleben durfte, stand allerdings noch in den Sternen. Simon, Morris und Ming hatten an diesem Vormittag bereits Gespräche mit Nick Fontaine geführt. Ich hatte keine Ahnung, was dabei herausgekommen war und verübelte zumindest Simon und Morris, dass sie mich nicht darüber informierten.

Zum wiederholten Mal starrte ich auf mein Handy, aber außer den glücklichen Familienbildern, die Barbara mir aus Sydney geschickt hatte, lag keine neue Nachricht in meinem Postfach. Es war halb zwei, ich wartete bereits seit dreißig Minuten auf mein Treffen mit Nick Fontaine. Dass er mich warten ließ, erschien mir als kein gutes Zeichen.

»Miss Cole?« Eine ernst dreinblickende junge Frau tauchte vor mir auf. Sie war blond und dermaßen hübsch, dass sie auch locker als Model hätte arbeiten können. Ich nickte unsicher, und die junge Frau musterte mich von oben bis unten. »Ich bin Liza Styles, Mister Fontaines Assistentin. Wenn Sie mir bitte folgen wollen?«

Ich wand mich unter ihrem kritischen Blick. Obwohl wir beide enge Jeans anhatten, sah sie darin einfach hipp aus, während ich storchenhaft durch die Gegend stelzte. Schuld daran waren die hohen Absätze meiner Ankle Boots, die im dicken Teppichboden versanken. Liza trug außerdem einen taillierten, sonnengelben Blazer mit auffälligen Knöpfen, ich dagegen nichts anderes als T-Shirt und Lederjacke. Notiz an mich selbst: Der Weg zum It-Girl war noch weit.

Zum Glück sollte es aber gar nicht darum gehen, sondern um Musik. Doch verstand ich wirklich so viel davon? Von einem Augenblick zum nächsten kam mir mein Kopf so leer vor wie eine ausgedrückte Zahnpastatube.

Liza stieg vor mir in den Lift. Sie drückte einen Knopf und drehte sich um. Ich stellte mich neben sie und bemühte mich, nicht allzu aufgeregt zu wirken.

»Mr. Fontaine hat an diesem Tag durchgehend Termine«, sagte Liza im höflichen Plauderton. »Es tut mir leid, dass Sie warten mussten.«

»Macht nichts.« Ich räusperte mir den Frosch aus dem Hals.

Liza warf mir einen Seitenblick zu. »Sie waren also die ganze Zeit mit *Infernality Rises* auf Tour?«, wollte sie neugierig wissen.

Ich nickte und fragte mich, wie die typische Small-Talk-Antwort dafür lautete.

»Das ist aufregend!« Liza schien aufzutauen. »Ich schwärme für Norman und Rob.« Sie kicherte wie ein kleines Kind, bevor sie sich wieder unter Kontrolle bekam. »Denken Sie, ich könnte ein Autogramm haben?«

Ich sah sie überrascht an. »Sie arbeiten für DiscDog Records! Ich meine, damit sitzen Sie an der Quelle. Warum haben Sie denn nicht schon längst eins?«

»Oh!« Liza wand sich. »Mr. Fontaine kann es nicht leiden, wenn wir die Stars belästigen. Er gibt da sehr genaue Anweisungen, die man besser nicht missachtet.« Sie starrte zu Boden und es schien, als sei es ihr unangenehm, so direkt gewesen zu sein.

»Ich werde sehen, was ich tun kann«, sagte ich leise. »Ich bin mir sicher, Norman und Rob werden hocherfreut sein, Ihnen ein Autogramm zu geben.« Bevorzugt nackt, vervollständigte ich den Satz in Gedanken.

»Das wäre so cool!« Liza quiekte, bevor sie wieder ernst wurde. Der Lift hielt an, die Türen öffneten sich, und wir stiegen aus.

Die Nervosität ließ mein Augenlid zucken, und ich hoffte, dass sich das jeden Moment legte. Ich wollte nicht wie Quasimodo vor Nick Fontaine stehen.

»Hier sind wir!« Liza steckte die Keycard in den Schlitz und öffnete die Tür. »Viel Glück!«

Ich zögerte und bemerkte ihr aufmunterndes Lächeln. »Gehen Sie einfach durch, vermutlich telefoniert er gerade.«

Lassen Sie mich nicht allein, wollte ich rufen, doch sie zog die Tür hinter sich zu. Da war ich also. In der Höhle des Löwen. Einer sehr großen Höhle. Ich ging unschlüssig den Flur hinunter und fand mich im großzügigen Wohnzimmer der Suite wieder. Roter Teppich, exquisite cremefarbene Möbel und ein edler Paravent an der Wand, der aussah, als sei er nicht nur billige Dekoration, sondern eine echte chinesische Antiquität. Unsicher trat ich von einem Fuß auf den anderen.

»Das ist mir scheißegal«, hörte ich eine Stimme im Nebenraum. »Ist das sein Investment oder meins? Wer so blöd ist und sich darauf einlässt, der muss mit den Konsequenzen leben. Ich werde auf keinen Fall noch mehr Geld dafür in die Hand nehmen!« Es folgte eine kurze Pause. »Dann feuern Sie den Typen eben, ist mir egal.«

Alles klar. Ich ging zum Fenster und fühlte mich plötzlich wie Rob, der in Kopenhagen versucht hatte, die Scheibe einzuwerfen, um zu springen. Auf einmal verstand ich ihn.

»Gefällt Ihnen der Ausblick?«

Vor Schreck hätte ich beinahe einen Satz hinter das Sofa gemacht. Nick Fontaine kam aus einem angrenzenden Zimmer. Er war groß, breitschultrig, trug einen perfekt sitzenden Anzug, eine protzige Armbanduhr und Schuhe, die aussahen, als hätte er sie gerade eben erst gekauft. Seine rotbraunen Haare waren zurückgekämmt und mit Gel fixiert, der lässige Dreitagebart auf die exakt korrekte Länge zurückgestutzt und sein Tom-Cruise-Grinsen mit den auf Optimalweiß gebleichten Zähnen wirkte aufgesetzt. Einzig seine Hakennase wollte nicht in das makellose Gesicht passen. Ich starrte ihn an wie das Kaninchen die Schlange.

»Ms. Cole!« Er klang abgehetzt und knöpfte sich automatisch das Jackett zu, bevor er mir die Hand gab und sich vorstellte. Jeder seiner Fingernägel war perfekt manikürt, und mir fiel in diesem Moment auf, dass mein Nagellack begann, sich abzulösen. Rasch versteckte ich die Hände hinter meinem Rücken.

»Setzen Sie sich!« Er deutete fahrig auf das Sofa zu seiner Rechten. »Möchten Sie etwas trinken?« Er öffnete die Minibar und holte sich einen Smoothie heraus. Ich schüttelte den Kopf.

»Gut.« Er knöpfte sich das Jackett wieder auf und setzte sich mir gegenüber, seine Ellbogen ruhten auf seinen Knien, die Finger waren verschränkt. Er besaß ungewöhnlich grüne Augen, die mich intensiv musterten.

»Geht es Ihnen gut?«

»Ja, danke.« Ich wusste nicht, wie ich sitzen sollte. Durfte ich die Beine übereinanderschlagen? Was sollte ich mit meinen Händen tun? Jede meiner Extremitäten schien sich gegenseitig im Weg zu sein.

Nick Fontaine beobachtete mich weiter, und es wirkte, als mache er sich bereits ein Bild von mir. Dann sagte er: »Es lief nicht gerade alles zu unserer Zufriedenheit.«

Der kam ja schnell zur Sache. »Nein, tut mir leid«, erwiderte ich leise. »Es gab einige ungeplante Vorkommnisse.«

»Nett formuliert.« Sein Gesicht zeigte keinerlei Regung. Der Typ hütete seine Gefühle genauso gut wie der Tower von London die Kronjuwelen. Mit monotoner Stimme fuhr er fort: »Ich werde die Tatsachen noch einmal kurz für Sie zusammenfassen, Ms. Cole: Unser Investment für Aufnahme, Mischung, Mastering, Marketing und Promotion umfasst anderthalb Millionen Dollar. So viel haben wir bisher für keine Newcomer-Band bereitgestellt. Außerdem ist Rockmusik Neuland für uns. Doch Simon Grey hat mir versichert, dass *Infernality Rises* das Zeug haben, die Charts zu stürmen, und unsere Marktforschungsergebnisse konnten das untermauern. Ihr Debütalbum hat unsere bisherigen

Erwartungen weit übertroffen, doch nun muss ich feststellen, dass diese Tour die von DiscDog Records ausgearbeiteten Meilensteine komplett auf den Kopf stellt. *Infernality Rises* weigern sich, die extra für sie komponierten Samples für das zweite Album zu übernehmen, geraten mit Negativschlagzeilen in die Presse und schlagen mit einer heimlich gefilmten Jam-Session hohe Wellen in den sozialen Medien. Diese Gothic-Parodie letzte Woche möchte ich erst gar nicht erwähnen. Daher sitze ich nun hier und frage mich, wie es zu diesem ganzen Dilemma kommen konnte. Können Sie mir das erklären?«

Wo sollte ich da anfangen? In meinem Kopf flogen die Argumente umher, doch ich bekam kein einzelnes zu fassen. Ich befürchtete, dass nur ›Muh‹ oder ›Mäh‹ aus meinem Mund kam, sollte ich es wagen, ihn zu öffnen.

»Überfordere ich Sie, Ms. Cole?« Nick Fontaines Blick wurde immer intensiver und ich gab mir einen Ruck. Nach dem, was ich gehört hatte, war es unwahrscheinlich, dass es noch schlimmer werden konnte. Also nahm ich all meinen Mut zusammen.

»Musik ist nicht planbar«, sagte ich und bemühte mich, meine Stimme fest klingen zu lassen. »Sie mögen Meilensteine für Ihr Investment brauchen, feste Strukturen, in denen sich die Künstler zu bewegen haben. Das ist in Ordnung, und ich verstehe, dass Sie als Produzent das finanzielle Risiko tragen, aber …«

»Aber?«, unterbrach er mich und zum ersten Mal sah ich so was wie den Hauch eines Lächelns auf seinem Gesicht. »Ich habe mal gehört, dass alles, was vor dem Wort ›Aber‹ kommt, niemals ernst gemeint ist.«

Wieder einmal brachte er mich aus dem Konzept. Ich schluckte. »Wenn Sie einen Musiker unter Vertrag nehmen, sehen Sie dann nur den möglichen Gewinn, den Sie mit ihm erzielen können, oder sein eigentliches Potential, dessen Entfaltung unter Umständen so viel mehr einbringen kann als nur Geld?«

»Und das wäre?« Nick Fontaine neigte den Kopf interessiert zur Seite. »Was ist interessanter als Geld, Ms. Cole?«

»Bestandteil einer Entwicklung zu sein. Einem Musiker dabei zuzusehen, ist, als würde man ein Kind beobachten, das erwachsen wird. Eine Band, die sich jeder Vorgabe fügt, ist doch ebenso langweilig wie Leute, die immer nur Ja sagen. Wo bleiben all die Facetten, die Dinge, die Menschen interessant und lebendig machen? Eine Illusion mag über einige Jahre ihre Faszination bewahren, aber am Ende scheitert sie stets daran, dass irgendwer einen Fehler macht. Das Kartenhaus stürzt zusammen, der Künstler zerfällt zu Staub, die Medien zerfleischen ihn vollständig, und das Label lässt ihn fallen wie eine heiße Kartoffel, um zukünftige Verluste abzuwenden. Davon gibt es unzählige Fälle in unserer Branche. Ich denke nicht, dass Sie reale Beispiele brauchen, anhand derer ich das belegen muss.«

»Hm.« Nick Fontaines Augenbrauen zogen sich nach unten. »Sie sind nicht um Worte verlegen, Miss Cole. Allerdings haben Sie meine Frage nicht beantwortet: Wieso wurden unsere Vorgaben an *Infernality Rises* auf dieser Tour weder von den Musikern selbst noch von Ihnen eingehalten?«

»Ich hielt sie nicht für richtig.« Die Antwort schwebte im Raum, und ich sah mich bereits in Richtung Guillotine gehen, mit Ming als meiner Henkerin.

»Sie hielten ...« Der Musikproduzent lachte erstaunt auf. »Sie haben sich also bewusst unseren klaren Regeln widersetzt, weil Sie der Meinung waren, dass Sie viel besser als wir wissen, wie man anderthalb Millionen Dollar investiert?«

»Nein.« Ich schüttelte entschieden den Kopf. »Ich habe keine Ahnung von so einem großen Investment, doch ich kenne mich im Rockgeschäft aus. Unsere Fans mögen keine Illusionen. DiscDog Records hat bisher Erfahrungen im Pop, R'n'B- und Hip-Hop-Bereich gemacht. Ihr seid trendy, bunt, chic und in allen Jugendmagazinen vertreten, aber Rock funktioniert nicht auf diese Weise.«

Nick Fontaine lehnte sich zurück und verschränkte die Arme vor der Brust. »Haben Sie eigentlich eine Ahnung, wer Ihnen gegenübersitzt, Ms. Cole?«

»Ich habe Sie gegoogelt.«

Nun lachte er zum ersten Mal wirklich. Es stand ihm. Von einer Sekunde zur anderen sah er sympathisch und jugendhaft aus und nicht so arrogant und weltmännisch, wie er sich vermutlich selbst gern sah. »Ich habe Sie auch gegoogelt«, gestand er. »Und was ich gefunden habe, war ein indianisch anmutendes Mädchen, das die Welt der Rockmusik erobern will. Davon gibt es viele, habe ich mir gedacht, doch nun sitze ich hier und muss meine Meinung revidieren. Sie sind ungewöhnlich, und ich bin mir nicht sicher, ob mir das gefällt. Denn ungewöhnliche Faktoren können eine Investmentkalkulation komplett zunichtemachen.«

Ich wurde mutiger und erwiderte: »Ich will nichts zunichtemachen. *Infernality Rises* funktionieren im System von DiscDog Records. Die Jungs sind Rampensäue, die gehören genau dahin, wo sie sind. Aber vielleicht sollten Sie als Produzent umdenken. Es geht nicht immer darum, sich darauf zu fokussieren, der Beste zu sein, sondern darauf, das Beste aus seinen Künstlern herauszuholen. Und das kann unter Umständen noch erträglicher sein als Ihr ursprünglicher Plan.«

»Belehren Sie mich gerade?« Er wirkte dermaßen erstaunt, dass ich mir ein Grinsen verkneifen musste.

»War nur so ein Tipp«, murmelte ich, um ihn nicht zusätzlich zu verärgern.

»Lassen Sie mich zusammenfassen …« Er überlegte, während er sich die Zeigefinger vor den Mund hielt, und mir fiel auf, dass er das gern tat. Zusammenfassungen schienen ihm den Alltag zu erleichtern. »Sie haben eigenmächtig beschlossen, dass unser vorgegebenes Konzept nichts für *Infernality Rises* ist und das, obwohl sie sowohl Simon Grey als auch Ming mehrmals darauf hingewiesen haben. Um diese Hürde zu umgehen, haben Sie einen kleinen Plan geschmiedet und Rob aufs Dach gejagt, um allen zu zeigen, wie verzweifelt er ist. Nachdem das nicht ganz funktionierte, schoben Sie die Jam-Session und den Auftritt mit *Burnside Close* hinterher und plötzlich explodierte die Social-Media-Welt zu Ihren Gunsten.«

Ich wollte protestieren, doch er schüttelte entschieden den Kopf. »Sie stehen hier nicht vor Gericht, Ms. Cole. Ich treffe Annahmen und lege hier keine Beweislage vor. Fakt ist, dass die ganze Sache funktioniert hat. Ich unterstelle Ihnen hiermit Genialität, denn meine Kollegen und ich werden *Infernality Rises* ihre eigenen Songs für das zweite Album machen lassen. Der Medienrummel ist uns zu groß. Eine Gegeninitiative zu starten, würde zu viel kosten und den Nutzen nicht relativieren. Lassen wir die Medien für uns arbeiten und lehnen uns zurück.«

Ich jubelte innerlich, doch sein Blick verhärtete sich. »Wir sind anschließend zu weiteren Investitionen und einem Anschlussvertrag bereit. Sollte das zweite Album allerdings floppen, steigen wir aus«, sagte er kühl. »Die Welt der Rockmusik mag anders funktionieren, aber am Ende des Tages möchten wir kein Risiko eingehen. *Infernality Rises* sind unberechenbar. Die Nummer mit dem Dach hätte schiefgehen können. Wie Sie gesagt haben, wir verkörpern den Glam, den Trend und die Jugend. Zu exzentrische Musiker passen nicht zu uns.«

»Es wird nicht floppen«, entgegnete ich.

Nick Fontaine schmunzelte. »Sie akzeptieren kein *Nein* als Antwort, habe ich recht?«

Ich wurde unsicher. »Nun ja, ich kenne die Jungs einfach. Sie sind verrückt, aber auf medienwirksame Art.«

Der Musikproduzent wirkte weiterhin amüsiert. »Dann machen Sie was draus«, forderte er mich auf, und ich sah ihn ungläubig an.

»Weshalb denken Sie, dass Sie hier sitzen?«, wollte er wissen.

»Ich habe gehört, es sollen Köpfe rollen.« Meine Stimme klang nun alles andere als selbstbewusst.

»Und Sie dachten, ich hacke Ihren persönlich ab?«

Mein Blick schien ihm zu sagen, dass ich das durchaus in Betracht gezogen hatte, und obwohl er sich bemühte, ernst zu bleiben, sah ich das Blitzen in seinen Augen. Er beugte sich vor. »Almond Cole«, sagte er gefährlich leise. »Sie sind zu jung und naiv für dieses Business, hat man mir gesagt. Sie seien nicht professionell genug, hörte ich. Sie würden mit den Ihnen anvertrauten Musikern schlafen, wurde mir zugetragen. Sie hätten das Unvermögen Ihres Vaters geerbt, hieß es. Sie seien nicht tough, munkelte man. All diese Aussagen wollte ich überprüfen.«

Und? Ich hielt den Atem an und wagte nicht, laut nachzufragen. Nick Fontaine ließ mich schmoren. Es kam mir vor, als könnte ich in der Stille das Klopfen meines eigenen Herzens hören.

»Es gab auch andere positive Aussagen über Sie.« Nick Fontaine zog einen Mundwinkel nach oben. »Aber ich verlasse mich ausschließlich auf meinen Instinkt, und die Frage ist doch, ob ich Ihnen nach dem Ausstieg von Simon Grey eine Investition von anderthalb Millionen Dollar überlassen soll. Was wird mit meinem Geld passieren? Springt es vom Dach, jodelt es demnächst Gothic-Songs oder wird es unserem professionellen Image gerecht?«

Er sah mich an, als erwarte er eine Antwort von mir. »Das kann ich ihnen nicht sagen«, murmelte ich, und es klang wie eine Frage.

»Keine Sorge, das haben Sie schon.« Er rieb sich die Hände. »Sie kommen mir ebenso verrückt vor wie diese Band.«

Meine Hoffnung sank, und ich versuchte, mich selbst zu trösten. Immerhin hatte ich nicht aufgegeben. Ich war nicht weggelaufen, hatte mich für Rob und seine Jungs eingesetzt und zumindest dafür gesorgt, dass sie nun ihre eigenen Songs machen durften. Das war gut. Meine Reputation war zwar vermutlich im Eimer, wenn DiscDog Records mich offiziell für unfähig hielten, doch ich hatte gekämpft.

»Aber da wir neu im Rockmusik-Business sind und diese Band wohl eine Managerin mit demselben Grad an Verrücktheit braucht, wären wir weiterhin an einer Zusammenarbeit mit Ihnen interessiert«, fügte Nick Fontaine in diesem Moment hinzu.

»Was?«, krächzte ich.

»Um ehrlich zu sein, sind Sie die riskanteste Investition meines Lebens, Ms. Cole.« Er verzog keine Miene, und ich glaubte ihm diese Aussage aufs Wort. Vermutlich hätte ich an seiner Stelle nicht in mich investiert. »Andererseits wird das Risiko gemindert, weil Morris Kyle darauf besteht, dass sein Projekt nicht weiter von Ming betreut wird. Normalerweise kann ich es nicht leiden, wenn Musiker Forderungen stellen, doch in diesem konkreten Fall bin ich ausnahmsweise derselben Meinung. Das Vertrauensverhältnis ist zerstört, und Ming wird ihre Aufgaben bei uns beenden, wenn wir zurück in den USA sind. Deshalb werden Sie diesen Part übernehmen und mir beweisen, dass ich keine Fehlentscheidung getroffen habe.«

»Was?« Mein Krächzen wurde lauter. »Aber ich bin nicht bei Ihnen angestellt.«

»Oh, keine Sorge, ich will Sie nicht anstellen, Ms. Cole. Das wäre mir nun wirklich zu riskant.« Er schnaubte belustigt. »Sie übernehmen die Konditionen von Simon Grey. Ich werde Ihnen die Vertragsunterlagen zukommen lassen, und wenn Sie einverstanden sind, dann sind wir im Geschäft.«

Wollte ich das überhaupt? Ich fühlte mich völlig überfahren. »Meine Arbeit für *Burnside Close* …«, begann ich.

»… wird nicht beeinträchtigt«, erwiderte Nick Fontaine beruhigend. »Überlegen Sie es sich.« Er stand auf.

Ich erhob mich ebenfalls und schüttelte die mir dargebotene Hand. »Lesen Sie sich den Vertrag durch, und bei Fragen kontaktieren Sie bitte meine Assistentin. Sollten Sie zustimmen, werde ich ein Treffen in L.A. anberaumen, bei dem wir weitere Details besprechen können.«

Ich nickte und wusste nicht, wie mir geschah. Das kam alles viel zu plötzlich und unerwartet.

»Es war interessant, Ms. Cole. Auf Wiedersehen.« Nick Fontaine lächelte mich an, bevor er sich wieder in sein Nebenzimmer zurückzog.

»Wiedersehen«, flüsterte ich benommen und ging über den Flur. Wie in Trance öffnete ich die Tür und trat auf den Gang. Dort erwartete mich Liza Styles.

»Alles in Ordnung?«, erkundigte sie sich besorgt. »Hatte er mal wieder schlechte Laune?«

»Nein, er hat sogar gelacht.«

»Gelacht?« Sie verzog den Mund. »Das klingt ungewöhnlich.«

Ich wollte bereits gehen, als sie mich zurückhielt. »Ihre Unterlagen«, sagte sie. »Für Ihren Vertrag.«

»Oh!« Ich nahm den ordentlich zusammengehefteten Stapel Papier entgegen. »Das ging ja schnell.«

»In diesem Business geht alles schnell. Es würde mich freuen, wenn wir uns bald wiedersehen.« Sie lächelte freundlich.

Ich verabschiedete mich von ihr, fuhr in die Lobby und trat aus dem Hotel. Dort stand ich eine Weile, während die Fußgänger um mich herumgingen. Ich nahm sie gar nicht wahr. Mit den Händen umklammerte ich den Vertrag und starrte ihn an. Irgendwann kam ich wieder zu mir, ließ die Unterlagen in meiner Tasche verschwinden und winkte ein Taxi heran, um in den KOKO Club zu fahren.

Als ich dort ausstieg, war der Aufbau für unseren abendlichen Auftritt bereits in vollem Gange. Umso verwunderter war ich, zwischen all den Roadies und Technikern plötzlich Simon und die Jungs von *Burnside Close* zu erblicken. Sie saßen im Club herum und schienen auf mich zu warten. Kaum erblickten sie mich, standen sie auf. Ich blieb stehen.

»Wie lief es?« Simon ergriff als erster das Wort.

»Ich weiß nicht so genau.« Ich atmete tief durch.

»Bist du raus?« Matt sah besorgt aus.

»Nein, Ming ist raus. Ich bin drin. Wenn ich will.« Ich sah Morris an. »Nick Fontaine möchte, dass ich zusätzlich zu *Infernality Rises* dein Projekt betreue.«

»Ja!« Er ballte die Hand zur Siegesfaust und jauchzte. Die anderen fielen ein.

»Leute, das ist eine unheimlich große Entscheidung!« Mein Blick heftete sich auf Matt. »Du hast selbst gesagt, dass du kein Label-Zäpfchen werden willst! Doch genau das würde ich sein. Ich verschwinde bis zum Anschlag in Nick Fontaines Hintern und suche nach Goldnuggets.«

»Und du wirst sie finden, Baby!« Brad machte das Victory-Zeichen.

»Aber das ist zu viel! Meine Arbeit für euch, für *Infernality Rises* und dann die Organisation einer Welttournee für ein Label wie DiscDog Records. Ich schaffe das nicht!« Allein die Vorstellung ließ mir den Schweiß aus den Poren schießen. Ich spürte Übelkeit aufsteigen.

Simon und die Jungs kamen auf mich zu und umringten mich.

»Du bist nur projektweise an dieses Label gebunden«, gab Matt zu bedenken. »Mit *Infernality Rises* hast du nun eine gewisse Narrenfreiheit. Die Jungs laufen. Je mehr Erfolg, umso besser. Mit dem Projekt von Morris kommst du ebenfalls klar. Du hast schon große Tourneen organisiert, und du bist nicht allein. DiscDog Records wird dir kleine Helfersklaven zur Verfügung stellen, so viel ist sicher. Und wir …«, er sah die anderen an, »hatten gerade ein sehr gutes Gespräch.«

»Ach ja?« Ich sah in ihre grinsenden Gesichter.

»Wir haben nicht vor, Simon so schnell in Rente gehen zu lassen«, erklärte Sean und die anderen nickten zustimmend. »Er wird den Großteil unserer USA-Tour leiten und dich dadurch entlasten. Wir sorgen dafür, dass seine Familie ihn begleitet und er immer eine Sauerstoffflasche dabeihat.«

Simon rempelte Sean an, und dieser sprang sicherheitshalber zur Seite, um nicht noch mehr abzubekommen.

»Ihr habt das besprochen, ohne zu wissen, wie mein Gespräch läuft?« Ich runzelte die Stirn.

»Für dich gibt es nur einen Weg und der führt nach oben, Al«, sagte Simon. »Du bewegst dich außerhalb der Norm, und das finden die Bosse spannend. Solange du unabhängig bleibst und dein eigenes Ding durchziehst, hast du eine große Karriere vor dir. Ich glaube an dich. Habe ich immer getan.«

»Will ich denn Karriere machen?« Ich sah in all die zuversichtlichen Gesichter und blieb bei Morris hängen. »Was wird dann aus uns?«, wollte ich wissen, und es war mir gleichgültig, ob die anderen hörten, was ich zu sagen hatte. Wir kannten uns alle viel zu gut, um Geheimnisse voreinander zu haben. »Wir hatten vor dieser Tour schon kaum Zeit füreinander. Wie sollen wir das alles durchstehen? Noch mehr Arbeit, noch mehr Druck. Ich kann mir das nicht vorstellen. Ich will nicht mit meinem Job verheiratet sein, sondern ...« Ich stockte, weil mir gerade bewusst wurde, was ich da sagte.

»Mit mir?«, vollendete Morris prompt meinen Satz, und ich spürte, wie mir das Blut ins Gesicht schoss. »War das ein Antrag, Al?«

Brad intonierte den Hochzeitsmarsch, und Sean tat so, als ob er mir Ringe reichen würde.

»Ich könnte mich an den Gedanken einer Doppelhochzeit gewöhnen«, sagte Matt, und sein Grinsen wurde breiter.

»Das ist nicht der richtige Ort und nicht der richtige Augenblick für einen Antrag«, entschärfte Morris den peinlichen Moment und zog mich in seine Arme. »Ich habe mein Solo-Projekt auf Eis gelegt«, flüsterte er in mein Ohr. »DiscDog Records sind nicht der richtige Partner für mich. Ich habe andere Pläne.«

»Bin ich froh!« Ich wollte in ihm versinken. Der Druck seiner Arme nahm den Druck der Entscheidung von mir. Vielleicht würde sich alles fügen, sagte ich zu mir selbst. Vielleicht könnte ich es schaffen.

»Du wirst auf der Welttournee bei mir sein«, hörte ich Morris' leise, beruhigende Stimme. »Ich werde nicht viel reden, aber wir werden singen. Komponieren. Träumen. Leben.«

Ich inhalierte den Geruch seines Hemdes und drückte mich noch enger an ihn, während er gedämpft fortfuhr: »Als ich ein Kind war und begriff, dass es für mich nichts anderes gab als die Musik, da fühlte ich mich oft einsam, weil niemand verstand, was ich hörte. Ich musste vielen Menschen begegnen, um endlich die eine zu finden, die mich hört. Und die ich höre. Du bist die Einzige, mit der ich nach einem Konzert reden will, auch wenn ich es nicht sollte. Die Einzige, die wissen darf, dass ich Baldriantee trinke. Die Einzige, die versteht, weshalb ich auf der Bühne eine Gitarre in der Hand halten muss. Die Einzige, die mich meine Musik auf eine besondere Weise spüren lässt. Du bist es einfach, Al.«

»Wow, mach einen Song daraus, Alter!« Brad stieß uns an, doch wir konnten uns nicht voneinander lösen.

Ich hörte, wie sich die Jungs nach und nach verzogen, und hob schließlich meinen Kopf. »Dann soll ich den Vertrag also unterschreiben?«, fragte ich.

Morris nickte. »Wir zeigen es ihnen. Wir beide gegen den Rest der Welt, Al.«

Ich holte tief Luft und betrat an Morris' Arm die Islington Assembly Hall. Es war das erste Mal, dass wir gemeinsam als Paar an einem derartig festlichen Event teilnahmen, und ich fühlte mich ein bisschen prominent, als wir im Blitzlichtgewitter der wartenden Pressefotografen den roten Teppich entlangschritten. Doch nicht nur der Event war eine Premiere, mein Kleid war es ebenfalls. Da Nick Fontaine nicht nur für mich, sondern auch für meine Familie und die Mitglieder von *Burnside Close* Karten spendiert hatte, waren mir gerade einmal zwei Tage Zeit geblieben, um mir etwas zum Anziehen zu kaufen. Gemeinsam mit Mom war ich durch die Kaufhäuser gezogen, um etwas Passendes für uns und Granny zu finden. Ich war derart exzessives Shopping nicht gewohnt und nach den zwei Tagen mit meinen Nerven am Ende. Doch es hatte sich gelohnt, musste ich mit einem Anflug von Stolz feststellen, als ich mich kurz im verspiegelten Eingangsbereich betrachtete.

Mein Kleid war schwarz und ärmellos. Oben war es schlicht und eng geschnitten, ab der Hüfte wurde es bauschig und das Schwarz ging in eine Art Balayage-Look aus glitzerndem Silber über. Moms Friseur hatte mir eine Hochsteckfrisur gezaubert und mir verruchte Smokey-Eyes geschminkt. Ich sah anders aus als sonst und fühlte mich auch so. Das Kleid saß dermaßen eng, dass ich glaubte, ich müsste das Atmen einstellen.

»Du bist sexy.« Morris drückte lächelnd meine Hand.

»Du auch.« Ich meinte es ernst. Niemals zuvor hatte ich ihn in einem Anzug gesehen. Nur er schaffte es, darin lässig und nicht verkleidet auszusehen. Er hatte auf die Krawatte verzichtet; das weiße Hemd stand offen und ließ eine schwere, silberbeschlagene Lederkette erkennen. Auf seinem Kopf thronte ein beigefarbener Hut. »Ich mag diesen Dandy-Look an dir.«

Er sah mich an. »Mal sehen, ob ich damit Gitarre spielen kann.«

»Ich weiß gar nicht, was du heute Abend überhaupt vorträgst«, flüsterte ich, während wir in die Halle gingen. »Das war alles sehr spontan. Kaum hatte ich den Vertrag unterschrieben, schon flatterten die ganzen Tickets ins Haus.«

»Lass dich überraschen«, erwiderte Morris geheimnisvoll.

»Solche Antworten mag ich gar nicht«, murmelte ich und lächelte den Leuten freundlich zu, die uns grüßten. Ich hatte keine Ahnung, wer die alle waren.

»Ich mach mir gleich in die Hose vor Aufregung«, hörte ich Granny in meinem Rücken.

Mom, die ihren Rollstuhl schob, zischte entsetzt: »Meinst du das jetzt ernst, Clara?«

Ich verkniff mir ein Grinsen. Was immer dieser Abend bringen würde, ich hatte Unterstützung in Form von meiner verrückten Familie.

»Das Traumpaar der Rockbranche!« Nick Fontaine steuerte auf uns zu. An seiner Seite erblickte ich Ming. Ich war überrascht, sie zu sehen, aber da sie diesen Event mitorganisiert hatte, blieb ihr wohl nichts anderes übrig, als daran teilzunehmen. Ihrem Blick war jedoch zu entnehmen, dass sie bereits von Nick Fontaines Entscheidung gehört hatte. Sie hatte an diesem Abend ihren schönsten Bullterrier-Look aufgesetzt, und ich mutmaßte, dass es ihr bitter aufstieß, dass die Frau mit dem Loser-Gen gewonnen hatte. Ich konnte mir ein siegessicheres Lächeln nicht verkneifen.

Nick Fontaine gab uns die Hand und begrüßte anschließend Mom, Granny, Neil, Simon, Matt, Brad und Sean. »Sie werden an meinem Tisch Platz nehmen«, sagte er und machte eine einladende Handbewegung.

»An seinem Tisch?«, wiederholte ich ungläubig und folgte Morris, der sich höflich einen Weg durch die Anwesenden bahnte.

Der gesamte Saal erstrahlte in Weiß. Überall standen runde Tische mit feinen Tischdecken, teurem Porzellan, edlem Silberbesteck und

Vasen voller gelber und roter Rosen. Passend zum Logo der Stiftung, zu deren Ehren diese Spenden-Veranstaltung für notleidende Kinder stattfand.

»Wo sitzt die Queen?«, fragte Granny, nachdem Morris einen Stuhl vom Tisch geschoben und Mom meine Großmutter an ihren Platz gerollt hatte.

»Sie ist nicht da«, erklärte Mom. »Angeblich soll einer ihrer Söhne der Veranstaltung beiwohnen.«

»Hoffentlich Charles und nicht Andrew oder Edward. Die mag ich nicht so.« Sie betrachtete den Tisch. »Was soll ich denn mit all diesen Gabeln anstellen?«

»Du verwendest das Besteck von außen nach innen. Das weißt du doch«, kommentierte Mom die Frage und sah sich um. Sie wirkte ebenso aufgeregt wie ich. Einzig Neil war die Ruhe selbst.

»Ich helfe dir gern, Clara«, sagte er und setzte sich neben Granny. »Wir arbeiten uns da durch.«

Meine Großmutter zählte laut. »Acht Gänge?«, entfuhr es ihr dann entsetzt. »Dazwischen muss ich ganz sicher zur Toilette.«

Mom rollte wie üblich mit den Augen, und ich fing Brads Blick auf. »Fühlst du dich auch so deplatziert?«, formte er mit den Lippen.

Ich nickte und biss mir auf die Unterlippe. Brad sah aus, als hätte man einen Löwen in einen Smoking gestopft. Gut gebaut, wie er war, schien er zu glauben, jeden Moment seine Abendgarderobe zu sprengen. Er bewegte sich vorsichtig und wagte es kaum, den Kopf zu drehen. Auch Sean fühlte sich ganz offensichtlich nicht wohl in seiner Haut. Sein Gesicht war unnatürlich rot, und er schnappte nach Luft wie ein Fisch an Land. Einzig Matt und Simon wirkten einigermaßen gefasst und plauderten entspannt miteinander. Ständig kamen Leute an unseren Tisch, begrüßten Morris und die anderen, hielten Small Talk und lachten übertrieben. Bald schon hatte ich das Gefühl, mein Lächeln sei festgefroren. Als der Saal abgedunkelt und einzig von den unzähligen Kerzen erleuchtet wurde, die auf den Tischen standen, fiel es mir endgültig aus dem Gesicht. Ich sah zur Bühne, wo sich die Scheinwerfer auf Nick Fontaine und eine ältere Dame richteten, die sich unter den Klängen eines Live-Orchesters in Position brachten.

»Guten Abend!«, riefen sie im Chor, und die Menschen im Saal klatschten höflich. Es folgten die üblichen Begrüßungsworte. Die Dame, die sich als Vorsitzende der Stiftung herausstellte, erklärte den Zweck der Veranstaltung und appellierte an das Herz der Anwesenden, an diesem Abend großzügig zu sein.

»Die Kinder werden es Ihnen danken«, sagte sie und breitete die Arme aus. »Wir ermöglichen denen, die es sich nicht leisten können, ihre musischen Interessen und Ziele auszuleben. Bereits seit vielen Jahren ebnen wir Kindern aus aller Welt den Weg zu Bildung und Musik. Wer einmal erlebt hat, wie die Seele eines Kindes, das Krieg, Gewalt und Leid gesehen hat, durch die Musik zu heilen beginnt, der möchte dieses Wunder allen zeigen!«

Es folgte ein Film über die Arbeit der Organisation, anschließend trat eine Gruppe afrikanischer Kinder auf, die zu einer mitreißenden Choreographie tanzten, sangen und einfachste Instrumente zum Erklingen brachten. Im Anschluss gab ein Junge im Rollstuhl sein Können auf einer Geige zum Besten. In Begleitung des Orchesters spielte er den Tango *Por Una Cabeza* und schaffte es damit, mir die Tränen in die Augen zu treiben.

»Mein Gott, wenn ich reich wäre, würde ich ihm dafür mein gesamtes Vermögen spenden«, sagte ich leise zu Mom.

»Dein Großvater und ich haben immer dazu getanzt«, mischte sich Granny sichtlich bewegt ein. »Er war ein so wundervoller Tänzer.«

Mom griff nach ihrer Hand und drückte sie, und ich beobachtete die beiden. Es tat gut zu wissen, dass meine Familie zwar verrückt war, aber immer zusammenhielt. Wir beschützten uns alle gegenseitig, und meine Zuversicht bezüglich meiner zukünftigen Aufgaben wuchs.

Nachdem die ersten Auftritte vorüber waren, wurde das Essen serviert und der Abend ging weiter. Jeweils ein Gang wechselte sich mit einem Live-Act ab. David Gilmour, Dionne Bromfield, Katie Melua und Eric Clapton begeisterten das Publikum. Jeder von ihnen mit sehr persönlichen Worten und einer ungewöhnlichen Performance. Ich begann, den Abend zu genießen, obwohl mich Ming die ganze Zeit von der gegenüberliegenden Seite des Tisches anstarrte, als wollte sie mir Gift in den Wein schütten. Nick Fontaine redete mit Neil und Simon und lachte sogar. Er wirkte immer noch geschäftsmännisch arrogant, aber irgendwie konnte ich ihn leiden. Ich scherzte mit Mom und Granny, genoss das Essen und fühlte mich zum ersten Mal seit Langem ganz entspannt.

Doch dann wandte sich Morris an mich. »Ich bin gleich dran«, flüsterte er und küsste mich. »Halt dich bereit.« Mein Herz setzte für einen Moment aus.

»Warte!« Ich krallte mich in sein Jackett. »Ich habe zwar das mit dem Heiraten gesagt, aber du machst mir hier nicht …?«

Morris grinste. »Hast du Angst, Al?«

Ich nickte. »Es ist nicht, dass ich nicht will, aber … aber …« Meine Worte überschlugen sich und Morris wurde ernst.

»Vertraust du mir?«

Der Satz hing in der Luft. Er wartete, und ich rang mit mir selbst. Die gesamte Tour raste an meinem inneren Auge vorüber, all das Hin und Her, das Vor und Zurück, das Schweigen, das Reden, meine Gefühle, meine Ängste, meine Zweifel. Ich war wie ein eckiger Kreis, der sich beharrlich weigerte, endlich das zu sein, was er sein wollte. Verdammt, warum war ich so feige?

Morris Blick ließ mich nicht los.

»Kommst du, Mann?« Matt war bereits aufgestanden, und ich war verunsichert.

»Du trittst mit ihm auf?«, fragte ich.

»Hast du's ihr nicht gesagt?« Matt hob eine Augenbraue. »Ach du Scheiße!«

»Was ist hier los?« Ich schluckte die aufsteigende Beklommenheit herunter.

»Vertraust du mir?«, wiederholte Morris.

»Ich trete dir in den Arsch, wenn du jetzt nicht antwortest, Al«, hörte ich Granny rufen.

»Hör auf, so zu schreien, Clara«, zischte Mom und sah sich peinlich berührt um.

»Los jetzt!«, drängelte Matt, doch Morris rührte sich nicht von der Stelle. Seine Augen ruhten warm und liebevoll auf mir, und aus den Ecken meines Kreises wurde langsam etwas Rundes.

»Ja!«, brach es aus mir heraus. »Ja, verdammt, ich vertraue dir.«

Morris schien aufzuatmen und sah Matt an. »Legen wir los!«

Es dauerte noch einen weiteren Gang, bis Matt und Morris auf der Bühne erschienen. Ich schnitt das Filet Mignon in klitzekleine Streifen und bemühte mich zu essen, doch ich hatte ständig das Gefühl, dass mir jeder Bissen im Hals stecken blieb. Ming fixierte mich, und ich war versucht, ihr den Mittelfinger zu zeigen.

Schließlich wurde das Licht wieder gedämpft und Matt und Morris erschienen mit ihren Akustik-Gitarren im Scheinwerferlicht. Applaus brandete auf. Morris schnappte sich ein Mikrofon, während sich Matt auf einen der Stühle setzte.

»Ich danke Ihnen!« Morris deutete eine Verbeugung an. »Dieser Abend ist eine besondere Ehre und eine große Inspiration für mich. In einer Welt, in der sich die Menschen Dinge antun, die wir oft nur schwer verstehen können, ist es gut zu wissen, dass es Leute gibt, die sich für andere einsetzen. Musik war schon immer eine Verbindung zwischen Kulturen. Noten funktionieren auch dort, wo unsere Politik versagt. Melodien versuchen zu beheben, was Waffen anrichten. Deshalb bin ich sehr froh, dass ich heute bei diesem Event einen kleinen Beitrag dazu leisten kann, dass die Wehrlosesten unserer Gesellschaft, die Kinder dieser Welt, eine Möglichkeit bekommen, ihre musikalischen Fähigkeiten auszuleben.« Erneuter Beifall unterbrach ihn, und Morris nutzte die kurze Pause, um seine Gitarre noch einmal zu stimmen.

»Ich bedanke mich an dieser Stelle bei DiscDog Records. Sie unterstützen nicht nur diese wunderbare Stiftung, sondern haben auch dafür gesorgt, dass ich ein Teil des Abends sein darf.« Er hob den Arm, und Nick Fontaine erwiderte den Gruß. Selbst Ming setzte ein Lächeln auf, das jedoch sofort wieder verschwand, als Morris fortfuhr: »Ich habe lange überlegt, was ich auf diesem Event spielen soll. Die Organisatoren sagten mir, dass es etwas Außergewöhnliches sein soll, ein Song, mit dem ich sehr viel verbinde. Aus diesem Grund stehe ich nicht allein hier oben. Matt Tormani, mein bester Freund und Kollege unserer Band *Burnside Close*, unterstützt mich heute Abend. Er hat mir viel über das Leben beigebracht und mir gezeigt, dass Freundschaft über allem steht. Deshalb wird er auch an meinem Solo-Projekt mitwirken. Ich habe in den letzten Wochen verstanden, dass dieses Projekt so wichtig und persönlich für mich ist, dass ich es nur mit den Menschen realisieren kann, die mir am Nächsten stehen.« Applaus brachte ihn zum Schweigen und ich bemerkte, dass er zu mir herübersah. Mein Herz pochte bis in meine Ohren.

»Der Song, den ich Ihnen an diesem besonderen Abend vortragen möchte, heißt *Midsummer Sun.* Ich habe ihn gemeinsam mit Almond Cole komponiert, der Person, die eine ständige Melodie in meinem Kopf ist.« Er hielt inne und winkte mich zu sich. »Und nur mit ihr auf der Bühne kann ich diesen Song heute vortragen.«

Scheinwerfer richteten sich auf mich, und ich blinzelte. »O nein!«, entfuhr es mir leise.

Mom, Neil und die anderen applaudierten, Granny quietschte vor Entzücken.

»Los, Ms. Cole, zeigen Sie uns, was in Ihnen steckt«, rief Nick Fontaine, während Ming ein Gesicht zog, als wenn sie sich gleich übergeben müsste. Mir ging es ähnlich.

Ich stand auf und bemühte mich um Balance. Meine Knie zitterten, und die hohen Absätze meiner Schuhe ließen mich schwanken. Ich versuchte möglichst elegant in Richtung Bühne zu gehen, spürte jedoch, dass ich ständig umknickte. Na bravo, dachte ich, vermutlich landete ich am Ende auf dem Schoß eines Mitglieds der königlichen Familie. Ich schüttelte fremde Hände, lachte ein aufgesetztes Lachen und kam mir vor, als sähe ich mich selbst aus weiter Entfernung. Irgendwie schaffte ich es tatsächlich nach vorn, erklomm die Stufen und ergriff Morris' Hand. Da stand ich nun und spürte, wie mir die Blicke der Anwesenden die Hitze ins Gesicht trieb.

Alles, was ich kannte, spielte sich im Hintergrund einer Bühne ab. Ich war die helfende Hand, das Mädchen für alles, Organisatorin, Managerin, Nanny, Psychologin und Krisenbewältigerin in einer Person. Ich kannte jeden Schritt, der nötig war, um eine Show zum Laufen zu bringen, doch ich hatte keine Ahnung davon gehabt, was es hieß, im Rampenlicht zu stehen.

»Vertraust du mir noch immer?«, fragte Morris und gab Matt ein Zeichen.

»Nein!« Ich warf ihm einen verzweifelten Blick zu. »Du weißt, dass ich es hasse zu singen.«

»Im Bus klang das aber außergewöhnlich gut.« Er zwinkerte mir zu. »Es ist unser Lied, Al. Wir beide gegen den Rest der Welt. Dieser Song ist wie unser Leben. Er funktioniert nur als Duett.«

Ich blitzte Matt an, der die ersten Akkorde anstimmte. »Du bist tot«, fauchte ich, doch er grinste nur.

»Nimm das Mikro!« Morris fiel auf seiner Gitarre in die Melodie ein, und ich spürte sofort wieder die Energie des Songs. Die beiden Gitarren ergänzten sich. Der raue Blues-Rhythmus stellte mir die Härchen im Nacken auf. Langsam griff ich nach dem Mikrofon.

»Und jetzt sieh mich an und nicht das Publikum«, flüsterte Morris. »Wir beide im Bus. Eine Reise in die Vergangenheit und nun eine in unsere Zukunft. Sei mutig. Sing mit mir.«

»*In the endless midsummer sun I hear the silence of my heart …*«, begann er, und ich glaubte, vor Nervosität keinen Ton herauszubekommen. »*I see the light that calls me home. For all the times we are apart …*« Auffordernd nickte er mir zu.

Ich überwand mich und drehte mich vom Publikum weg, um mich stattdessen auf ihn zu konzentrieren. »*… we no longer set out on our own.*«

Es berührte mich, wie unsere Stimmen aufeinanderprallten und sich zu einer Harmonie vereinigten. Das war kein Lied, das Morris für mich komponiert hatte. Es war etwas, das wir beide geschaffen hatten. In diesem Moment sah und fühlte ich uns. Wir waren nicht länger auf unterschiedlichen Routen unterwegs, sondern wir hatten eine gemeinsame gefunden.

»*Let's light the spark within, I feel you deep under my skin. Just watch the light that calls you home and don't surrender to the gloam. I always know what I have done under the endless midsummer sun.*«

Während ich mich vor lauter Unsicherheit streng an die Melodie klammerte, intonierte Morris das Lied, untermalte meine Stimme mit der seinen und schaffte es, dass ich zur Freude des Publikums vor lauter Begeisterung jauchzte, als wir uns dem Ende näherten. Ein letztes Mal brachten Matt und Morris ihre Gitarren an den Rand eines Rhythmus-Kollaps, bevor sich unsere Stimmen ein letztes Mal vereinigten: »*… we no longer set out on our own!*«

Ich sah Morris noch immer an, während der Beifall lauter wurde. Er kam auf mich zu, nahm mich in den Arm und küsste mich.

»Nie mehr ohne dich«, flüsterte er.

»Nie mehr ohne dich«, wiederholte ich und wusste, dass unser gemeinsames Rockleben gerade erst begonnen hatte.

Ende

BURNSIDE CLOSE

I hear the silence of my heart and see the light that calls me home for all the times we are apart, we no longer set out on our own.

Ein rockiges Danke …

… an euch Leser für eure Mails und eure Unterstützung – bleibt mutig, verrückt und bezaubernd wie ihr es seid!

… an Maria, das immer noch verrückte Huhn, meine erste Testleserin – du bist unermüdlich, absolut liebenswert und ich freue mich, dass wir uns kennengelernt haben!

… an Sandra, meine zweite Testleserin – deine Anmerkungen waren Gold wert und ich könnte mir deine lustigen Sprachnachrichten hundert Mal anhören!

… an Teresa, meine Schreibsista und dritte Testleserin – dank dir lerne ich dazu, lache bis es weh tut und bin seriensüchtig geworden!

… an Kerstin für das amüsante Lektorat – deine Anmerkungen waren treffend und witzig und es fühlte sich gar nicht nach Arbeit an!

… an Lillith für das tolle Korrektorat – ich werde mehr im Duden schmökern, ich schwör!

… an Marie Grasshoff für das wieder einmal rockig-schöne Cover – du bist Musik fürs Auge!

… an Simon für die geniale Illustration – I love!

… an Astrid, die Drachenmama, die diesen Verlag rockt – du bist härter als eine E-Gitarre!

… an meinen Mann – dank dir vertraue ich!

… an all die wunderbaren Rockbands dort draußen – macht euer Ding, dafür liebe ich euch!